LA FEMME AU MIROIR

ÉRIC-EMMANUEL SCHMITT

LA FEMME
AU MIROIR

roman

ALBIN MICHEL

IL A ÉTÉ TIRÉ DE CET OUVRAGE

Vingt-cinq exemplaires
sur vélin bouffant des papeteries Salzer
dont quinze exemplaires numérotés de 1 à 15
et dix exemplaires, hors commerce, numérotés de I à X

Pour Bruno Metzger

1

– Je me sens différente, murmura-t-elle.

Personne ne prêtait attention à ses mots. Tandis que les matrones s'agitaient autour d'elle, celle-ci arrangeant un voile, celle-là une tresse, cette autre un ruban, alors que la mercière raccourcissait son jupon et que la veuve de l'arpenteur lui enfilait des chaussons brodés, la jeune fille immobile avait l'impression de devenir un objet, un objet passionnant certes, assez affriolant pour mobiliser la vigilance des voisines, un simple objet cependant.

Anne contempla le rayon de soleil qui, jailli de la fenêtre trapue, traversait la pièce en oblique. Elle sourit. La mansarde, dont ce jet d'or trouait la pénombre, ressemblait à un sous-bois surpris par l'aube, où les paniers de linge remplaçaient les fougères, les femmes les biches. Malgré les bavardages incessants, Anne écoutait le silence voler dans la chambre, un silence étrange, paisible, touffu, lequel venait de loin et délivrait un message sous les jacasseries des commères.

Anne tourna la tête en espérant qu'une des bourgeoises l'avait entendue mais elle n'attrapa aucun regard ; condamnée à subir leurs obsessions décoratives, elle douta d'avoir bien prononcé cette phrase : « Je me sens différente. »

Que pouvait-elle ajouter ? Elle allait se marier tout à l'heure, pourtant, depuis son éveil, elle n'était sensible qu'au printemps qui déboutonnait les fleurs. La nature l'attirait davantage que son fiancé. Anne devinait que le bonheur se cachait dehors, derrière un arbre, tel un lapin ; elle voyait le bout de son nez, elle percevait sa présence, son invite, son impatience… En ses membres, elle éprouvait une démangeaison de courir, de rouler dans l'herbe, d'embrasser les troncs, d'inspirer à pleine poitrine l'air poudré de pollen. Pour elle, l'événement du moment, c'était le jour lui-même, frais, éblouissant, généreux, non ses épousailles. Ce qui lui arrivait – s'unir à Philippe – s'avérait dérisoire par rapport à cette splendeur, avril qui affermit champs et forêts, la force nouvelle qui épanouit coucous, primevères, chardons bleus. Elle désirait fuir ce réduit où se déroulait la préparation nuptiale, s'arracher aux mains qui la rendaient plus jolie et se jeter nue dans la rivière si proche.

À l'opposé de la croisée, le faisceau de lumière avait accroché en ombre la dentelle du rideau sur la chaux inégale. Anne n'oserait jamais troubler ce fascinant rayon. Non, lui annoncerait-on que la maison brûlait, elle resterait figée sur ce tabouret.

Elle frémit.

– Que dis-tu ? demanda sa cousine Ida.

– Rien.

– Tu rêves de lui, c'est ça ?

Anne baissa le front.

La future mariée confirmant ses soupçons, Ida éclata d'un rire aigu, farci de pensées lubriques. Ces dernières semaines, elle luttait contre sa jalousie et n'y parvenait qu'en la convertissant en moquerie égrillarde.

– Anne se croit déjà dans les bras de son Philippe ! proclama-t-elle d'une voix oppressée à la cantonade. La nuit de noces va être chaude. Moi, je ne voudrais pas être leur matelas ce soir.

Les femmes grognèrent, les unes pour donner raison à Anne, les autres pour stigmatiser la trivialité d'Ida.

Soudain la porte s'ouvrit.

Majestueuses, théâtrales, la tante et la grand-mère d'Anne entrèrent.

– Tu vas enfin connaître, mon enfant, ce que ton mari verra, clamèrent-elles en chœur.

Comme si elles dégainaient un poignard des plis de leur robe noire, les veuves sortirent deux boîtes en ivoire ciselé qu'elles entrebâillèrent délicatement : chaque coffret recelait un miroir cerclé d'argent. Un bruissement de surprise accompagna cette révélation, les présentes estimant qu'elles assistaient à un spectacle hors du commun : les miroirs n'appartenant pas à leur vie quotidienne, si, par exception, elles en possédaient un, c'était un miroir d'étain, en métal poli, bombé, offrant des images embuées, bosselées, ternes ; ici, les miroirs de verre reproduisaient la réalité avec des traits nets, des couleurs vives.

On cria d'admiration.

Les deux magiciennes reçurent les compliments, les yeux clos, puis, sans tarder, accomplirent leur mission. Tante Godeliève se positionna en face d'Anne, grand-mère Franciska à l'arrière de sa nuque, chacune tenant son instrument à bout de bras à l'instar d'un bouclier. Solennelles, conscientes de leur importance, elles expliquèrent à la jeune fille le mode d'emploi :

— Dans le miroir de devant, tu apercevras celui de derrière. Ainsi tu pourras te découvrir de dos ou de profil. Aide-nous à nous placer correctement.

Ida s'approcha, envieuse.

— Où les avez-vous dénichés ?

— La comtesse nous les a prêtés.

Toutes applaudirent l'astuce de l'initiative : seule une dame noble jouissait de pareils trésors car les colporteurs ne proposaient pas ces articles aux gens du peuple, trop pauvres.

Anne jeta un œil à l'intérieur du cadre rond, considéra ses traits intrigués, apprécia les savantes torsades qui pliaient ses cheveux blonds pour élaborer une coiffure raffinée, s'étonna d'avoir un cou long, des oreilles menues. Cependant, elle éprouvait une impression bizarre : si elle ne voyait rien de déplaisant dans le miroir, elle n'y voyait rien de familier non plus, elle contemplait une étrangère. Sa figure inversée, de face, de côté ou de dos, pouvait être la sienne autant que celle d'une autre ; elle ne lui ressemblait pas.

— Es-tu contente ?

— Oh oui ! Merci.

C'était à la sollicitude de sa tante qu'Anne avait répondu ; peu vaniteuse, elle avait déjà oublié l'expérience du miroir.

— Mesures-tu ta chance ? glapit grand-mère Franciska.

— Que si, protesta Anne, je suis fortunée de vous avoir.

— Non, je parlais de Philippe. On ne trouve quasi plus d'hommes de nos jours.

Les voisines opinèrent du bonnet, graves. Rien de plus rare que les mâles à Bruges. La ville n'avait jamais subi une telle pénurie… Les hommes avaient disparu. Que restait-il ? Un gaillard pour deux femelles ? Peut-être même un pour trois. Pauvre Flandre, un phénomène mystérieux l'accablait : la disette de sexes virils. En quelques décennies, la population masculine avait diminué de façon préoccupante dans le nord de l'Europe. Beaucoup de femmes devaient se résoudre à vivre en célibataires ou ensemble en béguinage ; certaines renonçaient à la maternité ; les plus vigoureuses apprenaient des métiers d'Hercule, la ferronnerie ou la menuiserie, afin qu'on ne manquât de rien.

Percevant un blâme dans le ton de son amie, la mercière la fixa avec sévérité.

– C'est Dieu qui l'a voulu !

Grand-mère Franciska tressaillit, craignant qu'on l'accusât de blasphème. Elle se corrigea :

– Naturellement que c'est Dieu qui nous a envoyé cette épreuve ! C'est Dieu qui a appelé nos hommes aux croisades. C'est pour Dieu qu'ils meurent en combattant les infidèles. C'est Dieu qui les noie en mer, sur la route, au fond des bois. C'est Dieu qui les tue au travail. C'est Dieu qui les rappelle avant nous. C'est Lui qui nous inflige de croupir sans eux.

Anne comprit que grand-mère Franciska détestait Dieu ; exprimant plus d'effroi que d'adoration, elle Le décrivait comme un pillard, un bourreau, un assassin. Or il ne semblait pas à Anne que Dieu fût cela, ni qu'Il opérât là où l'aïeule Le voyait intervenir.

– Toi, ma petite Anne, reprit la veuve, tu auras une vie de femme à l'ancienne : un homme à toi, de nombreux enfants. Tu es bienheureuse. En plus, il n'est pas vilain, ton Philippe… N'est-ce pas, mesdames ?

Elles acquiescèrent en riant, les unes gênées, les autres émoustillées d'avoir à se prononcer sur ce genre de sujet. Philippe, seize ans, était l'exemple du robuste garçon flamand, solide, long de jambes, étroit de taille, large d'épaules, la peau beige et la toison houblon.

Tante Godeliève s'écria :

– Savez-vous que le fiancé est dans la rue, qu'il guette sa promise ?

– Non ?

– Il sait que nous la préparons, il bout sur place. De l'eau sur le feu ! Si l'on mourait d'impatience, je crois qu'il serait mort.

Anne s'approcha de la fenêtre dont on avait ouvert le châssis en papier huilé pour laisser entrer le printemps ; prenant soin de ne pas couper le rayon lumineux, elle se pencha de côté et repéra sur le pavé gras Philippe, la gaîté aux lèvres, qui palabrait avec ses amis venus de Bruges à Saint-André, village où logeait grand-mère Franciska, à une lieue de la grande cité. Oui, vérifiant périodiquement l'ultime étage du logis, il l'attendait, fervent et guilleret.

Cela lui réchauffa le cœur. Elle ne devait point douter !

Anne habitait Bruges depuis un an. Auparavant, elle n'avait connu qu'une ferme isolée, au nord, sous les nuages écrasants, au milieu des terres plates, malodorantes, humides ; elle y avait vécu avec sa tante et ses cousines, son unique famille puisque sa mère était morte en la mettant au monde sans révéler l'identité du père. Tant que son oncle avait dirigé l'exploitation, elle ne s'en était jamais éloignée ; au décès de l'oncle, tante Godeliève avait décidé de regagner Bruges où résidaient ses frères. Non loin, sa mère Franciska coulait ses derniers jours à Saint-André.

Si, pour Godelième, Bruges avait représenté un rassurant retour aux sources, pour Anne, Ida, Hadewijch et Bénédicte – ses trois cousines –, cela avait constitué un choc : de campagnardes, elles étaient devenues citadines ; et de filles, jeunes filles.

Ida, l'aînée, déterminée à vite lier son sort à un homme, avait abordé les garçons disponibles avec une fougue et une audace quasi viriles qui l'avaient desservie. Ainsi Philippe, courtisé dans l'échoppe de souliers où il travaillait, après avoir répondu aux saluts d'Ida, entreprit la conquête d'Anne, lui offrit chaque matin une fleur, révélant sans vergogne à Ida qu'elle lui avait servi de marchepied pour atteindre sa cousine.

Face à cette manœuvre – somme toute banale –, Ida avait conçu davantage de dépit qu'Anne de fierté. Celle-ci ne portait pas le même regard sur les êtres que ses compagnes : alors que les demoiselles voyaient un éclatant gaillard dans l'apprenti cordonnier, Anne apercevait un enfant qui venait de grandir, haut perché sur ses jambes, surpris par ce nouveau corps qui se cognait aux portes. Il l'apitoyait. Elle décelait en lui ce qu'il tenait d'une fille – ses cheveux, sa bouche tendre, son teint pâle. Sous sa voix basse, timbrée, elle entendait, au détour d'une inflexion, dans l'hésitation de l'émotion, les échos de la voix aiguë du gamin qu'il avait été. Lorsqu'elle allait au marché en sa compagnie, elle contemplait en lui un paysage humain, ondoyant, instable, qui se transformait ; et c'était à cela, surtout, qu'elle s'attachait, elle que passionnait la pousse d'une plante.

« Veux-tu me rendre heureux ? » Un jour, Philippe lui avait posé cette question. En rougissant, elle avait réagi, prompte, sincère :

« Oui, bien sûr !

– Heureux, heureux ? implora-t-il.

– Oui.

– Sois ma femme. »

Cette perspective l'enchanta moins : quoi, lui aussi ? Voilà qu'il raisonnait comme sa cousine, comme les gens qui l'assommaient. Pourquoi cette convention ? Spontanément, elle négocia :

« Ne crois-tu pas que je puisse te rendre heureux sans t'épouser ? »

Il s'écarta, suspicieux.

« Es-tu ce genre de fille ?

– De quoi parles-tu ? »

Parfois, les garçons montraient des réactions incompréhensibles… Qu'avait-elle dit de scandaleux ? Pourquoi fronçait-il les sourcils en la dévisageant ?

Après une pause, il sourit, soulagé de constater qu'aucune malice ne se cachait derrière la proposition d'Anne. Il reprit :

« Je souhaiterais me marier avec toi.

– Pourquoi ?

– Tout homme a besoin d'une femme.

– Pourquoi moi ?

– Parce que tu me plais.

– Pourquoi ?

– Tu es la plus jolie et…

– Et ?

– Tu es la plus jolie !

– Alors ?

– Tu es la plus jolie ! »

Puisqu'elle l'avait sondé sans coquetterie, le compliment n'engendra nulle vanité en elle. De retour chez sa tante, ce soir-là, elle s'interrogea seulement : «Jolie, cela suffit-il ? Lui beau, moi jolie. »

Le lendemain, elle le pria d'éclaircir sa pensée

«Pourquoi toi et moi ?

– Toi et moi, avec nos physiques, nous fabriquerons des enfants magnifiques ! » s'exclama-t-il.

Allons bon, Philippe confirmait ce qu'elle redoutait ! Il tenait un langage d'éleveur, celui du fermier accouplant ses meilleures bêtes afin qu'elles se multiplient. Entre les humains, c'était donc cela, l'amour ? Rien d'autre ? Si elle avait eu une mère pour en discuter…

Se reproduire ? Voilà ce pour quoi les femmes qui l'entouraient affichaient tant d'impatience. Même l'indomptable Ida ?

À cette demande en mariage, Anne, songeuse, ne répondit pas. L'ardent Philippe lut un consentement dans cette placidité.

Avec ivresse, il commença à annoncer leur union, confiant son aubaine à chacun.

Dans la rue, on félicita Anne, laquelle, surprise, ne démentit pas. Ensuite, ses cousines la congratulèrent, y compris Ida qui se réjouissait que sa séduisante cousine disparût du marché des rivales. Enfin, tante Godelieve battit des mains, jubilante, les paupières débordant de larmes, apaisée d'avoir accompli son devoir – emmener la fille de sa regrettée sœur jusqu'à l'autel. En face de cette âme charitable, pour éviter de la décevoir, Anne, piégée, se contraignit au mutisme.

Ainsi, faute de déni, le malentendu prit les couleurs d'une vérité : Anne allait épouser Philippe.

Chaque jour, elle trouvait plus farfelu que ses proches manifestassent un tel enthousiasme. Persuadée qu'un élément essentiel lui échappait, elle laissa Philippe s'enhardir, l'embrasser, la serrer.

« Tu n'aimeras que moi, rien que moi !

– Impossible, Philippe. J'en aime déjà d'autres.

– Pardon ?

– Ma tante, mes cousines, grand-mère Franciska.

– Un garçon ?

– Non. Mais j'en connais peu, j'ai manqué d'occasions. »

Quand elle lui fournissait ces précisions, il la considérait, méfiant, incrédule ; puis, parce qu'elle soutenait son regard sans ciller, il finissait par éclater de rire. « Tu me fais marcher et moi je galope ! Oh, la vilaine qui m'effraie… Quelle rusée ! Tu sais te débrouiller, toi, avec un homme, pour qu'il s'entête, qu'il s'entiche davantage, qu'il ne pense qu'à toi. »

Saisissant mal son raisonnement, elle n'insistait pas, d'autant que, dans cet état de trouble, il se collait à elle, l'œil brillant, la lèvre frémissante ; or elle prenait plaisir à fondre entre ses bras, elle appréciait sa peau, son odeur, la fermeté de son corps fiévreux ; plaquée contre lui, enivrée, elle éloignait ses doutes.

Dans la mansarde, une ombre s'étira. La densité de la chambre avait changé.

Anne sursauta : Ida venait de fracasser le rayon lumineux.

La future mariée éprouva une douleur au ventre, comme si, par un coup de poing, sa cousine lui avait ouvert les entrailles. Elle cria sur un ton de reproche :

Oh non, Ida, non !

La cousine s'arrêta, surprise, sur la défensive, prête à griffer, ignorant que ses jupons déchiraient le rai de soleil.

– Quoi ? Qu'est-ce que j'ai ?

Anne soupira, soupçonnant qu'elle n'arriverait jamais à lui expliquer qu'elle avait lacéré un trésor précieux, un pur chef-d'œuvre que l'astre avait entrepris de constituer dans la pièce depuis l'aube. Pitoyable Ida ! Rustaude et butée Ida qui, avec son large bassin obscène, détruisait un monument de beauté sans même s'en rendre compte.

Anne décida de mentir :

– Ida, pourquoi ne profites-tu pas des deux miroirs ? Mets-toi à ma place.

Puis, s'adressant à sa tante et à sa grand-mère :

– Je serais comblée si mes trois cousines bénéficiaient aussi de ce cadeau.

Ida, d'abord interloquée, se rangea du côté d'Anne et supplia les deux femmes. Celles-ci grimacèrent puis, touchées par la simplicité cordiale d'Anne, elles hochèrent la tête.

Hadewijch, la plus petite, se précipita sur le tabouret.

– À moi !

Ida eut un geste d'acrimonie pour empêcher sa sœur de la précéder, geste qu'elle retint, consciente qu'elle devait garder une dignité d'aînée. De dépit, elle chemina vers la fenêtre.

Anne était écœurée : Ida continuait à couper le rayon sans remarquer qu'il montait sur sa poitrine, sur sa figure. Elle ne le sentait pas. Quelle brute !

Découvrant Philippe dans la rue, Ida sourit. Un instant plus tard, elle se renfrognait.

– Il est déçu. C'est toi qu'il cherche, pas moi.

Les traits crispés, l'œil mort, Ida déglutissait, peinée. Penchée vers elle, percevant physiquement l'épaisseur de sa souffrance, Anne tendit la main en direction de sa cousine et lui glissa :

– Je te l'aurais laissé...
– Pardon ?
Ida sursauta, convaincue d'avoir mal compris.
– Je te le laisserais bien, Philippe.
– Ah ?
– S'il n'était pas amoureux de moi.
Anne croyait avoir dit quelque chose de gentil.
Une gifle retentit.
– Garce ! siffla Ida.
Anne, parce qu'elle eut soudain chaud à la joue, s'aperçut que c'était elle qui avait reçu le soufflet : Ida l'avait frappée.
Les conversations se suspendirent, les femmes se retournèrent.
– Sale morveuse, tu es persuadée qu'aucun homme ne me désirera ? Je te montrerai que tu as tort. Je te le prouverai. Tu verras, des dizaines d'hommes voudront de moi ! Des centaines !
– Un seul suffira, corrigea Anne avec douceur.
Une deuxième claque s'abattit sur elle.
– Punaise ! Tu insistes ! Tu es persuadée que je n'en aurai même pas un ! Quelle peste ! Tu es mauvaise !
Tante Godelière intervint :
– Ida, calme-toi !
– Anne me pousse à bout, maman. Elle prétend que je suis laide et répugnante !
– Pas du tout. Anne s'est contentée de dire ce que je pense : un homme te suffira, tu n'as point besoin d'en séduire dix, ni mille.
Ida toisa sa mère avec défi, genre «cause toujours, on verra». Godelière releva le nez et exigea :
– Excuse-toi auprès d'Anne.

– Jamais !

– Ida !

En réponse, l'aînée, rouge de hargne, les veines du cou saillantes, hurla :

– Plutôt crever !

Confiant le miroir qu'elle tenait à la veuve de l'arpenteur, Godelièv fonça vers sa fille. Ida l'esquiva ; sans peur, elle traversa la pièce, chassa sa cadette du siège, ordonna aux femmes :

– Maintenant, c'est mon tour.

Évitant de s'embarquer dans un combat qu'elle risquait de perdre, Godelièv enjoignit à ses amies d'obéir à l'irascible. Elle s'approcha ensuite de sa nièce.

– Je suppose qu'elle est jalouse de toi, Anne. Elle espérait se marier la première.

– Je le sais. Je lui pardonne.

Sa tante l'embrassa.

– Ah, si mon Ida pouvait jouir de ton caractère...

– Elle ira mieux lorsqu'elle obtiendra ce qu'elle souhaite. Un jour, elle se débarrassera de la colère.

– Puisses-tu avoir raison ! fit Godelièv en caressant la tempe de sa nièce. En tout cas, je suis triste et heureuse pour toi. Triste parce que je te verrai moins. Heureuse parce que tu as trouvé un brave garçon.

Quand elle entendait la voix tranquille de tante Godelièv dessiner son destin, Anne reprenait courage et cessait de se poser des questions. Rassérénée, elle offrit son visage à l'air frais.

Sur le rebord du toit, un papillon se jucha. Ses ailes, jaune citron à l'intérieur, vertes à l'extérieur, oscillaient, telle une respiration. Venu se toiletter, se croyant isolé, inconscient d'être surveillé, l'insecte se frotta la trompe avec ses pattes antérieures. Éblouie, Anne avait l'impression que l'animal captait toute la lumière du ciel dans ses écailles dorées, la concentrant sur lui, l'emprisonnant en lui. Il resplendissait, rendait gris ce qui l'entourait.

– Qu'il est beau ! dit Godeliève en frémissant.

– N'est-ce pas ? murmura Anne, aux anges de partager cette émotion avec sa tante.

– Épatant, confirma Godeliève.

– Oui, je resterais des heures à le regarder.

Godeliève haussa les épaules.

– Anne, c'est ce que tu feras désormais. Tu en auras le droit. Tu en auras même le devoir.

Anne pivota vers sa tante, interloquée. Celle-ci insista :

– Tu seras à lui mais il sera à toi aussi.

Anne sourit. Quoi ? Elle appartiendrait à un papillon... qui lui appartiendrait ? Quel tour extraordinaire lui suggérait-on ? Décidément, c'était la meilleure nouvelle de la journée. Sa tante lui parlait en bonne fée des contes. La physionomie de la jeune fille, dévorée d'impatience, s'illumina.

Godeliève, attendrie, glissa ses paumes sur les joues de sa nièce.

– Comme tu l'aimes ! s'exclama-t-elle.

Se retournant vers l'extérieur, elle désigna une silhouette au loin.

– Il faut avouer que son chapeau lui va bien.

Troublée, Anne suivit les yeux de Godeliève et constata qu'elle observait Philippe sur la chaussée, lequel arborait un casque de feutre avec une plume. Elle frissonna.

« Je ne suis pas normale », songea-t-elle. Rien n'allait plus ! À travers la fenêtre qui permettait de contempler deux choses, Philippe et un papillon, la fiancée s'attardait sur le papillon, la tante sur le fiancé.

Un hurlement retentit dans la pièce :

– Quoi ? Qu'est-ce que c'est, cette tache ?

Assise sur le tabouret, Ida blêmissait de rage en pointant du doigt le miroir devant elle.

Craignant un accès de rage, grand-mère Franciska retira le miroir arrière.

– Il n'y a rien. Tu as cru voir quelque chose. Il n'y a rien.

– Alors, n'enlève pas la glace.

En tremblant, l'aïeule replaça le miroir.

Ida détailla sur sa nuque la marque violacée que tout le monde lui connaissait, qu'elle seule ignorait.

– Ah ! C'est répugnant ! Horrible !

Ida bondit du siège, écumante, furieuse.

Surprise, grand-mère Franciska lâcha ce qu'elle tenait en main.

Choc au sol.

Bruits de verre.

Un silence consterné commenta l'éclat sonore.

Le miroir était brisé. Si le cadre d'argent demeurait intact, à l'intérieur il n'y avait plus que des losanges disjoints, qui, affolés, reflétaient en désordre des bouts épars de la chambre.

Franciska gémit.

Godeliève se précipita.

– Mon Dieu, que va penser la comtesse ?

Les femmes se groupèrent autour des morceaux comme elles auraient veillé un cadavre. Ida se mordait les lèvres, hésitante, ne sachant sur quelle catastrophe elle devait pleurer, sa dartre à la nuque ou la glace détruite.

Elles délibérèrent à mi-voix, d'un timbre éteint, le souffle oppressé, convaincues que l'aristocrate les entendait déjà :

– Il faut trouver quelqu'un qui le répare.

– Mais où ? Ici, à Saint-André, personne ne…

– Je crois savoir. À Bruges, il y a un peintre…

– Ne soyez pas empotées : je dois d'abord déclarer la vérité.

– Que tu la dises ou que tu la caches, tu auras à acheter un nouveau miroir.

– Mon Dieu, comment ?

– Je paierai, affirma Franciska, nous sommes chez moi et c'est moi qui l'ai lâché.

– Parce que Ida t'a brusquée…

– Je paierai, radota l'aïeule.

– Non moi, riposta Ida.

– Et avec quels écus ? gronda Godelieve.

Quand elles eurent énuméré les solutions, la bedonnante cloche du hameau tinta, leur rappelant qu'Anne devait se marier bientôt.

Godelieve releva la tête.

– Anne ?

La jeune fille ne répondant pas, Godelieve tressaillit.

– Anne, rejoins-nous !

Toutes les femmes examinèrent la soupente, puis l'étage : la fiancée n'était plus là.

– Elle est allée voir son galant, conclut grand-mère Franciska.

Godelieve ramassa une paire de chaussures.

– Sans ses sabots ?

La veuve de l'arpenteur indiqua son cadeau près de l'escabeau.

– Et sans les chaussons brodés que je lui prête ?

Ida s'élança vers la fenêtre.

– Philippe, en bas, l'attend toujours.

– Alors, où est-elle ?

Le prénom d'Anne résonna dans la maison de la grand-mère pendant que les femmes sillonnaient les pièces.

Au rez-de-chaussée, en ouvrant la porte arrière, celle qui donnait sur la campagne, Godelieve aperçut de fines traces de pieds nus sur la terre humide, avant que l'herbe ne couvre la prairie jusqu'au bois.

– Quoi ! Elle s'est enfuie ?

Espacées, ne gardant que la marque des orteils, les empreintes montraient qu'Anne avait profité de l'incident du miroir pour franchir le seuil et courir, légère, à travers la campagne, vers le bois où elle avait disparu.

2

Chère Gretchen,

Non, ma chérie, tu ne te trompes pas, c'est bien ton Hanna qui t'écrit. Et si tu regardes les portraits joints à ma lettre, à côté du jeune homme radieux qui pose tel un prince, tu verras sous les chapeaux extravagants à plusieurs étages une courtaude au sourire gêné : c'est encore moi. Oui, tu peux t'esclaffer. Ah, tu ris déjà ? Tu n'as pas tort, je suis stupide. Que veux-tu ? Franz a deux défauts qu'il m'avait cachés lors de nos fiançailles : il se passionne pour les couvre-chefs et collectionne les souvenirs. Conclusion ? Chez les modistes, il me transforme en cage à oiseaux, en porteuse de fruits, en vase à fleurs, en râteau qui aurait récolté des rubans, voire en cul de paon ; ensuite, ravi, il m'emmène chez le photographe afin d'immortaliser mon ridicule.

Pour arborer ces galurins, il faut une femme plus laide que moi – comme notre tante Augusta dont le nez crochu gagne à s'abriter d'un feutre –, ou beaucoup plus belle – toi. Mais

26

Franz aime tant les chapeaux qu'il ne remarque pas que les chapeaux ne m'aiment guère.

Une comtesse italienne à qui je racontais ce drame, à Bergame, m'a corrigée avec sévérité en précisant :

— Vous vous mortifiez, mon enfant. Franz vous idolâtre au point d'avoir omis de noter que les chapeaux ne vous allaient pas.

Son jugement m'a troublée, je l'avoue. Tout me brusque, m'offense, me dérange ces derniers temps ; j'affronte un excès de situations inédites...

Justement, vas-tu me demander, comment se déroule notre lune de miel ?

Je suppose que je dois répliquer « idyllique ». Franz est superbe, tendre, prévenant, généreux, nous nous amusons à merveille et, six mois après avoir quitté Vienne, nous parcourons l'Italie en enchaînant les villes sublimes, les campagnes enchanteresses, les églises confondantes. N'oublions pas que, depuis des siècles, la péninsule s'est mise en frais dans le but de séduire les jeunes mariés : musées regorgeant de chefs-d'œuvre, hôtels aux chambres fraîches, cuisine délicieuse, glaces exquises, soleil sensuel qui invite à la sieste, domestiques qui couvent les amants d'un œil complice.

En un mot, ma lune de miel est impeccable. Mais suis-je faite pour les lunes de miel ?

Oui, tu as bien lu, ma Gretchen, celle qui rédige ces pages ne sait plus que penser. Je crains d'être différente. Affreusement différente. Pourquoi ne puis-je me contenter de ce qui enthousiasmerait une autre ?

Je vais essayer de t'expliquer ce qui m'arrive et, en chemin, éventuellement le comprendrai-je aussi.

Chez moi, l'enfance a duré longtemps. Tandis que toi, ma

chère cousine, déjà mariée, tu élevais trois nourrissons, je persistais à demeurer une gamine, je ne remontais mes jupes que pour courir dans les champs ou traverser les ruisseaux ; loin de moi l'idée de m'accomplir en femme ; si je croisais des garçons, je n'en avais pas la curiosité.

Je savourais le bonheur ainsi...

À force d'entendre que je n'atteindrais la plénitude qu'entre les bras d'un homme, puis le jour où j'expulserais des bébés de mes entrailles, j'ai fini, lasse de subir ces blâmes, par me créer un rôle. Je suis devenue la pimbêche snob qui n'accepterait qu'une alliance haut placée.

Ironique, le destin m'a obéi. Alors que je n'avais inventé cette comédie que pour me protéger, récuser les prétendants, cette attitude m'a servie : elle m'a permis d'attendre puis de rencontrer Franz von Waldberg.

Te souviens-tu de ces incroyables canifs de l'armée, à Genève, qui, outre leur lame, recélaient un ouvre-boîte, un tournevis et un poinçon ? Tous les messieurs en raffolaient. Eh bien, voilà Franz ! Ce n'est pas un homme mais un couteau suisse. Il a toutes les qualités, décoratif, riche, intelligent, sensible, noble, courtois. Bref, le parti qui ne se refuse pas.

L'ai-je épousé par orgueil ?

La vérité se révèle pire que ça, j'en ai peur. Je ne me suis unie à Franz que par calcul. Attention, ni une opération d'intrigante qui s'élève en s'allongeant, ni un raisonnement d'ambitieuse, non, un calcul de désespérée : lorsqu'il m'a demandé ma main, j'ai supposé que si j'échouais à m'épanouir avec celui-là, je n'y parviendrais jamais. Je l'ai épousé comme on teste un remède.

Remède à quoi ? À moi-même.

Je ne sais pas être la femme que notre époque exige. Je peine à m'intéresser aux sujets de notre sexe, les hommes, les enfants, les bijoux, la mode, le foyer, la cuisine et... ma petite personne. Car la féminité ordonne qu'on porte un culte à soi, à son visage, à sa ligne, à ses cheveux, à son apparence. La coquetterie m'est étrangère, je m'habille à la diable, je néglige les cosmétiques et je me nourris trop peu. Quand, sur les photos que collectionne Franz, je me vois attifée en as de pique, ce que je me reproche, c'est de ne pas avoir réussi plus grotesque, parce que là, au moins, ce serait franchement amusant.

Me croiras-tu ? Chaque matin, je me déguise en dame. Ces jupons, ces corsets, ces lacets, ces kilomètres de rubans et de tissus dont je me harnache me paraissent incongrus, des vêtements d'emprunt. Non, rassure-toi, je ne rêve pas de me changer en homme. Simple fillette égarée au pays des femmes et contrainte à mimer l'adulte, je vis dans l'imposture.

Alors, comment s'est présentée la nuit de noces ? vas-tu me dire. Avec de telles dispositions, on pouvait tout appréhender de ma part...

L'expérience se déroula bien. Franz fut satisfait. Dans la mesure où je m'étais renseignée en détail sur ce qui allait m'arriver, j'eus l'impression de suivre un cours de gymnastique, je réalisais en travaux pratiques les figures que j'avais étudiées, je m'appliquais à exécuter les bons gestes, à recevoir les siens, et tant pis si certains me heurtèrent. Au matin, je frétillais de contentement : j'avais réussi un examen.

Le problème vient de ce que, après, je n'ai guère dépassé ce sentiment de fierté. Pourtant, Franz me plaît, sa peau est douce, son corps dégage une odeur suave, sa nudité me choque peu. Intellectuellement, j'apprécie cette faim qui le pousse vers moi, ces yeux humides, ces lèvres qui veulent me manger, ce frémissement qui court sur ses membres, son souffle plus rauque, plus caverneux, cette fièvre qui l'amène à m'étreindre dans un lit chaque jour, parfois à plusieurs reprises ; son désir me fascine sans me déranger ; il me flatte aussi.

Or, je ne le partage pas.

Jamais je n'éprouve un élan identique envers lui.

Je me donne à Franz par gentillesse, altruisme, obligeance, car j'ai décidé que je le comblerais autant que je le pourrais. J'effectue mon devoir en ménagère. Ni motivée par le goût ni taraudée par l'envie, j'en tire peu de plaisir, hormis la gratification de l'aumône accomplie, ou l'émotion de voir ce grand gaillard repu s'endormir contre mon épaule.

Est-ce normal, ma Gretchen ? L'enfance nous a rendues assez intimes pour que je me permette de te poser cette question gênante. Si tu ne me précèdes que de dix ans sur terre, chère cousine, tu me devances de beaucoup en sagesse. Werner et toi, vivez-vous un semblable déséquilibre ? Serait-ce la condition de la femme, tenter sans être tentée ?

Dans une semaine, je regagne Vienne où l'aménagement de notre futur foyer s'achève. Écris-moi là-bas, ma Gretchen. Certes, je préférerais te rejoindre à Innsbruck afin que nous passions du temps ensemble, mais je dois jouer d'abord la maîtresse du logis, compléter le mobilier, choisir des fleurs, m'imposer aux domestiques en distribuant quelques ordres arbitraires qui assoiront mon autorité. Et affronter les visites de ma belle-famille... À l'évidence, la première chose que vont regarder ces aristocrates, ce seront mes flancs, histoire de savoir si je rentre de ce coûteux périple avec un héritier Waldberg dans le tiroir. Or mon ventre est plat, plus plat qu'avant nos noces, voire creux, depuis que ces marches, ces voyages, nos exercices en chambre ont accentué sa maigreur. À l'hôtel, une fois le déjeuner achevé, dès que Franz va fumer en compagnie des hommes, je remonte dans notre suite, me déshabille devant la glace de l'armoire et me scrute : rien ne pointe. J'appréhende déjà les mines chagrinées des parents, tantes et oncles Waldberg. Remarque, ils auront raison : je suis une femme décevante.

Je souscris à leur jugement.

Ne m'oublie pas, ma Gretchen, et réponds-moi, surtout si tu m'estimes godiche. Je t'embrasse. Transmets mes amitiés à Werner. Quant à tes fils, ne leur dis rien encore, je leur rapporte des masques de Venise. À bientôt.

Ton Hanna.

3

Quand elle l'aperçut au milieu des danseurs, Anny pensa « C'est qui, cette pute ? ». Le maquillage ruiné par la sueur, le corps bridé dans un bustier de lycra, un court tissu glissé autour du bassin en guise de jupe, la fille lui sembla une grue qu'on loue à la soirée. Bon marché en plus ! Oui, Anny ne vit d'abord, au-dessus des cuisses nues où scintillaient des paillettes, en haut des bottes aux talons géants qui obligeaient les fesses à pointer, qu'une de celles dont les journaux gratuits proposaient le portrait à la page « Escortes ».

Or, à cause de son malencontreux voisin qui se croyait le roi du dance floor, Anny dérapa, moulina des bras, tomba en avant, se rétablit in extremis ; aux mouvements symétriques qu'exécutait la pouffiasse d'en face, elle constata qu'il s'agissait d'elle-même dans le miroir.

En se reconnaissant, elle hennit.

Cela l'amusa.

Elle qui, en temps normal, n'aurait jamais manifesté autant d'humour, la quantité d'alcool et d'antidépresseurs qu'elle avait absorbée la poussait à rire de tout. Elle adressa un signe de connivence à son double, lequel le lui rendit, se recambra et continua, joyeux, à gigoter avec frénésie.

Les haut-parleurs produisaient un vacarme compact, indistinct, assourdissant. À ce degré de puissance, les noctambules subissaient un déferlement de sons, de timbres, de rythmes, comme des nageurs écrasés par les vagues d'une tempête. Du reste, ils étaient venus se défouler, non pas apprécier la musique. Les morceaux, ils ne les écoutaient pas avec les oreilles, ils les percevaient avec leurs pieds, leur poitrine, leur cœur affolé qui pompait leur sang selon les pulsations de la batterie.

Anny fixa la boule au plafond. Elle l'adorait, ce soleil de ses nuits ! Un soleil capricieux. Un soleil explosif. Un soleil qui tournait vite. Quoiqu'elle fût la première à jurer qu'il n'existait rien de plus ringard que ces globes de verre dont les multiples facettes renvoyaient la lumière des projecteurs, elle ne fréquentait que les boîtes qui en possédaient un. Ici, au *Red and Blue*, sur Sunset Boulevard où elle avait maintenant ses habitudes, elle chérissait cette boule, la plus féerique, la plus ample, celle qui, trouant l'obscurité pour darder des flèches colorées, atteignait au plus loin les gens et les murs. Dessous, Anny pouvait s'agiter des heures.

« Va-t-il rappliquer ? »

Émue, elle arrêta un instant de se trémousser pour s'émerveiller de ce qui se passait dans son cerveau : elle attendait quelqu'un. Elle ! Anny, la fille la moins sentimentale de Californie, voilà qu'elle cultivait un béguin... Phénoménal... L'innovation absolue ! Depuis qu'elle avait croisé David sur les plateaux, elle considérait qu'à Los Angeles vivait un garçon qui méritait d'être espéré, guetté, souhaité. Quelle métamorphose...

Elle quitta la piste pour rejoindre le bar à la lumière bleue d'aquarium.

– Alors, Anny, demanda le barman, au top ?

– Au top du top, toujours !

Aucun des deux ne pensait ce qu'il avait dit : l'employé se foutait d'avoir des nouvelles d'Anny, se bornant à parler en professionnel à une star ; quant à Anny, elle savait qu'elle n'était ni au sommet de sa forme, ni au sommet de sa carrière. Juste au sommet de ses chaussures.

– Gin tonic ?

– Tu m'as devinée, tu es très fort : c'est comme si tu m'avais vue nue !

En réplique au trait d'humour, il cligna de l'œil, dans le timing adéquat, d'une façon appuyée, tel un cabot jouant une sitcom.

– Qu'espère-t-il, ce crétin ? grommela Anny pendant qu'il la servait avec des gestes trop larges. Que je le présente à un producteur pour obtenir un rôle ? Des nazes de son acabit, il y en a des milliers à L.A. ! On ne peut plus commander quoi que ce soit dans un restaurant, un bar ou un hôtel, sans que le larbin se croie le prochain Brad Pitt. À part moi qui suis actrice, tout le monde veut devenir acteur.

Elle sourit : vrai, elle n'avait pas brigué un destin de comédienne ! Par des publicités, elle avait démarré dans le métier à cinq ans, puis enchaîné les longs-métrages pour contenter sa mère jusqu'à ce que *Papa, je t'ai emprunté la voiture*, une comédie grand public, affole le box-office de l'été 2005 et la catapulte star. Anny Lee, la petite chérie de l'Amérique ! Au fond, elle avait obéi, affronté, subi, mais n'avait pas eu le temps de désirer ce qui lui était arrivé.

Face à son verre, Anny se dit que si David se pointait, il fallait éviter de lui infliger une fille saoule ; puis, ce scrupule ayant suffi à lui acheter une vertu, elle engloutit la boisson sans remords.

Le barman cilla.

– Un deuxième ?

– Pourquoi pas !

Même si elle avait dû avoir au moins mille fois cette conversation, elle avait l'impression d'improviser, de se montrer brillante, d'accumuler, comme jamais, les réparties étincelantes. D'ailleurs, ne remarquait-elle pas de l'amusement dans l'œil du barman ?

À moins que cela ne signifiât autre chose…

« Zut ! J'ai couché avec lui ? »

Elle le dévisagea. Plus moyen de s'en souvenir. Certes, ce Latino lui semblait familier… Pour quelle raison ? Parce qu'elle le croisait ici ou parce qu'ils avaient baisouillé ensemble ?

Quand il s'éloigna, elle observa son jean qui flattait sa chute de reins. « Sûrement. J'ai sûrement couché avec lui. » Elle rit. « Pourquoi travaillerait-il dans une boîte de nuit sinon pour coucher avec les jolies filles ? Hein, c'est connu, ils préfèrent ça à un pourboire. »

Elle se rendit compte qu'elle se remémorait si peu ses actes qu'elle s'obligeait à réfléchir en officier de police pour déterminer s'il était plausible qu'elle se soit envoyée en l'air avec un employé du *Red and Blue* ; du coup, son amnésie lui parut cocasse.

« J'ai déjà accompli tellement de choses que je ne peux plus me les rappeler. À vingt ans, j'ai collectionné mille vies. »

Elle regarda la boule à facettes.

« Maintenant, ça va changer. Avec David, rien ne se reproduira. Parce que cette fois-ci, c'est d'amour qu'il s'agit. Lui, il incarnera la grande histoire qui effacera les précédentes, les vaseuses, les minables, les sans suite. »

Elle soupira.

D'extase d'abord.

Puis d'angoisse. En serait-elle capable ? Aurait-elle le courage d'aller à sa rencontre ?

La panique l'envahit. En quelques secondes, elle se mit à trembler, à transpirer. Coulant du tabouret, elle se ficha sur ses talons et, chancelante, se dirigea vers les toilettes.

« Faut que je reprenne des forces. Vite ! Sinon, je ne pourrai même pas dire "Bonsoir" à David. »

Au milieu de l'escalier qui descendait au sous-sol, elle commença à se sentir mieux ; elle quittait le bruit pour pénétrer à l'intérieur d'un monde où n'en restaient que des réminiscences, des échos sourds à travers les cloisons. Abandonnant le plateau cru, sonore et sans merci, elle s'enfonçait dans les fondements ouatés, intimes, de la discothèque, trouvant une atmosphère différente, un labyrinthe de parois, de couloirs, d'humidité, d'odeurs corporelles, de pénombre.

Là, sous la lumière rouge qui simplifiait les visages, elle discerna les têtes habituelles, Bob, Robbie, Tom, Priscilla, Drew, Scott, Ted, Lance… Elle se colla devant Buddy, de peau blanche, habillé et coiffé comme un Noir, pantalon flottant, chemise colorée, cheveux à la rasta :

– Buddy, tu m'as préparé un dessert ?

– Oui, ma chérie. De la meringue.

– Parfait.

– Combien tu me donnes ?

Elle dégagea un billet de son string.

– Cent dollars.

Il tendit un pli.

– Tiens.

Sans le remercier, car elle savait qu'il l'avait escroquée, elle s'empara du sachet de cocaïne et alla s'enfermer dans les toilettes pour filles.

De son minuscule sac qui pendait à sa gauche, tenu par une menotte dorée, elle sortit un miroir, une paille, disposa la poudre, l'aspira.

– Ah !

David pouvait surgir, elle aurait l'énergie de l'accueillir : ouf, elle venait de sauver sa prochaine aventure.

En retraversant le couloir, elle calcula : elle avait couché avec presque tous les garçons qui étaient là, appuyés contre le mur, un téléphone portable à la main. Requinquée, Anny leur sourit en passant. Moins de la moitié répondirent. Elle s'en indigna intérieurement : « À peine bonsoir, alors qu'on a baisé ! Quelles larves… » Pas un ne l'avait gardée. Pas un ne s'était battu pour l'emporter ? Pourquoi ?

Elle buta sur un obstacle au sol – une fille qui vomissait – et se rattrapa au premier objet solide qu'elle put saisir. C'était Tom, un brun avec une barbe de trois jours, très soigné dans le genre naturel-hirsute, qui se prétendait professeur de méditation, prétexte à multiplier les liaisons avec les femmes. Anny avait augmenté sa collection le temps d'une ou deux nuits.

– Tiens, Tom, tu tombes à pic. Suis-je un bon coup ?

Il siffla comme si on lui avait soumis un problème de mathématiques.

– Ne te complique pas la vie, Anny.

– Ça veut dire ?

– T'es un coup facile.

Il se frotta les joues : il avait résolu une équation ardue. Elle insista :

– Quelle note ?

– La moyenne.

– Sans plus ?

– La moyenne, c'est déjà correct.

– Ni bien ni mal. Pourquoi ne m'accordes-tu pas davantage ?

– Parce que tu n'aimes pas ça, cocotte.

Il avait prononcé ces mots avec évidence. Vu sa grimace d'incompréhension, il continua :

– Tu te comportes en salope mais tu n'en es pas une. Tu donnes ton cul pourtant tu ne raffoles pas du cul. Ni du tien, ni de celui des mecs. T'as pris des habitudes, c'est tout.

– Des habitudes ?

– L'habitude de coucher. L'habitude de ne jamais refuser. Ça fait pas de toi un bon coup pour autant.

– Couillon ! Te viendrait-il à l'idée que c'est toi qui es moyen, voire nul ?

– Ben, sans me vanter, ce n'est pas ce que j'ai entendu...

Pour lui la conversation étant close, il s'éloigna. Anny se mordit les lèvres : elle savait que Tom jouissait auprès des filles d'une réputation d'incomparable amant, c'était même à cause de cela qu'elle l'avait dragué.

«Avec David, ne pas coucher trop vite. Il faudra tenir ! Résister ! »

Voilà l'unique conclusion qu'elle tira de cette confrontation.

Elle hésitait à retourner sur la piste, redoutant que l'énergie gagnée par la drogue ne s'épuisât dans la danse. Ne devait-elle pas plutôt réfléchir à ce qu'elle dirait à David ?

Décidée à agir différemment des autres jours – ou nuits –, elle se dirigea vers le bar et, pendant une heure, se tint tranquille sur son tabouret en se serinant « ne pas coucher ce soir, ne pas coucher le premier soir, ni le deuxième, ni le troisième ». Persuadée d'avoir acquis une vertu nouvelle, elle enfila sans mollir les gin tonics, à chaque instant plus exaltée.

Aussi, quand David se présenta devant elle, était-elle si imbibée d'alcool qu'elle ne put qu'éclater de rire.

– Oh, David, c'est invraisemblable. Je pensais à toi et paf : je te vois ! Je dois avoir un don, des talents de sorcellerie que j'ignore.

– Je crois surtout que tu m'as donné rendez-vous ici.

Elle gloussa comme s'il avait énoncé une phrase infiniment spirituelle.

– Assieds-toi et bois.

– Pourquoi pas, après tout ?

– David, que tu es drôle...

– Viens-tu souvent ici ?

Se rappelant encore son projet – ne pas avoir l'air d'une fille facile –, elle répondit avec aplomb :

– Non. C'est la deuxième fois.

Il approuva de la tête.

– Tu vas où d'habitude ?

– Je reste chez moi. Je n'ai jamais été une noceuse assidue. On perd son temps, dans ce genre d'endroits, non ? D'ailleurs, qu'y chercherais-je ?

– Des garçons ?

– Je ne manque pas d'occasions d'en rencontrer, tu en es la preuve, lui glissa-t-elle, trop malicieuse.

– De la drogue ?

– Mm ? Très peu pour moi.

– De l'alcool.

– Touché !

Quoique saoule, elle avait la lucidité de ne pas dissimuler qu'elle avait bu. Il résuma en plissant les yeux :

– Donc tu sors peu ?

– Rarement.

Il sourit, guère dupe.

– Ce n'est pas ce qu'écrivent les journaux.

Il évoquait les magazines qui, depuis qu'Anny avait quinze ans, étalaient ses turpitudes, la montrant éméchée aux portes d'un club, rapportant une arrestation pour possession de substances illicites, énumérant les garçons qui l'avaient plaquée parce qu'ils s'avouaient incapables de tenir le rythme de cette increvable fêtarde.

Un rire rauque la secoua.

– Ne sois pas naïf, David. Même si tu débarques dans ce métier, tu en as capté l'alphabet : entre les tournages, je dois alimenter les cancans. Pas un mot de vrai là-dedans. De la mise en scène. Ces reportages où je tiens mon rôle ont été mis au point par Johanna, mon agent de publicité : il faut qu'on parle de moi.

– On t'assassine…

– Oui, mais on en parle ! s'exclama-t-elle, agacée de ne pas être crue alors qu'elle s'estimait convaincante. Si j'avais passé un doctorat de physique appliquée à seize ans, si j'administrais des piqûres dans des hôpitaux de lépreux ou si j'entamais une grève de la faim pour qu'on accélère la canonisation de Barack Obama, pas un torchon ne s'y intéresserait, aucune lectrice ne s'identifierait à moi, plus un lecteur ne reluquerait mes jambes ! Dire du bien de moi… Conneries ! Ça n'aurait jamais marché.

Elle s'était laissé emporter. Or il ne semblait pas désarçonné ; au contraire, il rigolait largement.

– La véritable Anny, reprit-elle sur un ton geignard, elle se cache, elle se protège. Personne ne la connaît. Le seul qui la découvrira sera l'homme qui l'aimera. Il sera l'unique, le premier et le dernier.

Des larmes jaillirent, elle cacha son visage entre ses mains et se plia en avant. Ce faisant, elle éprouva un sentiment de « déjà-vécu » ; elle se rendit compte qu'elle venait de réciter une scène de *La Fille du bar d'en face*, un mélodrame qu'elle avait interprété à seize ans devant les caméras. Elle s'interrompit aussitôt. Certes, *La Fille du bar d'en face* avait été un flop ; néanmoins qui lui garantissait que David ne l'avait pas vu ? S'il repérait qu'elle lui régurgitait des restes, il se méfierait. De plus, des critiques avaient déclaré, à l'époque, que plaintes et sanglots lui convenaient peu ; elle-même ne s'était pas beaucoup appréciée à l'écran, avec ses paupières rouges, son nez gonflé.

Elle essuya ses larmes et ricana.

– Je t'ai eu, hein. Le numéro de la brave fille saoule au cœur saignant, je l'ai en magasin depuis longtemps.

– J'ai failli marcher.

Rassuré, il s'inclina vers elle sans choir du tabouret – elle admira son équilibre, incapable d'une telle cascade. Le buveur d'eau glissa ses lèvres charnues le long de son cou, remonta à l'oreille, mordilla le lobe, puis murmura, enjôleur :

– J'ai envie de toi.

Elle réfléchit, troublée, se souvenant de sa nouvelle résolution : dire non.

– Viens, dit-elle en s'emparant de sa main.

Il la suivit, croyant qu'elle l'emmenait dans un coin

41

tranquille. Or, à l'issue d'un escalier métallique interminable, ils s'engagèrent sur une passerelle d'où on dominait la salle, un couloir grillagé qu'empruntaient électriciens et techniciens du son.

– Pourquoi ici ?

– David, jouons un film des années cinquante. Tu sais, genre play-boy en smoking qui rencontre une femme en fourreau de lamé.

– Tu as vu ta robe longue ? lui dit-il en indiquant le ruban qui moulait ses fesses. Elle a dû rétrécir au lavage.

– S'il te plaît, un soupçon de romantisme. Tu n'es pas ça, David, romantique ?

Il soupira, fronça les sourcils.

– Penses-tu m'avoir donné rendez-vous dans un lieu romantique ?

Haussant les épaules, elle désigna du doigt l'immense entrepôt aménagé en boîte de nuit.

– Cet endroit, il est ce que l'on veut qu'il soit. Il suffit d'user de son imagination. Tiens, par exemple, ce câble, là.

– Oui ?

– Eh bien, c'est une liane, si je le désire. Et la discothèque devient une jungle.

– C'est ça, acquiesça-t-il avec une mine hypocrite. Moi Tarzan, toi Jane. Déjà ton costume va mieux. Enlevons encore quelques détails.

Il s'avança vers elle, crâne, souleva son chemisier et découvrit son ventre sur lequel il plaqua ses paumes brûlantes. Elle vibra, prête à l'étreindre, puis se força à respecter ses vœux de sagesse.

– Tu vois ? s'extasia-t-elle en se détachant de lui et en rabattant le tissu sur son nombril.

En une seconde, elle enjamba la barrière, saisit le câble qui pendait sur la colonne, s'y agrippa… et se jeta dans le vide en poussant l'appel de l'homme singe :

– Ah… hi ho hi ha… ah, ah, ah, ah !

Légère, aérienne, elle survolait la piste, délestée de ses appréhensions. Elle se libérait de tout, de son passé, de sa faiblesse, d'elle-même. Elle se sentait héroïque. David allait l'admirer, c'était sûr.

Parce que son oscillation prenait de l'ampleur, elle frôla la boule à facettes. Enthousiasmée, elle hurla.

Alertés par le bruit et l'ombre mouvante, les regards se levèrent. Les corps ralentirent leur danse. Chacun se demanda ce qu'entreprenait là-haut cette fille en bottes accrochée à un fil. Une nouvelle attraction ?

La musique cessa. Ce silence plongea les clients dans la stupeur.

Ils entendirent les exclamations euphoriques d'Anny, laquelle commentait hystériquement le moindre aller-retour : ils comprirent alors que ce n'était pas un spectacle, mais la fantaisie périlleuse d'une femme saoule.

À l'évidence – sauf pour Anny –, les mouvements de balancier l'enverraient bientôt contre le plafonnier.

– Vite ! Contactez les pompiers, brailla le barman.

Anny lui adressa un signe en agitant la main vers le bas :

– Coucou !

Cette acrobatie provoqua une secousse dans le câble, qui précipita la collision. En voyant approcher le globe qu'elle vénérait Anny cria, telle une mère retrouvant son enfant adoré :

– Oh, ma boule, ma chère boule chérie !

Elle la percuta, poussa un piaillement de vainqueur au rodéo en lâchant le filin, et l'embrassa.

L'assistance retint son souffle.

La boule grinça, sembla se débattre, puis, d'un coup sec, s'arracha du plafond pour tomber sur le plancher, emportant Anny dans sa chute.

Heureusement, les danseurs s'étaient écartés.

La boule s'écrasa sur la piste.

Les premiers sauveteurs qui accoururent crurent, aux imperceptibles soubresauts du corps accompagnés de grognements, que la mourante, dos à terre, gémissait de douleur : en se penchant, ils constatèrent qu'Anny, au milieu des miroirs en miettes, continuait à rire, hilare, brisée.

4

Dès qu'elle avait atteint la lisière de la forêt, Anne n'avait plus hésité.

Marcher.

Marcher encore.

Courir quand le bois s'éclaircissait. Sauter vivement les rivières. Éviter les fermes. Se tapir si un bruit humain suspendait les chants d'oiseaux. Stationner au milieu des buissons. Retenir son souffle. S'empêcher de tressaillir au trot des lapins ou des écureuils. Esquiver la charge des sangliers. Attendre que le braconnier soit parti. Et reprendre la cavalcade, confiante dans le terrain puisque ses yeux n'avaient pas le temps de regarder où ses pieds se posaient.

À mesure qu'elle galopait, conduite davantage par l'instinct que par la réflexion, son corps s'allégeait, ses jambes se soulevaient, ne touchant plus le sol. Feuilles et branches opposaient moins d'obstacles, elles s'effaçaient, elles caressaient son visage. Les orties l'épargnaient au passage.

Sans fatigue ni crainte, la jeune fille progressait, persuadée que la forêt devenait sa complice. Combien d'heures dura cette déambulation ? Aucun moyen de le savoir, d'autant qu'Anne éprouvait une énergie croissante ; depuis qu'elle mettait de la distance entre elle et Bruges, chaque pas la délivrait, le calme revenait.

Quelle chance !

Le bris du miroir avait signalé que son mariage n'aurait pas lieu. Parce que la chambre nuptiale s'était déchiquetée en morceaux de verre et que l'image de la fiancée avait volé en éclats, Anne s'était arrachée au malheur.

Quel soulagement lorsque, en descendant à preste allure l'escalier de sapin, nul craquement ne l'avait trahie. Et il s'était confirmé, ce soulagement, sitôt qu'elle avait franchi la porte, inhalé l'air de la campagne autour de Saint-André puis senti la boue joyeuse clapoter sous ses orteils.

Toute la journée, elle avait fui le danger.

Maintenant que le jour baissait, Anne s'arrêta près d'un ruisseau, plongea ses mains, ses coudes dans l'eau fraîche, refroidit ses muscles brûlants et but pendant plusieurs minutes.

Que manger ?

Pour l'instant, elle ne souffrait pas de la faim, elle s'alimenterait demain.

Le pépiement des mésanges se tarit.

Le soleil avait disparu.

Le ciel, vidé de son azur, se figeait en un gris terne. Du fond du bois monta le cri lancinant d'un ramier solitaire.

Anne frissonna.

Plus le jour s'éteignait, plus les hêtres resserraient leurs colonnades. Le froid se faisait mordant.

Elle avisa un chêne majestueux qui avait éloigné de lui les autres fûts. L'incitant à s'approcher, il lui offrait son tapis de mousse en guise de matelas, ses racines pour oreiller, ses rameaux déployés tels les voiles d'un berceau royal.

Elle rampa vers lui et, nuque tordue, le considéra.

Quelle présence il avait ! Une vigueur s'en dégageait, inspirant le respect. Quoique silencieux, le chêne lui parlait. Sûr, il n'était pas un végétal ordinaire ! Se dressait là un arbre puissant, hypnotique, un arbre qui avait traversé des siècles, un arbre qui recelait des tonnes d'expériences.

Pouvait-elle se permettre de l'effleurer ? Le vent parcourut les frondaisons, lesquelles vacillèrent ; le sifflement qui s'ensuivit ressemblait à un oui. Anne appuya donc sa paume contre l'écorce.

Une immense félicité l'envahit. Une force chaude sortait des entrailles noueuses pour pénétrer sa peau, couler dans sa chair. « Je peux t'apprendre beaucoup », disait l'arbre. Anne hocha la tête. L'arbre ajouta : « Je commencerai ce soir par les vertus de l'immobilité. Ne bouge plus. »

Alors Anne, apaisée, glissa son corps en lui, songea à réciter une prière, n'en attrapa que les trois premiers mots, s'endormit.

À l'aurore, elle ne fut guère dérangée de se réveiller au milieu d'un paysage étranger : les forêts inconnues sont toujours plus familières que les maisons nouvelles.

Une partie de la matinée, elle se tortura. Qu'allait-elle décider ? Continuerait-elle d'avancer ? Quel intérêt de poursuivre ? Elle se heurterait à une ville, un village, un port. Reviendrait-elle chez sa tante ? Si elle rebroussait chemin, pourquoi se serait-elle échappée ? Refuser Philippe ne constituait en aucun cas son but, elle était venue trouver quelque chose... Quoi ? Elle l'ignorait.

De ces délibérations, menées en multipliant les allers-retours le long de la rivière, fusa une évidence : elle demeurerait ici. Peut-être finirait-elle par rencontrer ce qu'elle cherchait...

Agitée, fébrile, elle rejoignit l'arbre et l'étreignit. La quiétude du chêne la gagnant, elle cessa de spéculer, se bornant à répéter au tronc qu'elle restait.

Ce jour-là, elle partit à la découverte de la nature, heureuse de lui vouer un temps qu'elle n'avait jamais pu lui donner, ni dans son ancienne vie de paysanne ni dans sa récente existence de citadine.

Elle s'enfonça dans la forêt frémissante, parmi les coulées d'ombre et les coulées de lumière. Des balles de poil sautillantes – les garennes – détalaient. Parfois, l'herbe jaillissait, si tendre, si neuve, qu'Anne n'osait la fouler. Sous les fougères anciennes, brunes, aplaties, leurs jeunes sœurs pâles surgissaient, pointant leurs petits doigts recroquevillés. Au-dessus, les bourgeons éclataient, les ramures s'épaississaient, les branches s'ornaient.

Une brise s'engouffra dans le sous-bois ; feuilles et fleurs, comme des milliers d'ailes, voulurent gonfler, prendre leur essor, décoller ; la forêt rêvait de voler. Tel un bateau que retenaient des cordages au quai, elle souhaitait que l'haleine du vent l'emportât dans l'azur.

Anne sentait l'univers habité par une énergie lente, persistante. Le printemps s'imposait, rejetant les ramilles mortes, enfouissant les fanes pourrissantes ; il gorgeait les arbres de sève, les plantes de sucs. À respirer ces exhalaisons, elle-même devenait ivre.

À mesure que les taillis s'étoffaient et que la futaie se haussait, Anne s'éveillait... Un désir... Désir de quoi ? Délicat à définir... Désir de quelque chose de grand, d'essentiel ; oui, elle aussi, avec la nature, s'extrayait d'une torpeur hivernale, elle s'identifiait aux oiseaux qui secouaient leurs ailes.

Anne entrouvrait les yeux sur un monde différent de celui des hommes. Un monde vrai. Alors que la ville étouffait la terre sous les pavés, l'écrasait de ses maisons, la forêt la laissait prospérer. Tandis que la ville coupait les troncs pour soutenir ses toits, emprisonnait l'air dans ses murs, salissait le ciel de ses fumées, la forêt libérait toute vie. Ici, Anne vibrait au centre d'un accord merveilleux, si inouï qu'elle ne comprenait pas de quoi il se composait ; par des liens ténus, la magie sylvestre l'immobilisait, la captivait, l'enchantait.

Deux fois, elle tressaillit.

Deux fois, elle crut voir passer une ombre au loin. Plaquée au sol, elle attendit. Rien ne se produisit.

Peut-être une biche ?

Elle s'alimentait difficilement. Faute de fruits mûrs, elle se résolut à brouter des herbes, à ronger des écorces. À la rivière qui serpentait entre les peupliers et les osiers drus telle une veine dans la terre noire, elle but beaucoup pour modérer ses gargouillements d'estomac.

Les mouches bourdonnaient sous les saules, attirées par leurs chatons... L'atmosphère dansait, ondulait, frissonnait.

Puis le jour se coucha en fanfare, ciel de cuivre et lumières éblouissantes, dont les résonances dorées rebondissaient de nuage en nuage.

À la nuit, elle regagna le chêne. À peine eut-elle aperçu les étoiles dans la voûte brasillante qu'elle sombra, épuisée.

Le matin, une grosse miche de pain trônait sur une racine.

Elle s'imagina que l'arbre la lui offrait. Pour ce présent qui lui ôtait le souci de se nourrir et lui permettrait de consacrer sa journée à l'exploration – elle avait tant à découvrir ! –, elle remercia son protecteur végétal, puis elle grignota la croûte, gardant la mie pour le dîner.

Elle arpenta la forêt, vigilante aux sons qui la traversaient : les jappements des renards en chasse, le fouet d'une queue dans les fourrés, le crépitement d'un lézard, le coassement flûté de la rainette, le trottinement furtif de faons. En levant le front, elle tenta de détecter où se dissimulaient les oiseaux, car les ramures retentissaient d'un chant dru à cette saison des nids. Un pic tapait les écorces de son bec. Les pies criardes s'engueulaient. Un coucou s'enroua, et, à mesure qu'Anne avançait, il reculait toujours, gémissant à l'horizon.

Amusée, elle se souvint que la veille encore, elle avait jugé la forêt muette. En vérité, une vibration continue, une agitation sans trêve la parcouraient. Non, elle n'entendait pas le calme mais la musique harmonieuse de la nature qui vit, qui perce, qui pousse. Halliers et futaies, en l'espace d'une journée, s'animaient d'une existence riche. Entre froissements d'ailes et brindilles craquantes, surgissaient l'écho des animaux discrets, les grésillements des végétaux, le murmure clair du ruisseau, les taquineries du vent... Ces bruits collaboraient à la paix, ils ne troublaient point l'eau pure de sa sérénité : le garenne surpris, la chute de l'écureuil, le silence les accueillait, les absorbait, non moins qu'un tapis de mousse reçoit les aiguilles des pins.

Quand la nuit s'abattit, elle fila vers son chêne, se sustenta puis s'abîma dans le sommeil.

Au réveil, une nouvelle miche de pain trônait auprès d'elle.

De même les jours suivants…

Plus le prodige se reproduisait, moins il l'intriguait.

La rareté crée le miracle ; la répétition l'efface : Anne considéra cette pitance quotidienne comme un cadeau de la généreuse forêt et ne s'interrogea plus.

Elle s'en était remise au destin. Elle vivait de l'air du temps. Elle oubliait les hommes. Parfois, elle désirait se mettre nue, telle qu'elle était venue au monde, mais la brise, la fraîcheur crue de l'éther l'empêchaient de poser ses vêtements.

Chaque soir, elle retrouvait l'épaule paternelle de l'arbre et s'y lovait pour s'assoupir.

– C'est là d'où je viens. C'est là où je retourne.

La forêt devenait sa mère et le grand chêne, son père. Anne recouvrait l'innocence de la naissance, avant que son cœur ne soit empoisonné par les soucis ; la contemplation lui emplissait l'âme de reconnaissance.

Et chaque matin, une miche de pain l'attendait.

Une ou deux fois, certes, elle avait souhaité veiller mais elle somnolait à son insu. Puisqu'elle se couchait avec cette question – d'où vient la nourriture ? –, ses rêves lui fournissaient des réponses fantasques : un nain rouge la lui apportait, ou un géant vêtu de noir, ou un cheval blanc à la corne d'or étincelante.

Puis l'aube la surprenait, coulant sa lumière douce sur le pain ; Anne le recevait, le rompait, le mâchait avec gratitude ; ensuite elle ne se consacrait plus qu'à la forêt.

À trois reprises, elle se sentit observée. Si des milliers de bêtes dans les terriers, derrière les fourrés, au creux des bosquets, la surveillaient, elle percevait là une attention autre. Une conscience différente l'espionnait. Elle détesta cette impression. La troisième fois que cette désagréable appréhension lui courut sous la peau, elle entrevit un animal au loin. Un cerf altier, immobile, au regard luisant, à l'encolure large, à la gorge pâle, le poil fumant d'avoir galopé, la fixait. Par ses ramures épanouies, sa splendeur revêtait un caractère sylvestre ; il semblait le frère mouvant du chêne.

Il disparut, prompt.

Troublée, Anne rallia son refuge et s'allongea sous ses branches musculeuses.

À la cime, un écureuil l'épiait, cramponné à l'écorce. Elle l'envia de loger au sein du tronc plusieurs fois centenaire.

Une lumière fluide et verte filait de la ramée.

Plus haut, un épervier, les ailes arrêtées, flottait en plein ciel, guettant les oisillons dans les couvées.

Elle cligna les paupières...

– La voilà !

Cet après-midi-là, Anne, engourdie, oreille contre la mousse, n'avait rien entendu venir.

– Elle est ici ! répéta la voix.

Ida, emmitouflée dans des châles, détaillait sa cousine étendue sur le sol, couverte d'une robe sale et déchirée. Ses pupilles pétillaient d'une joie hostile.

– Tiens !

Elle se retourna vers la silhouette qui l'escortait. Coupant les tiges avec un bâton, Philippe apparut.

Anne, aussi gênée que si on l'eût dérangée nue à sa toilette, ramena par réflexe ses jambes à son torse et les encercla de ses bras, opposant au garçon un corps fermé, compact.

– Je savais qu'elle n'était pas partie, dit Ida, triomphante. Je savais qu'elle se cachait.

Intérieurement, Anne corrigea : « Non, je ne me cache pas, je suis bel et bien partie », mais elle garda cette précision pour elle.

Ida et son fiancé la contemplaient.

La perspective de s'expliquer avec lui soulageait Anne.

– Contente de te voir.

– Pourquoi as-tu fui ?

– Je ne te veux aucun mal.

– Pourquoi ?

– Je t'ai attristé sans doute, ou bien je t'ai vexé…

– Pourquoi ?

Elle avisa l'écureuil qui, ses petites mains agrippées à une fourche, assistait, l'œil rond et noir, à la scène.

– Je ne dois pas t'épouser.

– Tu n'en as pas envie ?

– Si.

– Alors ?

– Pas assez.

Philippe reçut cette réticence comme un poing dans le ventre. Ida s'indigna à sa place :

– Quel cauchemar ! Elle n'a « pas assez envie » de l'épouser… Mademoiselle se prend pour qui ? Jouer les fines bouches devant Philippe, tu devrais mourir de honte.

– Oui, j'ai honte.

Anne avait répondu avec une telle sincérité qu'Ida fut interrompue dans l'expression de son aigreur.

Philippe s'approcha et demanda, blême, tendu :

– Pourquoi ?

Elle baissa le front.

Il hurla :

– Pourquoi ?

Les paupières d'Anne s'emplirent de larmes. Elle souffrait d'infliger au garçon ce supplice.

– Je l'ignore. Mais cela ne te concerne pas, Philippe, ce n'est pas de ta faute.

Consolante, cette déclaration : il découvrait qu'Anne ne lui prêtait aucune importance. Il avança, tomba à genoux, lui prit les mains. Humilié, il insistait. Il exigeait qu'Anne fléchisse. Était-ce parce qu'il l'idolâtrait ? ou parce que l'échec l'incommodait ? Personne ne pouvait discerner si son entêtement était guidé par l'amour ou par la fatuité.

– Alors, si tu ne sais pas, marie-toi avec moi ! Tu verras bien…

Derrière lui, Ida se mordait les lèvres de rage en décelant son opiniâtreté, alors qu'il avait juré haut et fort qu'il n'y reviendrait pas !

– Ah, les hommes, grogna-t-elle. Quand je pense que ce sont les filles qu'on traite de girouettes…

Anne exposa à Philippe l'incompréhensible :

– Je renonce au mariage. Voilà. Ce n'est pas mon destin. La raison m'en manque mais je ne dois pas. Désolée…

– Je ne suis pas assez bien pour toi, c'est ça ?

– Tu es digne de toute femme.

En disant cela, Anne avait planté son regard dans celui de Philippe. Il la crut. Elle poursuivit :

– Tu es beaucoup trop bien pour moi !

– Là, je suis d'accord, intervint Ida. Enfin, Philippe, tu vois à quoi elle ressemble, ton ancienne fiancée… ? Une souillon ! Elle ne s'est pas lavée depuis son escapade, elle couche par terre… Elle doit sucer des racines. Une truie aurait plus de respect pour elle-même. Tu souhaiterais avoir des enfants avec ça ?

– Non !

Il se replia. Soudain, il semblait haïr Anne. En lui s'était fracassé l'ultime espoir. La rancœur empourpra son cou.

– Que décidons-nous ? grimaça Ida.

– Ce que nous avons dit ce matin ! lança Philippe.

Ils plissèrent les yeux, ravis, complices.

Anne détectait une connivence dont elle était exclue : ils bavardaient devant elle comme si elle ne les entendait pas. Serait-elle devenue un animal ?

Tirant une corde de sa besace, Philippe se précipita sur sa fiancée, secondé par Ida. En un éclair, ils la ligotèrent, Philippe laçant les liens autour des articulations et Ida les serrant, heureuse de torturer sa cousine.

Anne, mortifiée, n'opposa aucune résistance.

Pourquoi ne se révoltait-elle pas ? Au fond, les autres avaient disposé d'elle dès sa naissance, elle s'était toujours laissé faire.

Pendant qu'ils achevaient de la saucissonner, Anne

aperçut un danger qui échappait à ses bourreaux : un géant approchait.

Immense, couvert d'un manteau de grosse laine noire, il marchait vers eux, rapide, déterminé. Déjà formidable par sa taille, ce qui le rendait encore plus étrange, c'était qu'il parvenait à avancer en silence, sans craquer une brindille ni écraser le tapis de feuilles. Il fendait les taillis ainsi qu'un navire fend l'eau.

Ida, inconsciente de ce qui arrivait derrière elle, commenta sa victoire en désignant Anne ficelée :

– Regarde-la, Philippe, elle s'est moins débattue qu'un ver de terre. Une demeurée ! Oui, juste une simple d'esprit. Elle ne sait même pas pourquoi elle est partie ni pourquoi elle croupit ici. Causer avec elle, c'est comme dialoguer avec une chèvre : ça n'a pas de sens.

L'Inconnu abattit sa large main sur l'épaule d'Ida.

Elle hurla, autant de surprise que d'effroi. Lorsqu'elle se retourna, l'Inconnu la fixa : on avait l'impression qu'il allait exécuter une volaille, lui serrer le cou, lui briser les os.

D'un geste brusque, Ida parvint à se dégager et recula, haletante.

Philippe, étonné aussi, apeuré surtout, saisit qu'il devait jouer les protecteurs. Il bomba le torse en balbutiant :

– Mais… qui êtes-vous ?

L'Inconnu lui donna un soufflet qui envoya le jeune homme dans un buisson.

Philippe se remit sur ses pieds, récupéra son chapeau, s'enfuit. En braillant « Attends-moi, attends-moi », Ida le suivit à toutes jambes.

Anne gisait au sol, ligotée, en face de l'Inconnu au visage émacié, froid, dur sous sa cagoule.

Il souleva un pan de son manteau, sortit un poignard et le brandit au-dessus d'elle.

5

Ma Gretchen,

Ce retour à Vienne m'a été fatal.

Durant notre voyage de noces, lorsque nous nous promenions de ville en ville, nous ne fréquentions pas les gens longtemps, Franz et moi ; si d'aventure nous nous plaisions en la compagnie d'un couple, nos relations se révélaient d'autant plus fortes qu'elles se savaient éphémères.

En posant le pied à Vienne, je me suis trouvée claquemurée. J'habite un aquarium.

Oh, il est fastueux, mon aquarium : qui ne rêverait de résider Linzerstrasse, de frayer avec la société aristocratique, de s'étourdir de fête en bal, d'écouter un soir *Lucia di Lammermoor* à l'Opéra, le lendemain *La Chauve-Souris* au Theater an der Wien, puis de souper chez Sacher ?

Quoique les parois de verre laissent voir l'horizon alentour, je ne peux les franchir, je m'y cogne, condamnée à subir les mêmes personnes, les poissons enfermés avec moi.

Inutile de chercher une issue, je ne parviens plus à m'isoler, je tourne en rond.

Lamentations d'enfant gâtée, vas-tu m'objecter ?

Enfant, certes.

Gâtée, aussi.

Pourtant, comprends bien : une part de moi souffre. J'ai l'impression d'être une erreur. Une erreur complète. En fait, je ne me hisse à la hauteur de rien, ni de ce que la vie m'offre, ni de ce qu'elle attend de moi.

L'aquarium dont je te parle, il est rempli de femmes, une dizaine qui ont décidé de s'occuper de moi ; me voilà cernée par leur sollicitude et leurs bonnes intentions.

Je t'explique.

À peine étais-je arrivée dans notre maison – je devrais plutôt dire notre palais, tant pièces et jardins déploient d'innombrables splendeurs – que les femelles von Waldberg ont commencé à défiler. Comme prévu, leurs yeux s'attachaient à mon ventre. Une question les taraudait : revenais-je de ma lune de miel enceinte ? À la seule vue de mes flancs, point besoin d'être un grand obstétricien pour constater que non ; cependant, parce qu'elles espéraient, elles me demandèrent :

– Alors, Hanna, rentrez-vous à Vienne avec un nouveau Waldberg ?

– Non, pas encore. Mais croyez bien que Franz et moi, nous avons déniché le mode d'emploi, là-bas, en Italie, et que nous y œuvrons avec ardeur.

Elles sourirent, satisfaites que notre petit couple accomplisse son travail de petit couple.

Or tu ne te débarrasses nullement de créatures pareilles en deux phrases ! Elles retournèrent au combat. Ces gardiennes de la famille, ces pondeuses d'héritiers en rafales, cela fait des siècles qu'elles exercent ; elles étaient là quand Vienne avait des remparts, elles étaient là lorsque Vienne n'en avait pas encore, elles étaient là avant que Vienne n'existe ; en réalité, ce sont elles qui ont édifié Vienne et tout ce qui ressemble à une famille, une dynastie, une communauté, une ville, un pays, un empire. Pour assurer leur pouvoir, elles veillent à se reproduire d'abord elles-mêmes, de mère en fille, de tante en nièce, de sœur en cousine, de voisine en voisine. Enverrais-tu un régiment d'amazones antinatalistes contre elles, elles le bloqueraient tant elles se tiennent les coudes. Bref, après une semaine d'armistice, la mère de Franz, qui m'a toujours inti-midée, avait diligenté une enquête : son mari fut chargé d'avoir une conversation d'homme à homme avec son fils – c'est Franz qui me l'a raconté en riant – pour savoir s'il se passait quelque chose dans notre lit, si la chose se passait bien, si la chose se passait souvent. Comme la réponse four-nie par Franz avait été positive mais qu'on soupçonne les mâles de pavoiser en ces matières intimes, ma belle-mère voulut vérifier ces informations auprès de moi. Ayant l'intel-ligence de présager que je ne me confierais jamais à elle, elle dépêcha sa sœur Viviane, dite Vivi, la dévergondée du clan, celle qui collectionne les galants au vu et au su de chacun, y compris de son mari goutteux. Quoique personne ne l'approuve et que tout le monde l'envie, elle échappe néan-moins à la réprobation car elle fricote avec deux amants très haut placés, l'un au gouvernement, l'autre à la Cour, donc utiles à la famille.

Tante Vivi a la parole – et le comportement – si libres qu'elle crée en cinq minutes une atmosphère de familiarité, d'abandon euphorique. Dans son jardin où les lilas s'épanouissaient, elle m'invita à partager un thé et m'amusa avec des récits aussi croustillants que ses toasts.

Puis, les frontières de la pudeur ayant été repoussées, elle me lança :

— Alors, mon appétissant neveu vous rend-il heureuse ?

— Oh oui.

— Je vous parle du lit naturellement... Est-il un amant vigoureux ?

— Oui.

— Régulier ?

— Oui.

— Excessif ?

— Parfois.

— Allons, tant mieux. Je vous jalouse, Hanna, non moins que toutes les donzelles de Vienne ! Vous avez mis la main sur l'un de ses plus jolis garçons. Et vous ?

— Moi quoi ?

— Vous jetez-vous sur lui ?

— Je n'en ai pas le temps, il me précède toujours.

— Après ces délices, en redemandez-vous ?

— Faudrait-il ?

Elle m'observait, pensive derrière son sourire.

— Laissez-moi deviner, ma petite Hanna : si vous ne prenez jamais l'initiative de vos ébats, c'est que vous ignorez encore la minute éblouissante. Non ?

— La... ?

— La minute éblouissante ! L'instant où votre corps explose de plaisir, où vous n'êtes plus qu'un cri de jouissance. Vous voyez ce à quoi je fais allusion ?

Je me renfrognai et m'attachai à finir ma tasse de thé, ce qui, à mon insu, délivrait une réponse.

Vivi m'attrapa doucement la main.

– C'est normal, ma chérie, ça.

– Vous croyez ?

– J'en suis certaine. Il faut que vous lâchiez prise, que vous vous abandonniez, que vous songiez à vous, à vos sensations, à votre félicité… C'est lors de l'orgasme que l'on a le plus de chances de tomber enceinte.

– Ah ?

– Notoire. Pendant la minute éblouissante, tout s'ouvre en la femme, dont le chemin qui permet à la semence de l'homme d'arriver à bon port. Si vous vous contractez, vous isolez l'ovule.

– Personne ne m'en a touché mot.

– Eh bien, moi je vous en parle.

– Insinuez-vous que ma belle-mère, tante Adélaïde, la baronne Karolus, Madame van Tieck, ont conçu leurs héritiers dans cet état-là ?

À dessein, j'avais choisi les matrones les plus sévères de notre entourage. Agacée, Vivi me contempla comme une mouche qui se serait posée sur son macaron. J'aggravai mon cas en ajoutant :

– Et les enfants issus de viols ? Prétendez-vous, tante Vivi, que les victimes d'assauts se sont données avec volupté à leur bourreau ?

– Ma chère nièce, nous sommes inégales en la matière. L'humanité se divise en deux camps : les pondeuses et les amoureuses. Les pondeuses n'ont pas à jouir, leur organisme, d'emblée disposé à la fertilité, n'attend que l'occasion. En revanche, les amoureuses, d'architecture plus subtile – vous ou moi –, ont besoin d'extases, de secousses, d'ébranlements pour accéder à cette tâche difficile, la fécondation. Réfléchissez à cela, Hanna, prêtez l'oreille aux recommandations de votre tante Vivi, profitez de votre attrayant mari et vous enfanterez bientôt.

Vivi, malgré sa conduite libre et ses allures affranchies, argumentait à l'instar des autres : les quatre enfants qu'elle avait procurés au comte avant de le tromper – j'espère que c'était avant – se révélaient sa fierté, son honneur, son mérite de femelle, son passeport de moralité. Que je me trouve loin de ça… Rencontrerai-je jamais une femme dont je ne me sente pas différente ?

Tante Vivi avait dû relater notre conversation et se glorifier du remède proposé car, le lendemain, les visites commencèrent ; elles se succédèrent sans trêve durant une période de douze jours. Les dames de la famille partageaient un thé avec moi et m'alimentaient en confidences ; elles me prodiguaient leurs conseils d'un air nonchalant, comme si, par extravagance, les mots leur échappaient de la bouche, alors qu'elles venaient pour les prononcer :

– Je forçais mon mari à rester en moi après… vous-savez-quoi. Sur ce point, ma chérie, la nature a mieux ménagé les animaux que notre pauvre humanité. Prenez les canidés par exemple : la semence éjectée, le chien ne peut plus sortir de la chienne parce que son… engin enfle encore et bloque l'orifice. Sur le coup, c'est terrible pour la brave chienne – j'ai entendu ma Ketty hurler de douleur – mais cinq minutes plus tard, c'est bon.

– Quand mon époux se retirait, je m'attardais dans le lit et je n'en bougeais plus pendant deux heures ! Sur le dos. En plaquant les reins et le bassin contre le matelas. Le temps que… ça aille où ça doit aller ! Ça, il aurait fallu qu'on crie

« Au feu ! » pour me décoller des draps ! Résultat : six enfants superbes.

– Avez-vous essayé le céleri ? Le persil ? Dès mes fiançailles, j'ai entamé une cure de céleri et de persil, ça favorise la gestation. Mes sœurs se moquaient de moi, la cadette beuglait « meuh » en me croisant sous le prétexte que je broutais autant qu'une vache… Je haussais les épaules et j'avais raison : quatre enfants au cours des cinq premières années de notre mariage. Qui dit mieux ? Pas mes sœurs en l'occurrence. Au fait, chère Hanna, « sauvage » le persil, exigez du persil sauvage, bannissez le persil arabe. Et le céleri, en branches naturellement !

– La lune !… La femme bourgeonne à la pleine lune. Comme les forêts ! Comme les champs ! Comme les huîtres ! Inutile de suer certains soirs, il faut privilégier cette occasion-là. Pourquoi serions-nous moins influençables que les mers, les océans qui sont régis par la lune ? Quelle arrogance ! Ces dames d'aujourd'hui se croient-elles au-dessus de la lune ? On rêve ! Tenez, à tout hasard, je vous fournis un calendrier lunaire. Ah, vous connaissez… Mais avez-vous l'habitude de le lire ?

– Quoique ça ne me regarde pas, Hanna, je me suis permis de vous offrir de l'ambre. Les sauvages d'Amérique ou de Sibérie s'en servent à d'autres fins que cosmétiques. Bien sûr, je suis trop catholique pour me rallier à des superstitions pareilles… Pourtant, ma mère m'avait donné de l'ambre la veille de mon mariage, ensuite j'en ai doté mes filles, et nous nous en sommes très bien portées ! Acceptez ce présent, cela me comblerait. Voilà, c'est simple, vous le touchez et vous le reniflez le soir avant de vous coucher.

Ai-je besoin, ma Gretchen, de t'en conter davantage ?

Tout à l'heure, Franz va rentrer de son Cercle, nous dîne-
rons en tête à tête et il aura envie de moi. Imagine le branle-
bas sous mon crâne : j'ai plus de tâches à exécuter qu'un
général lançant son armée au combat ! Je suis censée avaler
une soupe de persil, digérer un gratin de céleri, vérifier l'état
de la lune, tripoter de l'ambre en cachette, forcer Franz à
s'assoupir sur moi sans se retirer, puis, quand il s'écartera,
demeurer deux heures le bassin plaqué au matelas. Ah oui,
j'oubliais : entre ces cascades de haute voltige, je dois me
laisser aller, ne songer qu'à moi et tenter d'atteindre l'extase !

Résultat ? J'aspire à fuir. Alors que j'adore Franz, je souhaiterais presque l'éviter. Je ne savais pas qu'en l'épousant,
j'épousais aussi toutes ces femmes qui l'entourent, qui
conspirent à me rendre identique, qui me harcèleront tant
que je ne leur céderai pas. Oui, j'ignorais qu'en m'unissant à
Franz, j'embrassais une condition dont j'ai horreur.

Je te serre contre moi, ma Gretchen, et je file pleurer au
salon de musique avant que Franz n'arrive.

Ton Hanna.

6

Dans ce centre médical de Beverley Hills, le soleil détachait deux stores, le véritable, suspendu à la fenêtre, et son ombre sur le mur.

Lorsqu'elle reprit conscience, bercée par les calmants qui la ballottaient du sommeil à la veille, Anny se cramponna à ces deux éléments. Le corps anesthésié et l'esprit confus, elle s'agrippait à la lumière comme à la seule substance solide, tangible, de l'univers ; en se concentrant, elle devenait une des poussières dansant dans le rayon doré qui traversait la pièce et liait le store matériel au store projeté. De quel côté s'arrêtait-elle le plus souvent ? En femme de cinéma, elle avait tendance à préférer le reflet à la réalité.

Un aide-soignant blond s'approcha à maintes occasions. Chaque fois qu'il se penchait sur elle, elle lui parlait ; mais chaque fois, il se produisait une bizarrerie l'en empêchant. Quand elle ouvrait les lèvres, l'employé s'estompait ; oui, dès qu'elle s'adressait à lui, il disparaissait. Pourtant, le tour de prestidigitation ne semblait pas intentionnel, le visage du jeune homme n'exprimant ni vice ni malignité ; à sa réapparition, il se montrait attentif, la scrutant avec le désir manifeste de l'aider. Or, à peine avait-elle entamé le premier mot, que tout basculait.

Elle se pensa d'abord victime d'une réalité instable, d'autant qu'elle éprouvait la sensation d'une chute… Puis elle soupçonna que le temps lui jouait une farce en se disloquant sans la prévenir. Enfin, elle remarqua que, l'infirmier abordé, elle se trouvait dans une pièce vide ; elle en conclut – avec justesse, cette fois – qu'elle se rendormait.

Après deux jours, elle parvint à soutenir une conversation :

– Où suis-je ?

– Content de pouvoir bavarder avec vous, Anny. Je m'appelle Ethan.

– Mm…

– Vous séjournez dans la chambre 23. Clinique Linden. Hollywood.

– Qu'est-ce que j'ai ?

– Différentes contusions. Rien de grave. Vous vous en sortirez très bien. Souffrez-vous ?

– Non.

– Donc, le dosage est bon.

– Dosage de quoi ?

– De morphine.

Tapi au fin fond de ses méninges, un souvenir surgit, celui de son père, une revue scientifique à la main, déclarant que la morphine appartenait aux drogues dangereuses car sitôt qu'on en absorbe, on ne peut plus s'en passer.

Pendant les heures qui suivirent, lors de répits de conscience, elle y repensa, se redressa, s'égosilla, s'épuisa, sombra, récidiva, et, de guerre lasse, se résolut à négliger l'avertissement paternel. L'addiction, c'était sa spécialité ! Déjà accro à l'alcool, à l'herbe, à la cocaïne, elle ajouterait la morphine! Quelle importance? Là, au moins, elle pourrait attester que ça ne venait pas d'elle. «Oui parfaitement, Votre Honneur, ce sont des médecins qui m'ont injecté ce poison : en prétendant me soigner, ils m'ont condamnée à me shooter. Vous devez les envoyer en prison, Votre Honneur, ou les astreindre à des travaux d'intérêt général. Eux, pas moi.» Plusieurs fois, entre ses siestes, elle se joua cette scène devant un tribunal imaginaire et tint son rôle d'innocente avec délectation.

Un matin, le docteur Sinead, grand chef de la clinique, pénétra dans la chambre. Derrière lui, de récents diplômés s'agglutinaient, gonflés de vanité, fiers d'accompagner le chirurgien, s'estimant éminents rien qu'à se faufiler en son sillage.

– Alors, comment va la petite fiancée de l'Amérique?

Anny faillit éclater de rire : le professeur Sinead nasillait comme une vieille actrice qu'Anny adulait, celle qu'on surnommait Sac-Vuitton, tellement la peau de sa figure avait été cousue et recousue.

– Eh bien, comment nous sentons-nous? insista-t-il.

S'il avait la même prononciation que Sac-Vuitton, c'était pour une raison identique : sa bouche avait été remodelée, tirée puis gonflée.

Anny détailla le docteur Sinead.

Sa chair, martyrisée par les diètes, éreintée par les ans, pendait en tous les points qui n'avaient pas été liftés, son cou, ses oreilles, la naissance du poitrail, ses avant-bras et ses poignets. Ailleurs, la peau flapie portait les stigmates des tensions que découpes, torsions et coutures lui avaient infligés. Après tant d'interventions plastiques, la face de

Sinead n'offrait pas la vitalité d'un être juvénile mais la fragilité d'un accidenté.

– Anny, êtes-vous capable de nous répondre ?

Quelle horrible voix... métallique, privée de timbre... Et cette élocution brouillée : les voyelles manquaient de pureté tandis que les consonnes étouffaient. Parce que la chirurgie esthétique avait rigidifié ses lèvres en les déplaçant, le docteur Sinead articulait derrière un masque.

– Anny ? Anny, s'il vous plaît !

Anny saisit qu'elle devait quitter ses spéculations pour entrer dans la réalité. Sachant par Ethan ce que le docteur Sinead représentait à Los Angeles, elle se mit en condition de réussir une audition.

– Oui. Me voilà. J'émerge...

– À la bonne heure ! Pouvons-nous inspecter vos blessures ?

– Faites comme chez vous.

Anny se découvrit aussi curieuse que les assistants serviles qui écoutaient les explications de Sinead, car elle ignorait le détail de ses maux. Jambes, bras, côtes, bleus, plaies, déchirures, brûlures, tout fut exhibé et commenté. Du discours de Sinead, il ressortait qu'Anny avait eu beaucoup de chance de sortir à si peu de frais d'un plongeon pareil.

– Il y a un dieu pour les artistes, mademoiselle Lee.

– Pensez-vous ? À Hollywood, il n'y a qu'un seul dieu et il s'intitule dollar.

Il rit poliment à cette plaisanterie éculée.

– Vous pourrez encore honorer ce dieu, mademoiselle Lee, et rejoindre bientôt les plateaux de tournage.

Il songeait lui annoncer une nouvelle réconfortante. Or il lui signalait que, depuis sa chute, elle avait abandonné le long-métrage en cours. L'angoisse l'étreignit : avait-on arrêté le film ? Combien cela allait-il lui coûter ? Ou, pire : l'avait-on remplacée ?

Perturbée, elle adressa une grimace d'adieu à l'équipe médicale qui s'éloignait. Son cœur battait vite. La transpiration couvrit ses membres.

– Johanna ! Johanna !

D'instinct, elle appela son agent de presse. Bien sûr, celle-ci n'était pas là et personne n'entendait ses cris. Peu importe ! Elle tapa sur le matelas, tambourina contre le mur, tenta de briser le plâtre suspendu à une crémaillère qui l'immobilisait, hurlant de toutes ses forces :

– Johanna !

Ethan montra une tête soucieuse.

– Anny, que se passe-t-il ? Vous souffrez ?

En voyant ce visage blond irradiant de bonté, Anny ne tergiversa pas une seconde :

– Oui ! J'ai atrocement mal.

– Où ça ?

Elle énuméra, avec un rictus convaincant, les endroits de son corps qu'avait examinés le docteur Sinead puis conclut en un râle :

– Je vous en prie, aidez-moi.

– Je... je... je...

– Assommez-moi.

– Non.

– Plongez-moi dans le coma, c'est insoutenable...

– Anny, calmez-vous. Je vais augmenter la dose de morphine.

En arrivant à ses fins, Anny faillit interrompre sa comédie ; heureusement, elle réprima sa joie et continua de sangloter.

— Aïe ! Je ne vais pas m'en tirer...

— Si... Le sédatif va agir.

— Non, j'ai trop mal. Je vais mourir.

— N'exagérez pas. Ça va rentrer dans l'ordre.

— Je crève ! J'exige de voir mon agent...

— Allons... laissez-moi doser ça...

— Je veux mon agent !

Ethan eut beau s'occuper d'elle, Anny gémit jusqu'à ce que l'infirmier eût noté le numéro de l'agent et promis qu'il la contacterait pour qu'elle vienne à son chevet.

Ensuite, elle s'abandonna à l'analgésique, sombrant dans sa douceur anesthésiante avec délices...

Le lendemain, Johanna Fisher, surnommée le Requin, en tailleur anthracite moulant, se trouvait assise près du lit. Son célèbre sourire plein de dents s'affichait au bas de son visage tartiné de fond de teint.

— Eh bien, mon cœur, tu peux dire que tu nous as inquiétés ! Enfin, il paraît que tu vas te rétablir. Depuis trois jours, je me suis tenue informée heure par heure. Au fait, tu as reçu mes fleurs ? Si elles ne te plaisent pas, le bureau t'en enverra d'autres, n'hésite pas. Lilas, roses, pivoines, iris, ce que tu veux. Bon, ne perdons pas une minute, je te résume la situation. La presse s'est emparée de ta mésaventure, excellent. Des clubbeurs ont pris avec leur téléphone des photos de toi étendue au sol ; par chance, elles se sont révélées si médiocres que les rédactions les ont publiées en vignettes et ont dû ressortir de grands clichés glamoureux de

toi. Opération réussie. Un buzz magnifique ! Les magazines
– télé, radio, papier, internet – ont d'autant plus abondam-
ment glosé sur ta chute que nul n'en sait les tenants et les
aboutissants. On connaît le résultat – tu t'es écrasée sur la
piste du *Red and Blue* – mais pas la raison. Si l'hypothèse
d'un accident a été avancée, chacun en doute. Classique : un
accident, ça n'intrigue personne ; pis même, ça terrifie. Ce
qui passionne les gens, c'est quand une chute s'avère la
conséquence d'un état d'âme. Un geste, pas un faux mouvement ! N'importe quoi qui provoque l'identification...
désespoir, appel au secours, suicide.

– L'enthousiasme ! J'étais contente...

– Tu étais saoule.

– Je m'amusais vraiment...

– Tais-toi.

– Johanna, je...

– David m'a rapporté que tu as cru saisir une liane et te
balancer de la passerelle dans la forêt vierge. J'ai obtenu son
silence – d'ailleurs nous en reparlerons – car ces précisions-
là n'ont aucun intérêt.

– C'est la vérité.

– La vérité ne vaut pas un clou ! Ce qu'il nous faut, c'est
une histoire. Une bonne histoire.

– Peut-être. Mais moi je tenais à te confier ce qui s'est
réellement...

– Anny, le public t'adore pour l'histoire que tu lui
racontes. Pas pour ce que tu es.

Johanna avait haussé le ton. Anny s'enfonça, honteuse,
dans les oreillers. L'agent gronda encore :

– Tu es une star, nom de Dieu, pas une citoyenne normale.
Alors, je t'en prie, joue ton rôle, profites-en, prends le fric,

attrape la gloire, et ne viens pas pleurnicher parce que tu voudrais être franche et ressembler aux malheureux qui paient leur billet pour te voir ! Ce qui compte, c'est la rumeur, les thèses contradictoires, les articles qui se répondent en boucle, le mystère persistant, les journalistes qui risquent de nouvelles hypothèses, les ex-amis qui témoignent, les internautes qui ajoutent leur grain de sel. Seul le bruit fait vendre. Si tu mets fin à cela – que ce soit par loyauté ou par un joli mensonge –, tu bousilles l'événement, tu en annules les bénéfices.

Avec ce ton comminatoire, Anny sentit la paix revenir en elle : la voix et les raisonnements de Johanna la délivraient. Soumise à cette autorité, elle cessait d'atermoyer ; à se regarder avec ces yeux-là, elle acceptait son destin.

Pas de meilleur miroir que Johanna Fisher. Depuis son enfance – exactement depuis *Papa, je t'ai emprunté la voiture*, son premier hit –, Johanna Fisher guidait Anny dans le labyrinthe de sa vie professionnelle, lui évitant les errances et culs-de-sac ordinaires, la maintenant sur le large boulevard d'Hollywood. Au fil des années, elle lui avait fourni ses repères, les règles, les impératifs, les objectifs que ne lui avait pas fixés sa famille. Quelle famille, d'ailleurs ?... Orpheline, née de mère et de père inconnus, Anny savait qu'elle avait vécu chez d'autres inconnus, Paul et Janet Lee. Sans illusions, elle n'avait guère accordé de légitimité aux individus que, par une succession de hasards, elle appelait papa et maman. Les Lee – dont elle portait le nom –, elle les subissait avec fatalisme et gentillesse, comme on traite ses partenaires récurrents dans une sitcom. Elle avait décidé de les aimer, d'abord pour se simplifier la vie – elle détestait les conflits –, ensuite parce que sa nature la poussait à se montrer accueillante, Anny manifestant une franche cordialité envers tout le monde. Quiconque voyait la fille échanger des baisers avec sa mère ou rire aux éclats avec son père confirmait que des liens de tendresse solides liaient l'enfant à ses parents d'adoption. Or, chez Anny, il s'agissait d'une disposition spontanée, étoffée d'une façon d'éviter les problèmes.

En échange de l'affection qu'elle leur témoignait, Anny avait gagné une certaine liberté, son émancipation puis son indépendance. Très tôt, à l'âge de seize ans, elle avait quitté les Lee et employé son temps à sa guise pour travailler, sortir, flirter, picoler, se droguer.

Johanna Fisher et son équipe percevaient les addictions de leur star ; toutefois, ils n'entreprenaient rien pour l'en détourner car ces faiblesses mettaient Anny à leur merci. Ainsi, Johanna n'avait jamais suggéré à sa cliente de lutter contre l'alcool ou la cocaïne, d'entamer un sevrage. Aussi longtemps que les excès ne marqueraient pas son visage et que les directeurs photo ne se plaindraient pas, elle la laisserait agir à sa guise. D'autant que cela excitait les échotiers et les paparazzi.

– Des nouvelles du film, tu n'en veux pas ?

– J'allais y venir, Johanna.

– Le tournage s'est interrompu mais le studio est ravi. Les financiers ont trouvé très efficace, en termes de publicité, que les centaines de journaux qui ont relaté ta chute mentionnent le titre, le nom du réalisateur, le casting. En investissement promotionnel, cela représente une plus-value de deux millions de dollars. Et cela sans débourser un cent. Ils sont aux anges. Ils attendent ton retour. Car, dès que tu reprendras le chemin des plateaux, l'événement sera couvert par les reporters. OK ?

– OK.

– Les médecins prévoient deux semaines ? En tout cas, c'est jouable pour les gros plans et les plans moyens… Pour les plans généraux où l'on te verra en pied, soit on utilisera une doublure, soit j'obtiendrai qu'ils modifient le calendrier de travail et patientent encore un peu. Cependant, ne fantasmons pas, Anny : tu dois revenir très vite au travail, sinon les producteurs te supplanteront sans états d'âme. Grâce à toi, à ton « accident », leur film jouit maintenant d'une considérable notoriété et d'une profitable visibilité ; ils ne le lâcheront plus. Donc, mieux vaut qu'ils communiquent sur ton redémarrage que sur la starlette qui te succéderait.

– Ils feraient ça ?

– Personne n'est indispensable, chérie.

– Je le croyais pourtant.

– Tu blagues ?

– C'est unique, un artiste. Tu ne peux pas remplacer Picasso par Matisse.

– Qui te parle d'art, mon cœur ? Tu fais du cinéma à Hollywood. De plus, quand un producteur a assez pour se payer un Picasso, il peut aisément s'acheter un Matisse.

Johanna Fisher se leva, agacée d'avoir été obligée de philosopher. Toute explication lui semblait du temps et des dollars perdus. Surtout s'il s'agissait d'une évidence.

En partie rassurée, Anny s'appliqua à interpréter son rôle de convalescente. Son jeune corps récupérait plus rapidement que le docteur Sinead ne l'avait pronostiqué, au point que les kinésithérapeutes de la clinique tentèrent de s'en enorgueillir.

Seul Ethan, l'infirmier, notait les heures d'égarement qui grevaient le séjour d'Anny, ses regards paniqués le matin, ses peurs nocturnes, les angoisses fulgurantes qui l'amenaient à tonitruer, à juger ses douleurs insupportables, à réclamer une dose supplémentaire de morphine. Il avait remarqué sa disposition à la fuite, son art d'éluder l'investigation par une pirouette, ses silences qui noyaient les réponses, son don d'entretenir un flou constant ; et il se tracassait devant le sourire de délivrance qui envahissait le beau visage d'Anny lorsque, après une injection, elle sombrait dans l'inconscience.

Un soir, il ne put s'empêcher de lui demander :

– Comment vous débrouillerez-vous quand vous serez sortie de l'hôpital ?

– Pardon ?

– Comment vous procurerez-vous votre dose de morphine une fois que je ne serai plus là ?

Elle le fixa, dure.

– Il existe des médecins.

– Il arrive qu'ils soient honnêtes.

– Ceux-là, je les éviterai.

– Mm...

– Même un homme vertueux peut avoir besoin d'argent.

Ethan secoua la tête.

– Pourquoi ne profitez-vous pas de votre présence ici pour vous soigner ?

Comprenant quelle maladie il évoquait, elle releva le menton, hautaine.

– Ah bon ? Que fabriquez-vous donc ? Je croyais que vous me soigniez.

– Oui, nous soignons vos blessures. Pas vos addictions.

Elle éclata d'un rire forcé.

— Mes addictions ! Quelle naïveté ! Vous gobez ce qu'on raconte dans la presse ? Et vous lisez ces torchons, vous ?

— Je lis les résultats d'analyses. À votre entrée ici, vous aviez de l'alcool dans le sang, des triglycérides d'ivrogne, ainsi que diverses traces de drogues, assez difficiles à identifier, d'ailleurs, tant elles étaient impures.

Anny se mordit les lèvres et, secrètement, maudit son dealer. « Salaud de Buddy ! Je savais qu'il me refilait n'importe quoi, qu'il coupait sa marchandise. Si je l'aperçois, je lui casse le nez, à celui-là. »

Ethan persévéra avec intensité :

— Prenez soin de vous, Anny. Vous avalez des poisons pour avancer, pour ignorer vos problèmes, pour passer d'aujourd'hui à demain. Arrêtez-vous un peu. Raisonnez. Faites le point.

— Quel programme ! Je préfère me jeter tout de suite par la fenêtre.

— Vous avez peur de penser. Réfléchir vous panique.

— C'est ça ! Traitez-moi d'imbécile !

— Anny, dès que vous vous projetez dans l'avenir, vous hurlez, vous m'appelez pour que je vous abrutisse. Plutôt vous droguer qu'affronter vos craintes.

— Mais...

— Vous fuyez votre vie intérieure. Examiner, discriminer, douter, c'est une indisposition dont un remède doit vous guérir.

Surprise par la pertinence du diagnostic, Anny cessa de protester.

Tendre, Ethan se pencha vers elle et demanda :

— Pourquoi ?

Désireuse de répondre mais incapable d'y parvenir, Anny entama une crise de larmes qui dura la nuit.

Deux jours plus tard, Johanna, terreur d'Hollywood, se rendit à la convocation d'Anny, chambre 23, munie d'une corbeille de fruits confits qu'on lui avait livrée de France.

— Tiens, ma grande, voici tes confiseries favorites puisque tu as la chance de t'empiffrer de sucre sans prendre un gramme. Moi, rien qu'en les regardant, j'ai déjà chopé trois kilos.

Anny ne s'encombra pas de politesses :

— Johanna, je dois m'occuper de moi.

Johanna s'assit, croisa les jambes, s'attendant à des exigences concernant la cosmétique ou la coiffure.

— Je suis tout ouïe, ma chérie.

— Je ne peux pas continuer ainsi.

— Si tu le dis. Alors, qui est le fautif ? Priscilla ou John-John ?

Anny ouvrit des yeux hagards aux noms de sa maquilleuse et de son coloriste.

— Non, Johanna, je te parle de moi.

— Moi aussi.

— Non. De moi à l'intérieur.

— Ah, d'accord !

Johanna respira, soulagée.

— Tu veux un coach, c'est ça ? Écoute, ça tombe bien que tu me le signales : pas plus tard qu'hier, on m'a vanté les qualités de celui qui s'est occupé de la petite Vilma. Un Argentin. Tu imagines ? Cette grue qui n'était que second rôle sur Disney Channel vient de remporter un Golden

Globe et une nomination aux Oscars sans que le métier comprenne comment. Eh bien moi, je tiens le scoop : elle avait un coach. L'Argentin ! Tu penses, j'ai noté ses coordonnées. En plus, il paraît qu'il est gaulé comme un dieu. Carlos… Non, Diego… Attends, j'ai archivé ça sur mon téléphone.

— Laisse. Je ne te parle pas d'un coach, je te parle de ma vie.

— Pardon ?

— Je ne suis pas heureuse.

Johanna demeura bouche bée. Selon elle, rien de plus indécent que de s'exprimer ainsi : Anny avait proféré une obscénité.

— Il faut que je modifie quelque chose dans ma vie, reprit Anny.

Johanna secoua la tête pour se laver de ce qu'elle venait d'entendre, puis se força, quoique avec répugnance, à prolonger cet ergotage immonde.

— Quoi ?

— Ça ne peut pas continuer. Je ne suis pas heureuse.

Johanna haleta en baissant les paupières. Répondre devenait au-dessus de ses forces.

Anny médita longuement.

— Je suis gaie, oui, mais je ne suis pas heureuse. Les autres me considèrent comme une fille marrante, une fêtarde sans complexes, mais cette agitation cache ma vérité. Un maquillage. En général, les gens qui se badigeonnent de fond de teint dissimulent une vilaine peau.

Johanna déglutit. Pourquoi Anny s'en prenait-elle à elle ? Pourquoi tant de méchanceté ? Personne n'avait jamais osé évoquer les trois millimètres de crème opacifiante dont elle s'enduisait tous les matins… Du coup, pour changer de sujet, elle revint dans la conversation :

– Qu'est-ce qui te manque ? Un enfant ?

– C'est trop tôt.

– Un mari ?

– Je ne sais pas. Possible… Je crois que ma tristesse a un rapport avec l'amour. J'ai besoin d'aimer, d'aimer plus, d'aimer vraiment. J'ai l'impression que je n'y suis pas arrivée.

Johanna sourit. On se rabattait sur un terrain qu'elle dominait. Elle allait recouvrer son emprise sur Anny.

– Curieux que tu dises ça… Il y a justement un homme qui est dans le même état que toi. Mais lui, c'est à cause de toi.

– Qui ?

– David…

– David ?

– David Brown. Un de tes partenaires. Celui que tu as voulu épater le dernier soir en jouant à Tarzan et Jane dans la boîte de nuit. Depuis ton séjour ici, il me téléphone tous les jours pour demander s'il peut passer te voir.

Le détail toucha Anny. Johanna poussa son pion :

– Naturellement, j'ai refusé. Premièrement, parce que je ne savais pas si l'idée t'enchanterait.

– Si… ça me plaît de le savoir, en tout cas.

Anny se souvint de la discussion qu'elle avait eue avec Ethan. L'infirmier s'était étonné qu'aucun de ses amis ou amants ne vînt lui rendre visite ; sur le moment, elle avait improvisé une justification mais, sitôt seule, elle avait maudit ses prétendus proches et s'était apitoyée sur son sort. Maintenant, elle détenait un motif : Johanna et son bureau avaient monté la garde, interdisant l'accès à sa chambre. Y compris à ceux qui insistaient... Quelle satisfaction !

– David..., murmura-t-elle, savourant ce nom sur ses lèvres entrouvertes.

– Oui, David. Deuxièmement, parce qu'il n'est pas celui dont je rêve pour toi, ma chérie.

La phrase lui fit l'effet d'un électrochoc. Anny se redressa sur le lit, indignée.

– Pardon ?

– Non, soutint Johanna. Si tu dois avoir une grande histoire, une histoire qui va jusqu'au mariage, je souhaiterais que ce soit avec quelqu'un de ton niveau. Enfin, un acteur au minimum équivalent, question carrière. Il n'y a pas de raison que l'union profite à l'un davantage qu'à l'autre. Deux stars. Genre Brad Pitt et Angelina Jolie, ce type d'alliance... David Brown, aussi attachant soit-il, magnétique, talentueux, bien élevé, même s'il plaît énormément aux filles, ne rentre pas dans ma liste. Ni dans mon top five. Ni dans mon top ten. Loin de là.

– Sais-tu que c'est scandaleux, ce que tu dis là ?

Anny avait haussé la voix. Ses iris lançaient des foudres. La jeune femme entama une longue diatribe où elle accusa l'agent d'ingérence, où elle réclama le droit de choisir son fiancé, où elle chanta les louanges de David qu'elle décrivit comme une victime du rouleau compresseur hollywoodien, bref, elle s'enflammait tant à le défendre que son exaspération prenait, de minute en minute, les couleurs d'une passion pour le comédien débutant.

Sous un masque outragé, Johanna buvait du petit-lait, tel un chat qui se réjouit de voir que la souris s'est coincée dans l'angle du mur, là où il n'y a plus d'issue. Experte en manipulation, elle avait sciemment déblatéré contre David afin que l'actrice réagisse. La manœuvre avait fonctionné au-delà de ses espérances. Après une demi-heure de tempête, Anny, entêtée, s'était persuadée qu'elle adorait David et qu'il apporterait la solution à son malaise actuel.

Mimant la réticence, Johanna promit, en partant, d'autoriser le jeune homme à passer à la clinique.

La nuit et le jour suivants, Anny les traversa dans l'exaltation. Elle annonça à Ethan que son amant la rejoindrait bientôt ; avec complaisance, elle lui vanta ses mérites, sa beauté, son intelligence, son génie, extrapolant sur leur engouement réciproque. D'imagination vive et d'humeur fougueuse, elle était parvenue à se convaincre que sa vie allait changer, acquérir un sens grâce à David.

Vers trois heures, ce jeudi-là, les kinésithérapeutes vinrent la rééduquer et, pour la première fois, elle réussit à marcher sans tomber, sans s'accrocher ou se retenir. S'ils s'en félicitèrent, elle mit plutôt ce progrès sur le compte de l'amour.

À cinq heures, elle regagna son lit, moulue par tant d'efforts. En se glissant sous les draps, elle se demanda si elle ne jouerait pas maintenant une comédie de pleurs pour obtenir de la morphine.

À cet instant, un intrus en blouson entra dans sa chambre. Elle poussa un cri.

Alerté par le bruit, Ethan surgit derrière le visiteur.

– Que se passe-t-il, Anny ?

Elle désigna l'individu avec peur.

– Faites-le sortir d'ici.

– Mais, je croyais…

– Faites-le sortir ! Au secours !

L'homme s'approcha, brandissant le bouquet caché derrière son dos, et se mit à genoux.

– Enfin, Anny, tu rigoles…

C'est alors qu'elle comprit qu'il s'agissait de David Brown.

Non seulement elle ne l'avait pas reconnu, mais elle avait oublié ses traits.

7

L'homme en noir se servit de son poignard pour trancher les cordes qui ligotaient Anne. Autour d'eux, la forêt, délivrée de ses intrus, Ida et Philippe, cessa de retenir son souffle, recommençant à bourdonner de sa vie propre ; après quelques envols de moineaux, les colombes roucoulèrent de nouveau et le sous-bois oublia la violence dont il avait été témoin.

Quand le colosse l'aida à se remettre sur pied, Anne entrevit son nez long comme une serpe sous le capuchon flottant. En frissonnant, elle murmura :

– Je vous reconnais.

Concentré sur son travail – libérer la jeune fille sans la blesser –, le géant ne broncha pas.

Elle insista, tentant vainement d'intercepter son regard :

– Oui, je vous ai rencontré dans un de mes rêves. Vous m'apportiez une miche de pain.

– Alors c'est que tu ne rêvais pas. Chaque nuit, je t'ai approvisionnée.

Telle une pierre pénétrant l'eau, sa voix basse, égale, envoyait des ondes pacifiantes entre les arbres.

Anne arrêta de le craindre.

Rejetant l'ultime lacet, il s'assit au creux moussu du chêne pendant qu'elle se frottait les poignets et les chevilles afin de décongestionner ses articulations. Il lui lança, au terme d'un long silence :

— Tu ne me demandes pas pourquoi ?

Anne arrondit les sourcils. Non, elle n'en avait pas envie. S'il l'avait nourrie, c'était parce qu'il le souhaitait. Quoi d'étonnant à ce qu'il l'ait secourue ? Il devait être généreux, simplement. Demande-t-on au soleil pourquoi il chauffe ? Cette question – pourquoi ? – appartenait peu à l'univers d'Anne, encore moins depuis ce séjour où, absorbée par la poussée d'une plante ou les nuances de la lumière, elle était devenue contemplative, présente à toute chose, absente à elle-même.

Comprenant qu'il attendait une réaction de sa part, elle s'écria :

— Quel lien avez-vous avec le cerf ?

— Quel cerf ?

— Le cerf qui m'observait, le cerf qui me guettait. Trois fois il m'a donné la chair de poule tant je l'entendais penser fort.

— Peut-être étais-je le cerf ?

Elle approuva de la tête : pour elle, cela ne faisait aucun doute. Elle continua :

— Et l'arbre ?

Elle désignait l'hôte feuillu qui les abritait.

— Vous parle-t-il ?

Il fronça le front, réfléchit, conclut :

— Oui.

Elle sourit, enchantée.

— Il est intéressant, n'est-ce pas ?

– Très. C'est pour lui et ses semblables que je m'attarde souvent dans la forêt.

Sur-le-champ, Anne et l'Inconnu se sentirent proches ; afin d'en jouir, ils se turent longtemps.

La rivière coulait en un murmure limpide, vif, s'amenuisant à la limite du silence. En ce début d'après-midi, figés par la lumière dorée, les sons n'avaient plus d'origine, ils flottaient mollement sur l'air chaud.

Ce qui ravissait Anne, ce n'était pas que l'Inconnu lui eût sauvé la vie, mais que sa voix était celle que l'arbre aurait eue s'il avait utilisé le langage humain.

De son sac, l'Inconnu sortit un pain, un pot de miel, et ils improvisèrent un goûter. Quand ils eurent mastiqué leur tartine, ils s'étendirent sur la mousse et l'Inconnu engagea Anne à se confier.

Elle raconta son enfance, décrivit sa famille, ses fiançailles, sa fuite ; elle s'exprimait avec facilité, comme si la diète de mots, ces derniers jours, avait fluidifié son élocution.

Lorsqu'il l'écoutait, elle trouvait que l'Inconnu devenait fascinant : il captait davantage que les phrases ; par ses sourires inopinés, par ses clignements d'yeux décalés, on devinait que, derrière le verbe, il distinguait d'autres pensées, celles qui se tenaient dans l'ombre, celles qui échappaient à Anne.

– Ce Philippe, qu'éprouves-tu pour lui ?

– Je suis prête à l'aimer.

– Cependant ?

– Je l'apprécie, mais je déteste son amour. Il m'a ligotée, non ?

– Il veut te posséder. Tel un objet. D'ailleurs, ne t'a-t-il pas achetée ?

– À qui ?

– À toi. En te proposant de t'aimer à sa manière.

Elle soupira.

– Je pressens que je dois aller ailleurs… plus loin en l'amour… Et sans lui ! Suis-je sotte ?

– Pas le moins du monde.

Il la dévisagea avec bienveillance.

– Que comptes-tu faire, désormais ?

Elle haussa les épaules.

– C'est évident ! J'obéirai à vos conseils. Vous êtes là pour ça, non ?

Il rougit, baissa le front, murmura :

– « Celui qui vient est plus fort que moi, et je ne suis pas digne de porter ses sandales. »

Distraite par un craquement, Anne sursauta.

– Oh, regardez sur la branche…

Déjà troublé, l'Inconnu fut bouleversé par la colombe qu'elle lui montrait. Il s'empourpra, ses lèvres tremblantes étouffèrent plusieurs phrases, il chercha un point dans le ciel, laissa les larmes envahir ses paupières, puis se coucha sur le ventre, face à terre, bras écartés.

– Merci !

À qui s'adressait-il ?

Les yeux d'Anne circulaient de l'oiseau à l'homme prosterné. Le volatile sur l'arbre délivrait-il une idée importante ? Elle conjectura que l'Inconnu, son aîné, plus instruit, plus avancé en sagesse, percevait un message qu'elle ne discernait pas.

Soudain la colombe, comme si elle avait conclu son prêche, s'envola.

L'Inconnu se releva, et bougonna :

– En route, nous devons gagner Bruges.

Durant le voyage, ils bavardèrent peu, marchant à pas larges ; leur priorité consistait à progresser avant que les ténèbres ne les arrêtent.

L'homme connaissait bien la forêt. Sans louvoyer, une baguette de noisetier à la main, il traçait sa voie entre les fougères. Leurs oreilles brûlaient, piquées par les chants d'oiseaux, depuis le loriot dragueur, les mésanges impérieuses, le merle exaspéré jusqu'aux aigres corneilles.

Rejoignant un chemin de terre battue, ils traversèrent les champs plats, certains plantés, d'autres à l'abandon. Après les sous-bois copieux et variés, Anne jugea cette nature-là monotone ; déçue, elle noya son attention à l'horizon, préférant fixer l'invisible plutôt que ces charrues obèses, ces chiens rachitiques, ces paysans courbés.

Enfin, sous un ciel qui s'assombrissait, Bruges s'annonça au loin par son beffroi, cette haute tour carrée qui triomphait à quatre-vingts mètres, une merveille architecturale qu'on venait d'édifier, l'orgueil de la ville, le signe de sa prospérité. À sa proximité, Anne frémit et retint l'Inconnu.

– Êtes-vous sûr ? Ne pouvons-nous pas passer une dernière nuit dehors ?

– Tu dormirais mal. Tu t'inquiéterais pour demain.

Elle baissa le front, perplexe.

– Vous allez me rendre à Philippe ?

– Surtout pas.

– Alors, où allons-nous ?

– Dans ta famille. Je veux leur parler de ton avenir.

Elle protesta :

– Personne ne me comprendra.

– Pourquoi ?

– Parce que je suis différente.

Que mettait-elle sous ce terme ? Elle n'aurait pu le préciser. Par « différente », elle désignait le gouffre qu'elle voyait entre ses joies et celles des autres, cette solitude qu'elle éprouvait lorsque les gens racontaient ce qui les passionnait, ses réticences à exprimer sa pensée qu'on ne saisissait jamais. La monnaie des langues et des idées qui avait cours parmi les hommes, Anne ne savait pas s'en servir : aucun mot ne revêtait la même signification pour elle et pour ses interlocuteurs. En famille ou en société, elle se sentait exclue.

L'Inconnu abonda dans son sens :

– C'est vrai, tu es différente. Tu dois en être fière.

Ils reprirent la route. Revigorée par cette déclaration, Anne explorait une dimension nouvelle. Ainsi, elle pourrait être contente d'elle ?

Les cloches du beffroi sonnèrent.

Ils franchirent le guet. Anne indiqua à l'Inconnu le labyrinthe à suivre pour accéder chez tante Godelière, laquelle ne logeait ni au bord des canaux ni sur la Grand-Place où les maisons coûtaient trop cher, accessibles seulement aux nantis – drapiers, banquiers, éminents négociants –, mais plus loin, au-delà des rues d'artisans, de commerçants, à l'issue d'un dédale de ruelles, dans un quartier populaire adossé aux remparts de la ville.

L'obscurité tombait. La lueur dorée des chandelles vacillait à l'intérieur des bâtisses cossues ; chez les citadins ordinaires, l'âtre rougissait. Des groupes de gamins bruyants et sales se chamaillaient en ricanant.

Anne frappa à la porte d'une habitation en briques.

En apercevant la jeune fille, tante Godelière, grasse et

bonne, laissa son cœur prendre les devants, bondit au-dehors, la souleva dans ses bras.

– Ma chérie… j'ai eu si peur pour toi… Oh, quel soulagement ! Je n'arrivais pas à croire ce que prétendait Ida, que tu étais devenue folle, que tu l'avais battue, mordue, que tu t'entêtais à demeurer dans les bois. Elle m'a aussi dit qu'un homme t'escortait, là-bas, un monstre, un géant qui…

À cet instant, l'Inconnu jaillit des ténèbres et se présenta à Godelière. Elle tiqua.

– Mais…

– C'est mon ami, expliqua Anne.

– Ton ami ? Qui êtes-vous, monsieur ?

L'Inconnu ôta sa capuche. Une moisson de cheveux blonds, raides, fous, se relevèrent sur son crâne, libérés après avoir été comprimés des heures sous la laine noire.

– Je suis le moine Braindor.

Il s'inclina.

Dans la nuit, l'apparition conjointe de ce nom – Braindor – et d'une toison à l'éclat doré éblouit Godelière autant qu'Anne. Depuis qu'il s'était découvert, l'Inconnu paraissait beaucoup plus jeune, moins effrayant ; certes, il continuait à jouir d'une taille exceptionnelle, cependant, sans l'auréole du mystère, il rejoignait les grands gaillards flamands que l'on croisait à Bruges.

– Moine ? balbutia Godelière.

L'homme fourragea la soutane et en dégagea un crucifix de la main droite.

Godelière acquiesça, ravie de la tournure que prenaient les événements. Braindor éprouva le besoin de la rassurer :

– J'ai accompagné votre nièce jusqu'à chez vous pour discuter de ce qui lui arrive.

– Alors, entrez mon père, si vous acceptez mon hospitalité.

Godeliève les conduisit à la longue table de bois puis cuisina une omelette sur la braise.

Les deux jeunes cousines, Hadewijch et Bénédicte, descendirent de l'étage, d'abord timides, puis plus hardies quand le géant leur eut souri ; et elles embrassèrent Anne avec enthousiasme. En retrait, maussade, Ida se tenait à côté du foyer, dans la pénombre, manifestant un égal mépris à sa cousine et à l'Inconnu.

Lorsqu'ils furent rassasiés, Braindor repoussa son plat vide, acheva son gobelet, frotta ses paumes sur la table.

– Maintenant, parlons d'Anne.

– Je vous écoute, mon père, s'exclama Godeliève en s'asseyant en face de lui.

– Vous souvenez-vous que Notre-Seigneur Jésus-Christ s'attarda quarante jours au désert ?

À tour de rôle, il scruta chacune des femmes dans les yeux ; elles battirent des cils pour signifier que, oui, elles connaissaient les Écritures. Il poursuivit :

– Tout changea au cours de ce séjour solitaire. Au sortir, Notre-Seigneur, qui n'avait jamais proféré de sermons antérieurement, s'exprima enfin et entama sa mission en parcourant le pays, déclenchant des conversions, rassemblant des disciples autour de lui et de ses miracles. Dans son existence, l'exil marque une frontière : il a une vie avant le désert, une autre après le désert. Le sable et les rochers nous ont livré le Jésus-Christ que nous honorons depuis quinze siècles.

– Sans doute, murmura tante Godeliève, ne voyant pas où il voulait en venir.

– Notre-Seigneur nous montre l'exemple. Il faut parfois se perdre afin de mieux se trouver.

Il pointa Anne du doigt.

– Cette jeune fille vient de subir l'épreuve du désert : au milieu des bois, elle quêtait sa vérité.

– Sa vérité ? s'étonna tante Godeliève, qui ne comprenait goutte.

Ida s'arracha de l'ombre pour affronter Braindor :

– Eh bien, qu'elle nous la dise, sa vérité !

Les regards se dirigèrent vers Anne.

Celle-ci, les yeux ronds, chercha ce qu'elle pouvait confier, ouvrit les lèvres, renonça, recommença, espéra, soupira, gémit, puis fixa le sol, désespérée.

Ida triompha :

– La voilà, sa vérité : rien !

– Elle ne sait pas encore la dire, répondit Braindor, calme.

– Anne est simplette ! hurla Ida. Une demeurée ! Jusqu'ici, on ne m'écoutait pas car on croyait que j'étais jalouse. Jalouse de quoi ?

Elle apostropha violemment le moine :

– Il n'y a plus que toi, mendiant, qui la défendes.

Braindor se leva, ce qui le rendit aussitôt menaçant, et fronça les sourcils.

– Son comportement vous montre le chemin. Vous concluez qu'elle s'égare tandis qu'elle vous guide, tant elle a assimilé ce que vous ne soupçonnez même pas.

Il se tourna vers Godeliève.

– Maintenant, ma sœur, je voudrais qu'on l'autorise à se développer, qu'on cesse de contrecarrer sa vocation, qu'on arrête de lui interdire d'aimer comme elle l'entend. S'il vous plaît, laissez aller son amour là où il doit aller.

Les femmes présentes ne saisissaient pas une miette de sa harangue. Godeliève finit par articuler :

– De quoi parlez-vous ?

– Dieu ! gronda Braindor. Il est évident que cette enfant est destinée à Dieu.

Les bouches s'arrondirent d'étonnement.

Dieu, la vocation d'Anne ? Personne n'y avait pensé.

Anne non plus.

8

Vienne, 2 juin 1905

Chère Gretchen,

T'ai-je parlé de ma collection ? Je l'ai commencée par hasard en Italie ; elle m'a ensuite absorbée au point que je dus acheter trois malles supplémentaires pour la ranger pendant notre périple ; elle m'accapare depuis que nous sommes installés à Vienne.

Pardon, je m'égare en ne te précisant rien... Je raffole des sulfures et des mille-fleurs ! Ces sphères de verre qui enferment dans leur eau solide des violettes, des marguerites, des prairies, des papillons, des visages, je les recherche, je les piste, je les marchande, je les achète, oh ! je crois que je pourrais les dérober.

Mes meubles croulent sous les Bigaglia, les Baccarat, les Saint-Louis, les Clichy. Dans mon cabinet de toilette où je les accumule, elles s'exposent sur les rayonnages. Naïves, joyeuses, virginales, innocentes, elles y miroitent avec leurs couleurs exacerbées, leur rondeur de bulle, leur fond qui évoque des sucres d'orge. Les petites friponnes séduisent

94

tout le monde, même la lumière qu'elles attirent et retiennent en leur cœur, telles des toiles d'araignées qui captureraient l'arc-en-ciel.

Leur contemplation m'amène à la rêverie. Quand mes yeux se promènent sur ces fleurs incorruptibles, lorsque mon regard contourne les gouttes d'air muées, dans leurs globes de cristal, en perles de rosée éternelles, mon imagination s'envole… Non seulement je ne connais rien de plus somptueux mais je n'ai jamais reçu tant d'idées ni tant de sentiments d'un objet.

Ce sont elles, ces merveilleuses pièces, qui m'ont rendue collectionneuse, pas l'inverse. Auparavant, je n'avais aucune disposition à la manie. Il a fallu que j'éprouve ce coup de foudre en visitant un atelier à Murano…

Si j'en rapporte de nouvelles à la maison, j'ai l'impression de les sauver de la rue, de leur fournir un toit, également de les libérer car je les goûte pour ce qu'elles sont, mes belles silencieuses, je les délivre de leurs usages domestiques, presse-papiers, serre-livres, boules d'escalier. Ici, elles redeviennent des œuvres d'art.

Pourquoi décrire cela ? Je voulais te présenter les pépites de joie qui parsèment ma vie.

En dehors, elle reste étrange, ma vie, ou plutôt la façon dont je l'habite se montre de plus en plus bizarre.

J'ai tout pour être heureuse ; je ne le suis guère.

Pourtant je m'applique… Chaque jour, je me rappelle que je suis huppée, aimée, désirée, logée au sein d'un palais, introduite auprès de la meilleure société de Vienne ; chaque heure, je m'oblige à admettre que je jouis d'une excellente santé, que je mange au-delà de ma faim, que je croise des gens amusants, qu'en cette capitale de l'Empire il me suffit d'aller à l'Opéra, au concert, au théâtre, dans les galeries pour accéder aux produits du génie humain. Chaque nuit, je détaille le gracieux corps endormi de mon mari en me répétant que neuf Autrichiennes sur dix me voleraient ma place. Or, malgré mes examens de conscience, en dépit de mon volontarisme, j'échoue. Mon bonheur, je le sais ; je ne le sens pas.

Le malaise rôde…

Si au moins je pouvais le nommer…

Dans quel but je me lève le matin ? À part ma collection, rien de la journée à venir ne m'attire. Néanmoins, bravement, j'endosse mon uniforme, je rabâche mon rôle, je révise mes répliques, je règle mes entrées ou mes sorties, je me prépare à la comédie de mon existence. Je languis peut-être après un miracle… Lequel ? Cesser de me voir agir. Ne plus être ni l'actrice ni la spectatrice de moi-même. Arrêter de me juger, de me critiquer, de percevoir mon imposture. Qu'enfin, tel un sucre dans l'eau, je fonde dans la réalité et m'y dissolve.

Pour l'instant, je donne bien le change, mon jeu ne pèche pas. Sous mes mimiques et mon éloquence, mon désarroi échappe à tous. Hier soir, Franz m'a crié, enthousiaste :

– Je suis fier de toi !

Fier de moi ? J'ignore si sa déclaration m'a encouragée ou abattue… D'un côté, j'étais soulagée de contenter cet homme exquis ; de l'autre, je souffrais que mon mari, celui avec qui je partage mes jours et mes nuits, mon prétendu intime, ne décèle pas mes tourments.

Qu'en déduire ?

Dois-je prolonger ma supercherie jusqu'à oublier que je joue un rôle ? Parfois, je songe que tante Vivi, ma belle-mère, ces femmes qui m'entourent, sont parvenues à cela : logiques, prévisibles, leurs réactions appartiennent à leur personnage, personnage auquel elles croient, personnage qu'elles ne quittent jamais.

Ou dois-je rompre ? partir à ma recherche ? dénicher ce qui m'importe vraiment ?

En écrivant ces mots, je m'effraie. Partir, certes, mais partir pour quoi ? Me rechercher, d'accord, cependant, si je ne me trouvais pas ? Ou si je ne découvrais rien ? Tout quitter et se précipiter à un rendez-vous chimérique où nul ne m'a conviée, quelle folie... À cet instant, j'ai envie de foncer vers Franz, de me jeter dans ses bras solides et de lui ordonner : « Serre-moi », comme je le fais souvent. Il adore ces crises, il en rit à gorge déployée, car il a l'impression que j'exprime mon attachement... sans soupçonner que je révèle surtout ma peur.

Franz, donc, ne se lasse pas de moi. Le jeune comte von Waldberg s'enchante que je plaise à ses amis et que la crème de Vienne me reçoive avec tant de chaleur. À l'occasion, il me rapporte les compliments qui pleuvent : « Irrésistible, tellement captivante, si juste dans ses appréciations, dotée d'un cœur énorme, un diamant, mon cher, vous avez mis la main sur un diamant. »

Il y a de quoi s'étonner : sitôt que j'arrive quelque part, les gens frétillent. Si, au début, je pouvais supposer que s'exerçât l'attrait de la nouveauté, le phénomène dure maintenant depuis plus d'un an et il s'amplifie. On s'agglutine davantage autour de moi, on se dispute ma compagnie.

– Incroyable ! s'exclame Franz. La pire des coquettes attire moins. Femmes et hommes, jeunes ou vieux, ils sont tous fous de toi.

Quand, au retour d'un bal, Franz relate mes performances, il ne s'en étonne pas, il en jubile. Généralement, il me glisse ensuite un baiser dans le cou et ajoute :

– Remarque, je les comprends.

Puis ses lèvres fraîches remontent vers les miennes.

– Et je me rappelle que j'ai une chance outrecuidante d'avoir été choisi par l'ensorcelante Hanna...

Il baisse le store de notre calèche.

– ... au cas – improbable – où je l'aurais oublié.

La suite de cet entretien, tu l'imagines... Soit elle se déroule à la maison, soit, si nous en sommes trop éloignés, elle se conclut dans la voiture.

Puisqu'il est toqué de moi, Franz interprète mon succès à travers sa passion : les mortels ressentent, à mon égard, un écho de ce qu'il éprouve.

Pauvre Franz ! S'il savait à quoi est dû mon misérable triomphe... Lorsqu'on me demande « Comment allez-vous ? », je réplique avec ferveur : « Et vous-même ? » M'estimant trop peu pour me livrer, je préfère m'intéresser aux autres. Nul ne note que j'esquive la réponse, ma répartie semble une information positive ; dès lors, mon interlocuteur, débarrassé, peut enchaîner sur son sujet favori : lui. La voie est libre ! Il me raconte ses joies et ses misères, il se vante autant qu'il se plaint, il badine, il fanfaronne, il pleure, il me fournit des opinions impertinentes, il me déballe des secrets, il ose les remords autant que les regrets, il avoue des espoirs, il déverse sur moi états d'âme et dilemmes, il ne trie pas, je prends tout. Une décharge à paroles. Si, en société, je bénéficie d'une réputation élogieuse, c'est dans la mesure où je me réduis à une oreille. N'ayant rien à dire, je me délecte d'écouter ; un raseur à l'haleine fétide m'intrigue plus que ma petite personne. Aussi te figures-tu avec quelle célérité on accourt vers moi sitôt que je franchis le seuil d'un salon.

En fait, mon exploit découle d'un tour de passe-passe : je suis un prêtre qui ne juge pas ! Sous les dorures, au milieu des plantes vertes, j'occupe un confessionnal improvisé. Plus agréable à contempler que la plupart des curés, plus tolérante également, je m'abstiens en outre d'infliger des pénitences.

« Oh, cette délicieuse madame von Waldberg, quelle gourmandise ! Vous tenez la perle des perles, mon cher Franz. »

Ils ne se rendent pas compte que ma conversation ne vaut que par son silence, ni que mon charme consiste en ma patience.

« Elle est tellement aimable. »

Aimable parce que je m'abomine. Ma sociabilité exsude d'un profond dégoût de moi.

Mon rayonnement repose sur un malentendu : comme je n'existe pas et que tout le monde me paraît plus vivant que moi, je me laisse envahir par les autres. Tiens, je pourrais presque m'établir romancière, si j'avais reçu le talent de transformer mon malaise en phrases.

Oh, Gretchen, j'aperçois tes sourcils qui se froncent, je devine des plis de réprobation sur ton front : tu désapprouves mes réflexions, tu les condamnes.

Tu as raison.

Quoi ? Que me reproches-tu ? Ce que je viens d'écrire n'est qu'un leurre ? Je dissimule la vérité ?

Bravo, ton regard m'a percée – le scalpel d'un chirurgien.

Oui, je bavarde. D'accord, je masque ma honte, mon authentique honte, la seule.

Eh bien, cessons de finasser : je ne suis toujours pas enceinte.

J'en éprouve de la rage. Il y a quelques mois, souviens-toi, je m'en moquais, je maniais la distance ironique, je me permettais même de douter qu'enfanter fût mon destin. Aujourd'hui, c'est primordial eu égard à la hâte dans les yeux de Franz, et surtout parce que je n'y arrive pas.

Mon impuissance m'affole ! À certains moments, j'ignore si je veux tomber enceinte pour avoir des enfants ou pour supprimer l'affront de cet échec.

Peu importe, je me trouve inférieure à ce qu'on attend de moi.

Tante Vivi, la gourgandine de luxe, est revenue me sonder en me ligotant dans les effluves capiteux de son parfum :

– Alors, ma chérie, la minute éblouissante ?

– Je m'en approche, tante Vivi, je m'en approche.

La déception allongea son nez, montrant que son visage n'était pas approprié à ce sentiment.

Après Vivi, toutes les femelles de la famille ont vérifié que j'appliquais bien leur recette. J'ai beau les assurer de mon sérieux et de mon obéissance, elles concluent de mon ventre plat que je mens, ou que mon cas s'avère désespéré. Bref, à leurs yeux, je suis passée d'oie blanche à femme coupable.

Récemment, en catimini, j'ai consulté un médecin afin de déterminer si mon corps comportait une anomalie qui le rendait stérile. La réponse du praticien ne souffrit pas d'ambiguïté :

– Vous êtes parfaitement constituée, Madame, pour mettre au monde des enfants.

Du coup, le docteur Teitelman a exigé que Franz subisse un examen au cabinet. J'en suis restée bouche bée.

– Franz ?

– Oui. Si l'empêchement ne vient pas de vous, il vient peut-être de lui.

Si son raisonnement témoignait d'une logique, il m'a déconcertée. Évidemment, je n'en ai pas touché un mot à Franz. Et je ne le ferai jamais. Y consentir serait odieux. Pauvre Franz...

Je suis persuadée que c'est moi, le problème, j'en ai la conviction intime. Je me sais frappée d'une tare originelle. Depuis toujours, je me sens différente. Maintenant, je découvre juste pourquoi.

Franz...

S'il y a une responsable, pis, une coupable, c'est moi ! Jusqu'à mon souffle ultime, je protégerai mon mari, j'assumerai notre stérilité. Et s'il insinue un jour qu'il a besoin d'une famille, je céderai ma place à un flanc fertile.

Mon doux Franz... il a commis une grave erreur en jetant son dévolu sur moi.

Au retour de cette entrevue médicale, devant ma glace, j'ai toisé mon corps nu, maigre, osseux, inutile, mes yeux rougis, mon nez gros d'avoir pleuré. Mon reflet me renvoyait ma triste réalité : je ne suis qu'une misérable qui prospère dans un quiproquo et profite éhontément d'un homme chevaleresque.

Ce soir-là, il fut heureux que ma camériste toquât à ma porte car, lorsque ses coups retentirent, mon regard s'attachait trop fixement à un poignard accroché au mur...

Et puis, par bonheur, j'avais rendez-vous chez *Müller Père et Fils* le lendemain pour un sulfure : cela a définitivement retenu un geste fatal.

Mon musée me sauve. Sans répit, je parcours des kilomètres en fiacre, voire à pied, de boutique en boutique, de marchand obtus en escroc avisé. Si l'on m'interroge sur mes boules, je ne taris plus, personne ne peut m'arrêter ; et je peine à revenir à des sujets ordinaires. Il arrive souvent que, sur l'oreiller, ma dernière pensée soit consacrée à un mille-fleurs aperçu l'après-midi au coin d'une vitrine et que, le matin, je me réveille encore avec cette image. Rien ne me donne autant d'impatience, autant de fourmis dans les jambes, autant de battements de cœur qu'entrer chez un antiquaire. Si ma passion n'est pas clandestine, j'en cache la force, l'emportement : bien que vécue au grand jour, cette obsession se pare des délices d'une liaison adultère.

En fait, je préfère les mille-fleurs aux sulfures. Quelle différence ? Les sulfures présentent des personnalités en camées inclus sous le verre, tandis que les mille-fleurs, plus bariolés, très chromatiques, proposent des fleurs sous le cristal, fleurs solitaires, fleurs en bouquet, fleurs en tapis printanier.

Rassure-toi, ma Gretchen, je t'épargne les détails. Tout dire suscite l'ennui. Je ne t'infligerai donc pas un cours sur les objets de mon culte, sachant, par expérience, combien les collectionneurs lassent.

Oh, ma Gretchen, tu n'as pas de chance de subir une cousine si pitoyable, une cousine qui, de surcroît, a décidé de t'assommer avec ses confidences.

Hanna.

P.S. Gretchen ! Oublie ce que tu viens de lire !
Parce que j'ai tardé à poster cette lettre, elle n'a plus de pertinence.
Aujourd'hui, le docteur Teitelman vient de confirmer ce que

le récent arrondissement de mon ventre suggérait, ainsi que l'interruption de mes règles : je suis enceinte !

Cette merveilleuse nouvelle annule toutes mes jérémiades antérieures. Franz a pleuré de joie lorsque je la lui ai révélée tantôt ; il quitte à l'instant mes bras pour aller l'annoncer à sa mère.

Quant à moi, je deviens la femme la plus heureuse du monde.

9

Dans le miroir encadré d'ampoules blanches où elle scrutait le travail des maquilleuses, une figure se dessinait enfin. Depuis qu'un sérum avait resserré ses pores, Anny ne se sentait plus évanescente ; parce qu'une crème hydratante teintait sa peau, elle s'estimait protégée ; le moindre ajout de blush la fortifiait ; tout trait de crayon la densifiait ; chaque coup de pinceau la consolidait.

Anny n'était sereine qu'une fois peinte, le maquillage lui apportant l'aisance et la consistance qui lui manquaient. Lorsqu'en début de séance elle s'asseyait, la face nue, devant la glace, elle avait l'impression de manquer de visage, n'apercevant qu'un brouillon, une esquisse sans traits notables, dépourvue d'émotions, tel le sable lisse sur la plage après que la vague s'est retirée. Heureusement, l'armée des maquilleuses s'attaquaient à ce néant, luttaient, fabriquaient à Anny une tête précise, expressive, capable de raconter une histoire ou d'imprimer la pellicule.

– Quelles belles fleurs ! Je n'en ai jamais vu autant.

Admirative, la maquilleuse principale désignait les bouquets qui s'amoncelaient dans la caravane.

– Eh bien, on peut dire que vos amis vous adorent, vous ! Ils fêtent votre retour.

Anny lui adressa un bref sourire. Comment pouvait-on se montrer aussi naïf ? Ces fleurs, aucun ami ne les lui avait envoyées, seulement des professionnels, producteurs, distributeurs, agents, metteurs en scène. D'ailleurs, avait-elle un ami ?

On frappa à la porte.

Le costumier entra, escorté de trois aides.

Du dehors, les bruits du tournage pénétrèrent : les chauffeurs jouant aux cartes, un assistant insultant son sous-assistant, l'électricien tempêtant pour que ses ouvriers accélèrent. Certes, il arrivait rarement qu'on criât sur un plateau car les équipes échangeaient à travers micros et oreillettes, cependant certains, dont Bob, ce chef technicien historique, ne parvenaient pas à conserver leur kit de communication sur la tête tant ils suaient au soleil californien ; ils recouraient donc aux méthodes anciennes, donnant leurs ordres avec leurs poumons.

Quand le costumier referma le battant, un silence digne, cossu, se réinstalla dans la loge de la star.

Anny vit Ethan parmi l'équipe costumes.

– Oh, la jolie surprise…

Elle se retourna, ravie, mais l'infirmier de la clinique des Cèdres s'évanouit ; à sa place, l'homme se révéla être un couturier ne présentant qu'une douteuse ressemblance, quoique long et blond, avec Ethan. Désappointée, elle bafouilla une excuse.

Durant les trois secondes où elle avait manifesté de l'enthousiasme, l'échalas avait remarqué que son patron ne supportait pas que la vedette saluât l'employé ; la balle avait frôlé sa tempe... Il fut rassuré qu'Anny se fût trompée.

À bout de nerfs – son état habituel –, le chef costumier se planta en face d'Anny et l'apostropha d'une voix serrée :

– Anny, votre personnage, on avait bien convenu qu'il était manches courtes ? Sibyl, c'est une femme manches courtes ! Je ne l'imagine pas manches longues. Non, Sibyl manches longues, ridicule ! Manches courtes, oui ! C'est le concept, j'ai conçu ma ligne comme ça. Bon, alors, pourquoi cet hysté-rique de réalisateur me parle de manches longues ?

Anny pouffa puis tendit ses bras dans sa direction.

– Parce qu'il n'effectue pas un reportage sur une acci-dentée.

Le costumier découvrit les multiples entailles qu'avaient laissées les bouts de verre sur la peau d'Anny.

– Oh, ma pauvre, quelle horreur !

En détaillant les bras, il gardait la bouche et les yeux ouverts, les sourcils torturés. Il gémit :

– Vous avez mal ?

– Plus.

Anny pensait que sa réponse effacerait la grimace d'effroi, or elle y demeurait gravée ; au fond, le costumier se moquait qu'Anny souffrît ou non, il fixait cet épiderme tailladé avec une consternation tout esthétique.

Après une minute, il secoua la tête, interpella ses adjoints :

– Manches longues, prononça-t-il d'une voix lugubre.

Jetant un œil sévère à Anny, il maintint :

– Mais ça ne m'arrange pas.

– Désolée.

– C'est mon concept qui tombe.

Agacée, Anny répliqua :

– Je compatis à votre souffrance. Écoutez, je vous refilerai un peu de morphine s'il m'en reste une dose. Et je vous prêterai mon infirmier.

Le chef costumier la considéra, hésitant ; habitué à s'exprimer par hyperboles, il percevait mal l'ironie. Était-elle en train de le plaindre ou de se foutre de lui ? Seul le ton de la comédienne s'avérait clair : elle avait assené sa phrase à la façon dont on grommelle « Dégage avant que je te cogne ».

Il tourna sur ses talons et murmura sur le ton d'un condamné qui avance vers la chaise électrique :

– Je reviens avec des manches longues.

Anny pivota sur son siège et, dans le miroir, vit s'éloigner l'homme blond qui lui évoquait Ethan.

« Comment va-t-il ? songea-t-elle. De qui s'occupe-t-il ? Me regrette-t-il ? Je ne l'ai pas remercié en quittant la clinique. Pourquoi ? Ah oui, c'était son jour de congé. Tiens, je devrais lui envoyer des fleurs. Ou l'inviter sur le tournage, ça l'amuserait. »

Incapable d'attribuer des termes exacts à ce qu'elle éprouvait, elle ressentait un vague besoin de sa présence.

Johanna Fisher, sans frapper, grimpa les marches de la caravane et lança à Anny :

– C'est quand tu veux, ma chérie…

En réalité, elle proférait un ordre. Anny sourit en se disant qu'il faudrait qu'elle reproduise cet effet-là dans un rôle : prononcer des paroles polies sur un ton assassin.

– Attends, Johanna, j'enfile des manches longues.

Les maquilleuses, tels des thérapeutes partageant un terrible secret médical, se précipitèrent pour l'aider à cacher ses avant-bras.

Pendant ce temps-là, Johanna prévenait les paparazzi qu'ils rentreraient bientôt.

– Quoi ? s'exclama Anny. Ici, dans la caravane ?

– Oui, parmi les fleurs.

Anny comprit alors pourquoi la loge croulait sous les bouquets. Peut-être que les donateurs avaient été informés, en agrafant leur carte sur le sommet, que leur cadeau serait filmé...

La meute envahit le véhicule. Chaque photographe criait «Anny!» afin de capter son regard. Ils se bousculaient, si nombreux que les déclenchements de leurs appareils émettaient un crépitement de friture alors que les flashs, déchaînés, effaçaient par instants toute couleur. Dans ce turbulent fracas, on se croyait au cœur d'un cyclone. Quoique poudrée et fardée, Anny se rassit sur le fauteuil et feignit de se livrer aux mains des maquilleuses ; elle reçut ensuite le metteur en scène avec qui elle singea une discussion artistique au sujet du script ; puis elle respira roses et orchidées en arborant un sourire béat ; enfin, elle prétendit lire les messages accompagnant les gerbes, ceux que lui tendait Johanna, laquelle avait une liste de priorités.

Sur un signe de l'agent, aussi rapidement qu'ils étaient arrivés, les reporters déguerpirent. Le silence, oppressant, succéda au vacarme.

Anny s'étendit, vannée. Une telle séance la vidait comme si, un à un, les clichés lui avaient retiré des gouttes de sang ; une attaque de vampires l'aurait laissée dans un accablement identique. Les peuples qui refusaient d'être photographiés partageaient son malaise : nous prendre notre image, c'est nous voler une partie de nous-mêmes. Anny venait de subir un rapt. Non seulement ces hommes l'avaient dépossédée, amoindrie, mais ils l'avaient découpée, morcelée, fracassée en mille pièces. Elle devait maintenant s'isoler pour se reconstituer.

– Repose-toi, conclut Johanna, tu as de la marge. Ta doublure lumière sert à préparer le plateau, et ta doublure cascades assurera les plans de poursuite à ta place.

L'agent et les maquilleuses s'éclipsèrent. Anny soupira :

– Doublure lumière, doublure cascades. Je ne pourrais pas avoir une doublure vie ?

Étalée sur la couette, un coussin sous la nuque, elle ouvrit son scénario, mémorisa les dialogues de la scène du jour. Une fois qu'elle sut les phrases par cœur avec une exactitude quasi mécanique, elle se projeta dans le décor, en face de ses partenaires, s'efforçant de pénétrer ce qu'éprouverait son personnage ; ainsi, elle détermina ses intentions de jeu, son rythme. Lorsque l'ensemble fut clair, elle se risqua, immobile, clouée sur ses plumes d'oie, à jouer la situation et les mots. Elle n'ajouterait le corps que sur le plateau, inutile de s'user auparavant ; elle se gardait des surprises pour le moment où la caméra enregistrerait.

On gratta à la porte. Anny émit un grognement qu'on pouvait interpréter en « oui » autant qu'en « non ».

David entra, se balançant d'un pied sur l'autre.

– Tu vas bien ?

Les mains à moitié dans ses poches, se tortillant un peu, il plissait le front au-dessus de ses yeux de chien battu et se mordait les lèvres.

Anny faillit lui lancer qu'il ressemblait à un cocker ; elle se retint in extremis quand elle décrypta qu'il s'inspirait de James Dean lorsqu'il mimait la timidité.

– Tu tournes aujourd'hui, David ?

– Non. Je suis venu pour toi.

– C'est gentil.

S'il n'était pas filmé, pourquoi arborait-il ces vêtements neufs ?

– Je veux être sûr que ma petite chérie ne flippe pas.

« Flipper ? J'ai quinze ans de métier. »

À mesure qu'il avançait, elle constatait que, les cheveux laqués, les yeux faits, les cils allongés, les sourcils brossés, il avait passé au moins une heure au maquillage.

Anny se renfrogna.

– Tu t'es mis dans de sacrés frais ! Pourquoi aujourd'hui ?

– J'ai l'air ridicule ?

– Du tout. Je m'étonne, simplement.

– Johanna a suggéré une éventuelle séance de pose…

Il ne développa pas davantage. À la flamme noire qui traversa les yeux d'Anny, il saisit qu'elle avait compris.

Ainsi Johanna, désireuse que les journaux commencent à gloser sur ce couple récent, essayait de profiter de la présence des photographes.

– Elle ne t'en a pas parlé ? gémit David.

– Non. Elle n'a pas osé. Et je vais t'expliquer pourquoi : elle devine que la réponse serait non. Trop tôt.

– Pourtant, nous sommes ensemble depuis longtemps…

– Oui, depuis quinze jours.

– Et nous vivons sous le même toit ! Il n'y a aucun mensonge.

Secrètement, elle rectifia : « Tu vis chez moi », mais elle garda ça en elle. Il aurait été mesquin de claironner qu'elle abritait David parce qu'elle préférait sa grande villa dotée d'une piscine au studio du jeune homme.

Percevant un début de hargne chez Anny, il s'approcha d'elle et, face au miroir, lui enlaça les épaules.

– Peu importe. Comme tu le souhaites. C'est toi qui comptes.

Il lui distribua des baisers à la naissance du cou.

Anny sourit. David était parfait. Il ne la heurtait jamais, il songeait toujours à elle – son confort, son bien-être – avant de dire ou d'entreprendre quoi que ce soit, il savait s'effacer.

Elle minauda :

– Aujourd'hui, David, c'est mon retour : ça suffit pour la presse. Sous peu, nous raconterons notre histoire d'amour.

– Je ne veux pas polluer ton come-back sur le plateau.

Une voix intérieure souffla à Anny : « Selon lui, ça pollue surtout son arrivée. »

D'un ton suave, David continua :

– Nous avons le temps. Crois-moi, je ne vais pas cesser de t'aimer en une semaine.

La voix intérieure commenta : « Attention : il fait le joli cœur mais il ne t'accorde qu'une semaine. »

Anny maudit la voix de se montrer si cynique, se culpabilisa d'avoir de telles pensées et, pour se pardonner, s'abandonna aux caresses de David.

Avec des cris de chiot, ils se frottèrent doucement l'un contre l'autre, polissons, tendres, en prenant soin de ne pas ruiner leur maquillage.

Quand ils se détachèrent, Anny ne put retenir une nouvelle intervention de la voix effrontée : « Extraordinaire, la perspective des clichés : il a exploité à mille pour cent son capital de séduction. »

Certaine de sa pertinence, Anny réinterpréta cette remarque à voix haute :

– David, je ne t'ai jamais vu aussi craquant.

David s'exclama du tac au tac :

– Moi non plus, je ne t'ai jamais vue aussi sexy.

– Ah bon ? Je ne suis pas assez bien pour toi d'ordinaire ?

Pourquoi persiflait-elle ? Pourquoi engageait-elle une scène de ménage ? Elle se vautrait dans le ridicule. Inutile ! Cependant, une rage l'y poussait.

– Qu'est-ce que tu racontes, Anny ? Tu me bluffes beaucoup plus sans tes peintures et tes poudres. Crois-moi, je savoure la chance que j'ai : te voir telle qu'aucun spectateur ne te verra.

Elle ravala sa salive. Décidément, il frisait la perfection, il désamorçait chaque bombe.

Peut-être la sourde irritation qu'elle éprouvait venait-elle de là ? David se comportait si bien qu'elle se sentait souvent minable auprès de lui. Elle flairait dans son attitude un excès d'application : il réfléchissait. Répliques et gestes n'étaient exécutés qu'à l'issue d'un calcul. À Anny la spontanée, cela paraissait insolite et, selon les moments, admirable ou inquiétant. « Le diable lui ressemble, lucide, manipulateur », s'indigna-t-elle. Une minute plus tard, elle s'effraya : « Dieu, s'il existe, maîtrise tout également. » Qui était David ? Dieu ou le diable ? Un ange ou un démon ?

D'un mouvement de l'index, elle prétendit devoir réviser sa scène. David s'éclipsa comme si elle l'avait congédié avec la plus exquise politesse.

Durant les secondes où il entrouvrit la porte, elle réaperçut Ethan au loin. Elle allait l'apostropher quand l'homme se retourna et afficha un visage anonyme.

« Incroyable, les sosies d'Ethan fourmillent ici. »

Elle se replongea dans le scénario, remarqua qu'elle le possédait sur le bout des ongles ; rassurée, elle laissa son esprit vagabonder.

David l'assommait. Par ses cajoleries, par ses phrases câlines, il la forçait à se trémousser en femme amoureuse ; or elle doutait de l'être, elle suivait simplement la logique de la situation.

Après l'irruption de David à la clinique, ce jour où, faute de le reconnaître, elle avait hurlé, la honte l'avait écrasée : Ethan et David pouvaient – à juste titre – la considérer comme une junkie au cerveau pourri. Afin d'effacer le malentendu, elle avait couché avec David. Ça n'avait pas été désagréable, ni pour lui, ni pour elle ; par conséquent, en comédiens qui poursuivent une improvisation réussie, ils s'étaient enflammés. Sitôt qu'Anny eut quitté la clinique, David vint stocker quatre cartons d'affaires chez elle et s'y installa. Johanna Fisher accepta le principe de cette liaison, puis les parents respectifs furent invités à bruncher un dimanche matin.

Et voilà ! De l'extérieur, cela évoquait une idylle. De l'intérieur... D'une heure à l'autre, Anny était sincère ou Anny jouait un rôle. Parfois convaincue, parfois hésitante, elle avait l'impression qu'une contrainte pesait sur elle ; elle avançait à l'instar d'un train, lancée à grande vitesse, rivée à la voie ferrée. Mais où aboutirait-elle ? Y avait-il une gare au terme du périple ? Ou allait-elle dérailler, à son habitude ?

Puisque, de temps en temps, elle s'astreignait à flirter, elle soupçonnait David d'agir de même. Seulement, il y arrivait beaucoup mieux qu'elle, pas moyen de le coincer en flagrant délit d'interprétation. Qu'en conclure : meilleur menteur ou soupirant authentique ?

– Mademoiselle Lee est demandée sur le plateau ! Mademoiselle Lee, s'il vous plaît !

Tambourinant à la porte de la caravane, le quatrième assistant à la mise en scène vint la délivrer de son dilemme.

Dotée d'une énergie surprenante, Anny rejoignit le plateau, salua de l'œil ses partenaires, puis, après un échange de quelques propos avec Zac, le réalisateur, plongea dans la scène.

Jouer. Jouer enfin. Là, elle respirait ample. Là, elle était heureuse. Là, elle cessait de se questionner.

Devenir une autre, elle détenait incontestablement ce don.

Elle subjugua ses collègues et les techniciens du film. Chacun sentit les poils de ses bras se hérisser. Non, Anny Lee ne se réduisait pas à un phénomène médiatique ni à un emballement du public : elle se montrait une grande actrice.

Le soir, une limousine la reconduisit chez elle où David, reparti avec les bouquets, s'entraînait à la musculation.

Quoique le voyage à travers Los Angeles durât plus de deux heures, Anny, contente d'elle, recrue de fatigue, l'occupa à se rappeler ses moments de jeu les plus intenses.

À la nuit tombante, le chauffeur la déposa devant sa villa.

Près du porche, assis au sol, tassé sur lui-même, un recueil entre les genoux, Ethan lisait passionnément.

Le mince infirmier ne ressemblait à personne. La curiosité qui le courbait sur les pages paraissait assez forte pour tendre un arc. Son livre même n'avait rien du modèle formaté, le best-seller vendu en piles à coups de marketing : souple, nanti d'une couverture sans couleurs racoleuses ni lettres spectaculaires, il dégageait un parfum d'élitisme.

Elle se planta en face de lui et fixa cette tête blonde enfouie dans les pages.

Elle craignait de se tromper comme elle l'avait fait depuis le matin, mais Ethan releva soudain le cou, lui sourit, et elle reconnut ce visage paisible, sec et radieux.

Elle murmura :

– J'ai pensé à toi aujourd'hui.

Il ferma le volume. Tel un serpent qui se redresse hors du panier, il déplia, élastique, son corps immense. Sa tête frôla Anny en arrivant à sa hauteur, la dépassa, puis se figea à deux mètres du macadam. Là, il darda ses yeux attentifs sur elle et il dit :

– Je t'ai attendue toute la journée.

10

À la surprise générale – car elle manifestait d'ordinaire plus de souplesse que d'autorité –, tante Godelière se montra inflexible : Anne resterait à la maison.

Certes, on annulerait son mariage avec Philippe, mais la jeune fille allait revenir à ses activités antérieures – filage, broderie, cuisine, couture –, oublier cette mésaventure, quitter le moine Braindor, retrouver ses esprits. Un jour proche, elle fréquenterait et épouserait un autre garçon de Bruges. Voilà le programme.

– Je l'ai promis à ta mère, Anne ! Dans les larmes, je lui ai juré que, si tu survivais, je te traiterais comme ma fille. Ma tâche ne s'achèvera qu'à ton établissement en ménage.

À l'évocation des derniers instants maternels, Anne se recroquevilla, étouffée par la douleur. Sa mère aurait-elle trépassé si elle ne l'avait pas mise au monde ? Non, pendant ses neuf mois de grossesse, elle n'avait pas uniquement nourri un fœtus, elle avait nourri sa propre mort. Et qui, lors de cet accouchement difficile, privilégia le salut de l'enfant ? Qui, du barbier appelé à la rescousse ou de sa mère, décida d'inciser le ventre pour délivrer le bébé ? Une femme qui acceptait cette boucherie, la césarienne, savait qu'elle agoniserait dans les heures ou les jours ultérieurs… Anne craignait de devoir son existence à un sacrifice. Pis, à une abnégation inutile. Valait-elle ce renoncement ? Misérable, incohérente, en dessous de tout, elle ne profitait pas de cette vie estimée si précieuse par sa mère. Quel gâchis…

Taraudée par la culpabilité, Anne acquiesça. D'autant que Braindor, s'il avait plaidé sa cause, avait peu insisté, au point qu'Anne s'en était offusquée : pourquoi n'entreprenait-il pas de fléchir tante Godelière ? La généreuse matrone respectait tant Dieu et ses ministres que le moine ne manquait pas d'emprise sur elle.

Lorsque Braindor, après avoir négocié trois jours le départ d'Anne chez les religieuses, abandonna la partie, il n'avoua aucun regret et l'embrassa au milieu du front.

— À bientôt, Anne.

— Où allez-vous ?

— Là où mes pas m'entraînent.

— Vous reverrai-je ?

— À coup sûr. Comme ta tante, quoique d'une autre façon, je considère que je prends ton destin en charge.

— Ce qui veut dire ?

— Tu le saisiras plus tard.

— Quand reviendrez-vous ?

— Quand tu seras prête.

Au lieu de se vexer, Anne s'étonna. À quoi n'était-elle pas prête ?

— Anne, face à ta tante, tu ne m'as pas apporté ton soutien ; à aucun moment tu n'as exprimé ton envie.

Elle admit qu'il avait raison. Une fois de plus, elle remarquait combien elle s'avérait passive en toute circonstance, passive au point d'ignorer sa passivité.

– Braindor, pourquoi je permets si facilement qu'on me domine ?

– Parce que tu es faite pour obéir – ce qui est merveilleux –, mais tu n'as pas encore découvert à qui.

Il rabattit sa capuche, ajusta son baluchon à son épaule et s'éloigna dans la rue, sans se retourner.

La vie reprit.

Alors qu'elles habitaient sous le même toit, Ida dédaignait sa cousine, réussissant ce prodige de partager ses repas et de participer aux conversations sans lui adresser la parole ni lui accorder un regard. Invisible, inaudible, telle était Anne pour Ida, laquelle ne pouvait mieux lui signifier : « Sale intruse, pars puisque tu n'es déjà plus là. »

Lorsque Anne sortait avec sa tante acheter des poissons, elle devinait, aux œillades réprobatrices qui s'attardaient sur elle, que les gens du quartier prenaient le parti de Philippe contre elle ; les garçons hochaient la tête en soupirant, les filles ricanaient, les femmes pinçaient leurs lèvres, les anciens la scrutaient comme un chien infesté de puces. Anne courbait la nuque, humble, continuant son chemin. Elle ne leur reprochait rien, elle reconnaissait que sa fuite avait blessé sa famille, son fiancé, ses proches, pour qui le mariage, au sein d'une vie monotone et laborieuse, était un accomplissement joyeux ; par sa fugue, elle avait piétiné leurs croyances ; ses détracteurs, elle les comprenait mieux qu'elle ne se comprenait.

Dans sa chambre, si elle ne bavardait pas avec Hadewijch et Bénédicte, les seules qui n'eussent pas changé de comportement, elle tâchait de tenir la promesse arrachée par

Braindor : étudier la Bible. Du coffre de sa tante, elle avait ressorti l'unique livre de la maison, relié en bois enduit de lin, puis, admirant au passage l'incrustation d'une pierre semi-précieuse en couverture, elle jugea amusante l'idée de le déchiffrer. Une bonne chrétienne, en ce temps-là, écoutait la Bible mais ne la lisait pas. La messe suffisait.

Impressionnée par l'épaisseur du volume, Anne essaya de l'apprivoiser en l'ouvrant au hasard – ensuite, se jura-t-elle, elle le parcourrait depuis le début. Les mots bondissaient de la page et l'attiraient, telles les prostituées qui, d'un porche, tendent le bras pour attraper le client. Nabuchodonosor, Salmanazar, Gomorrhe, Habacuc, Baruch, Sodome, Léviathan, Holopherne... Quel Orient ! Ces sonorités excentriques, parfois mordorées, parfois rutilantes, l'étourdissaient, la troublaient, l'intriguaient. Souvent, elle picorait un titre – « Myriam frappée de la lèpre », « La hache perdue » – et imaginait le reste ; à d'autres moments, elle succombait à la tentation et s'enfonçait dans une aventure : or, à mesure qu'elle avançait, la profusion des horreurs, des meurtres, des ruses, des guerres, des supplices, des exécutions, des infanticides, des incestes l'accablait. Rougissante, elle fermait le livre, scandalisée, suffoquée, inquiète qu'on la surprenne à remuer de telles pensées. Comment les curés et les nonnes, avec leurs visages placides, se repaîtraient-ils de ces épisodes sanglants ? Que percevaient-ils d'essentiel qui lui échappait ? À la place d'une histoire sainte, elle feuilletait un inventaire des turpitudes. Sûr, elle comprenait mal ! Toute spiritualité et toute sublimité lui demeurant inaccessibles, elle se fustigeait, elle se sentait quasi coupable des violences bibliques.

Les prophéties d'Isaïe, surtout, la laissaient pantelante.

Que de dragons, de satyres, d'hyènes, de chats sauvages, de vêtements arrachés, de forêts abattues, de villes rasées, de morts qui se relèvent quand la vermine bourgeonne ! Ce Dieu orageux la terrifiait, un père terrible qui tançait, punissait, vengeait, exigeait des sacrifices, détruisait des villes et envoyait des déluges, tel un brigand colérique caché dans la forêt du ciel. Au fond, il était heureux que Braindor eût échoué à l'amener au couvent : elle craignait Dieu sans parvenir à L'aimer.

L'Ancien Testament la terrorisait chaque jour davantage. Loin d'inspirer ses rêves, il lui donnait des cauchemars éveillés. Depuis qu'elle s'était contrainte à le lire, elle gigotait sur sa chaise au lieu de fixer la lumière, le tracé des nuages, la toilette d'une coccinelle. Plutôt que d'éprouver le vide, cette langueur inactive qu'elle avait amadouée dès l'enfance et qu'elle avait retrouvée, décuplée, pendant son séjour sylvestre, Anne s'infligeait le déferlement des images, l'encombrement de son esprit par des monstres, des péripéties, des accidents dramatiques ou de brusques tragédies.

Elle regrettait sa nonchalance antérieure, sa torpeur, ces interminables jours occupés par rien, où elle se dissolvait dans la contemplation et la fréquentation du silence. Par contraste avec aujourd'hui, il lui paraissait délectable, cet ennui où la durée ralentit jusqu'à ce qu'on saisisse sa densité, où le temps laisse voir l'infini sous lui, allège sa trame en nous montrant l'éternité.

À la fois déçue et passionnée par la Bible, elle conclut qu'elle n'avait aucune disposition ni pour la vie spirituelle ni pour une existence monacale. Comme les autres, Braindor s'était trompé sur son compte.

Quel serait donc son destin ?

En avait-elle un ? Ou allait-elle attendre perpétuellement une évidence qui ne viendrait pas ?

– Les loups ! Les loups sont revenus !

L'annonce arriva par le guet à pied et fit le tour de Bruges en une heure.

Un bébé avait été enlevé près d'une étable… Tandis qu'elle s'accroupissait au bord d'un champ pour se soulager, une femme avait été assaillie… On s'interrogeait sur la disparition subite de deux jeunes enfants… Des gardiens de troupeaux avaient entendu gronder, au soir, les tueurs aux canines acérées.

En quelques jours, Bruges ne bourdonna que de cette nouvelle.

Anne fut comblée que ce sujet vînt supplanter son escapade : enfin les Brugeois cessaient de s'intéresser à la niaise qui avait préféré la forêt au beau garçon de la ville, ils frissonnaient en évoquant la meute des loups assassins.

Avec cette alerte, de nombreuses craintes resurgissaient, surtout celle de la nature cruelle. Qu'est-ce que le monde ? Une compétition de dents et d'estomacs. Soit on est le mangeur, soit on est le mangé. L'univers ne connaît pas d'autre loi, il nous propose deux places, prédateur ou proie, deux positions aussi instables qu'interchangeables, malheureusement.

Les gens tremblaient, mais se réjouissaient de trembler. Car, protégés dans l'enceinte de Bruges, les citadins ayant quitté la condition paysanne méprisaient les gueux courbés sur le fumier ! Sous leur effroi, scintillait un savoureux sentiment de supériorité ; en vérité, ils éprouvaient une appréhension semblable à celle dont on jouit à l'écoute d'une histoire, une peur fictive, une peur sans danger, une peur d'enfant, la peur pour le plaisir.

Afin de rehausser le débat, les bourgeois débattirent savamment des loups. Dans le passé, ils n'attaquaient pas les humains : ils se nourrissaient de lapins, de rongeurs, de marcassins, de renards et de perdreaux ; ils volaient des porcelets, des poules, des canards aux fermiers ; ils attrapaient des saumons à l'automne lorsque ceux-ci, bien gras, remontaient les rivières ; en cas de pénurie extrême, ils broyaient des charognes ou des fruits blets ; bref, pendant des siècles, les loups ne considérèrent pas l'humain comme un aliment. N'en avait-on pas la preuve dans l'histoire de Rémus et Romulus, les fondateurs de Rome, élevés par une louve sauvage ? La situation s'était dégradée durant les décennies précédentes, affirmaient les bourgeois, et par la faute des hommes ! Puisque des batailles sanglantes avaient laissé des centaines de cadavres sur le pré, les loups y avaient risqué leurs crocs les lendemains de défaite et s'étaient entichés de viande humaine. Maintenant, ils ne pouvaient plus s'en passer, particulièrement friands de bébés, dont ils dégustaient la chair délicate.

Anne contemplait ces hommes gras et sérieux qui s'extasiaient sur la saveur des nourrissons en glissant leur langue entre leurs lèvres. Ne venaient-ils pas d'inventer ce détail ? Comment savaient-ils ce qu'appréciait le loup ? L'avaient-ils interrogé ? Elle s'éloigna, un peu honteuse d'avoir surpris ces notables en flagrant délit de perversité. Ils prêtaient au fauve une inclination qui n'existait qu'en eux.

Après deux semaines de ravages dans les environs, la

menace se clarifia : il ne s'agissait pas d'une meute, mais d'un loup solitaire.

Cette annonce ne tempéra pas l'effervescence. Au contraire. Un loup, c'était presque mieux que dix ou vingt ! Parce qu'il continuait à tuer, on imagina aussitôt ce loup immense. À lui seul, le gigantesque monstre avait autant d'appétit qu'une meute et l'excédait en férocité. Voilà, on en était persuadé ! Par orgueil, on le surnomma « le loup de Bruges ».

Néanmoins, les jeunes gens qui s'ennuyaient virent là l'occasion d'être héroïques. Un vendredi, sur la place principale, Rubben, le fils d'un drapier, harangua ses camarades de vingt ans :

– À mort le loup ! Les hommes de Bruges doivent supprimer l'ennemi de Bruges.

À ces slogans qui stimulaient leur courage, les esprits s'enflammèrent. Rapidement, le groupe grossit.

Tout citadin devait défendre la ville. Philippe, l'ancien fiancé d'Anne, ainsi que ses amis apprentis rejoignirent Rubben et les bourgeois. On fraternisait. La solidarité face au péril abolissait les barrières sociales.

Le samedi, on précisa la stratégie : Rubben annonça que le lendemain, ils allaient sortir de la ville, organiser une battue, capturer le loup ; ensuite, ils le ramèneraient sur cette place, où on le punirait publiquement : on le tourmenterait puis on l'achèverait en le brûlant vif sur un bûcher. Un médecin s'opposa à cette crémation, mentionnant qu'on fabriquait d'excellents remèdes avec les organes du loup, les oreilles grillées contre la colique, le foie contre les verrues, l'œil séché trimballé en sautoir contre l'épilepsie. Bons princes, les agités crièrent qu'ils décideraient ultérieurement, d'autant que certains se rappelaient – sans l'avouer – qu'une peau de loup portée en lanière autour du cou favorisait l'amour. S'étant décrétés invincibles, ils se gargarisaient de leur bravoure, s'applaudissaient à l'avance de leur réussite, acceptant déjà les compliments et les remerciements des femmes. L'après-midi, par prudence, ils demandèrent aux gaillards musclés qu'ils rencontrèrent sur les quais, y compris les commerçants portugais et les marins anglais, de se joindre à leur troupe.

En fin de journée, une armée de quarante hommes avait été levée. Ils se promirent de traquer le prédateur le dimanche.

Le soir, Anne, qui avait assisté à ces scènes, tricotait dans sa chambre, fenêtre ouverte. Sur le ciel pur, piqueté d'étoiles, la lune argentée rêvait aussi.

Elle songeait aux vantardises des garçons, ce mélange de bruit, de courage, d'ivrognerie et de bêtise. Un détail l'avait surprise : en planifiant une exécution publique, les Brugeois considéraient le loup non comme une bête nocive mais comme un criminel. Ils lui reconnaissaient donc une âme ? Ce point l'intéressait ; elle se remémora les procès de chiens voleurs ou d'ânes destructeurs pendant son enfance, ces tribunaux improvisés et cruels ; elle se souvint des truies écartelées ou des brebis pendues, et elle eut envie de vomir. Étranges humains... À l'animal, ils ne témoignaient leur respect que pour établir un verdict, asséner une sentence, infliger un supplice. Une fois dans sa vie, une bête pouvait être l'égale de l'homme : devant son juge et son bourreau.

Pour se détourner de ces pensées, elle saisit la Bible et entama le livre de Job.

Le cri retentit.

Au loin, très loin, à la limite de l'horizon, montait le hurlement du loup, long, lugubre, mélodieux, interminable, enfumant les ténèbres ; il rendait soudain sinistre cette nuit de printemps par ses modulations désespérées.

Anne tressauta.

Un étrange frémissement traversa son cœur, plus perçant qu'un vent glacé. Le loup l'appelait. Sa plainte lui était destinée. À peine avait-elle perçu son aboiement qu'elle avait été envahie par la tristesse, désemparée, perdue, malheureuse. Comme lui... La voix rauque exprimait l'exclusion, la solitude face à l'hostilité des hommes.

– Mon frère loup..., murmura-t-elle.

Aussitôt, sa résolution fut prise : le lendemain, elle s'en irait avec les chasseurs.

Réunis à l'aube sur la place, les hommes, la mine grise, la peau bouffie, manifestaient moins d'ardeur vengeresse que la veille. Épaules basses et jambes raides, ils affichaient une mine de conscrits, ces soldats qui ne partent à la guerre que contraints.

Des femmes apportèrent de quoi se sustenter lors de la battue. On déboucha quelques gourdes, on se revigora avec du vin, puis on commença à s'échauffer, à se réjouir de partir en maraude.

Rubben, le fils du drapier, entonna une chanson ; le groupe s'ébranla en reprenant le refrain. Ils chantaient faux mais virilement, et cette vaillante cacophonie parut, aux passants et passantes qui les ovationnaient, le signe que l'expédition punitive allait réussir : Bruges n'envoyait pas au loup un chœur de moines musiciens, non, plutôt de rudes gaillards déterminés.

Anne se joignit aux femmes qui escortaient leurs maris, puis, au moment où celles-ci, stationnées dans l'enceinte de Bruges, leur adressaient un ultime signe d'adieu, elle courut vers le gardien du guet, lui expliqua qu'elle coltinait des provisions pour les héros, et quitta la ville.

Une fois sur la voie boueuse, elle hésita entre suivre les giboyeurs ou changer de direction. Sans précisément savoir pourquoi, elle choisit de progresser derrière eux, à une distance respectable, afin de ne pas être vue. Peut-être voulait-elle s'assurer qu'ils ne tueraient pas le loup ? Peut-être voulait-elle le secourir s'ils le débusquaient ? Peut-être... Ses idées demeuraient confuses, seuls ses actes étaient clairs. Elle pista donc l'armée improvisée.

La journée se déroula ainsi qu'elle l'avait prévu, tranquillement. Déjà que l'opportunité de rencontrer un loup est moins grande que celle d'attraper un écureuil, les braillards, trop bruyants, trop odorants, pas assez rusés pour cet animal infatigable et intelligent, l'incitaient à se cacher. Eux, cependant, ne doutaient pas de leur efficacité ; sans cesse ils réamorçaient leur traque, recombinaient des battues.

Au crépuscule, déçus, le corps fourbu, ils durent admettre leur défaite et regagnèrent la route de Bruges.

Là encore, l'action s'imposa sans qu'elle la préméditât : Anne se dissimula alors que les hommes refluaient vers elle. Abritée par une rangée de charmes sauvages, elle maîtrisa son souffle et ses mouvements pour se fondre dans l'ombre des troncs et des feuillages. À l'instar du loup...

Ils défilaient.

Montant de la route, des lambeaux de leurs chicanes parvinrent aux oreilles d'Anne. Certains, dont Philippe, étaient persuadés que le loup, effrayé par la traque, s'était enfui ; de ce repli supposé, ils se félicitaient : ah, s'ils n'avaient pas débarrassé la Flandre du loup, ils en avaient nettoyé Bruges, voilà ce qu'ils annonceraient en rentrant. Rubben, plus malin, leur opposa qu'il valait mieux reconnaître l'échec de leur expédition car au premier enfant dépecé, à la prochaine femme attaquée, on saurait qu'ils s'étaient vantés. Ils grognèrent avant de concéder qu'il avait raison. Quand il proposa que la moitié du groupe s'attardât la nuit dans la campagne, tous refusèrent, prétextant le travail du lendemain – aucun n'avouait qu'il tremblait de frousse – et la troupe continua sa retraite vers Bruges.

Anne resta parmi les buissons jusqu'à ce que l'armée penaude eût disparu.

Graduellement, le ciel s'enténébrait. Isolée, elle songea qu'elle crevait de faim. Tandis qu'elle s'apprêtait à piocher dans ses sacs, elle se ravisa, sourit :

Boire !

Elle venait de penser au loup, ou plutôt de penser comme le loup : après cette journée de marche, il fallait s'abreuver. Si elle dénichait le point d'eau, elle accroîtrait ses chances d'aborder la bête.

En se remémorant ses pérégrinations, elle se souvint d'un coude où la rivière s'élargissait, au cœur d'une clairière sauvage. Là, on pouvait se sentir protégé par les arbres. Si elle était un loup, elle s'y rendrait.

Elle marcha longtemps avant de retrouver l'endroit. Par chance, les nuages s'effilochaient et laissaient place à la lune. Une lumière minérale, dure et grise, délimitait des formes sans couleur sur la terre.

En s'écorchant, elle traversa les bosquets, franchit les fourrés ; ses cuisses flageolaient d'épuisement. En s'accrochant à une ronce ou en butant contre une pierre, elle crut que ses chevilles brûlantes la lâchaient ; elle poursuivit néanmoins, haletante.

Plusieurs fois, derrière des troncs, au loin, elle entrevit deux tisons dans la nuit. Ils apparaissaient puis disparaissaient. Étaient-ce les yeux du loup ?

Elle s'interdit de s'en préoccuper, s'entêta et finit par déboucher sur la trouée.

Elle les aperçut aussitôt.

Les empreintes du loup marquaient la boue. Impressionnantes. Des griffes plus larges que le poing d'un homme.

En s'accroupissant, elle examina les traces : déjà sèches, elles dataient d'au moins un jour. Il n'était donc pas trop tard.

Anne se traîna jusqu'au coude de la rivière, se désaltéra, rafraîchit ses jambes, se désaltéra de nouveau. Ensuite, elle s'assit sur une souche et contempla les étoiles que dévoilaient les derniers nuages qui s'enfuyaient.

Un son puissant et vertical ébranla les ténèbres.

Le hurlement jaillissait des hêtres, plus proche que jamais.

Anne frissonna.

Le cri, enroué, rageur, racontait la soif, la faim, mais portait en lui une question : « Qui es-tu ? »

Anne sut alors que le loup l'avait suivie pendant son périple.

« Qui es-tu ? »

Dans ce cri guttural, quel sentiment prédominait ? La curiosité ou l'étonnement ?

Il hurla encore, livrant à Anne sa réponse : la colère !

La jeune fille tressaillit. Soudain, elle s'affola ; d'un coup, elle comprit la sottise de sa démarche, elle allait être dévorée.

Le loup bondit du bois.

Après trois sauts, l'animal ralentit et chemina, assuré, d'un trot dansant. À mesure qu'il progressait, tout se taisait autour de lui, le paysage se pétrifiait. Aucune mastication de rongeur. Plus un bruissement d'ailes. Un silence dru s'étendait, tissé d'angoisses, de souffles retenus. L'épouvante montait vers le ciel. Même les feuilles s'empêchaient de frémir. Seule la lune semblait à l'abri de la terrible bête.

Anne voulut s'enfuir mais une voix intérieure la retint. « Qui se fait brebis, le loup le mange. » En se rappelant ce proverbe, Anne s'obligea à calmer la panique qui accélérait son cœur, dressait ses poils, asséchait sa bouche.

Elle se tourna doucement vers le loup et l'attendit.

Il avançait très droit, le corps raide sur des pattes souples, le haut agressif et le bas nonchalant. Poils du dos hérissés, queue levée, les oreilles pointées vers l'avant, il menaçait Anne de ses crocs, découvrant des canines longues comme des poignards, solidement implantées dans sa gueule large, écumante, hostile.

Anne courba la nuque en signe de soumission.

Surpris, le loup stoppa à deux mètres d'elle.

Anne baissa les paupières. Néanmoins, par des regards fugaces, elle l'étudiait, effrayée, redoutant à chaque instant qu'il se ruât sur elle.

Au-dessus des babines retroussées, les prunelles fixes du loup avaient une luisance quasi surnaturelle ; elles ne reflétaient pas la terne lueur de la lune ou des étoiles ; elles avaient emprisonné la lumière orangée du jour pour la rendre à la nuit. Ces yeux-là ne se contentaient pas de voir, ils éclairaient.

Anne et le loup demeuraient face à face.

Elle percevait son haleine chaude. Elle discernait la force contenue dans ce corps exaspéré. L'odeur du loup l'envahissait, une odeur brune, capiteuse, de feuilles mortes, de mare croupie, à laquelle s'ajoutaient par éclats, pour la rehausser, des parfums de sang ou de viande macérée.

Il toisait l'agenouillée. De temps en temps, sa langue passait sur ses babines. Salivait-il devant un tas de viande ? La considérait-il comme une proie ou comme un ennemi ?

Elle l'examinait à la dérobée. Ses dents étincelantes la fascinaient autant qu'elles la terrorisaient. Quel contraste entre ces crocs durs de chasseur increvable et ce pelage fauve mêlé de noir, long, dru, fourni, plus somptueux que celui d'un chien, qui blanchissait délicatement sur le ventre et les pattes.

Anne décida de mettre son dessein à exécution : en conservant une attitude humble, la figure au sol, méticuleusement, presque au ralenti, elle décrocha les sacs qu'elle portait depuis le matin, les ouvrit et versa leur chargement à terre.

Les os de poulet, de lapin roulèrent vers les griffes du loup, bientôt rejoints par les fruits blets.

L'œil du prédateur marqua sa surprise.

Sans bouger le chef afin de ne pas baisser la garde, il agita sa truffe pour vérifier, de loin, qu'il s'agissait d'un repas. Cependant, il garda son immobilité et laissa la pitance à égale distance entre eux.

Anne hésitait. Certes, le loup récusait son présent, se méfiant toujours, mais, par les pores de sa peau, elle sentait que le péril s'écartait, que l'atmosphère s'allégeait. Courageusement, sans brusquerie, elle releva le crâne et planta ses yeux dans ceux du loup.

Ils se dévisagèrent enfin.

Et par le regard, ils se comprirent aussitôt.

Nulle malveillance ne subsistait entre eux ; elle s'était évanouie avec la crainte. Anne n'était pas la proie du loup ni lui la sienne. Ils ne se voulaient pas de mal. Ils se rencontraient sous la lune, eux qui habitaient des mondes si différents.

Dieu les ayant mis ensemble sur terre, le loup ne faisait rien d'autre que ce que l'homme faisait : il chassait et tuait pour se nourrir. Facile à saisir. Ça ne méritait pas de haine. D'aucun côté.

« Tu pratiques ton métier d'homme, je pratique mon métier de loup. »

Le silence s'installa, bavard, plein. Dans ce silence, gisait l'acceptation du destin, l'idée qu'on déguste la vie tout autant qu'on l'endure. On prend sa part, on profite, on jouit puis on meurt. La bête le sait. Seul l'homme l'oublie.

« Oui, je suis d'accord, songea Anne. Le loup mauvais n'a jamais existé. C'est une invention des hommes. Des hommes mauvais. »

Par un étrange sourire de ses babines étirées en arrière, le loup approuva.

Soudain, l'animal dirigea son museau vers le souffle du vent. Il flairait le danger. Tendu, les narines frémissantes, il hérissait les poils de son cou afin de capter le moindre signal. Sa queue fouaillait l'air, irritée.

Anne se dressa aussi, tremblant que des rôdeurs ne profitassent de ce moment pour s'attaquer au loup.

Tous deux scrutèrent la nuit, lui avec son flair, elle avec ses yeux.

Rien. Fausse alerte.

Provisoirement tranquillisés, ils s'observèrent.

– Mange, murmura-t-elle.

Surpris de découvrir sa voix, le loup remua les oreilles et pencha la tête sur le côté gauche.

Douce, elle poussa de nouveau les aliments vers lui.

– S'il te plaît. Je les ai promenés toute la journée à ton intention.

Il réfléchit, s'assit, puis, avec prudence d'abord, appétit ensuite, engloutit son repas.

Pendant ce temps-là, réjouie par cette mastication bruyante, Anne lui envoyait un concentré de ses méditations : «Regarde les hommes comme des ennemis, mais pas comme des proies. Souviens-toi de moi.»

Le dernier morceau achevé, le loup s'approcha de la main d'Anne et la renifla. Un remerciement?

Sans hésiter, il tourna les pattes, s'éloigna de sa démarche chaloupée, furtive, et disparut.

11

Ma Gretchen,

Le bonheur est sans histoires.

Je me contente, telle une plante qui prospère en serre, de respirer, de dormir, de me nourrir. Mon ventre a pris racine Linzerstrasse. Quel que soit l'état du ciel, il pousse.

Je bouge peu, je ne m'intéresse à rien, j'oublie ce qu'on me dit ; pourtant, cette Hanna lamentable, égoïste, réduite à l'état végétatif, tout le monde la trouve merveilleuse.

Hier soir, pendant que nous soupions, Franz et moi, dans la petite salle à manger bleue aménagée au cœur de la rotonde, il me rapportait les derniers potins concernant les gens que nous fréquentons ; j'écoutais sa gazette avec plaisir – Franz ne manque pas d'esprit – ; ce qui m'enchantait surtout, c'était de le voir si appliqué à me distraire.

– Tu te donnes du mal, mon Franz, pour amuser ton ahurie de femme qui se tient terrée dans son pot.

– Hanna, ta santé m'importe plus que mes ragots insipides.

– M'aimerais-tu si je ne te donnais pas d'enfants ?

Avec lui, je découvris la question qui avait fusé de mes lèvres. Je ne m'étais même pas entendue la penser ; tant mieux d'ailleurs, sinon j'aurais hésité.

Le visage de Franz se figea, surpris.

Insistante, je répétai ma question.

Il hocha la tête, contrarié.

– Pourquoi me demandes-tu ça puisque tu es enceinte ?

Je ris avant de répliquer :

– Si je ne l'étais pas, je n'aurais pas osé t'interroger. Donc, m'aimerais-tu ?

Il gratta une miette qui s'était incrustée dans la nappe en coton, prit le temps de l'extraire de la trame, la saisit entre ses ongles, la déposa sur une soucoupe, puis releva subitement le front.

– Hanna, est-ce que je te demande, moi, si tu m'aurais aimé stérile ?

Alors qu'il comptait m'embarrasser, je rétorquai promptement :

– Oh oui, Franz. Pas une seconde je n'ai réfléchi aux enfants quand je me suis mariée.

– Comment ? Jamais ?

– Non, ça ne m'a point effleurée.

Et j'ajoutai, après réflexion :

– Peut-être parce que je me voyais comme une enfant.

– Toi, une enfant ?

– Lors de notre voyage de noces, tu m'as considérablement appris : ce qu'est un homme, ce qu'est un couple, ce qu'est l'amour.

Il rougit, flatté. Je continuai :

— Maintenant que je vais devenir mère, je te le confirme : auparavant j'étais surtout ta fille.

Jaillissant de sa chaise, il tomba à genoux et ses bras me broyèrent contre lui.

— Oh, mon Hanna, tu n'es vraiment pas pareille aux autres !

Ses dents mordillèrent le lobe de mon oreille droite pendant qu'il murmurait, extatique :

— Tu es si différente.

Cette phrase me stupéfia : tandis que Franz la prononçait avec enthousiasme, je me souvenais, moi, de l'avoir mâchée et remâchée avec douleur durant de longues années. Était-il possible qu'il m'appréciât pour les raisons qui me faisaient me détester ?

Relevant vers moi sa tête, je plongeai, grave, mes yeux dans les siens.

— Franz, réponds : m'aurais-tu aimée si je n'avais pu te donner d'enfant ?

— Je n'ai pas douté que tu m'en donnerais.

— Moi si.

— Tu te trompes sur toi, Hanna. Tu es beaucoup plus que ce que tu crois être.

Cette exclamation me troubla tant qu'elle mit fin à notre conversation.

« Tu es beaucoup plus que ce que tu crois être. » Franz venait de m'expliquer l'essentiel.

Y as-tu songé, Gretchen ? Nous excédons ce que nous croyons être, or, par morgue, par manque d'humilité, nous le nions. Nous préférons nous réduire à ce qui demeure visible, l'intuition qui commande ou le corps qui obéit.

Pourtant, mon esprit s'avère plus que ce que j'en sais ; mon corps aussi.

L'esprit, tel un navire, ne se réduit pas à sa vigie, la conscience ; sous le pont, il comporte des réserves – la mémoire –, des ateliers – l'imagination –, la salle des machines – les appétits –, des couloirs et des escaliers qui descendent encore vers des zones moins pénétrables, des cales effleurées par la lumière intermittente de nos rêves, des soubassements totalement obscurs. En définitive, la guérite de la conscience ne constitue qu'un point minuscule, extérieur, superficiel, entre ce qui vient du monde et ce qui monte des profondeurs de notre soute.

Le corps représente davantage que ce que nous en percevons, plus vaste que ses rares parties accessibles à nos sensations ou à nos ordres. Tous les jours il respire, dort et digère sans nous ; depuis notre naissance, il a grandi sans que nous nous en mêlions et il vieillira sans que nous l'en empêchions. En ce moment, par exemple, mon corps confectionne en moi, à mon insu, un être humain dont j'ignore le sexe, le caractère, l'apparence. Cet enfant, je n'en suis ni l'auteur ni le témoin, uniquement le vase. Quelle abracadabrante et sublime situation : quelque chose de grand se passe en moi, quelque chose de grand passe par moi, cependant ce quelque chose ne se passerait pas sans moi.

« Tu es beaucoup plus que ce que tu crois être. »

N'as-tu pas l'impression, Gretchen, d'être souvent régie par des forces occultes, inconnues, voire des instincts animaux, et que ta personne plonge ses racines dans une terre qui t'échappe ?

Franz m'a ôté mes incertitudes antérieures. Je cesse de m'interroger : je règne.

Je règne au centre de la ruche. Tous s'empressent auprès de moi, non seulement les domestiques dont c'est le métier, mais Franz, ses parents, ses oncles, ses tantes : si j'esquisse un bâillement, on m'apporte un coussin pour faire la sieste ; si je claque la langue, on avance une carafe ; si je veux prendre mon livre, Franz se précipite vers la table basse. On me demande continûment ce que je désire. Dernièrement, je me suis quasi forcée à manifester des «envies de femme enceinte» afin de satisfaire les dévouements qui m'entouraient. Quelle fierté illumine le visage de ceux qui réalisent l'impossible, Franz surtout, le plus zélé. Maintenant, cap sur les fraises de janvier ou les cerises d'hiver, j'enquiquine avec soin mon entourage ! Sans caprices, je décevrais…

Le monde s'est simplifié : il tourne autour de mon ventre rond. Les femmes de la famille lui rendent visite, émues de toucher mes flancs volumineux, réjouies que j'enfourne des strudels, compatissantes si la fatigue m'ensuque, oui – je le perçois – elles ne simulent pas leur enthousiasme. Je leur rappelle probablement des jours heureux…

Peut-être aussi s'estiment-elles rassurées… Car – je le regrette – j'ai dû les heurter en soutenant me moquer d'avoir ou non des enfants. J'ai trop fanfaronné en cachant ma douleur, j'ai joué les insurgées, j'ai proposé une manière différente de vivre, j'ai prétendu qu'une famille ne me manquerait pas, que la femme s'accomplissait autrement qu'en procréant. «Stérile, c'est mieux qu'une chance, c'est une providence», avais-je même clamé. Or, à ma joie tranquille d'aujourd'hui, il est clair que je bluffais. Fini la pétroleuse ! Adieu la révolutionnaire ! La rebelle rentre dans le rang, je rejoins l'armée des femelles reproductrices.

Ma Gretchen, je vis ma condition avec délices. Désormais,

je sais dans quel but je me lève chaque matin : pour fabriquer de la vie.

Les jours se suivent, semblables et nécessaires sans que je les différencie artificiellement par des sorties, des rendez-vous. Le temps se dilate avec la peau de mon ventre, la durée produit de l'être.

Je me vois comme un minuscule maillon d'une chaîne infinie, et cette place infime me suffit ; mieux, elle me comble ; à ma microscopique échelle, je participe au vaste cycle, je m'insère dans le cosmos, je le perpétue. C'est si commode, en fait, de mener à bien mon travail de femme : je donne la vie après l'avoir reçue ; et plus tard, j'en deviendrai la gardienne jusqu'à ce qu'elle me quitte... La vie m'a précédée, la vie me succédera mais durant la période de mon existence, la vie a besoin de moi.

Au fond, les dames von Waldberg avaient raison : une femme atteint sa complétude lorsqu'elle porte des enfants. Il m'a fallu le sentir dans ma chair et mon esprit pour le saisir ; avant, cela me paraissait odieux, à présent non. Tous les jours, des êtres meurent mais moi j'en ajouterai de nouveaux. La maternité demeure le destin de la femme.

Oh ! ma Gretchen, je t'embrasse tendrement, toi qui m'as toujours devancée en sagesse. Même si je te prends à jamais en guise de modèle, je ne te rattraperai pas.

Ton Hanna.

12

David regardait Ethan.

Ethan regardait David.

Ils ne partageaient rien, ils se dévisageaient, impassibles, debout, face à face, telles deux statues.

Anny n'avait pas résisté au désir d'inviter Ethan chez elle. Pourquoi ? Se montrer polie avec l'infirmier. L'époustoufler de son luxe. L'introduire dans son univers après qu'elle eut passé deux semaines dans le sien. Ses motivations, trop nombreuses pour ne pas être confuses, dissimulaient la vraie raison.

Ethan et David... Elle était rassurée de constater qu'ils s'affrontaient, étrangers absolus l'un envers l'autre.

« Comment pourraient-ils s'entendre ? Ils appartiennent à des mondes éloignés. Leur unique point commun, c'est moi. »

Amusée, flattée, elle se félicita de sa fantasquerie : apprécier des garçons si différents. « Je suis plus ouverte qu'eux. »

Enchantée par cette découverte, elle les conduisit au salon où, le temps d'un verre, elle nourrit la conversation.

Après s'être prêté au jeu avec mollesse, David se leva,

demanda la permission de les quitter pour achever sa préparation sportive.

– Ravi de cette rencontre, lança-t-il à Ethan en partant.

Il n'en pensait pas un mot et n'essayait pas de le
cacher. Anny le soupçonna de laisser à dessein percer son
manque d'enthousiasme afin de glisser un message, soit
«Je jalouse ce grand blond et je défendrai mon bonheur»,
soit «Je n'ai rien à foutre de ce type, surtout ne le réinvite
jamais».

Elle se tourna vers Ethan.

– Pourquoi es-tu venu ?

– Pour t'aider.

Cette déclaration toute simple la bouleversa. Au lieu de
s'abandonner à l'émotion, elle préféra railler :

– M'aider ! Je te fais pitié à ce point ?

Elle s'attendait à ce qu'il débite, indigné, de grandes jus-
tifications à l'issue desquelles il lui déclarerait sa flamme. Or
il se tut.

Plus ce silence durait, plus Anny le redoutait. Quoi ? Qui
ne dit mot consent... Avait-il réellement pitié d'elle ? Ça
devenait vexant.

– En quoi faut-il m'aider ?

– Je voulais d'abord vérifier que la cicatrisation suit un
cours normal.

– Ah bon ? Tu remplaces le docteur Sinead... Tu es médecin maintenant ?

– Non, mais je suis capable de repérer une infection.
Ensuite, je voulais savoir s'il te faut une piqûre.

Elle s'affaissa au fond du fauteuil, la tête entre les mains,
à la fois surprise et réjouie.

– Toi qui t'opposes aux stupéfiants, tu m'apportes de la morphine ?

– Oui.

– Pourquoi ?

Il se tut de nouveau.

Cette fois-ci, Anny interpréta sans difficulté son silence : il était amoureux d'elle, voilà tout ! Pour l'accoster, il bafouait ses principes.

– Merveilleux, murmura-t-elle.

– Pourquoi ? Tu souffres ? Tu en as besoin ?

L'inquiétude déformait les traits d'Ethan. Anny eut envie de l'embrasser pour le remercier de tant de sollicitude.

– Non, je ne souffre pas. Je m'amuse. Aujourd'hui, j'ai retrouvé les plateaux, tout s'est déroulé magnifiquement, je me sens bien.

Il se leva, rasséréné.

– Si ma présence s'avère inutile, je ne t'importune pas plus. Voici mon numéro de téléphone. N'hésite pas. À toute heure du jour ou de la nuit, tu me sonnes, je viens.

– Vrai ?

– Au lieu d'appeler tes fournisseurs habituels de poison, tu m'appelles. Tu ne dois pas prendre n'importe quoi, des insecticides, de la cocaïne coupée au bicarbonate, des excitants chevalins ou des cocktails d'apprentis sorciers. Au moins, ce que je te refilerai, moi, nous saurons ce que c'est. Arrête ta vie de cobaye. Sinon, tu vas ressembler aux thons qui nagent près des centrales nucléaires.

Elle éclata de rire.

– Première fois qu'on me traite de thon !

Il se retourna, furieux, vers elle.

– Cesse de te croire supérieure à moi.

Elle déglutit, stupéfaite. Il continua :

– Supérieure, tu l'es, en plusieurs points. Tu as du talent, de l'argent, un physique de rêve, mais je ne t'autorise pas à en conclure quoi que ce soit. Sur d'autres points, je te dépasse, et de loin.

Balançant entre plaisir et curiosité, savourant l'expression «physique de rêve», Anny l'interrogea :

– Quels points ?

– Pas aujourd'hui. De toute façon, tu ne comprendrais pas.

– Je suis trop bête ?

– Tu n'es pas prête.

Son visage s'allongea : il regrettait soudain d'avoir réagi vivement.

– Excuse-moi. Je n'ai pas le droit de te parler ainsi. Chez toi surtout. J'ai honte. Tiens, s'il te plaît, accepte mon numéro de téléphone.

Il se leva mais, en dépit de sa taille, il avait perdu au moins dix centimètres avec son embarras.

Prenant le papier gribouillé, elle faillit glapir «Comme c'est romantique ! On ne m'avait encore jamais draguée ainsi», mais elle se retint car elle devinait que, si elle raillait, elle recevrait encore quelques phrases énigmatiques. Bizarrement, chaque fois qu'elle se moquait de lui, Ethan, par ses réponses, gagnait de l'ascendant sur elle.

En le raccompagnant, anxieuse à l'idée qu'il allait la quitter, elle sentit ses jambes fléchir et revint sur sa décision :

– Ethan, tu avais raison : je vais avoir besoin de morphine. La pression du tournage va retomber, la joie également, je vais me retrouver angoissée, en compagnie de David qui ne pige rien.

À quel jeu s'adonnait-elle ? Elle n'avait pas pu s'empêcher de placer David dans le tableau, puis de l'épingler, sachant qu'Ethan ne l'appréciait guère ; malgré elle, elle les montait l'un contre l'autre.

Ethan approuva de la tête. Au réchauffement de son regard, on percevait que, s'il n'était pas content de la droguer, il se réjouissait de son utilité.

D'un geste, Anny désigna l'étroite maison le long de la piscine. Ils s'y rendirent. Sans un mot, Ethan lui enfonça une aiguille dans la peau.

Les jours suivants, Anny fit preuve de ponctualité aux prises de vues, témoignant d'un sérieux qu'on ne lui connaissait pas.

Flottant sur une bouffée de bonheur, elle estimait sa vie aussi curieuse que passionnante. Le public l'adulait, son métier l'enchantait, l'assistance des deux hommes l'équilibrait. David jouait l'amant, Ethan l'ami, ou, si ces mots paraissaient trop mélodramatiques, David procurait les plaisirs du corps – agréable au lit autant qu'aux fourneaux –, Ethan lui assurait la tranquillité de l'esprit. Certes, elle se surprenait, de temps en temps, à penser davantage à Ethan qu'à David, alléguant qu'Ethan ne lui demandait rien tandis que David se montrait trop exigeant : il adorait se pavaner à son bras dans les restaurants chics, il désirait plastronner à tous les cocktails, il réclamait, sous prétexte de déborder d'amour et de fierté, que leur liaison devînt publique.

Un soir, alors que David était parti auditionner à New York et qu'elle guettait Ethan, Anny se formula clairement la situation : « Ethan me sert ; David se sert de moi. »

Aussitôt, il lui apparut qu'elle avait commis une erreur : elle n'avait pas deux hommes dans sa vie – l'un pour le corps, l'autre pour l'âme –, elle en fréquentait deux parce qu'elle ignorait qu'un seul comptait, oui, un seul. Ethan devait détrôner David. « Quelle idiote ! Je n'avais rien capté. J'ai besoin d'Ethan, non de David. »

Jusqu'à 20 heures, moment où il lui avait promis de venir, elle languit, consultant sa montre à tout instant.

Lorsqu'il arriva, elle se jeta dans ses bras. Maladroit, gêné, ne sachant comment recevoir ce corps agrippé à lui, Ethan subit son accolade, rougit jusqu'à la couleur brique puis se faufila, humble, vers la piscine.

Il ouvrit son sac, saisit une seringue, agita la fiole.

Anny retint sa main.

– Attends, David est absent.

– Ah bon ?

Il acheva sa préparation.

– Ne me donne pas ma dose tout de suite. J'aimerais profiter…

– Profiter de quoi ?

Elle plissa les paupières, se mordit la joue droite.

– Profiter de toi.

Il s'arrêta, aiguille en l'air, stupéfait. Elle avança vers lui, lourde, sensuelle. Il frissonna. Elle chercha sa bouche.

– Non ?

Leurs lèvres allaient se toucher quand Ethan recula.

– Pourquoi ?

Elle supposa qu'il résistait par jeu et se colla contre lui. Il la repoussa avec une gentillesse ferme.

– Pourquoi ?

– Allez, Ethan, tu en as sûrement envie, dit-elle en ronronnant.

Des gouttes perlèrent sur le front de l'infirmier, prouvant son émotion. Elle crut même entendre son cœur s'accélérer.

Soudain, il se redressa et bondit deux mètres plus loin.

– Pourquoi ? Pourquoi fais-tu ça ? balbutia-t-il.

Elle demeura calme comme si elle n'avait aucunement remarqué sa fuite.

– Tu ne veux pas coucher avec moi ? susurra-t-elle, indolente, lascive, sur le ton de celle qui exclut un refus.

Il cria, écarlate :

– Ce n'est pas la bonne question !

Désarçonnée, elle resta interdite. Elle songea à interrompre la scène là, mais elle tenait à comprendre ce qui se passait. Les yeux ronds, elle eut une moue dubitative.

– Quelle est la bonne question ?

Ethan, sans se rendre compte de son décalage, continua avec une précision maniaque :

– La bonne question serait plutôt : pourquoi toi, Anny, veux-tu coucher avec moi ?

Anny s'emporta :

– Comment ça ? Mais tout le monde rêve de s'envoyer en l'air avec moi ! On ne m'a encore jamais soumis de rôle de bonne sœur ou de vieille fille. Merde, je suis sexy, autant que je sache ! Chaque jour mon agent reçoit des dizaines de lettres d'hommes qui enragent de ne pas me sauter. Des messages de femmes également. En général, ce n'est pas mon quotient intellectuel que les gens pistent.

– Je ne te parle pas des gens, je te parle de toi. Pourquoi toi, Anny Lee, tu veux coucher avec moi ?

Elle se méprit sur le sens de cette phrase.

– Oh, mais ça ne me gêne pas du tout que tu sois infirmier, je ne suis pas snob.

Elle faillit ajouter : « Si tu consultais la liste de mes amants, tu ne trouverais pas le gotha, loin de là, entre les DJ, les barmans, les masseurs, les... », mais elle saisit qu'une telle exactitude n'étayerait guère son propos.

Il secoua la tête.

– Tu ne m'écoutes toujours pas... Je ne te demande pas par quelle perversité sociale une star de cinéma vampe un aide-soignant, mais pourquoi toi, Anny, tu veux coucher avec moi, Ethan ?

Agacée d'avoir manqué de subtilité, elle attaqua à son tour :

– Ça commence à devenir compliqué, Ethan. Enfin, c'est naturel qu'une femme couche avec un homme.

– À tes yeux, puisque tu changes d'homme aussi facilement que de chemisier. Pas aux miens.

– Ah bon, je ne te plais pas ?

– Si, tu me plais. Je pense beaucoup à toi, j'ai plaisir à te voir, je souhaite qu'il ne t'arrive que du bien, je... Mais pourquoi veux-tu coucher avec moi ?

Rassurée qu'il eût avoué son attirance, elle prit le temps, cette fois, d'entendre sa question, d'y réfléchir. Après avoir essoré ses idées, elle conclut :

– J'ai toujours couché avec tous les hommes que j'ai rencontrés.

– Pourquoi ?

– C'est plus simple.

Ethan tiqua. Elle confirma du menton. Oui, elle ne pouvait s'exprimer mieux : elle avait toujours estimé que ses relations masculines, il lui fallait les pratiquer au moins une fois au lit. Elle renchérit en haussant les épaules :

– Avec le sexe, c'est plus simple.

Il fonça vers elle, les yeux brûlants, le visage près du sien.

– Simple pour quoi ? Pour te rapprocher d'un homme ou pour t'en débarrasser ?

13

Quand le loup s'engouffra dans les bois, Anne resta figée au bord de la rivière. Ses sens, affûtés par le danger, exerçaient une vigilance extrême ; affolé de peur, son sang retrouvait difficilement un cours paisible, les muscles peinant à se décontracter ; en vérité, contre sa volonté, son corps demeurait mobilisé pour réagir à une attaque.

Après un temps aussi long qu'intense, elle parvint à s'étirer, à secouer ses membres, à respirer largement, à sourire. La tête renversée, elle contempla le ciel étoilé.

« Seule la lune est à l'abri du loup », disait le proverbe.

– La lune et moi.

Qu'allait-elle faire ? Minuit passé, elle n'avait plus le courage de marcher jusqu'à Bruges, d'affronter la suspicion du guet, de frapper à la porte de sa tante, de se justifier encore... En dépit de la faim et du froid, mieux valait s'attarder dehors.

Elle se traîna jusqu'aux arbres, choisit un chêne – le cousin de celui qui l'avait protégée naguère –, puis s'endormit, paisible, comme si l'obscurité ne recelait plus de menace.

Au réveil, reposée malgré une nuit raccourcie, Anne précéda le chant du coq. Le soleil lui offrait une si belle récompense en éclairant le ciel, telle une servante dégageant les rideaux pour que sa maîtresse reçoive la lumière du jour, qu'Anne goûta l'aube avec délectation.

Une fois de plus, l'action s'imposa : elle devait aller au bord de l'eau attendre le loup puisque celui-ci s'était éloigné avant qu'elle n'ait accompli la deuxième partie de sa mission.

Si elle n'avait plus de nourriture à lui donner, elle n'en concevait nulle crainte ; outre qu'elle se fiait à l'animal, elle savait qu'un loup peut se contenter d'un unique repas pendant plusieurs jours.

Le carnivore aux muscles compacts ne tarda pas à pointer le museau. Lorsque leurs yeux se croisèrent, il ne marqua aucune surprise ; sans doute avait-il flairé Anne à proximité.

Par principe, il gonfla le pelage de son dos et de son cou, découvrit ses crocs, la fixant de ses prunelles impérieuses.

Elle baissa la nuque, ferma les paupières, humble, docile.

Immobile, il assura sa domination sur elle.

Soudain, il se détendit, avança d'un pas joyeux, lui renifla les doigts, laissant même traîner sa truffe humide sur sa peau.

Elle lui sourit. Il comprit le signe.

Ils burent tous deux à la rivière, le plus bruyamment possible, comme s'il s'agissait d'un concours, puis Anne se releva.

Le loup marqua sa surprise ; peut-être ne l'imaginait-il pas si haute, ne l'ayant vue, jusqu'à présent, qu'accroupie. Anne ne lui concéda pas le temps de réfléchir et, avec beaucoup d'entrain, lui annonça :

– Viens, j'ai plusieurs choses à te montrer.

Elle fila sans se retourner.

Au début, elle ne perçut aucun bruit – il refusait de la suivre –, elle distingua ensuite une foulée souple – le loup la rattrapait et la dépassait. Puisqu'il voulait rester chef de meute en décidant de la direction, elle feignit d'accepter ; cependant, par de subtils retards, d'infimes décalages, elle parvint à l'orienter à sa guise.

À distance d'une vaste ferme, elle s'arrêta, se tapit.

Par instinct, le loup l'imita.

Un bâton à la main, elle continua à cheminer en rampant, en se tractant avec les coudes, jusqu'à un monceau de feuilles à la forme peu naturelle.

– Regarde, murmura-t-elle.

Elle tendit le bâton au-dessus du tas et l'abattit.

Un ressort claqua, une forme jaillit et, d'un seul mouvement violent, deux mâchoires d'acier vinrent se planter dans le bâton.

Effrayé, le loup grogna, recula, prêt à charger l'engin.

– Voilà, ce sont des pièges à loups. Des pièges contre toi. Tu dois t'habituer à les dépister et ne jamais t'en approcher.

Il maintenait ses babines relevées pour exhiber ses gencives écumantes.

– Tu ne crains plus rien. Le piège est foutu.

Le loup tourna la tête vers Anne, la pencha sur le côté droit. Elle répéta, il gémit, elle insista.

– Piège à loups, répéta-t-elle, comme s'il était important qu'il connaisse le mot.

À quatre pattes, le tronc bas, ils progressèrent, prudents, à même la terre couverte d'un tapis d'herbe afin que les chiens et les paysans ne les détectassent pas.

Anne déclencha trois nouveaux pièges.

À chaque fois, le loup sursautait, s'agitait, pris d'une bouffée de sauvagerie, mais comprenait mieux.

Le quatrième, ce fut lui qui l'indiqua à Anne en pointant ses oreilles, la queue raide, les crocs découverts.

Elle désamorça les pinces dentées avec une bûche.

– Tu as compris ?

Il la lorgnait, assis sur ses puissantes cuisses, son silence sécrétant une sourde indignation : « Pour qui me prends-tu ? S'il est question de ma survie, j'apprends vite. »

Elle chercha des boulettes empoisonnées avec de l'arsenic ou truffées de morceaux de verre. Mais leur promenade ne leur offrit pas l'occasion d'en repérer.

Ils retournèrent à la rivière comme s'ils rentraient chez eux. Là, ils se désaltérèrent. Puis Anne fit ses adieux au loup :

– Plus jamais d'hommes, de femmes, d'enfants, s'il te plaît. Si tu les respectes, les humains se montreront moins cruels avec toi.

Quand elle se releva, le loup, saisissant qu'elle partait, fier, tel un amant qui refuse de se laisser quitter, prit les devants et, sautillant sur ses griffes acérées, gigantesque, s'éloigna dans la futaie.

Anne revint sur la route de Bruges.

Pendant ses heures de marche, plusieurs fois, sur son côté gauche, elle entendit une brindille craquer, un gravier rouler ; sachant qu'il s'agissait de lui, elle observa leur pacte implicite et s'appliqua à ne rien montrer, alors que le loup, dissimulé à quelques mètres d'elle, prétendait ne pas l'accompagner.

En apercevant Bruges qui dressait ses murs, ses toits ouvragés, son beffroi opulent pour intimider le voyageur, Anne éprouva des émotions ambiguës : si elle se réjouissait de rejoindre les siens, elle regrettait déjà la clairière, la nuit, la rivière, la proximité animale. Malgré le danger et la rudesse des bois, elle préférait la vie naturelle à la vie sociale, elle s'y sentait mieux, libre, sans jugements qui lui collaient à la peau ou lui écrasaient les épaules. Entre ciel et terre, sans murs pour l'oppresser, elle se posait moins de questions ; le cas échéant, elle y trouvait les réponses.

Anne décolla la boue de sa robe, décrotta ses chaussures, se recoiffa sommairement, puis, reprenant son souffle, passa le guet et pénétra dans la ville.

De tante Godelière, elle attendait de cuisantes réprimandes ; elle avait affligé la brave femme et elle la chagrinerait davantage en refusant de raconter son escapade car personne ne comprendrait son attitude avec le loup.

À peine eut-elle débouché sur la Grand-Place qu'elle intercepta des clins d'œil louches, perçut un murmure grandissant.

– C'est elle, souffla un porteur d'eau.

– Non, elle est plus âgée, répondit un légumier en poussant sa brouette.

– Si, c'est la petite dont on cause, je la connais depuis des mois, renchérit un pêcheur.

Anne baissa la tête, fixa ses pieds, pressa le pas. Comment ? Ils n'avaient toujours pas oublié ? Allaient-ils commenter sa rupture avec Philippe jusqu'à la fin des temps ? Elle avait pourtant eu l'impression que l'arrivée du loup et ses ravages, le mois précédent, avaient démodé son histoire.

La nuque raidie, les yeux concentrés sur le pavé, ne voyant

plus les façades des bâtisses que mirées dans l'eau des canaux, elle évitait tellement les citadins du regard qu'elle en bouscula plusieurs.

Tenir jusqu'à la maison. Ne répondre à personne.

Une voix résonna avec force :

– C'est elle ! C'est Anne ! Celle que le loup a épargnée !

Anne se figea et releva le front : monté sur un tonneau, Rubben, le fils du drapier qui avait déclenché la battue, la pointait du doigt.

Autour d'elle, les flâneurs s'immobilisèrent. Ils la dévisagèrent.

Rubben continua, exalté :

– Le loup affamé a voulu se jeter sur elle, or elle l'a arrêté. Elle lui a parlé. Il l'écoutait. À la fin, elle l'a convaincu de ne pas la dévorer et le loup est reparti dans la forêt.

Femmes et enfants considéraient Anne avec admiration. Quelques hommes s'interrogeaient encore sur la vraisemblance de la scène.

Rubben changea d'expression et de ton ; chevrotant d'émotion, il balbutia :

– C'est un miracle.

Dans la foule, certains se mirent à genoux. Tous firent un signe de croix.

Ces réactions achevèrent de paniquer Anne. Elle tremblait devant les Brugeois, plus terrorisée qu'en face du loup.

14

29 février 1906

Gretchen,

Je vais te raconter une aventure si étrange que, peut-être, tu ne me croiras pas. D'ailleurs, si je n'en avais moi-même vécu les épisodes, je...

Par où commencer ?

Oh, ma Gretchen, au désordre de mon écriture, à la déformation de mes lettres, tu constates combien ma main tremble. Mon cerveau n'aligne plus trois phrases cohérentes. Je ne me remets pas de ce qui s'est passé. Quant à le coucher sur le papier...

Courage. Je dois y parvenir. C'est si...

Allons, de la volonté, Hanna, laisse tes états d'âme de côté et relate les faits.

Bon, par quoi débuter ?

Ah ça, je l'ai déjà dit...

Mon Dieu, je vais prendre l'histoire à la diable, comme elle vient...

Donc, lundi dernier, j'ai atteint le terme de ma grossesse.

Plus énorme que moi, jamais Vienne n'avait connu ; en neuf mois, mon ventre s'était développé en obus pointé ; il me précédait plusieurs secondes dans les pièces où j'entrais, essoufflée, en nage, les poignets sur les reins. Depuis des semaines, mon dos avait du mal à endurer cette charge – ma vessie encore plus –, donc, malgré mon bonheur d'être enceinte, je piaffais après ma délivrance.

Selon les femmes von Waldberg, mon gigantesque abdomen annonçait sans le moindre doute un garçon. Pour mon médecin, le docteur Teitelman, sa taille s'expliquait par une forte production de placenta.

– Votre bébé, vous l'avez bien logé, Hanna. Aussi somptueusement que dans votre palais viennois. On entend à peine les battements de son cœur lorsqu'on y prête l'oreille.

Il m'ordonna de remonter sur la balance.

– Incroyable… Si l'on ne regardait que l'aiguille, on pourrait estimer que vous charriez un bébé de six kilos.

– Six kilos ?

– Oui.

– Combien pèse un bébé ?

– Un normal entre deux et trois kilos. Un gros généralement quatre kilos, quatre kilos et demi.

– Et le mien six kilos ?

Le médecin éclata de rire.

– Oui, un géant en quelque sorte.

Je me mis à hurler :

– Ce sera une boucherie ! Je n'arriverai jamais à le sortir ! L'accouchement va être horrible… Découpez-moi le ventre.

– Une césarienne ? Non, je n'en suis pas partisan. Selon moi, on ne doit la pratiquer que sur des femmes mortes !

– Pourtant, on m'a raconté que…

– Oui, Hanna, je suis au courant. Certes, mon confrère et ami, le docteur Nikisch, les pratique avec succès car notre époque a progressé en asepsie et en anesthésie. Cependant...

– Une césarienne, docteur! Appelez votre collègue Nikisch. Qu'on m'endorme, qu'on retire l'enfant et qu'on me recouse.

– Il y a un grand risque d'infection de l'abdomen. Et quand commence une péritonite...

– Ah! mon Dieu.

– Une femme sur cinq en meurt.

– Cet enfant va rester coincé en moi, nous crèverons tous les deux!

Il apposa ses paumes sur mon front. Ses sourcils se froncèrent au-dessus de ses yeux bons et sereins.

– Calmez-vous, écoutez-moi jusqu'au bout, Hanna. Je ne crois pas que l'enfant pèse six kilos. Votre poids s'explique autrement... Vos eaux tiennent davantage de place que l'enfant.

– Pourquoi?

– Évident! Lorsque je vous ausculte, j'atteins à peine le fœtus.

Je soupirai, soulagée.

– Je me fie à vous, docteur.

Teitelman palpa mon dos et mes bras maigres en ajoutant :

– Vous accomplirez votre travail à l'ancienne, comme toutes les femmes depuis des millénaires. Si vous avez traversé la grossesse sans embarras, pourquoi l'accouchement serait-il différent?

J'admis qu'il avait raison. Jusqu'à présent, comparativement à d'autres, j'avais eu peu de nausées et j'avais échappé tant aux varices qu'aux brûlures d'estomac.

Franz patientait en bas, dans le fiacre.

Je lui rapportai la conversation en cachant mon accès de lâcheté, voire en enjolivant les éloges que m'avait prodigués le médecin. Oui, j'ai besoin de me vanter ! C'est inutile tant Franz m'idolâtre et pourtant, depuis que je brouette l'héritier Waldberg, je ne laisse pas filer une occasion d'être complimentée.

À son habitude, Franz me couvrit de baisers, me traitant en trésor précieux. Oh, Gretchen, dès que je me vois dans ses yeux, je me perçois magicienne, une créature dotée du don rare de rendre la vie plus piquante, plus intense.

Les larmes aux yeux, Franz me demanda :

– Alors, l'accouchement est pour quand ?

– Les jours, voire les heures qui viennent.

– Rien de plus précis ?

– Franz ! Tu me faisais l'amour toutes les nuits, voire plusieurs fois par nuit.

Il éclata de rire, presque rougissant. Je complétai :

– Je m'étonne lorsque certaines femmes prétendent savoir le jour où elles sont tombées enceintes : plus que de la clairvoyance, cette mention indique surtout que les visites du mari s'étaient raréfiées au point qu'on pouvait les dater.

Ensuite, nous sommes passés chez tante Vivi, laquelle nous attendait avec une profusion de gâteaux. J'avoue que je ne sus résister ni au kouglof marbré ni à la tarte aux mandarines.

– Attention, quand vous serez délivrée, ma chérie, il faudra cesser de bâfrer. Sinon, vous ressemblerez à ma sœur Clémence.

Je pouffai. Franz lança un cri d'horreur comique :

– Pitié ! Je n'ai pas épousé tante Clémence.

Pour t'éclairer, tante Clémence a… comment dire ?… simplifié son physique. Non seulement elle est aussi large que haute, mais elle ne possède ni cou ni taille : un sac surmonté d'une tête. Heureusement, ce sac est habillé avec le dernier chic et, vu la surface qu'il offre aux accroches, les rubans ne manquent pas.

Tante Vivi feignit la colère :

– Quoi ? Ne trouvez-vous pas ma sœur ravissante ? Une femme nourrie par la pâtisserie Sacher depuis des décennies ne peut être mauvaise.

– Certes, tante Vivi. Il ne viendrait pourtant à l'idée d'aucun homme d'y goûter.

Elle sourit, comme si Franz, au lieu de brocarder sa sœur, lui avait adressé un compliment.

Puis elle sortit un objet des plis de sa robe, en roulant les yeux tel un magicien de foire.

– Ma petite Hanna, voulez-vous connaître le sexe de votre enfant ? Mon pendule prédit ce genre de choses.

Elle brandissait une chaîne en argent à laquelle était suspendue une pierre verte. Son doigt désigna le bijou biscornu.

D'instinct, je me repliai sur moi-même.

Franz intervint :

– Hanna, s'il te plaît. Tante Vivi ne s'est jamais trompée avec son pendule.

Vivi rougit – ce qui était étonnant chez une femme si maîtresse d'elle-même – et confirma en dodelinant de la tête :

– Jamais, en effet. Mon pendule s'est toujours montré juste dans ses oracles.

Franz renchérit :

– Nous réfléchirons mieux aux prénoms.

À cet ultime argument, j'acceptai.

Tante Vivi m'expliqua qu'elle tiendrait son pendule avec sa main droite au-dessus de mon ventre ; s'il tournait en rond, il repérait une fille ; s'il oscillait d'avant en arrière, il détectait un garçon.

Je m'allongeai sur le sofa, coinçai des coussins sous mes lombaires et mes coudes ; tante Vivi s'approcha.

D'abord, le pendule ne bougea pas. Nous fixâmes une longue minute l'appareil immobile. Vivi, un doigt posé sur ses lèvres, m'ordonna de patienter.

Puis le pendule se mit à s'agiter. Pendant quelques secondes, il hésita, irrégulier, chaotique ; il ne se décidait pas.

Vivi s'étonna. Franz aussi. D'ordinaire, le pendule ne tardait pas autant. Je me permis donc de rompre le silence pour conter à tante Vivi ce que m'avait appris le docteur, l'importance du placenta dans mon ventre.

– Peut-être est-ce pour cela qu'il peine à trouver le sexe ?

Vivi approuva de la tête, sourit, m'intima le silence et maintint le pendule à l'aplomb de mon nombril.

L'objet commença à manifester plus d'énergie : il s'animait. Ses mouvements s'amplifiaient sans que leur tracé se précisât. Cercle ? Balancier ? Les deux se succédaient avec incohérence. Soudain, le pendule se mit à ruer dans tous les sens, la pierre tirant sur la chaînette comme si elle allait se décrocher. Pourtant, aucune indication claire ne se dessinait : non seulement cercles et balanciers se coupaient, se brouillaient, mais, alternativement, la pierre montait, descendait, tournait, ballottait. On aurait dit qu'elle tentait d'échapper à un pouvoir invisible, soit furieuse, soit effrayée. Nous assistions au combat de la pierre contre la chaîne.

– Que se passe-t-il ? cria tante Vivi.

Lorsqu'elle perçut l'inquiétude qui se peignait sur mon visage et celui de Franz, elle interrompit l'exercice.

– Ce pendule est fou, déclara-t-elle. Je vais le jeter.

Pâle, elle le conservait dans son poing fermé.

– Qu'est-ce que ça signifie ? demanda Franz.

– Il a fini son temps avec moi. Allez, hop, à la poubelle.

Elle alla au fond de la pièce. Or, là, je ne pus m'empêcher de remarquer que tante Vivi ne réalisait pas ce qu'elle avait annoncé : au lieu de se débarrasser de l'objet, elle le rangea soigneusement dans le tiroir de son secrétaire. Après cela, elle revint vers nous, malicieuse.

– Les précédents ont achevé leur carrière de la même façon. Il arrive un jour où tout pendule se rebiffe et refuse de servir davantage. Oui, il y a des révolutions aussi chez les pendules.

Elle se désopila, mais je vis qu'elle se forçait ; elle demeurait troublée.

Quand un domestique vint nous resservir du thé, tante Vivi en profita pour changer de sujet et, en un brillant monologue, multiplia les histoires de salon, toutes plus drolatiques les unes que les autres, ce qui nous divertit beaucoup. Fine observatrice, capable de croquer les gens d'un mot, elle manifestait un vrai génie caustique. Lorsqu'elle raillait, tante Vivi donnait l'impression de griffer alors qu'elle assassinait. Était-elle cruelle pour le seul plaisir d'amuser ? Ou était-elle méchante naturellement ? Elle exécutait son numéro avec un tel brio qu'elle ne nous laissait pas le recul de la juger. Étincelante, elle vampait son public, nous réclamions des bis ; entre deux rires, pendant que je peinais à reprendre ma respiration, je songeai qu'il valait mieux faire partie de ses amis que de ses ennemis, et je me félicitai de notre entente.

Franz s'esclaffait sans retenue. À cette heure, il n'était plus l'élégant comte von Waldberg devant sa vénérable tante dont Vienne enviait les hautes relations, il devenait un militaire qui festoie avec un camarade. Tante Vivi, en effet, se comportait plus en homme qu'en femme : elle blaguait, elle jurait, elle lançait des allusions croustillantes, elle dispensait des saillies et des brusqueries gaillardes qui eussent mieux convenu à un officier. Grâce à cette particularité hors du commun – créer une immédiate familiarité avec son interlocuteur quel qu'il soit –, Vivi était recherchée.

Lorsqu'elle nous raccompagna dans le hall, Vivi, en m'embrassant, me proposa à l'instant où nous nous quittions :

– Oh, Hanna chérie, m'accorderiez-vous une grande faveur ?

– Bien sûr, ma tante.

– Puis-je assister à votre accouchement ?

Ma bouche s'arrondit de surprise. Vivi battit des paupières en m'attrapant les mains et en les pressant dans les siennes.

– Puisque vous n'avez plus votre maman pour vous soutenir durant ce grand moment, accepteriez-vous votre tante Vivi ?

Sans attendre ma réponse, elle se tourna et pointa un menton batailleur vers Franz.

– Mon neveu, rassurez-moi. Vous n'êtes pas de ces pères qui rentrent dans la chambre de travail ? Vous vous limiterez, j'espère, à faire les cent pas dans le couloir en fumant une boîte de cigares ?

– Participer à l'accouchement ? s'exclama Franz, surpris.
Je n'y avais pas pensé.

– Tant mieux. Je trouve que la présence du mari ne respecte pas l'épouse. Aucune femme ne rêve de se montrer dans cet état, jambes écartées, perdant ses eaux et hurlant de douleur. Ça tue le désir.

– Oh oui, confirmai-je.

– Nous ne sommes pas des génisses. Et nous n'épousons pas des vétérinaires. Notre charme doit s'entourer d'un peu de mystère, que diable. Alors, Hanna, m'autoriserez-vous à vous tenir la main, à vous encourager, à vous aider ?

– J'en serai comblée, tante Vivi.

Ses yeux se plissèrent. Sur-le-champ, je pris ce mouvement pour de la gratitude ; aujourd'hui, je suppose qu'elle en crevait d'envie après la déroutante réaction du pendule.

Oh, ma Gretchen, j'imagine que tu ne perçois pas une ombre de bon sens dans ce que je raconte. Pourquoi t'assommer avec ce futile épisode de magie noire ? Hélas, tu vas découvrir bientôt ce qu'il avait de prémonitoire. D'horriblement prémonitoire. J'en frémis en y réfléchissant…

Je me demande ce que tante Vivi avait compris alors. Tout, ou fraction de la vérité ? Je soupçonne que si je l'interrogeais maintenant, elle prétendrait « rien », la sorcière…

Bref, j'y arrive, malgré ma répugnance.

Les jours suivants, mon attention se focalisa sur mes entrailles. Chaque matin, je me levais pleine d'espoir, chaque soir je me couchais en souhaitant que la nuit ne finît pas sans que…

Malheureusement, mon ventre s'attardait dans sa tranquillité. Je suppliais le docteur Teitelman de venir à la maison ; il se contentait, à l'issue d'un court examen, de m'apaiser avec philosophie :

— Ma douce Hanna, cessez de vous ronger les sangs, aucune femme n'a jamais oublié son enfant dans son ventre. Croyez-moi, la nature ne se trompe pas, vous pouvez lui conserver votre confiance. Sans doute êtes-vous en train, en ce moment, de ciseler un détail, de nuancer la couleur de ses cheveux, d'ourler ses narines, de sculpter ses paupières. L'accouchement ne se déclenchera que lorsque vous aurez fini.

— Pourriez-vous le provoquer ?

— Non.

— Le stimuler ?

— Non plus.

— Votre collègue, le docteur Nikisch…

— Ne tablez pas sur des miracles scientifiques, et surtout pas sur mon collègue et ami Nikisch. Si vous insistez, je vous l'envoie. Il vous répétera comme moi : patience.

Après son départ, j'avais deux heures plus apaisées. Puis, le silence de mes entrailles m'irritait et je me remettais à geindre.

Franz ne savait plus quoi faire ou dire pour me calmer, voire me distraire. De toute façon, j'avais décidé que personne ne me comprenait plus, convaincue d'être l'unique à mesurer la catastrophe : je portais un enfant prisonnier dans mon ventre, un enfant que je serais incapable de délivrer.

Qui mourrait en premier ? Lui ou moi ?

Seule Tante Vivi subodorait ma panique. Elle passait deux fois par jour pour prendre de mes nouvelles et je lisais l'expectative et la consternation sur ses traits.

Dimanche soir, je me couchai à neuf heures, persuadée que la naissance approchait.

Las ! À deux heures du matin, près de Franz qui dormait, béat, je veillais et j'attendais encore.

Au bord de la crise de nerfs, je quittai le lit et me mis à errer dans notre demeure. L'obscurité, l'absence des domestiques lui donnaient vraiment l'apparence d'un palais. La lune allongeait l'enfilade des salons par ses rayons grisés.

Je débouchai dans le hall en marbre. Là, sur une console, je trouvai mes sulfures.

Trouvai ? Non, retrouvai. Oui, je les avais négligées, ces derniers mois, mes sphères fleuries, mes marguerites de glace, mes prairies sous cristal. Elles captaient la lumière de la lune avec autant d'avidité que celle du soleil. Leurs couleurs gagnaient un vernis sombre. Elles rivalisaient non pas de chromatismes acidulés comme durant le jour, mais de nuances sourdes, du jaune grisé au bleu presque noir.

Je m'enchantais de les redécouvrir. À leur vue me revint aussi une certaine insouciance, celle de la jeune femme qui les avait collectionnées, une jeune femme libre, désinvolte, qui se moquait d'être enceinte ou pas. J'eus subitement conscience qu'on m'avait arraché mon enfance.

Je pris un mille-fleurs, le plus beau, celui qui avait été naguère mon favori, et je me mis à pleurer. Sans illusions, sans retenue non plus, je m'apitoyais sur moi, sur celle que je n'étais plus, sur la malheureuse que j'étais devenue. Pourquoi m'étais-je mariée ? Pourquoi avais-je voulu des enfants ? Le silence de mon ventre le prouvait : j'échouais à réaliser ce qu'accomplissaient mes semblables. Si encore je me distinguais par une autre habileté ! Décidément, je n'étais bonne à rien. Et mes efforts pour m'améliorer avaient aggravé mon cas.

Pleurer me soulagea.

Après une demi-heure de sanglots, il me sembla voir plus clair en moi et une intuition me foudroya.

Cela me parut évident. Pour accoucher, il suffisait que je brise l'une des boules. Oui ! L'idée m'illumina de sa fulgurance : si je cassais mon cristal préféré, tout rentrerait dans l'ordre.

Je pris quelques secondes pour savourer mon futur exploit. Je faillis même appeler Franz afin qu'il assiste au miracle.

Appuyée contre la table, je contemplai le sulfure le plus rare, un dahlia noir sur lequel rôdait un papillon en soie, puis je le jetai au sol.

Le verre éclata, des morceaux s'éparpillèrent telles des gouttes, et soudain, je sentis quelque chose d'humide le long de mes cuisses : je perdais les eaux.

Aussitôt, une douleur traversa mon abdomen et me plia en deux.

Je criai de victoire : l'accouchement commençait.

Les domestiques accoururent, Franz débardla, appela le médecin et la sage-femme. On me porta jusqu'à la chambre.

J'étais joyeuse comme jamais. J'avais envie de chanter, de danser, d'embrasser chacun.

Le docteur Teitelman surgit rapidement – à croire que les médecins dorment habillés –, escorté par la sage-femme et ses aides. Tante Vivi mit un peu plus longtemps à nous rejoindre, mais arriva coiffée, poudrée et parfumée.

– J'ai l'impression que ça ira vite, annonça le médecin.

Tante Vivi me saisit les deux mains et m'encouragea à pousser.

Je m'appliquai de mon mieux.

Une sensation m'étonnait et donnait raison à l'optimisme de Teitelman : je ne souffrais pas autant que je l'avais imaginé. Certes, l'expérience n'était pas franchement agréable, mais elle restait tolérable. «Je suis donc conçue pour avoir des enfants», ne pus-je m'empêcher de penser.

Au bout de deux heures, le docteur Teitelman tâta mon ventre qui avait légèrement dégonflé. Il l'ausculta, passa et repassa ses doigts de chaque côté. Son visage ne trahissait aucun diagnostic, sa contenance se limitait à celle d'un professionnel compétent.

Enfin, il quitta la pièce avec la sage-femme. Ils s'entretinrent à voix basse derrière la porte, puis Teitelman avertit qu'il s'absentait dix minutes.

– Docteur ! hurlai-je depuis mon lit.

– Rien n'adviendra au cours de ces dix minutes. Soyez confiante. Je ne vous laisse pas seule.

La sage-femme s'approcha et m'adressa un bon sourire. Tante Vivi me caressa le front.

– Où va-t-il, tante Vivi ?

– Aucune idée.

– C'est bizarre, non ?

– Non, ce n'est pas bizarre.

Il n'y avait qu'une molle conviction dans sa voix ; elle aussi comprenait mal l'attitude du médecin. Après avoir testé plusieurs idées dans sa tête, elle se pencha vers moi.

– Ma petite Hanna, s'il n'est pas là lors des dernières contractions, tant pis pour lui. Durant des siècles, les femmes ont accouché sans médecin. N'ayez crainte.

Une demi-heure plus tard, le docteur Teitelman réapparut, accompagné d'un long homme jeune à la barbe clair-semée.

– Hanna, je vous présente le docteur Nikisch.

Je me raidis aussitôt.

– Quoi ? Vous voulez pratiquer une césarienne ?

Teitelman toussa, gêné.

– Je souhaite juste que mon confrère collabore à cet accouchement parce que…

– Parce que quoi ? braillai-je.

Il ne répondit pas. Vivi se jeta sur lui et l'attrapa par le col.

– Qu'arrive-t-il à ma nièce ?

Teitelman rougit, se dégagea, agita sa pomme d'Adam en réajustant sa cravate et lança un regard courroucé à tante Vivi.

– Justement, mon collègue va m'aider à le savoir.

Teitelman et Nikisch se mirent alors à m'examiner sous mes angles les plus intimes. En me palpant, ils se consultaient d'une façon impénétrable.

Enfin, Teitelman me demanda de pousser de nouveau.

– Ah, quand même ! s'exclama tante Vivi, furieuse de leur comportement.

Je réessayai de sortir l'enfant. Eaux et sang coulèrent.

Puis les deux hommes me prièrent de m'interrompre, « pour me reposer ».

Alors que je reprenais mon souffle, ils s'enfermèrent dans un conciliabule derrière les rideaux de la fenêtre.

Nikisch revint et ouvrit sa mallette.

– Que préparez-vous ?

– Fiez-vous à nous, madame.

– Une césarienne ?

– Je vous en supplie. Accordez-nous votre confiance, vous n'allez pas souffrir

Je faillis réclamer Franz à mon secours. J'abandonnai pourtant. Si mon destin était d'avoir le ventre découpé pour délivrer mon enfant, je devais l'accepter. Tant pis si je ne survivais pas !

Le docteur Nikisch s'approcha de moi en tenant un linge imprégné de liquide.

Je pus juste souffler à tante Vivi :

– Dites à Franz que je l'aime.

Le linge se colla à mes narines, je sentis une odeur acide, un grand apaisement, et je perdis connaissance.

Lorsque j'ouvris les yeux, j'étais recluse dans la chambre nettoyée, rangée. Mon premier réflexe consista à chercher l'enfant à mes côtés ; il n'y était pas. Mon deuxième ? Évaluer la douleur de mes entrailles ; or, là encore, je ne percevais rien. Doucement, je glissai mes doigts sous ma chemise, m'apprêtant à hurler : je découvris un ventre plat, indolore, sans pansements ni cicatrices.

Ainsi, j'avais réussi à expulser l'enfant normalement ?

Je pleurai de joie. Pendant un temps, je ne fus plus que cela, ces larmes chaudes, réconfortantes.

Puis je m'arrêtai, impatiente, pour mieux scruter les bruits. Mon bébé avait-il faim ? Mon bébé dormait-il ? Où avait-on couché mon bébé dans la maison ? Fille ou garçon ?

J'appelai mon mari. Sitôt le prénom de Franz prononcé, je constatai que ma voix, trop faible, ne traverserait pas la porte.

J'attendis donc. Par instants, je somnolais.

Quelques minutes ou quelques heures plus tard – je ne saurais le préciser –, Franz apparut.

À son allure courbée et son visage gris, je compris qu'un malheur s'était produit.

– Tu es réveillée, ma chérie ? s'enquit-il d'une voix éteinte.

– Franz, où est l'enfant ?

Il s'assit au bord du lit et me saisit le poignet.

– Tu dois être courageuse : il est mort.

Le silence.

Même pas de sanglots. Juste une douleur aiguë. Un poignard s'enfonce dans mon cœur. Un goût de vomi envahit ma bouche. Je voudrais mourir à mon tour. Mourir pour éviter la souffrance. Mourir pour échapper à la haine qui monte en moi.

Quand je parvins à parler, je demandai à Franz où se trouvait le corps de notre nourrisson. Il me répondit que le docteur Teitelman, après l'avoir enveloppé dans des langes, l'avait emporté avec lui. Il avait refusé à Franz, qui l'exigeait, le droit de le regarder.

– Épargnez-vous ça, mon ami. Votre deuil sera plus aisé ainsi.

Voilà, Gretchen.

Je supposais avoir touché le fond du malheur.

Pas du tout. Le pire restait à venir…

Comment est-ce possible ?

Les mots qui vont suivre, tu vas sans doute avoir des difficultés à les lire. Autant de mal que j'en ai, moi, à les écrire. J'irai néanmoins jusqu'au bout de mon récit, telle Marie Stuart à l'échafaud.

Plus tard dans la journée, le docteur Teitelman entra.

J'étais seule. Je ne pensais plus, je ne gémissais plus, je

n'éprouvais plus rien. Je gisais, dévastée, au milieu des oreillers.

Il traîna une chaise, l'installa près de mon lit, s'y assit, lourd.

Il hésitait à s'expliquer. Ayant l'impression de sortir des enfers, je crus le soulager en lui disant :

– Je sais tout, docteur. Franz m'a raconté ce qui s'est passé.

Il tourna les yeux autour de lui, comme s'il cherchait un témoin, mouilla ses lèvres, déglutit, déclara d'un ton morne :

– Monsieur von Waldberg ne vous a répété que ce que je lui ai confié.

– Pardon ?

– J'ai estimé qu'il valait mieux proposer une version officielle, une version acceptable, un récit qui vous attire la compassion et n'éveille pas les soupçons.

Je me tus. Je savais que j'allais recevoir un coup terrible. Je l'attendais.

Teitelman se redressa, nettoya ses lunettes, soupira, puis me toisa avec sévérité.

– Il n'y avait rien dans les draps que j'ai emmenés hors d'ici. Vous ne portiez aucun enfant dans votre ventre, Hanna, uniquement de l'eau. Vous n'étiez pas enceinte.

Ton Hanna.

15

La chambre d'hôtel semblait avoir subi le passage d'un cyclone : chaises renversées, lit ravagé, coussins répandus, tapis déplacés, vêtements épars, bouteilles au sol. Accrochés en torsade, du meuble télé jusqu'aux fauteuils, draps et couvertures paraissaient des guirlandes dérangées par le vent.

À même la moquette, Anny roulait sous le corps de l'homme.

Avec un enthousiasme rageur, elle multipliait les gémissements, d'abord par inconfort, puis pour encourager son amant et pour se convaincre qu'ils prenaient tous deux un grand plaisir à cette étreinte sauvage.

Allongée sur le dos, jambes écartées, elle rabattit ses pieds sur les fesses de son partenaire, sachant que, d'ordinaire, cette position électrisait les hommes. Effectivement, comme une moto répond à la pression qu'on exerce sur ses commandes, l'homme émit un râle et se mit à accélérer ses mouvements.

Quand elle devina, aux veines du cou gonflées, aux rougeurs piquetant sa poitrine, qu'il atteignait l'orgasme, elle poussa des hurlements d'extase. Ils jouirent.

Pendant de lentes minutes, ils reprirent leur souffle.

Le cyclone s'était retiré. La tranquillité régnait à nouveau dans la pièce. Quelques rayons d'un soleil doré vinrent chauffer la pénombre découpée par les stores. Au loin, s'égrenait un air de jazz aux sonorités cuivrées.

Anny raffolait de ce moment-là, qui justifiait les efforts accomplis. Outre qu'elle s'enorgueillissait d'une tâche menée à bien, elle ne ressentait plus aucune tension, elle n'attendait plus rien, elle jubilait simplement d'exister.

Oui, elle préférait «l'après» au désir qui rapproche ou aux étreintes qui mêlent. La satisfaction ne venait pas de la volupté mais du soulagement d'en être débarrassée.

Tandis que l'homme s'endormait, elle le rejeta avec douceur et se leva, légère. «Ouf, c'est terminé.» À peine se fut-elle formulé cette réflexion que, pour la première fois, elle en détecta le caractère étrange. Comme s'il importait davantage d'avoir fait l'amour que de le faire...

Elle contempla l'état des lieux autour d'elle : parfait, tout avait été renversé, une excellente mise en scène de la bestialité.

Avant d'aller à la salle de bains, elle jeta un coup d'œil à son compagnon de débauche : affalé sur le sol, les mollets sur un pouf, une manche de chemise enroulée à la cheville gauche, Zac respirait à la limite du ronflement. Le réalisateur lui parut soudain très cohérent : il pratiquait le sexe de la même façon qu'il dirigeait les acteurs, avec impétuosité et force, en recherchant le paroxysme. Un vrai tempérament.

«Pourvu que le film soit bon.»

Elle fila sous la douche, reçut l'eau tiède sur son corps telle une récompense, un délice plus intime et précieux que ce qui venait de se passer.

Anny se sentait plus forte. Non seulement le réalisateur

l'impressionnait moins, mais elle gagnait de l'ascendant sur David. Pour se prouver son indépendance, elle avait trompé l'acteur. Puis elle s'était aussi assurée que le réalisateur la chérirait toujours. N'avait-elle pas remarqué, ces derniers jours, que Zac perdait beaucoup de temps à éclairer David, qu'il veillait à le vêtir ou à le dévêtir à son avantage?

Enfilant un peignoir, elle tordit ses cheveux pour les sécher. Dans la glace au-dessus du lavabo, elle se trouva jolie et, surprise, s'écria :

– Connard d'Ethan !

Il avait refusé de coucher avec elle. Incroyable. Le seul à avoir osé. Elle n'aurait peut-être pas cédé au réalisateur – ou certainement moins hâtivement – si Ethan ne l'avait incitée à douter de son charme.

En se coiffant, elle s'apaisa, rassurée sur son pouvoir de séduction. Elle tâcherait d'atténuer ses reproches contre Ethan. N'avait-elle pas encore besoin de lui? Elle préférait ses piqûres aux substances chimiques impures qu'elle cherchait à prix d'or dans les rues ou les bars. Et puis, un bel infirmier lui administrait de la morphine à domicile, n'était-ce pas adéquat avec son rang de star?

Elle rit. « Bel infirmier? Je suis charitable. En vérité, Ethan a un physique impossible. » Tout était excessif en lui, la taille, la maigreur, l'arête du nez, la blondeur. « Il ressemble à sa caricature. »

De l'autre côté du battant, la voix graillonnante du cinéaste demanda :

– Qu'est-ce que tu fabriques, mon cœur?

– Je pense à toi.

Anny avait répliqué du tac au tac, ce qui lui permit de reprendre aussitôt le cours de ses réflexions. Oui, Ethan lui évoquait un pantin, l'arlequin que les enfants suspendent en mobile dans leur chambre.

Le réalisateur arriva ; elle faillit crier de surprise.

Voulant échanger un baiser, Zac l'enlaça. Elle le retint.

– Non, je viens de me laver. Tu sues, tu pues comme un homme qui a fait l'amour.

Elle ajouta pour ne pas le vexer :

– Qui a très bien fait l'amour...

– C'est vrai ?

Elle certifia d'un battement de paupières.

Zac s'étira, heureux, puis s'engouffra dans le jacuzzi.

Anny grimaça : s'il y avait quelque chose de surprenant chez les hommes, c'était la béatitude qu'ils tiraient du sexe ! Sur ce plan, elle estimait qu'il n'y avait pas d'égalité entre les mâles et les femelles. La sensualité comblait les premiers, pas les secondes. Eux recherchaient le plaisir et l'obtenaient ; pas elles.

Avait-elle rencontré un homme qui ne fût pas euphoriquement satisfait après une partie de jambes en l'air ?

Non. Ah si, David peut-être, dans le visage duquel elle avait discerné de l'inquiétude... Parce qu'il attendait des applaudissements, sans doute. David était un acteur, c'est-à-dire une femme avec des couilles.

Elle retourna dans la chambre et entama un travail d'archéologue : dégoter sa tenue sous les couches qu'avait déposées le rendez-vous torride, couche de draps, couche de couvertures, couche de coussins.

Accroupie pour tâcher de ramasser son soutien-gorge derrière le minibar, elle distingua un emballage vide de barre chocolatée auquel s'était collé un mouton de poussière ; à cette vue, elle prit soudain conscience du sordide de la situation. Telle une caméra s'élevant, elle s'aperçut, en une position humiliante, en train de récupérer ses dessous dans une chambre d'hôtel impersonnelle alors qu'un macho poilu chantonnait sous la douche.

« C'est ça, ta vie, Anny ? »

Elle redressa la tête. À la voix imaginaire, elle répondit : « Ce n'est pas ma vie, c'est la vie. J'ajouterais d'ailleurs que la mienne est un peu moins minable que celle des autres. Nous sommes dans un cinq-étoiles, merde ! Et le siffleur, là-bas, dans la salle de bains, il a déjà reçu deux nominations aux Oscars… »

Elle décida de déguerpir au plus vite et s'abrita derrière ses lunettes noires pour descendre dans le hall.

Même si le concierge, les réceptionnistes, les femmes de chambre savaient que la star venait de s'envoyer en l'air avec son metteur en scène, ils baissèrent la nuque et les yeux comme si elle rentrait d'un enterrement. Là résidait la supériorité du palace sur le motel minable en bord de route : si le fond de l'action ne variait pas – un lit de passage, des bonnes qui nettoieraient les draps, des verres abandonnés, la crainte d'être entendu dans ses ébats –, on y gagnait sur la réaction du personnel. Aucun blâme. Une absence totale de commentaires. Ici, la grimace de la patronne frustrée ou le regard complice du tenancier bourré ne saliraient pas Anny. Dans l'hôtellerie, à partir de deux mille dollars la nuit, on ignore la concupiscence, on ne juge pas le client, on ne reçoit que des saints. L'argent purifie plus que l'eau de Lourdes.

Le voiturier lui ramena son cabriolet. Anny prit la route.

Il faisait un de ces temps qui avaient transformé Los Angeles en capitale du cinéma à l'époque où l'on tournait sans projecteurs, un temps d'une luminosité infinie, joyeuse, sans arrière-pensées.

Ethan ne débarquerait qu'à onze heures du soir car il assurait une garde au centre médical. Elle se demanda comment elle pourrait le blesser. Allait-elle lui raconter son escapade ? S'il n'était pas épris d'elle, il hausserait les épaules ; et cet aveu confirmerait sa théorie sur elle !

« Quelle dinguerie... Je coucherais avec les hommes pour me débarrasser des hommes ! »

Elle revint à ses dernières conquêtes, David et Zac. Honnêtement, pourquoi avait-elle couché avec eux ?

David, elle l'avait jeté dans son lit par mauvaise conscience, afin de se faire pardonner de ne pas l'avoir reconnu à la clinique.

Avec Zac, elle retrouvait confiance en elle, elle cessait d'être impressionnée, elle se libérait de David.

« Zut ! Ethan a vu juste. Je couche pour m'éloigner, non pour me rapprocher. »

Elle pratiquait le sexe sans affinités. Pour s'excuser, se délivrer, se sécuriser.

Elle pila à un feu rouge en jurant. Piquée dans son orgueil, Anny ne décolérait pas, car Ethan, en visant juste, venait de l'humilier une deuxième fois.

Il ne lui reprochait pas de coucher ; ce qu'il incriminait, c'était le mobile pour lequel elle couchait. Il ne la condamnait pas pour dévergondage ou pour lubricité, non, le nombre d'hommes lui importait peu ; ce qui l'intéressait, c'était la cause de ce nombre.

De la facilité avec laquelle Anny se donnait, il disait « Pourquoi pas ? » et il ajoutait aussitôt : « Mais pourquoi ? »

Quelques kilomètres plus loin, après avoir failli écraser

des piétons à deux reprises, elle abandonna, exaspérée, son véhicule et marcha dans les rues de Santa Monica.

Comme d'habitude, les trottoirs grouillaient de vieux et vieilles hippies, d'athlètes torse nu, d'éphèbes arc-boutés sur leur skate, de nymphettes nourries au Coca-Cola qui menaçaient d'exploser les coutures de leur jean. À cette population locale se mêlaient des touristes, Japonaises aux jambes raides, Français à l'anglais laborieux, Latinos très à l'aise, Allemands en nage et Britanniques au bord de l'apoplexie.

Protégée par ses lunettes de soleil, une casquette sur ses cheveux noués, Anny déambulait incognito – « incognito » ne signifiant pas « inaperçue », car les gens se retournaient souvent sur le passage de cette rayonnante jeune femme.

À quoi tenait son charisme ? Elle le savait depuis qu'un grand critique de cinéma, un jour, lui avait consacré une analyse fouillée. Selon lui, Anny Lee était coulée tout entière dans un même corps, tandis que, chez la plupart des individus, le corps se morcelle. Regardez autour de vous : les êtres paraissent des collages, des statues réparées, des montages de bric et de broc. Cette femme a un haut et un bas différents, lesquels ne s'accordent pas puisque le haut est étroit, le bas bombé. Celle-ci exhibe un visage rare au-dessus d'un torse banal et, si vous l'observez, vous noterez que le visage et le torse se séparent aussi par le rythme : ils ne bougent pas ensemble, ne respirent pas de concert, n'inspirent pas un air identique. Celle-là arbore deux seins volumineux, forts, triomphants, lesquels devraient appartenir à un autre gabarit que le sien, si frêle, à moins qu'ils ne résultent d'un gonflement chirurgical. Et cet homme étendu à l'ombre d'un palmier, on croirait qu'on lui a greffé, sur son physique nerveux, un sac mou, encombrant, son ventre d'alcoolique. Si l'on souhaite saisir la misère de l'anatomie humaine – qu'on pourrait nommer l'anatomie « hachée » –, il suffit de nous comparer aux animaux. Le chat par exemple, doté d'un organisme flexible, offre une liaison constante de ses parties, les oreilles répondent au poitrail, lequel se continue en pattes, lesquelles s'épanouissent en griffes, griffes qui sortent dans la colère ou se rétractent pour caresser ; de la queue au museau, il s'exprime, bondit, court, miaule, se cabre, s'étire de façon cohérente. Anny s'apparentait au félin. Comme Marilyn Monroe, autre chatte célèbre, elle avançait en ondulant, élastique, compacte, leste même quand elle se voulait lente. Sa lèvre commandait sa cheville, sa paupière agitait son bassin, la souplesse de ses cheveux trouvait un écho dans la courbure de ses reins. Elle se mouvait dans un corps homogène, pas un corps en kit, son infinie sensualité venait de là.

Elle s'acheta une glace – bleue, assortie à la mer – et poursuivit ses réflexions.

Ethan la rendait perplexe : pourquoi tant d'attentions s'il n'avait pas envie de coucher avec elle ? Par ce refus, il se distinguait des mortels ordinaires, anomalie qui le rendait, aux yeux d'Anny, selon les moments, détestable, pitoyable, terrible, fascinant.

Alors qu'elle progressait le long de la plage, les regards pressants des passants sur elle la confortaient. Voilà le normal. Telle est la nature. Si Anny se moquait de coucher avec les hommes, elle pensait sérieusement, en revanche, que tous les hommes rêvaient de coucher avec elle. D'où extrayait-elle cette idée ? D'une éducation sexuelle reçue à Hollywood. Depuis l'âge de cinq ans, elle avait évolué dans un univers d'adultes, lesquels ne se privaient pas d'afficher leurs désirs, d'exprimer leurs fantasmes, voire de les filmer.

« Qu'est-ce qu'un adulte ? lui avait demandé un journaliste lorsqu'elle avait quinze ans.

– Quelqu'un qui veut me retirer ma culotte », avait-elle affirmé.

Cette déclaration spontanée avait fait le tour du monde, les uns la citant pour en rire, les autres pour s'en indigner.

Ils ne lui paraissaient pas posséder une psychologie compliquée : ils réagissaient aux seins, aux hanches, aux fesses, aux lèvres ; pas difficiles à comprendre, ils se réduisaient à des affamés qui aspirent à toucher, baiser, sucer, caresser, abuser ; ils avaient l'appétit sexuel aussi sommaire que l'appétit alimentaire.

Alors Ethan ?

Elle crut le voir au loin, rugit son nom. Un inconnu se retourna. Elle se glissa entre deux vendeurs de chapeaux pour fuir son étonnement.

Ethan lui tapait sur les nerfs tant il lui échappait. Elle ne parvenait pas à entretenir une relation balisée avec lui ; d'un côté, il se montrait plus attentif que n'importe qui, de l'autre plus fuyant. Avec lui, elle perdait sa maîtrise habituelle.

Car c'est en se donnant et en se refusant qu'une femme domine ; l'alchimie de la séduction exige ce dosage. En revanche, l'abstinence lasse ; et la débauche systématique encore plus. Une prude finit par se suspendre aux rayons des accessoires inutiles ; une femme qui se donne sans limite se réduit à un objet sexuel, le genre de gadget qui termine toujours à la poubelle.

Anny prit sa résolution : puisqu'elle ne pouvait pas le contrôler, elle allait se séparer de lui.

Il s'apprêtait à la voir à 23 heures ? Il trouverait une maison fermée.

Anny accéléra le pas. Tiens, ça tombait à pic, le magasin dont elle avait besoin se situait à une courte distance.

Elle entra chez Ruth et Debbie, qui vendaient des robes et des tuniques indiennes, des foulards turcs, de l'encens, du savon, des livres de sagesse, de la musique new age, et insista pour descendre à la cave. Là, elle s'allongea sur un matelas et commanda à Ruth une forte dose d'opium. Avec ça, elle serait engourdie pendant plusieurs heures, elle ne penserait plus à Ethan. Il tambourinerait à une porte close. Avec un peu de chance même, elle aurait assez de force, à son réveil, pour se rendre au *Red and Blue* et avaler une substance qui lui donnerait l'énergie de danser jusqu'à l'aube.

16

– Allons, Anne, viens avec nous au marché.

Malgré les supplications muettes de Hadewijch et Bénédicte, la jeune fille, assise dans l'escalier, se ramassa sur elle-même, dos rond, épaules rentrées, sourde à la demande de sa tante.

– J'ai promis aux commerçants que tu nous accompagnerais, insista Godeliève. Tout le monde sera si heureux de te rencontrer.

Anne faillit répondre « Justement » mais se tut, devinant qu'un silence inspirerait davantage le respect qu'une explication – l'autorité gagne à ne pas se justifier.

– Tu ne réagis pas assez à l'amour que les gens te portent, Anne. Tes apparitions leur procurent tellement de bien.

À ces mots, Anne se redressa, gravit les marches grinçantes deux à deux et se cadenassa dans sa chambre.

Godeliève, Hadewijch, Bénédicte, déçues, filèrent faire les courses sans tarder car, foi de Brugeoise, c'était l'heure où l'on déchargeait les poissons.

À la fenêtre, Anne regrettait de les avoir peinées ; néanmoins, elle rejetait le culte que Bruges lui vouait désormais.

En quelques semaines, son statut avait évolué : de miraculée, elle était devenue sauveuse.

Le soir de la battue, le fringant Rubben n'avait supporté ni son échec ni la prétendue fatigue de ses compagnons qui avaient déserté la chasse au loup. Aux portes de la ville, il s'était donc détaché du groupe et avait décidé de pister la bête au cours de la nuit.

Rebroussant chemin, il eut la même idée qu'Anne : détecter le point d'eau où s'abreuvait l'animal. Toutefois, plus prudent que la jeune fille, il ne prit pas le risque de s'exposer ; dès qu'il eut rejoint le coude que dessinait le ruisseau, il monta sur un arbre d'où il apercevait, au loin, la clairière.

La suite de son plan, il la croyait très simple : de son poste de guet, il tirerait une flèche et abattrait le fauve.

Cependant, une fois installé à califourchon sur une large branche, il se rendit compte qu'il ne pouvait guère bouger et que, de surcroît, la cible se trouvait hors du rayon de son arc.

Il attendit.

Quelle ne fut pas sa surprise de voir arriver une jeune inconnue au bord de l'eau. Furieux, il s'apprêtait à la héler afin qu'elle déguerpisse quand un détail le retint : crier aurait dénoncé sa présence au prédateur.

Trop tard. Un hurlement lugubre sortit des bosquets proches.

Des frissons le parcoururent, et Rubben dut se retenir à l'écorce pour ne pas tomber.

Le loup fonça, les crocs écumants.

Impuissant, Rubben détourna la tête, refusant d'assister au massacre.

Un silence abrupt le poussa à épier de nouveau. Le colosse s'était arrêté devant la jeune fille, ses babines s'abaissaient, son pelage hérissé reprenait un volume normal.

À l'instant, Rubben comprit qu'il ne s'agissait pas d'un répit : malgré la distance, il ressentait la paix qui irradiait de l'inconnue. Frêle, elle imposait la force de sa pensée au loup et au chasseur – au tueur nu et au tueur armé –, elle leur ordonnait d'abolir tout bellicisme. Elle leur communiquait son calme.

Au bout de deux quarts d'heure, l'atmosphère avait tant changé que Rubben avait eu l'impression de contempler la rencontre d'une petite fille et d'un gros chien.

Profitant de ce moment, il saisit son arc pour l'exécuter. Mal lui en prit : en sollicitant le carquois coincé contre ses omoplates, il fit un faux mouvement, perdit l'équilibre, dévissa. Heureusement, ses réflexes de jeune homme lui permirent d'agripper une autre branche ; il se remit en selle sur l'écorce.

Au loin, le carnassier, alarmé, perçut une menace. L'inconnue aussi. Escomptait-elle qu'un héros viendrait la délivrer ?

Rubben ne bougea pas, par peur du loup et par crainte d'encourager les espoirs de la malheureuse. Sans se déchirer la nuque à espionner la suite, il se concentra sur son aplomb précaire.

Quelque temps plus tard, il entendit les pas furtifs du loup qui battait en retraite, alors que la jeune fille demeurait assise au bord de l'eau.

Il choisit de rester en hauteur. Les nuages cachèrent de nouveau la lune, enténébrant la clairière. Vers quatre heures du matin, quand l'univers lui parut endormi, il descendit de son perchoir, massa ses membres endoloris, puis partit, presque en courant, vers Bruges. Là, il déboula sur la place du Marché pour raconter à la foule la scène fantastique à laquelle il avait assisté au clair de lune.

Les Brugeois furent bouleversés par cette histoire, laquelle frappait les esprits parce qu'elle transgressait les lois de la nature. Aussitôt que Godelinde, Hadewijch et Bénédicte, inquiètes, foncèrent prévenir la maréchaussée que leur nièce et cousine avait disparu, on établit le rapport entre Anne et la jeune fille miraculeusement épargnée par le loup.

Dès lors, les citadins guettèrent le retour d'Anne. Qui disait miracle disait Dieu ! Les dévots s'emparèrent de l'événement et commencèrent à déclarer que, si Dieu avait sauvé cette créature, c'était parce qu'elle était pure, vierge, sans péché. Toute sa vie fut réexaminée au crible de la théologie. On se mit même à interpréter différemment sa fuite dans les bois pour échapper à son fiancé : elle avait voulu se garder pour Dieu ; pour un peu, on aurait traité Philippe de suborneur, de serpent tentateur. Quant à son attitude silencieuse, elle passa pour de l'humilité.

Sitôt qu'Anne franchit les murs de la ville, les citadins accoururent, l'entourèrent, se signèrent et même s'age-nouillèrent. Des curés annoncèrent des offices spéciaux, chacun d'eux intriguant pour avoir la jeune fille au premier rang.

Tante Godelinde, malgré sa rustique simplicité, fut intimi-dée. Au lieu d'accueillir sa nièce avec une gifle et des remon-trances, elle se glissa auprès du prêtre qui l'interrogeait et mendia la permission de la serrer entre ses bras.

Ida en revanche, incapable de dissimuler son hostilité

envers celle que les Brugeois considéraient comme une élue de Dieu, s'enfiévra à un tel degré de rage que sa mère l'envoya séjourner chez sa grand-mère à Saint-André.

Les semaines suivantes enrichirent et amplifièrent la réputation d'Anne. Pourquoi ? Le loup interrompit ses ravages. On crut d'abord qu'il avait émigré suite à la battue ; néanmoins, après que trois agneaux eurent été volés, dix poules portées manquantes, une fois écartée l'idée que des crapules utilisaient le prétexte du loup pour brigander sans vergogne, on conclut que la terrible bête maraudait toujours dans les environs. Cependant, elle n'assaillait plus les paysans…

Rubben compléta son merveilleux récit : Anne avait convaincu le loup de ne plus s'attaquer aux humains. Lorsque le jouvenceau émit cette hypothèse, ce fut moins par intuition que par jeu. Sans entrevoir qu'il approchait de la vérité, il improvisa dans le souci de séduire, envie de polir une belle fable.

Puisque Anne n'avait pas démenti – et pour cause –, la légende s'était rapidement répandue, courant d'échoppe en boutique, de taudis en palais, de brodeuse à duchesse, de barque locale en navire étranger. La ville pratiquant le commerce avec le monde entier, les lainiers flamands en parlèrent aux drapiers anglais qui le répétèrent aux éleveurs de moutons outre-Manche, les vendeurs de poivre et d'épices emmenèrent la nouvelle en Orient, les marins portugais aux royaumes méditerranéens, sans omettre les Français qui dirigeaient la ville ou les Allemands qui venaient s'y approvisionner.

Anne appartenait désormais aux attractions de Bruges, au même titre que le beffroi.

Cette gloire subite, fulgurante, selon elle injustifiée, la rebutait. On s'était emparé de ses gestes, ainsi qu'un agresseur arrache les vêtements de sa victime, sans lui demander ce qu'elle en pensait ni si elle y consentait. À ses yeux, la notoriété se réduisait à une violence ; non seulement on la dépouillait de son histoire, mais on lui arrachait sa chair intime, ses intentions, la pulpe de son esprit.

Un bruit retentit en bas. Une main d'acier frappait à l'huis.

Anne décida de ne pas répondre.

Les coups reprirent.

Anne ferma les yeux, certaine qu'en baissant les paupières, on obture ses oreilles.

– Anne ? Madame Godelième ?

Elle reconnut la voix de Braindor. Dévalant dare-dare la volée de marches, elle ouvrit au moine.

– Enfin ! s'exclama-t-elle.

Capuchon sur la tête, le manteau plus crotté qu'auparavant, le géant entra dans l'étroite maison.

Il s'assit, le corps pesant, près de la cheminée. Ses sacs se vautrèrent sur les dalles. Il frotta ses chevilles enflées. Malgré sa jeunesse, sa taille et sa force sèche, il semblait brûlé de fatigue.

Après quelques soupirs, il se découvrit, ses cheveux éclairèrent la pièce, il sourit. Rassurée par sa présence, Anne admira son nez précis, fort, tranchant comme une idée sobrement exprimée.

– Alors, ma petite Anne, ta réputation est arrivée jusqu'à moi à cent lieues d'ici. Tout le monde pense maintenant ce que j'ai pensé en premier. J'en suis heureux pour toi.

– De quoi parlez-vous ?

– De Dieu qui t'a choisie. De Dieu qui s'exprime à travers toi. Incontestablement, tu es une Élue.

Elle bondit vers lui, menaçante.

– Ah non, pas vous ! Je n'ai pas songé à Dieu en partant à la rencontre du loup. Pas davantage lorsque j'ai fui mon mariage avec Philippe. Dieu n'a rien à voir avec ça. Dieu ne m'a rien soufflé. Pardi, je crois en Dieu, je Le révère, je Le prie, pourtant je doute de L'aimer. À coup sûr, lorsque je lis la Bible, Il ne m'influence pas.

Et elle narra, indignée, la désastreuse impression que lui laissait ce livre. Jamais elle n'avait vu autant de péchés, de massacres, d'injustices, la faute des hommes, bien sûr, la faute de Dieu aussi, lequel se vengeait en brute primaire, exigeait des sacrifices insanes – le fils d'Abraham –, torturait sans raison Job le Juste, bref, se comportait en tyran, un monarque capricieux ne manifestant pas plus de sang-froid ni de hauteur de vues qu'un bandit de grands chemins.

– Pour moi, Dieu devrait se tenir au-dessus des mesquineries. Dieu ne devrait pas révéler sa puissance mais son pardon. Dieu ne devrait pas inspirer l'obéissance mais l'adoration.

Braindor la souleva dans ses bras.

– Merveilleux… Tu commences à couler l'or de ton cœur dans le moule des mots.

Elle se dégagea, non qu'elle craignît la force de son étreinte – au contraire, cela lui plaisait assez –, mais parce qu'il s'acharnait à ne pas la comprendre.

– Braindor, écoutez-moi ! Je ne suis ni une miraculée ni une sainte. J'ai fait les mouvements qui convenaient, donc le loup m'a respectée. S'il ne mange plus les hommes, c'est qu'en lui montrant les pièges, je l'ai dissuadé de s'approcher des fermes.

– Tu es habile avec les animaux, rien d'autre ?

– Je sais leur parler.

– Et que sont les animaux ? Des créatures de Dieu. Tu sais donc parler aux créatures de Dieu.

Elle cessa d'argumenter, troublée. Enchantée que Braindor considère les animaux comme des créatures de Dieu à l'égal des hommes, elle revint au sentiment qui la poussait à estimer tous les êtres, à chérir la vie sous chacune de ses formes. Nommait-on cela « amour de Dieu » ?

Braindor força son avantage :

– Connais-tu saint François d'Assise ?

Elle se ferma.

– Non, et je ne veux pas le connaître.

– Il a écrit pourtant de...

– Je n'ai pas fini la Bible.

Quoique dominicain, Braindor nourrissait une passion pour le patron des Franciscains, ce seigneur qui avait remis la pauvreté et la charité au centre de la foi.

– Tu as raison, Anne. Alors, concentre-toi sur le Nouveau Testament. À mon avis, Jésus a beaucoup à t'apprendre.

Butée, Anne avait envie de répliquer qu'elle en doutait ; mais elle savait qu'on ne disait pas ça, surtout à un homme d'Église. Quelle farce ! Alors que, sous son crâne, elle blasphémait en permanence, le moine, les curés et les Brugeois la prenaient pour une chrétienne exemplaire.

– Braindor, j'ai agi naturellement, je n'ai jamais songé à ce que vous concluez de mes gestes.

– Le Christ aussi s'est comporté naturellement, selon son

cœur, et ses enseignements alimentent les esprits d'aujour-
d'hui et nourriront ceux des siècles à venir.

– Vous vous trompez : vous exagérez mon intelligence. Je
ne suis pas importante.

– Je ne sais pas si tu es importante ; je sais que des choses
importantes passent par toi.

Sur ce point, de nouveau intriguée, elle n'objecta rien.
Quand elle se pliait à ses impulsions, lorsqu'elle s'enfuyait
dans les bois ou allait bavarder avec le loup, elle obéissait à
une entité plus grande et plus forte qu'elle. Mais quoi ?
Qui ?

– Pourquoi n'admets-tu pas que c'est Dieu ? susurra
Braindor comme s'il l'entendait réfléchir.

Anne baissa la tête. Pas si clair. Oui, elle croyait en Dieu ;
oui, elle pensait que Dieu avait créé toute chose ; oui, elle se
Le figurait présent dans le monde. Pourtant, à force de Le
voir partout, on ne Le voyait plus nulle part, non ?

Elle soupira, démoralisée.

– Qu'est-ce que Dieu, Braindor ?

– Ce qui nous inspire le bien. Le diable étant ce qui nous
pousse au mal.

Son regard se perdit dans les cendres. Si elle écoutait le
moine, elle allait se ranger à son avis, elle le devinait.

Il s'approcha, doux.

– N'es-tu pas conseillée par Dieu ? Ne trouves-tu pas
que, par ton ambassade auprès du loup, tu as accompli le
bien ?

Elle fut bien obligée de le concéder. Il poursuivit :

– Les simples imaginent que Dieu nous surveille et inter-
vient perpétuellement. C'est joli, certes, mais très naïf. Je
n'ai pas remarqué que Dieu se montrât dans les entreprises

terrestres, ni pour retenir le poignard d'un assassin, ni pour décider des victoires lors des guerres, ni pour soigner une épidémie de peste, ni pour récompenser un vertueux ou punir un scélérat dans cette vie-ci. Ni nos maux ni nos plaisirs ne sont l'effet de sa volonté. Si l'on s'obstinait à l'affirmer, on devrait supposer que Dieu a une vue exécrable et le jugement gâté.

– Il reste à l'écart ?

– Non, Il agit à travers nous, les hommes. Il nous éclaire, Il nous encourage, Il nous rend généreux, opiniâtres. Sitôt que nous comprenons cela, nous saisissons que nous avons la charge de Le faire exister, ici et maintenant, sur cette terre.

– Sur cette terre, pas au ciel ?

Il approuva gravement.

– Dieu est entre nos mains.

Anne chercha un appui contre le mur, s'y accouda et inhala avec force.

– Alors, ils ont raison les gens d'ici qui m'estiment servante privilégiée de Dieu ? Perçoivent-ils mieux ce qui m'arrive que moi ?

– Le vase dans lequel on met les fleurs ne voit pas à quoi ressemble le bouquet.

Anne frémit. Elle détestait ce genre d'images, d'abord parce que ça l'impressionnait, ensuite parce qu'elle ne savait jamais quoi répliquer. Tentant de résister encore, elle refusait le flamboyant statut de guide que Braindor lui accordait et préférait se considérer comme une victime.

Pourquoi fallait-il toujours que les autres lui volent ses gestes et ses pensées ? Arrêteraient-ils de chercher un second sens à ses phrases, à ses actes, à ses silences ? Ils s'acharnaient jusqu'à l'absurde à inventer des significations. Ils l'enrichissaient outrageusement.

– Braindor, ne pourrait-on pas me laisser tranquille ? Et moi, ne pourrais-je pas me contenter de vivre ?

17

7 avril 1906

Ma chère Gretchen,

Merci pour ton mot. Ton affectueuse compassion m'a redonné un peu de force.

Pourtant, la compassion, je n'en manque pas ici, j'en reçois plusieurs doses quotidiennes car les gens défilent par dizaines à la maison pour nous assurer de leur sympathie, Franz et moi ; cependant, ces condoléances sont trop cousues de malentendus pour m'apporter le moindre réconfort : non seulement mes visiteurs ignorent que je n'avais pas d'enfant dans le ventre, mais je les suspecte de débarquer avec plus de curiosité que de pitié. Ils veulent voir la tête qu'a un jeune couple trop fortuné devant la tragédie ; les femmes vérifient que je suis effondrée, que Franz a l'âme en berne, que mes beaux-parents restent dignes ; quant aux hommes, ils tentent de nous galvaniser en parlant de l'avenir, en dégoisant des gaillardises ; voilà mon entourage, Gretchen, j'ai le choix entre les vipères et les soudards. Aussi, ta douce lettre, laquelle me plaint sans me juger, m'est allée droit au cœur.

Je ne me pardonne pas ma grossesse nerveuse. Quoique j'aie cru de bonne foi me trouver enceinte, et que j'aie été abusée avant d'abuser les miens, c'est bien moi qui me suis joué un tel tour.

Qui est « moi » ? Si « moi » n'est que ma conscience, je suis alors innocente car je croyais authentiquement à ma grossesse. Si « moi » est le corps qui m'en a fabriqué une fausse, alors c'est lui l'auteur du subterfuge. Or, comment séparer à ce point le corps et la conscience ? Oserait-on clamer « mon corps est coupable, pas moi » ? C'est trop facile de les dissocier. Qui a informé mes entrailles de mes aspirations, sinon une partie de mon âme ? Le corps et la conscience ne demeurent pas étanches, l'enveloppe physique ne se réduit pas à une voiture de location impersonnelle dans laquelle s'installe au hasard un intellect. Je soupçonne donc qu'il y a un lieu indistinct, mi-corps, mi-pensée, où la chair et l'esprit sont mêlés ; là se prennent les plus grandes décisions ; là gît le vrai « moi ». En ce lieu, mon imagination, sans que ma vigilance le sache, a soufflé un jour à mes flancs que je souhaitais ardemment tomber enceinte ; mes tripes ont obéi.

Le cas échant, je deviens responsable. Donc coupable. Eh oui, ma Gretchen, malgré tes phrases qui me blanchissent et m'acquittent, je ne me vois pas angélique mais condamnable. Mon inculpation dépend de ce qu'on entend par « moi ».

J'ai repris ma collection.

Chaque matin, je me consacre à mes sulfures et à mes mille-fleurs. Je dois à mes cristaux chéris des moments d'exception, allègres, insouciants. Ces chérubins ne sont pas au courant de mes malheurs ; purs et imputrescibles, ils n'ont pas enregistré mon récent martyre ; ils vivent dans un autre espace, en un temps différent, l'univers des fleurs immortelles et des prairies toujours vertes.

Lorsque je fixe une marguerite éclatante dans sa bulle de verre, je tente de la rejoindre, de quitter la société incertaine. Parfois, j'ai l'illusion d'aboutir, je m'enchante d'une couleur, d'un reflet, devenant indifférente à tout, sauf aux variations de la lumière. Je ne peux m'empêcher de penser qu'il y a une vérité qui m'est livrée, là, au fond de mes sulfures, un message que je finirai par recevoir. Un message qui me comblera, balaiera mes interrogations. Un message qui sera la fin d'une quête.

Chez un marchand, j'étais penchée sur un mille-fleurs éberluant, un mille-fleurs de fruits où citrons, oranges, bananes, cerises, dattes, pommes, poires, collés les uns au autres, s'exhibaient comme des bonbons multicolores qui nous feraient saliver jusqu'à la fin de l'éternité, quand une voix me glissa :

– Je te l'offre.

Franz m'avait espionnée. Depuis une demi-heure, il s'attendrissait de me voir euphorique, et depuis qu'il m'avait abordée, il s'amusait encore plus de mon air ahuri. Bien qu'il m'eût proposé encore deux fois de me l'acheter, je ne bronchais pas, les yeux écarquillés, la nuque brûlante. J'étais furieuse. Je tenais pourtant à dissimuler cette colère : mieux valait donner l'impression d'être cruche que méchante. De quoi se mêlait-il, ce Waldberg ? M'offrir un mille-fleurs ? Et surtout ce mille-fleurs aux fruits, cette rareté somptueuse que, dans ma tête, je possédais déjà ? Pour qui se prenait-il ? Il n'avait pas à s'interposer entre les sulfures et moi, non ? Ça ne le concernait pas. J'étais libre. J'avais les moyens d'acquérir les trésors de ma passion. Que désirait-il ? Qu'à la maison, en manipulant la boule, je me répète : « C'est Franz qui me l'a offerte. » Le malheureux ! Quel naïf… Je ne pensais jamais à lui quand je considérais mes galeries. Jamais. Et s'il y laissait l'empreinte de ses doigts en les tripotant, je les essuyais. S'il voulait maintenant y accrocher son étiquette de donateur magnanime, je refuserais. Il ne parviendrait pas à s'immiscer entre elles et moi.

Il rit de mon visage figé.

– Si tu te voyais, ma chérie…

Je baissai les yeux sur les cristaux et j'aperçus mon reflet : effectivement, j'étais laide et ridicule.

– Alors, insista-t-il, me donnes-tu le droit de te l'offrir ?

– Il est affreux.

J'ai tourné les talons, lui ai attrapé le bras et nous avons entamé une promenade de jeune couple sur la Kärntner-strasse.

Me croiras-tu ? J'avais peur que le sulfure ait entendu l'atrocité que j'avais prononcée sur lui, peur qu'il n'en souffre et que le lendemain, lorsque je reviendrais en catimini, il n'ait perdu de son éclat, voire préféré se donner à des mains étrangères. Oui, c'est ridicule. Cependant, je ne prétends pas éviter le ridicule. Au contraire.

Sans que Franz s'en rende compte, je mis plusieurs heures à décolérer. Certes, j'étais consciente qu'il n'avait, lui, aucune autre intention que celle de me contenter. Il me fallut récupérer cette pièce unique, la contempler, seule, dans ma chambre, allongée sur le lit, pour chasser la peur d'une interférence entre ces deux mondes distincts, le monde de mes globes et le monde où j'étais l'épouse de Franz.

Quel intérêt de t'écrire si je ne te raconte que ces

anecdotes ? Gretchen, rassure-toi : je t'ai gardé le meilleur pour la fin.

Parmi mes visiteuses, la plus assidue reste tante Vivi, bien sûr. Pour te donner une idée de notre relation saugrenue, je vais te raconter ce qui advint le lendemain de... comment le présenter... de l'accident.

Tante Vivi nous rejoignit au salon, déploya beaucoup d'intelligence à nous consoler, trouvant les mots justes, tendres pour Franz, chaleureux pour moi, puis nous égaya en chroniquant les naissances récentes, raillant la fierté d'une mère qui tendait un nourrisson plus hideux qu'un singe, l'émotion d'un père qui ne repérait pas les cheveux roux de son rival sur son fils, etc. Avec tact, elle nous peignit si bien la misère et le ridicule des géniteurs qui avaient réussi à pondre que nous aurions presque pu nous réjouir d'avoir échoué.

Quand Franz, appelé au ministère, nous quitta, elle se rapprocha de moi et me tapota l'avant-bras.

– Vous allez me détester, ma petite Hanna.

– Pourquoi ?

– Parce que je suis informée de votre secret, de ce qui s'est passé réellement lors de votre accouchement. J'étais là.

– Ah...

Je me claustrai dans un silence douloureux. Ainsi, cette tragédie intime, je ne l'étoufferais même pas sous le silence, j'étais obligée de la partager avec tante Vivi. Que les professionnels – les deux médecins et la sage-femme – sachent les détails de ma mésaventure, cela me touche peu. En revanche, qu'un membre de la famille...

– Ne vous inquiétez pas. Je me tairais sous la torture plutôt que de le révéler.

In petto, je songeai « sous la torture, peut-être, mais pas sous les lustres de votre salon, avec du thé et des macarons, en face d'un auditoire à séduire, ça j'en doute ! », étant moi-même friande des talentueuses improvisations, des élucubrations irrésistibles d'espièglerie et de causticité dont son entourage faisait les frais.

Elle continua à m'apaiser :

– Si quelqu'un me rapportait que vous avez eu une grossesse nerveuse, j'en conclurais que vous avez vendu la mèche. Pas moi. Je serai muette.

Plus elle insistait, moins je la suivais. Muette, tante Vivi ? Autant lui demander de ne plus être femme.

– D'ailleurs c'est moi, ma chère Hanna, qui ai exigé des deux médecins qu'ils fassent croire à un enfant mort-né, car figurez-vous que ces deux empaillés s'apprêtaient à dévoiler le pot aux roses à Franz.

Là, songeant à mon époux, j'eus un élan sincère :

– Merci, tante Vivi. Ça l'aurait... je ne sais pas... ça l'aurait tué.

– Ou tué son amour.

Son œil froid me fixa : elle avait exprimé mon angoisse. Comment pouvait-elle la connaître ?

Je me débattis un peu :

– Quand même, Franz ne m'en aurait pas voulu !

– Non... pas ouvertement... jamais en se l'avouant. Notre pensée ne se résume pas à ce que nous en apercevons ou nous en disons. Nous avons des couloirs secrets derrière les murs, des placards dissimulés, des tiroirs latents ; là, nous accumulons parfois des griefs, des ambitions, des peurs. Tout va bien jusqu'au jour où la protection saute, où ça gicle, où ça sort. On peut alors appréhender le pire. En apparence, Franz comprendrait ce qui est arrivé ; cependant sa déception, sa frustration, sa colère s'entasseraient quelque part.

Bien que je fusse d'accord avec elle – ou peut-être parce que j'étais d'accord –, j'objectai :

– Allons, tante Vivi, je ne suis pas la première femme à subir une grossesse nerveuse.

– Et vous n'êtes pas non plus la première à la déguiser en fausse couche.

Elle prit un long temps avant d'ajouter :

– Fort heureusement.

Dans le silence, nos craintes se bousculaient, les légitimes comme les illégitimes. J'imaginais la société viennoise colportant mon histoire : on la répéterait, par curiosité d'abord, par désir de briller en relatant une fable inouïe, ensuite pour me nuire ; on me traiterait de simulatrice, de manipulatrice, de démente ; les jalouses plaindraient ce pauvre Franz et lui souhaiteraient une autre épouse – elles, par exemple.

Tante Vivi conclut :

– Croyez-moi, mon enfant, mieux vaut nourrir les gens avec un petit drame qu'avec une authentique tragédie.

Alors que j'adhérais à ses paroles, je m'entendis protester :

– Authentique tragédie… N'exagérez-vous pas ?

Elle darda son œil violet sur moi.

– Que comptez-vous entreprendre, mon enfant ?

– Mais rien…

– Pour vous soigner ?

– Tante Vivi, je ne suis pas malade !

Elle se mordit les lèvres et les agita de chaque côté, ce qui donnait l'impression que le bout de son nez bougeait.

– Non, vous n'êtes pas malade au sens habituel. Cependant, qui nous certifie que vous n'allez pas recommencer une grossesse nerveuse ?

– Ah non, pas deux fois.

– Pourquoi ?

– Pas deux fois.

– Expliquez-moi pourquoi vous ne recommenceriez pas ?

Cela me paraissait une évidence. Or je ne trouvais pas les arguments.

Tante Vivi reprit une tasse de thé et continua :

– Aspirez-vous toujours à avoir des enfants ?

– Oui. Plus que jamais.

– Donc, vous pouvez vous illusionner de nouveau. Qu'est-ce qui aurait changé…

– Parce que c'est survenu, ça ne surviendra plus.

– Ah oui ? La majorité des gens réitèrent les mêmes erreurs toute leur vie. Des femmes qui s'amourachent d'hommes qui les battent. Des hommes attirés seulement par les grues qui les plument. Des enfants envoûtés par des fréquentations néfastes. Des victimes d'escrocs qui, n'apprenant rien de leur malheur, continuent à être abusées. Non, pour la plupart des gens, ma chère, une fois ne suffit pas.

– Que puis-je faire ?

– C'est la question que je me pose, ma chérie. Et croyez bien que si je déniche un embryon de réponse, je reviendrai aussitôt.

Je baissai le nez. Outre que tante Vivi me frottait le museau contre mes fautes, l'emploi du mot « embryon » m'avait particulièrement offensée. Je me fermai.

Elle se leva, soudain folâtre – elle voulait laisser un

souvenir énergique de ses apparitions –, et saisit encore quelques macarons qu'elle enfourna dans sa jolie bouche.

– Il y a deux sentiments que la nature humaine déteste : la gratitude et la complicité. Personne ne les éprouve longtemps. J'ai pris un grand risque en vous révélant que je connaissais la vérité, celui de perdre votre affection.

Elle attendait une réponse. Naturellement, je lui servis celle qu'elle souhaitait :

– Tante Vivi, je suis bien heureuse de partager mon secret avec vous, je serais bien laide de vous le reprocher.

À cet instant-là, je compris qu'elle m'avait piégée. La rusée retourne les situations à son avantage. Ayant deviné mes craintes et ma vexation, elle prenait les devants, exprimait à ma place les réticences qui me traversaient la tête pour conclure d'un ton douloureux : « Vous ne penseriez pas des horreurs pareilles, j'espère ? » Et voilà comment je me retrouvai à lui dire que je l'appréciais infiniment et que je l'aimerais toujours…

Quelques jours plus tard, alors que je caressais mes sulfures dans ma chambre, on m'annonça tante Vivi et celle-ci fonça vers moi, les joues roses d'animation.

– Écoutez, ma chérie, on m'a mentionné un médecin juif qui accomplit des miracles. D'après les rumeurs, il a guéri des cas désespérés, enfin des cas sur lesquels ses confrères s'étaient cassé les dents. Parce qu'il s'entoure d'arcanes et de mystères, il jouit d'une grande réputation chez les artistes et les littérateurs, ce qui, personnellement, me semble suspect. Or j'ai appris, par des indiscrétions d'amies, qu'il avait vraiment rendu la vue à une jeune fille aveugle depuis trois ans et qu'il en avait guéri une autre de ses manies. Ce qui est étonnant, c'est qu'il ne touche pas ses malades, il ne les opère pas, il ne leur administre pas de médicaments. Non, aucun rapport avec les rebouteux habituels ou les sorciers de village. À ce qu'il paraît, il se contente de discuter avec ses patients. Je n'y crois pas une seconde, je le répète. Une sorte de mage avec des formules ésotériques. On parle beaucoup de lui à Vienne, on le considère comme le dernier salut des incurables. Une personnalité très controversée, je dois avouer. Pour les uns, c'est un charlatan ; pour les autres, un grand savant. À mon avis, la réalité se situe quelque part entre les deux. En tout cas, il devient le médecin à la mode. Il s'appelle Sigmund Freud.

— Voulez-vous que j'aille le voir ?

— Vous n'y pensez pas. Une Waldberg ne se fait pas soigner par un juif.

— S'il est efficace…

Elle m'attrapa les mains pour m'intimer le silence.

— C'est avec des raisonnements pareils qu'un jour, on perd ses repères. Vous ne devez pas écorcher vos principes.

— Dans mes principes, je n'ai rien contre les juifs.

— Naturellement, moi non plus. Cependant, vous admettrez que nous n'avons pas à nous confier à un juif si nous ne le sommes pas. Il y a des hiérarchies à respecter, Hanna, sinon notre monde s'écroule. D'ailleurs, Franz m'en blâmerait, il ne tolérerait pas qu'un Levantin vous ait déshabillée et auscultée.

— Vous m'avez dit qu'il ne touchait pas ses…

— Ausculter le corps, ausculter l'esprit, c'est identique. On ne doit pas accepter ces invasions de la part de n'importe qui.

Moi vivante, cela n'arrivera pas, et je n'aurai jamais à rougir de vous avoir envoyée chez un juif.

À ses ailes de nez pincées, au désordre soudain des mèches libres qui flottaient autour de ses oreilles, je remarquai que tante Vivi atteignait le sommet de l'agacement. Oui, ma Gretchen, je sais que cette attitude peut te choquer puisque tu n'as pas hésité, toi, à épouser ton Werner, qui est à moitié juif. Comment t'expliquer ?

Ici à Vienne, dans le milieu que j'ai intégré, on plaisante encore moins avec les origines qu'avec l'argent. Non seulement on doit fréquenter des familles aux moyens équivalents mais, dans cette caste, il faut aussi veiller, dit tante Vivi, à « sa couleur ». L'intrusion des juifs dans ce cercle où les familles se reçoivent sans cesse, même si l'homme est élégant et la jeune fille un tanagra, passe pour une faute de goût, une offense à la bienséance, voire une insulte lancée à la face de ceux qui observent les règles. « Quoi, vous m'infligez un juif chez vous alors que je vous l'épargne chez moi ? Mérité-je cela ? » Les aristocrates ignorent pourquoi ils opèrent ce tri, ils savent juste qu'ils doivent le faire, sous peine de trahir ou de blesser les leurs. La sélection compte davantage que les raisons de la sélection.

Pourtant, j'ai déjà vu de richissimes familles juives parader en des palais recherchés. Ce métissage déclasse aussitôt la réception, lui donnant un aspect bariolé, cosmopolite, la gauchissant en bal des Quat'z'Arts où le pire côtoie le meilleur, où tout se vaut sans que rien ne vaille. De tels soirs, un vrai Waldberg comprend que ses hôtes se sont résignés à la présence des juifs parce qu'ils possèdent des millions ; or un vrai Waldberg ne considère pas l'or comme une vertu – il en a de naissance – et juge qu'existent des qualités plus précieuses, lesquelles ne s'acquièrent pas : l'appartenance à une race, à une lignée pure, prestigieuse. C'est cela que signifient les Waldberg en refusant d'inviter des juifs. Et celui qui s'affranchirait de ce code ne se hisserait pas au-dessus des autres, il s'en exclurait.

Ce que je te raconte là, je le rapporte, je n'y souscris en rien. Et surtout, je n'y pensais évidemment guère lors de ma conversation avec tante Vivi car je restais centrée sur mon problème. Je m'exclamai donc :

— Si je ne peux aller chez ce docteur Freud, pourquoi me parlez-vous de lui ?

— Cet homme a eu l'ingéniosité de prévoir ce que nous disons en ce moment. Conscient qu'en tant que juif il n'aura jamais la clientèle d'une certaine société, il a formé un groupe de médecins à sa méthode. Parmi ses disciples se trouvent quelques individus normaux, enfin je veux dire pas juifs. C'est donc l'un d'eux que je vous propose d'aller consulter.

Va savoir pourquoi, ma Gretchen, en embrassant tante Vivi, j'ai consenti au principe de cette rencontre. Et, quatre jours plus tard, je m'y suis rendue.

J'avais confiance en la perspicacité et en l'audace de Vivi. Le souvenir de son pendule furieux qui avait détecté l'anormalité de ma grossesse m'incitait à m'engager avec elle sur ces chemins hasardeux, ceux de l'occulte et des médecines non traditionnelles.

Pour que Franz ne se doutât de rien, tante Vivi avait inventé un stratagème : elle avait prétexté de longues séances où nous devions essayer des corsets — rien de plus ennuyeux pour les hommes. Franz, prudent, s'abstint donc de nous escorter.

La calèche nous conduisit au pied d'un immeuble de six étages où exerçait le docteur Calgari. Rien que ce détail m'amusait : j'allais enfin voir à quoi ressemblait un appartement ! J'avoue que j'ai du mal à imaginer comment les gens acceptent de vivre entassés les uns sur les autres. Supporterais-tu, ma Gretchen, que trois à cinq familles campent au-dessus de toi, y courent, chantent, dansent, chahutent, dorment, forniquent, défèquent, qu'elles y mènent leur vie sans songer à toi qui circules en dessous ? Personnellement, j'aurais l'impression qu'on m'assomme, qu'on me piétine, qu'on m'étouffe.

Justement, le cabinet du docteur Calgari était situé au premier étage.

Une femme m'ouvrit – je devinai qu'il s'agissait de sa secrétaire –, m'introduisit dans une petite pièce sinistre uniquement meublée de chaises, la «salle d'attente», comme elle la nomma pompeusement, autrement dit une cellule où l'on avait juste le droit de s'asseoir et de lorgner des tapisseries à la trame usée, aux couleurs fanées, lesquelles représentaient deux épisodes de l'histoire romaine, l'enlèvement des Sabines et le retour des Sabins.

Je languis cinq minutes, les fesses au bord du siège, prête à repartir si je devais patienter un instant de plus. On m'avait abandonnée dans l'appartement silencieux. Maintenant que j'écris cette lettre, je soupçonne que cet épisode était une mise en scène destinée à me fragiliser, à héroïser l'entrée du médecin, lequel surgirait en sauveur.

De fait, le docteur Calgari poussa une porte à deux battants et apparut, me libérant de l'ennui.

Je dois reconnaître qu'il était bel homme, **très** mince de taille et de buste, les traits fins sous une barbe soignée et des cheveux noirs lustrés.

Après quelques mots d'excuse – je ne crus pas une bribe de ses allégations –, il m'invita à l'accompagner dans son cabinet.

Devant un mur croulant de livres, il rejoignit son bureau couvert de statuettes égyptiennes et me fit assoir.

– Comment avez-vous découvert la psychanalyse ?

Par ce nom barbare, il désignait la méthode développée par le mage juif Freud. Je lui racontai l'intervention de tante Vivi. Visiblement, mon explication ne l'enchanta point car il grimaça. Cela ne me découragea nullement et je lui expliquai en quelques phrases mon problème.

– Je ne veux pas que ça se reproduise, docteur. La prochaine fois, je dois être enceinte pour de bon.

C'est là qu'il commença à se comporter bizarrement. D'abord, il m'interdit de l'appeler docteur car, m'annonça-t-il, il n'était pas médecin, même s'il comptait me rétablir – j'aurais dû me méfier dès cet aveu consternant... Ensuite, il m'expliqua que nous nous verrions au moins une séance par semaine, sinon deux.

– Combien de temps ?

– Ça dépendra de vous.

– Pardon ? Vous ignorez la durée de votre traitement ?

Cette imprécision aurait dû, elle aussi, m'alerter, mais il prêcha éloquemment. Enchaînant une série de non-sens, il s'attarda sur le plus ahurissant d'entre eux : c'est moi qui parlerais pendant nos entretiens, lui se contenterait de m'écouter.

– Vous me suivez ? insista-t-il. *Vous* accomplissez la tâche d'élucidation, pas *moi*. Vous êtes malade, et vous seule pouvez vous soigner.

De ma vie, je n'avais rien entendu de plus inepte. Par éducation, je ne répliquai pas. Il s'acharna :

– Votre volonté d'aller mieux déterminera l'efficacité de l'analyse. La guérison est entre vos mains.

Quoique effarée, je m'autorisai une note d'humour :

– Dites-moi pour combien je travaillerai ?

– Pour cent thalers la séance. Exigibles d'avance, naturellement.

Ouf, ça devenait clairement une escroquerie... Je décidai de continuer sur le mode caustique :

– Flatteur. Je ne savais pas que mes compétences valaient tant.

Sans un sourire – le triste sire n'a aucun esprit –, il m'expliqua avec véhémence que ce contrat d'argent était une condition nécessaire au traitement. Me rendre chez lui devait me coûter, payer ma séance de « psychanalyse » représenterait un sacrifice.

Quand il eut fini, persuadé de m'avoir convaincue, il me demanda ce que j'en pensais. Je dis ce qui me traversa la tête :

– J'espère qu'avec vos émoluments, vous pourrez changer ces deux horribles tapisseries dans votre salle d'attente.

– Horribles ? En quoi ?

– La qualité de facture, mais surtout le motif. Je déteste cette histoire.

– Pourquoi ?

– L'enlèvement des Sabines ? Un rapt obscène. Les

hommes romains manquent de femmes et vont voler celles de leurs voisins, les Sabins. Admirable exemple !

– Auriez-vous préféré qu'ils pratiquent l'inceste ?

Choquée par sa remarque, je passai outre et continuai :

– Et, pire encore, le deuxième tableau, *Le Retour des Sabins*. Ceux-ci, plusieurs années après, cherchent leurs femmes qui, cette fois, s'accrochent à leurs ravisseurs qu'elles ont fini par chérir.

– En quoi est-ce pire, selon vous ?

Plus obtus, je n'avais jamais rencontré ! En sus, il se penchait vers moi par-dessus son bureau, les yeux écarquillés, comme s'il voulait vraiment comprendre. Quel âne ! Je le remis poliment à sa place :

– Écoutez, je ne suis pas venue discutailler tapisseries, je suis venue pour moi.

– Vous parlez de vous quand vous interprétez ces tableaux, madame von Waldberg, vous me racontez votre histoire, pas la leur.

– Ah oui ?

– Oui. Vous m'exposez ce que sont la violence et l'intolérable selon vous.

À ces mots, je me fermai. A-t-on le droit de se montrer aussi superficiel ? Une conversation générale sur des sujets qui ne me plaisaient pas allait me soigner ? Soyons sérieux.

Devant mon visage sceptique, le docteur Calgari reprit ses explications sur sa cure psychanalytique – ah ! il en avait la bouche débordante, de ce mot –, et là, il commença à me sortir des phrases qui éveillèrent définitivement mon attention.

– Certains jours, vous ne me direz rien, madame von Waldberg, ça restera une séance de travail. Certains jours, vous pleurerez, et ce sera une avancée. Certains jours, vous me détesterez. Cependant, à d'autres moments, vous allez m'apprécier, m'apprécier trop, vous embraser. Ce sera le transfert. On peut d'ores et déjà augurer que vous aurez l'impression d'être amoureuse de moi.

À cet instant, je liai ensemble les fils de l'aberrant galimatias qu'il dévidait depuis une heure, et la situation devint claire : il m'annonçait que nous allions avoir une liaison. Le flagorneur me courtisait en prétendant – quel goujat ! – que je prendrais les devants. Et il s'y aventurait avec calme, ainsi qu'on rédige une ordonnance.

Joignant le geste à la parole, il ajouta en me désignant un sofa couvert d'un kilim :

– Allongez-vous sur ce divan.

Je me levai et, le ton coupant, je tournai les talons en lui lançant :

– Fausse route, monsieur, je ne suis pas ce genre de femme.

Et je le plantai là.

L'immonde bonhomme eut l'impudeur de me pourchasser dans les escaliers de son immeuble – quel manque d'éducation ; par bonheur, je n'entendais plus rien de ce qu'il proférait.

Déboulant dans la rue, je courus jusqu'à la calèche de tante Vivi et, en y montant, je lui annonçai :

– On vous a trompée, tante Vivi. Non seulement c'est un escroc, mais c'est un abuseur de femmes.

Oh, ma Gretchen, le monde n'est peuplé que de fauves et de naïfs. Parfois le fauve a l'apparence du naïf, tel le docteur Calgari, parfois le fauve se révèle un grand naïf, comme tante Vivi. A-t-elle cru une seconde que ce charlatan qui se targue d'un titre loufoque, « psychanalyste » – pourquoi pas Grand Mamamouchi, à l'instar des faux Turcs chez Molière –, me réconforterait en quoi que ce soit ?

Je vais essayer de passer ma colère en allant caresser mes sulfures. Si tu m'acceptes dans cet état, je t'embrasse.

Ton Hanna

18

La voiture faillit verser dans le bas-côté, retrouva la chaussée in extremis puis, énergiquement, sans ralentir, revint sur la route, qui virait à droite. La décapotable, sous la pression des forces contraires, semblait s'aplatir, se ramasser, bander ses muscles.

Les pneus crissèrent, tels des guerriers joyeux de monter à l'assaut.

Anny les encouragea en criant.

Quelle ivresse ! Ses pieds nus épousaient les pédales. À toute allure, en pleine possession de ses moyens, elle avait l'impression de se fondre dans l'automobile, le bruit du moteur supplantant sa respiration, la tôle prolongeant son corps, au point que leurs poids s'harmonisaient, un mouvement de son épaule gauche déplaçant la tonne de fer sur le côté. Anny conduisait ainsi qu'elle vivait, à tombeau ouvert.

Le visage offert, les cheveux dénoués, elle mordait l'air qui la fouettait. Des gifles, oui, des gifles constantes et successives, voilà ce que lui infligeait l'air, voilà comme il la traitait ! Cependant elle aimait ça, elle ne lui en voulait pas, non, elle lui tenait tête, elle le fendait, le traversait, le découpait, elle gagnait toujours.

La vitesse, la libérant de ses chagrins, la ramenait à l'essentiel : se sentir vivante, intensément vivante, car à deux cents au compteur, la mort attend son tour dans le fossé.

Une sirène retentit.

– Putain de pays ! On ne peut plus bouger un doigt.

D'autant plus furieuse que son taux d'adrénaline avait augmenté, elle s'arrêta au bord de la route et regarda le policier approcher.

Celui-ci stoppa sa moto devant elle, en descendit, majestueux, puis avança, les jambes écartées, gardant entre ses cuisses une moto virtuelle.

Anny éclata de rire.

– Amusant, non ?

Le policier grimaça, prêt à riposter, mais préféra s'abstenir et enchaîner les formules rituelles :

– Madame, savez-vous que vous rouliez à deux cents kilomètres à l'heure ?

– J'espère bien que je le sais. Ce n'est pas à la portée de n'importe qui. La moindre défaillance serait fatale. Ça vous a plu aussi ?

– Madame…

– Ah non ! Pourquoi vous êtes-vous engagé dans la police sinon pour pratiquer légalement l'excès de vitesse ? Ce n'est pas pour attraper les papys en tracteur que vous êtes motard. Heureusement que, de temps en temps, il y a des allumés comme moi qui vous permettent de pousser une pointe !

Déconcerté, il ouvrait une large bouche. Au fur et à mesure qu'elle parlait, il la reconnaissait.

– Vous êtes… la star de cinéma ?

– Anny Lee, oui.

211

Il avait l'impression d'avoir traversé l'écran. Était-ce possible ? La créature qui d'ordinaire lui apparaissait avec un visage de cinq mètres sur trois, immense, imposante, se trouvait à quelques centimètres et venait de lui répondre avec grâce, naturel.

Elle sourit, réjouie de l'effet qu'elle produisait.

– Êtes-vous content de votre moto ?

– Ben...

– Vous l'avez choisie ou non ?

Quoiqu'il eût très envie de poursuivre la conversation, il devait effectuer son travail. Elle le devança pourtant :

– Et comment a réagi votre famille ? Maman détestait vous voir monter sur un gros cube, mais depuis que vous êtes en uniforme, elle n'a plus peur, c'est ça ?

Une lueur d'amusement passa dans les yeux du motard.

– Je devrais m'intégrer aux forces de police, conclut Anny. L'unique façon de continuer à foncer sans recevoir des amendes ni passer en jugement. Qu'en pensez-vous ?

Le motard éclata de rire.

Anny le contempla alors avec des yeux arrondis, en allongeant la mine, telle une petite fille qui subit une punition.

Conquis, flatté qu'elle se donnât la peine d'exécuter pour lui un numéro pareil, le motard conclut :

– Bon. Je ferme les yeux. Promettez-moi de finir votre trajet à une allure normale.

Elle acquiesça. Mais tous les deux avaient conscience qu'elle mentait. Il soupira, regrettant déjà d'abandonner la jeune fille.

– Où allez-vous ?

– Sur le lieu de mon prochain film.

– Comment s'appelle-t-il ?

– *La Fille aux lunettes rouges.*

– J'irai le voir, Anny Lee, comme les précédents. Pourquoi conduisez-vous ? Je croyais que les studios vous fournissaient des chauffeurs de limousines.

– Ça n'existe pas, des chauffeurs de limousines qui me procureraient ces sensations-là. Si vous en connaissez, s'il vous plaît, sortez-les de prison et présentez-les-moi. D'ici là, je suis obligée de prendre le volant.

Il sourit, envoûté par le culot d'Anny.

Elle redémarra puis, à un train d'escargot, lui adressa un charmant signe de la main. Il faillit répondre avant de se rappeler qu'il devait se comporter en policier.

Il l'escorta pendant le kilomètre où elle roula au pas. Puis il la doubla, changea de route, s'éloigna, persuadé qu'après son départ, Anny allait réappuyer sur l'accélérateur.

Déboulant sur le site où l'équipe s'était installée pour quelques scènes d'extérieur, Anny confia sa voiture à un stagiaire et bondit dans sa caravane.

L'atmosphère du tournage virait à la guerre ouverte.

D'abord, la vedette débarquait avec un somptueux retard dû à son coucher tardif – elle ne s'était mise au lit qu'à quatre heures du matin au retour de boîte – et à son état vaseux – gueule de bois, descente de drogue. Ensuite, en bousillant les plannings elle affirmait sa suprématie : star elle était, star on l'attendrait. Depuis sa coucherie avec Zac, Anny n'avait plus peur du réalisateur ; au contraire, il lui suffisait de se souvenir de lui nu, de repenser à son implantation pileuse, pour le trouver grotesque. Sur elle, il n'exerçait plus aucun pouvoir, ni celui de la rendre ponctuelle, ni celui d'éviter qu'elle le singe en commentant ses phrases. À trois occasions, elle l'avait traité de « connard » en public.

Quant à David, son hypocrisie devenait manifeste. Si Anny avait été la première à la détecter, tous s'en apercevaient désormais, y compris lui car lorsqu'il adoptait une attitude amoureuse avec Anny ou lui lançait une expression douce-reuse, ses yeux paniquaient un quart de seconde, dévoilant qu'en son for intérieur il craignait de n'être pas crédible.

Anny s'en moquait. Pis, ça la rassurait. Quand la médio-crité des êtres lui apparaissait, elle respirait mieux. Cela simplifiait non seulement ses rapports avec eux, mais avec elle-même : elle s'en voulait moins. Nulle au pays des nuls, elle ne redoutait plus que l'individu exceptionnel.

Quant à Ethan...

Ethan n'avait pas accepté qu'elle le fuît. Il avait tenté de l'atteindre, de l'empêcher de replonger dans ses pernicieuses habitudes. Depuis le jour où elle avait succombé à l'opium, elle n'avait jamais cessé de le croiser sur son chemin, à l'entrée de chez elle, à la sortie du studio ; or elle feignait de ne pas le voir. Il n'abandonnait pas. Un matin, il s'était préci-pité vers elle en la haranguant ; elle avait continué à marcher, comme s'il appartenait à un monde avec lequel elle n'avait plus de relation, fantôme tentant d'interpeller une vivante.

Ce jour-là, elle enregistrait sa dernière séquence avec une comédienne à laquelle elle vouait un culte, Tabata Kerr.

Pourquoi l'appréciait-elle ?

Tabata – appelée Sac-Vuitton par tout Hollywood tant le cuir de son visage avait été couturé –, petite, boulotte, hardie, caustique, rosse, une tête sans cou tassée dans des épaules râblées, le geste court et l'œil minéral, lui semblait coriace.

Un bloc inébranlable. Quoi qu'il arrivât, elle encaissait le coup, persifleuse et mutine. Anny l'enviait d'être parvenue à tant de consistance.

Une fois prête, elle rejoignit le plateau pour saluer Sac-Vuitton, laquelle se laissa embrasser tout en ayant l'air de la repousser pour sauvegarder son maquillage.

– Poulette, ils ont commencé à me ravaler la façade à sept heures du matin et ils s'y sont mis à plusieurs, alors ne t'approche pas trop. Monument historique en péril. On ne circule pas à sa guise dans les ruines.

– Je suis contente de tourner avec toi, répondit Anny.

– Et moi, je suis simplement contente de tourner.

On répéta, on ajusta les réflecteurs puis on filma.

Sitôt que l'on criait « Action ! », Anny se métamorphosait : tout en elle devenait dense, intense, juste. Sa voix vibrait, se cassait, s'étouffait ; sa figure palpitait d'émotion ; les sentiments les plus divers parcouraient son œil ; son corps aussi racontait une histoire, on pouvait pointer la caméra sur ses mains ou sur ses pieds, ils jouaient également la situation.

En face, Sac-Vuitton pratiquait l'inverse exact. Au signal « Action », elle s'amenuisait, perdait une partie de son aura. Alors qu'Anny s'illuminait, elle s'éteignait. La doyenne fabriquait une interprétation consciente, soucieuse de ses effets, professionnelle. Rien n'était livré sans calcul. Elle exécutait une partition, celle de Tabata Kerr dans ce rôle, conforme aux attentes, donc sans surprise. Cependant, parce qu'on ne lui confiait que des seconds rôles burlesques, elle donnait satisfaction : sa forte personnalité ne s'effaçait pas totalement, encore moins son physique invraisemblable.

À chaque pose, Anny la félicitait car elle ne se rendait pas compte de l'écart entre son engagement à elle et celui de la

215

douairière qu'elle vénérait. Sous l'ombrelle que lui tenait le plus joli stagiaire, Sac-Vuitton recevait avec gourmandise les compliments de sa collègue.

Zac souffrait. Lui voyait la différence entre les deux artistes ; or il échouait à les diriger car Anny refusait de l'écouter, tandis que Sac-Vuitton, tout en approuvant les remarques d'un air convaincu, s'avérait incapable de s'améliorer.

Zac se résolut à communiquer avec Anny au travers de ses trois assistants. Celle-ci, enfin décidée de prêter l'oreille, décolla ainsi qu'un avion de chasse – alors qu'auparavant, elle volait déjà à une certaine altitude.

Les membres de l'équipe ne purent s'empêcher de l'admirer. Certes, Anny se conduisait en enfant gâtée – aurait-elle toujours sur un tournage les cinq ans de ses débuts ? –, détruisait les plannings, coûtait bien plus cher que son cachet aux producteurs, mais nul ne démentait la maturité de son jeu.

Quand le soleil baissa trop pour que la lumière restât « raccord », on annonça la fin de la journée.

Sac-Vuitton, à peine touchée par la fatigue, proposa à Anny de voir les rushs de *La Fille aux lunettes rouges* dans sa caravane.

Une fois qu'on les eut démaquillées – partiellement pour Sac-Vuitton, qui n'affrontait le monde que crépie d'un fond de teint épais –, elles visionnèrent les prises des dernières semaines sur un écran de télévision. Sac-Vuitton vérifiait son numéro ; lorsqu'elle n'appartenait pas à une séquence, elle contemplait Anny et percevait les singulières qualités de sa jeune collègue.

– Mon poussin, c'est dingue comme la caméra t'aime.

Elle se retourna pour savoir ce qu'en pensait Anny : celle-ci, éreintée, s'était endormie dès les premières images.

Le soir, à la demande de Sac-Vuitton, les deux femmes se retrouvèrent dans un restaurant chic de Los Angeles.

Anny surgit avec une heure de retard, confuse, se répandant en excuses, sans imaginer que Sac-Vuitton, avisée, venait juste de débarquer.

Le patron, les serveurs, s'empressèrent autour des comédiennes, leur répétant combien ils étaient honorés de servir deux gloires d'Hollywood ; ils manifestaient autant de déférence pour l'une que pour l'autre, voire davantage pour Sac-Vuitton, laquelle s'obligea à cacher qu'elle connaissait chaque employé par son prénom.

Anny arborait une tête défaite. Après l'excitation du tournage, puis son sommeil brutal, elle se sentait nauséeuse, anxieuse, en manque de substances. Manger n'allait pas l'aider. Que faire ?

Lorsqu'elle aperçut le rouquin qui s'occupait du vestiaire, elle s'estima sauvée ; il fréquentait le *Red and Blue*, elle l'avait souvent rencontré au sous-sol, affalé, camé, bullant tel un poisson d'aquarium.

Sous prétexte d'aller « se rafraîchir le museau », comme disait Sac-Vuitton, Anny se glissa à l'intérieur du réduit, s'approcha de l'homme et bougonna :

– Au secours, je suis en crise.

Il la dévisagea, esquissa un rictus.

– Bonsoir. Moi c'est Ronald.

Elle mesura d'emblée où il voulait en venir.

– Moi c'est Anny. Je t'avais remarqué au *Red and Blue*.

– C'est dommage que tu ne me l'aies pas dit là-bas.

– Je manque d'audace, susurra-t-elle en affichant une expression qui la rendait craquante. Et les roux m'impressionnent.

– Ah ouais ? Pourquoi ?

– De très bons souvenirs.

L'homme apprécia. Elle gémit :

– Tu peux me soulager ? Je n'arriverai jamais au bout de mon repas sans ça.

– Faut voir.

Le silence s'installa. Anny saisit qu'il ne fallait pas brusquer le rouquin, d'abord parce que son esprit fonctionnait au ralenti, ensuite parce qu'il prétendait garder l'initiative.

Elle lui adressa un sourire aguicheur pour l'encourager. Flatté, il finit par murmurer :

– Qu'est-ce que tu me donnes si je te déniche un vieux reste de quelque chose au fond d'une poche ?

Elle sortit l'unique billet qu'elle avait sur elle.

– Cent dollars, ça te va ?

Il frémit, tenté.

Elle pensa : « Ouf, je vais réussir sans être obligée de coucher avec lui. »

Il hocha la tête.

– Retourne-toi.

Anny obtempéra. L'homme craignait qu'elle sache où il dissimulait sa drogue. Excellente nouvelle : s'il prenait cette précaution, c'est qu'il en aurait encore après lui avoir vendu une dose.

– C'est bon. Tiens.

Il lui glissa dans la main un papier plié contenant la poudre.

— À tout à l'heure, chuchota Anny avant de disparaître aux toilettes.

Une fois requinquée – ou persuadée de l'être –, elle remonta s'asseoir à côté de Sac-Vuitton.

— Ma petite guenon, s'exclama l'antique comédienne, je te remercie de m'avoir choisie pour jouer dans ton film.

— Non, ce n'est pas moi, c'est…

— Ttt, ttt, ttt, Zac ne m'observait même pas quand j'interprétais la scène, il n'avait d'yeux que pour toi.

— C'est pour une autre raison. Nous avons…

— Oui, vous avez couché ensemble et c'est fini. Tout le monde est au courant. D'ailleurs, je me réjouis d'atteindre l'âge où plus aucun metteur en scène n'a l'idée de m'emmener dans une chambre d'hôtel. Je trouvais que cela avait quelque chose de… féodal.

— Ce n'est pas vraiment ce qui s'est passé…

— Bien sûr, mon bambou, avec toi, c'est l'inverse. Tu les obliges à coucher pour les dominer ensuite. Crois-moi, tu nous enchantes, nous, les autres femmes, de traiter enfin les hommes de la façon dont nous détestons qu'ils nous traitent. Une savoureuse vengeance. Revenons à nos moutons, comme disait ma mère qui n'avait jamais quitté New York, et examinons ton cas, mon lapin. Si Zac rivait des prunelles envoûtées sur toi, c'est que tu es envoûtante… Une grande actrice, cochonnette, une très grande.

— Toi aussi, Tabata…

Sa petite main, boudinée par les bagues, frappa la table avec colère.

— Non, s'il te plaît. Pas d'éloges frelatés. J'évalue parfaitement ce que je vaux. La caméra t'aime alors que moi, elle ne m'aime pas.

– Tu parles de l'âge ?

Sac-Vuitton darda sur elle un regard genre « L'âge ? Quel âge ? », cependant elle ajouta une fine grimace soulignant qu'elle jouait l'incompréhension, un rictus témoignant de sa lucidité et de son humour.

On les servit.

La doyenne croqua une crevette et s'écria, les yeux levés au plafond, comme si l'animal l'inspirait :

– Sais-tu que j'ai un surnom ?

– Euh… non…

– Menteuse ! Dans le métier on ne me désigne que sous cette appellation : Sac-Vuitton.

– Ah bon ?

– Là, tu joues mal, ma zibeline. Enfin, tu joues surtout une situation impossible, pas crédible une seconde. Parce que figure-toi que ce surnom, Sac-Vuitton, c'est moi qui me le suis donné !

– Non ?

Anny s'étonnait, sincère. Comment pouvait-on s'infliger une torture pareille, un nom signalant cruellement ce qu'on avait raté – des opérations de chirurgie esthétique trop visibles, trop nombreuses ?

Tabata Kerr poursuivit en dépiautant ses crustacés :

– La caméra, ma coccinelle, elle ne réfléchit pas, elle enregistre. Quand elle s'approche de toi, elle ne ferme pas les yeux comme les gigolos ; au contraire, elle les ouvre ; sans bonté, elle capte tes défauts, tous tes défauts. Sacrebleu, elle manque de subtilité, cette brute de caméra, elle n'opère aucun tri. Une conne sans cœur et sans respect. Moi, si je tenais à survivre au cinéma après avoir payé trois piscines à mon chirurgien esthétique, il fallait que je joue franc jeu : je me suis donné un pseudo de gueule cassée en espérant que, lorsqu'on chercherait une tronche ravagée, on songerait immédiatement à Sac-Vuitton.

Elle émit un rire de chipie.

– Et ça a marché.

Anny sourit, soulagée d'apprendre que la vieille dame adulée avançait avec tant de brio dans la vie.

– Que tu es astucieuse, Tabata.

– Ah, ce compliment-là, je l'accepte, ma libellule. Tu imagines, si je n'étais pas intelligente, avec le physique que j'ai, la voix que j'ai, et mes petits moyens dramatiques, je n'aurais jamais pu faire carrière !

– Tu exagères...

Anny s'indignait. Or son interlocutrice n'entamait pas un numéro de coquette ; elle avait renoncé à son style « grande dame » et mordait, féroce, dans son pain aux noix.

– En soixante-dix ans j'en ai croisé beaucoup, des femmes qui étaient vraiment belles, plus douées que moi, meilleures comédiennes, dotées d'un timbre enchanteur. Elles ont toutes disparu. Toutes ! Et moi je reste. Je n'ai pas davantage de talents, j'en possède juste un seul : celui de durer dans mon métier.

Elle fit volte-face et demanda subitement à Anny :

– C'est pour cela que je voulais te parler, ma souris. J'ai peur pour toi.

Anny fronça les sourcils.

Sac-Vuitton pivota vers elle et plongea son regard dans le sien.

À cet instant, Anny comprit la raison du malaise qu'elle éprouvait : partageant une table à l'angle d'une banquette, elles ne dînaient pas face à face. Sac-Vuitton fixait la salle et

s'orientait peu vers sa convive ; comme si les clients constituaient son public, elle s'adressait à eux pour lancer ses répliques, en histrionne collée à la rampe qui ne donne pas un œil
à son partenaire. Or elle venait soudain d'omettre ses réflexes
de cabotine et se penchait vers Anny :

– Ma petite, je ne suis qu'une baderne doublée d'une
sacrée salope, mais ton comportement avec moi depuis le
début m'a touchée. Tu m'as tendu la main plusieurs fois
alors que je n'avais rien à te donner en retour. Tu m'as persuadée de ton affection. Alors maintenant que mamie fatigue,
je me dis qu'il serait temps de te payer ma dette. Puisque ce
que j'ai de mieux, c'est l'intelligence, j'ai réfléchi à ton cas et
je te mets en garde. Tu es un génie, ma gazelle, un authentique génie de l'art dramatique. Et cela te fragilise. Lorsque
tu tournes une scène, tu ne mégotes pas, tu te donnes, tu te
consumes. Tu finiras par te briser.

Elle pointa le doigt sur sa rivière de fausses perles,
lesquelles couvraient sa poitrine telle une armure de gladia-
teur.

– Moi, on ne peut pas me briser. Seule la mort y arrivera.
J'ai le cuir dur et l'esprit granitique. Rien ne me déstabilise.
Tant mieux et tant pis. Mon fort caractère me rend intéressante, pourtant il m'a empêchée de devenir une grande
actrice. En revanche, ce fichu tempérament me permet d'être
une femme à peu près heureuse. Tandis que toi, tu ne l'es
pas. À la façon dont tu t'accroches à mon cou, vu la manière
dont tu joues tes scènes – comme si ta vie en dépendait –, je
sais que tu n'es pas heureuse.

Anny refoula ses larmes.

– Tu n'es pas heureuse car tu ouvres ta porte aux sentiments immenses. En visionnant les rushs tout à l'heure, je

m'en suis rendu compte. Quand tu ris, tu ris : tu ne ricanes pas... Quand tu pleures, tu pleures : tu ne pleurniches pas... Tout est grand en toi, rien de mesquin, rien de petit. Tu ne te vois pas faire, tu te laisses faire. Les passions, tu ne vas pas les chercher, ce sont elles qui t'attrapent. Tu interprètes en te dépouillant, tu joues comme un christ cloué sur la croix. La caméra t'apprécie pour ça. Et le public aussi. Moi, il ne m'aime pas, le public, il aime que je l'amuse, c'est différent. Toi, il t'idolâtre parce que tu lui présentes un miroir dans lequel il se reconnaît. Oui, dans ton visage, tes yeux, tes mains, il retrouve ses émotions, mais en plus beau – car tu es belle –, et en plus noble – car tu es pure.

Elle signala son verre vide au serveur.

– Moi, je ne brille qu'au théâtre. Là, je me jette au feu, je calcule moins, je ne me demande plus comment on me filme, j'occupe ma place, je ne la cède à personne. À l'écran, je ne suis ni mauvaise ni bonne, je passe. Ainsi que la plupart des comédiens, d'ailleurs. Tandis que toi, mon bambi, tu es phénoménale. Si tu as acquis le statut de star si jeune, ce n'est pas uniquement par chance. Tu en as les qualités.

Elle lapa le bourgogne, grimaça, puis exigea un bordeaux. Anny n'intervenait pas plus dans ses interludes que dans son monologue : elle y assistait, pendue à ses lèvres.

– Il n'y a que deux sortes de stars au cinéma : les malades et les radins. Les radins du jeu, ils ne bougent pas, ils ne grimacent pas, ils se tiennent à la limite de l'inexpressif, offrant un masque sous lequel on devine une forme d'agitation ; ceux-là, la caméra vient les chercher, elle les scrute, elle les fouille à la recherche d'un sentiment ; or, avares jusqu'au bout, ils ne tendent qu'un manuscrit illisible, raturé, que le spectateur, grâce au montage, parviendra à déchiffrer. Les autres, les malades, sont ceux qui se donnent entièrement à l'instant du jeu, ceux qui ne sont heureux qu'entre « Moteur » et « Coupez ». Heureux, pourquoi ? Parce qu'ils s'oublient ; parce qu'ils s'abandonnent ; parce qu'ils existent là, entiers, dans l'instant ; parce que, enfin, cette hypervulnérabilité qui rend leur quotidien insupportable rencontre son lieu d'épanouissement. Ceux-là, auxquels tu appartiens, sont les handicapés de la vie. Au jour le jour, la réalité les heurte, les disloque, les mitraille.

Elle saisit les mains d'Anny.

– Pourquoi a-t-on inventé le cinéma ? Pour persuader les gens que la vie a la forme d'une histoire. Pour prétendre que, parmi les événements désordonnés que nous subissons, il y a un début, un milieu, une fin. Ça remplace les religions, le cinéma, ça met de l'ordre dans le chaos, ça introduit de la raison dans l'absurde. Les meilleures entrées se font toujours le dimanche ! Les spectateurs en ont besoin et toi aussi, ma marmotte. Tu réclames qu'un scénario t'écrive le point de départ et le point d'arrivée, te trace le trajet, te signale ce que tu dois dire, ressentir, entreprendre, t'indique les gouffres et les pics. Il faut qu'on te dessine un chemin sinon tu sombres. Tu es un génie, mon boa, quelle tristesse ! Vaudrait mieux être médiocre... Tu laisseras une grande lumière derrière toi mais tu ne seras pas heureuse.

Quand Sac-Vuitton l'exhortait ainsi, avec sa grandiloquence de théâtreuse, Anny se redressait.

– Que dois-je faire ?

– Te résoudre à être ce que tu es : une Élue. Cela signifie que tu ballotteras de devoirs en privilèges. En revanche, le plaisir...

Les deux femmes se quittèrent en s'embrassant. Sac-Vuitton était bouleversée par cette jeune fille fragile sur laquelle elle voyait les orages s'accumuler ; Anny serrait la branlante Sac-Vuitton dans ses bras en se demandant si elle la reverrait. Chacune craignait pour l'autre.

Sitôt qu'Anny eut raccompagné la doyenne au taxi, elle retourna au restaurant régler la note – Sac-Vuitton ne payait jamais, même lorsqu'elle avait lancé l'invitation.

Elle rejoignit le rouquin au vestiaire.

– Où vas-tu ?

Celui-ci, ayant fini son service, avait déjà consommé un peu de drogue.

– Je te reconduis, répondit-il.

– Où ça ?

– Chez moi.

Elle accepta sans hésiter.

19

Depuis son arrivée au béguinage, Anne rayonnait.

Dans cette vaste cour arborée où les habitantes des maison-nettes presque semblables se regardaient les unes les autres à travers les troncs minces, Anne occupait la huitième à droite, une fois le porche franchi, la plus distante du puits, une bicoque aux volets rouges. À l'intérieur comme à l'extérieur, la demeure se montrait commode, coquette ; Anne en appréciait l'aménagement, réduit à l'essentiel. Donnant sur la cathédrale Saint-Sauveur, les fenêtres arrière apportaient la plus riche lumière, celle du nord, blanche, diffuse, une opalescence qui éclaire sans laisser d'ombres.

Le visiteur ne pouvait qu'être frappé par l'aspect féminin du béguinage : cela ne tenait pas qu'à sa population – aucun homme n'avait le droit d'y séjourner –, cela venait de la taille minuscule des bâtiments, de la délicatesse des façades entre-laçant brique rose et pierre beige, de leur propreté méticu-leuse. Un sentiment de paix régnait. L'accueillante cour rectangulaire envahie par les arbres transformait les logis en champignons poussés au pied de la futaie.

Anne partageait son domicile avec une couturière anver-soise.

Quitter tante Godelièvre l'avait allégée. Allégée de son passé autant que de son avenir. Personne ne lui rappelait plus sa mère morte en couches ; personne ne la contraignait au mariage ; d'autres saluts se dessinaient, imprécis.

Braindor avait usé de son influence auprès de la Grande Demoiselle pour la loger en ces lieux.

Cette dame âgée, aux traits fins, célèbre pour ses yeux lavande, dirigeait le béguinage avec l'autorité tranquille des êtres en harmonie avec leurs actes. Aristocrate éduquée, grande lectrice des philosophes et des théologiens, elle n'abusait ni de sa position ni de son érudition pour gouverner cette communauté non religieuse ; ses atouts de naissance et de culture, qui la hissaient bien au-dessus des autres, elle les gardait en réserve, un étage accessible à elle seule ; sa volonté manifeste se réduisait à organiser pour les béguines une vie simple, pure, dans le travail, la prière, le recueillement.

Bien qu'Anne ne fût pas issue d'une famille noble, la Grande Demoiselle la reçut. Peut-être d'ailleurs pour cette raison. Des rumeurs, en effet, commençaient à circuler à Bruges, lesquelles critiquaient la tendance actuelle du béguinage – ne recevoir que des filles de haut lignage alors qu'à l'origine, il protégeait les femmes du peuple.

Lorsque Braindor lui présenta Anne, la Grande Demoiselle la dévisagea longuement.

Tandis qu'Anne et Braindor prévoyaient un interrogatoire, elle prolongea le silence d'un signe de l'index. Les deux femmes, l'une en face de l'autre, ne bougeaient plus : il semblait que la Grande Demoiselle entrât dans l'esprit d'Anne par un voyage mental, sans le truchement des mots.

Braindor sentait qu'elles menaient une franche conversation sans qu'une phrase fût prononcée.

Enfin, après deux quarts d'heure, la Grande Demoiselle conclut :

– L'âme ne sait voir la beauté que si elle est belle elle-même. Il faut être divin pour obtenir la vue du divin. Bienvenue, Anne.

Sans plus d'explications, la Grande Demoiselle accorda une bourse et un toit à la jeune fille sur laquelle Bruges glosait.

Quoique les obstacles s'effaçassent grâce aux relations de Braindor, tante GodelièVe, peu consciente de l'aubaine, résista : puisque la ville voyait en sa nièce un être exceptionnel, sa tutrice exigeait que le meilleur couvent la reçût. Braindor, lui, suggérait qu'Anne menât d'abord une vie intermédiaire au béguinage en attendant de découvrir sa réelle vocation.

Anne était neuve, ici. Elle avait l'impression d'entamer une deuxième enfance.

En s'installant, elle avait dû choisir les tâches qu'elle exécuterait dans cette communauté de femmes qui ne prononçaient pas de vœux. Parce qu'elle savait lire et compter, on lui proposa d'œuvrer à l'économat, la Grande Demoiselle estimant qu'il y avait suffisamment de béguines lavant la laine, la filant, la cardant.

Le lendemain, voyant des vieillardes s'user aux travaux physiques, elle offrit de s'appliquer aussi au ravitaillement en bois : elle porterait les fagots, déplacerait les bûches, les fendrait si besoin était ; elle ajouta qu'à l'occasion, elle nettoierait la cour et déboucherait les égouts extérieurs.

Joyeuse, elle tint parole. Chaque jour, elle trouvait en elle une énergie infinie. Plus elle se dépensait, plus elle se fortifiait.

Braindor la rejoignait souvent. Officiellement, il la préparait à l'entretien qu'elle aurait bientôt avec l'archidiacre ; en vérité, intrigué par la jeune fille, il tenait à l'observer davantage, à comprendre la fascination qu'elle exerçait sur tous depuis l'épisode du loup dompté.

Lorsqu'elle acceptait d'abandonner ses tâches, elle s'asseyait à ses côtés sur un banc de pierre.

Les premiers jours, il ne tira pas grand-chose d'elle. Sinon méfiante, du moins réticente, Anne redoutait de causer longtemps. Elle s'arrangeait, par d'habiles questions posées d'un air candide, pour qu'il pérorât plus qu'elle.

Quand il eut percé sa manœuvre, il décida de sévir.

— Anne, je veux que tu me parles, pas que tu m'écoutes.

— Ici, je ne peux pas.

— Qui t'en empêche ?

— Ces murs autour de nous.

Braindor grimaça, persuadé qu'elle inventait un stratagème pour lui échapper. Elle lui tendit la main, lui suggérant doucement de la suivre.

Ils marchèrent jusqu'à un arbre au milieu d'un carré d'herbe.

— Là, insista-t-elle, sous le tilleul. Ce sera plus facile.

Braindor se souvint de son attachement au chêne lors de sa fuite dans la forêt ; du coup, il lança un clin d'œil à l'arbre, comme pour le saluer.

Anne s'en rendit compte.

— Vous vous connaissez ?

— Pas encore.

Elle rit.

– Vous allez vous plaire.

Ils s'assirent sous les branches, adossés au tronc. Là, ils restèrent silencieux afin de s'habituer à l'arbre ; à moins que ce ne fût l'inverse, l'arbre devant s'accommoder de leur présence.

Après un temps respectable, Braindor demanda :

– As-tu fini la Bible ?

– Non. C'est trop effrayant.

– Anne, je t'avais conseillé de lâcher l'Ancien Testament pour te consacrer au Nouveau. Tu ne peux plus te dispenser de la lecture des Évangiles.

D'emblée, le moine Braindor jeta un regard inquiet aux environs, vérifiant que personne ne relevait cette phrase qui aurait été dangereuse si on l'avait interprétée comme une profession de foi luthérienne.

– De toute façon, reprit-il, l'histoire de Notre-Seigneur Jésus-Christ, tu l'as entendue des milliers de fois à la messe.

Anne plissa la bouche, sceptique.

– Je n'écoute pas tellement la messe.

– Que fais-tu ?

– Je chante, je regarde la lumière, j'admire les statues de pierre, je repère l'odeur de mes voisins, j'essaie de saisir comment la voix du prêtre se disperse en échos.

Braindor soupira.

– Et tu ne pries pas ?

Elle se tourna, indignée, vers lui.

– Ah si, je prie beaucoup. Je ne prie pas uniquement au moment des prières, je prie pendant l'office entier. Dans la journée, aussi. Je prie quasi continuellement.

– Qu'appelles-tu prier ?

– Je remercie. Je me concentre pour éviter le mal.

– Requiers-tu des faveurs de Dieu ?

– Je ne vais pas L'embêter avec mes histoires.

– Le supplies-tu d'intervenir pour les autres ?

– Si c'est possible, je préfère agir.

Braindor serra les dents : selon l'auditeur, les déclarations d'Anne traduisaient une coupable vanité ou une foi angélique.

– Quand les prêtres te parlent de Dieu, que ressens-tu ?

– Je m'ennuie.

Heureusement qu'il avait imposé cette quarantaine avant qu'elle entre dans un couvent, la moindre affirmation aurait choqué un homme d'Église.

– Explique-moi pourquoi tu t'ennuies.

– Les prêtres devraient parler de Dieu en amoureux, éblouis, enchantés, emplis de reconnaissance et d'admiration. Nous devrions les envier d'être si proches de Lui, de Le représenter, oui, nous devrions crever de jalousie, vouloir prendre leur place s'ils Le chantaient d'une bonne manière. Au lieu de ça, ils brandissent Dieu comme un fouet : « Dieu va vous punir, si ce n'est en cette vie sur cette terre, ce sera en enfer ! » Avec leurs feux, leurs incendies, leurs brasiers, leurs broches, leurs pénitences, leurs tourments éternels, ils me terrifient, j'ai l'impression d'être une volaille promise à la rôtissoire.

Elle se tourna vers Braindor.

– Si les prêtres ont raison, les canards ont plus de chance que les humains : ils ne passent pas leur vie à entendre qu'ils finiront sur un gril.

Une brise amusa les feuillages. Anne inspira à pleins poumons.

– Ce Dieu-là, frère Braindor, ne m'aide pas à vivre. Au contraire, il m'en empêche.

– Pourquoi dis-tu « ce Dieu-là » ? Y en aurait-il un autre, selon toi ?

Anne se tut. Et ce silence n'exprimait pas un vide de pensée, plutôt une pensée riche qui refusait de s'exprimer.

Ne parvenant pas à la sortir de son mutisme, Braindor renonça à forcer l'entretien.

Les jours suivants, il se contenta d'observer Anne.

Quoiqu'elle besognât du matin au soir, elle irradiait la joie. Un sourire s'affichait constamment sur son visage, tendre quand elle s'adressait aux autres, épanoui lorsqu'elle contemplait le ciel, enamouré si elle croisait des animaux.

Une fois vérifiées les additions des tisserands qui venaient chercher la laine, elle se rendait sous le tilleul et y demeurait pensive, appuyée au tronc. Souvent, elle s'éloignait de l'arbre, s'allongeait sur le sol, face à terre, bras écartés.

Braindor ne put se retenir d'amener la Grande Demoiselle et de lui demander en désignant Anne aplatie sur l'herbe :

– Que fait-elle ?

– Elle se prosterne en croix, elle imite Notre-Seigneur Jésus-Christ. C'est l'évidence, frère Braindor, pourquoi me demandez-vous ça ?

– Anne ne sait même pas ce qu'elle fait. Elle n'a aucune culture religieuse.

Un sourire illumina la face de la doyenne.

– Merveilleuse ignorance, soupira-t-elle. Cet esprit simple atteint, sans s'en douter, les sommets de l'inspiration chrétienne. Son âme intuitive règne au-dessus des mots, des idées, des raisonnements.

Ils se sourirent, heureux de voir, à travers l'innocente Anne, leur intime croyance justifiée.

– Les purs sont aussi purs de savoir.

En ajoutant cela, la Grande Demoiselle se délestait de sa fabuleuse érudition, de sa pratique du grec, du latin, de l'hébreu, de sa connaissance de la patristique ancienne et des théologiens de toute époque. À cet instant, on aurait pu juger que ses multiples rides provenaient de la fatigue d'avoir parcouru tant de pages.

Ils se turent encore.

Après que Braindor eut raccompagné la Grande Demoiselle, il revint attendre Anne.

– Que faisais-tu, Anne, étendue sur le sol ?

Elle rougit.

Il insista. Supposant qu'il lui reprochait de se salir, elle montra ses vêtements sans tache. Il secoua la tête, réinsista :

– Tu priais ?

– Presque.

Cette réponse énigmatique résonna un long temps en eux. Braindor s'interrogeait : comment peut-on « presque prier » ?

– Allons sous le tilleul. Tu me raconteras.

Sans barguigner, l'incitant à lui emboîter le pas, il se dirigea vers l'arbre et s'installa dans les racines apparentes.

– Eh bien ?

Elle le rejoignit.

– Je me couche contre la terre pour respirer sa puissance. Au début, je ne capte rien puis, si je me concentre mieux, je perçois des milliers de mouvements qui remontent ; ça pousse, ça grouille, ça chuinte, jusqu'au moment où, enfin, je sens sa force unique. Je m'en imprègne alors. Comme si je me réchauffais au soleil. Ça me permet d'être forte. Ça me redonne le sourire. Oh, je ne suis pas une voleuse parce que, chaque fois, je demande à la terre son autorisation.

Braindor demeura stupéfait.

Cette nuit-là, sur sa couche de paille hérissonnée, il tourna, retourna ses pensées, enthousiaste et décontenancé. D'un côté, Anne tenait un discours où Dieu n'apparaissait pas ; d'un autre, elle décrivait des étonnements mystiques que provoquait plutôt la nature que les Livres saints.

Y avait-il une distance entre ce qu'elle éprouvait et le christianisme ?

Braindor se souleva, agité par la réponse : non, aucune distance. Anne, ambassadrice de messages qu'elle ne comprenait pas, recevait son illumination du charpentier de Nazareth. Spontanément, ne venait-elle pas de réinventer la prosternation en croix ? Preuve qu'elle était directement inspirée par Jésus-Christ...

Au matin, Braindor conclut que son malaise de la veille relevait d'une confusion : Anne manquait de vocabulaire. Parce qu'elle n'avait jamais écouté les religieux ni lu la Bible, elle peinait à exprimer avec les mots justes ses expériences. De même que les purs sont parfois purs de savoir, Anne ignorait ce qu'elle faisait mais le faisait.

Le moine Braindor décida que sa mission consisterait à mettre Anne au courant de ce qui lui passait par le corps et l'esprit.

20

Ma Gretchen,

As-tu remarqué ce prodige ? On ignore un mot pendant des années puis, une fois qu'on y prête attention, on l'entend partout et constamment.

C'est ce qui vient de m'arriver avec le terme « psychanalyse ». Dans ma dernière lettre, je t'ai parlé de mon expédition chez le docteur Calgari puis de ma fuite ; à l'époque, j'avais cru repérer en ce terme prétentieux – trop savant pour être honnête – une escroquerie. Vienne avait déjà couru après Mesmer et ses bains magnétiques, pourquoi pas après le mage Freud et ses divans curateurs ?

Deux mois plus tard, je souhaiterais remonter le cours du temps, reprendre ma lettre, la détruire, car depuis, je n'ai cessé, de repas en discussion, de tomber sur cette méthode insolite, d'en débattre et – le croiras-tu ? – de m'y intéresser.

Comment s'est opéré ce revirement ?

Le destin sait ruser avec des têtes folles comme moi.

À mon habitude, j'ai en effet multiplié les bévues.

D'abord, il y eut l'épisode des sulfures cachés. Sur ce point douloureux, je combattrai ma honte et, à toi – toi seule –, je dirai la vérité.

Un matin, on m'annonça la visite du banquier Schönderfer. Je fis répondre que Franz s'était absenté, or il prétendit vouloir me rencontrer, moi.

Parce que mes parents m'ont laissé une fortune en disparaissant trop tôt, sachant que je la possédais, je me suis montrée indifférente à sa gestion. Quel intérêt d'avoir des millions si on use des heures à s'en occuper ? Être riche, c'est se débarrasser du souci de l'argent, non ? Un banquier, pour moi, s'assimile à une gouvernante, un maître d'hôtel ou un cuisinier : cela doit gérer sa petite affaire sans embêter ses maîtres. Je m'apprêtais donc à congédier Schönderfer.

L'homme s'inclina, me remercia de le recevoir et se racla plusieurs fois la gorge, impressionné.

– Dépêchez-vous, monsieur Schönderfer, dites-moi ce qui justifie votre présence ici.

– D'ordinaire, je devrais m'adresser à monsieur von Waldberg, car dans ces matières, l'homme exerce généralement la responsabilité. Cependant, c'est votre portefeuille, madame von Waldberg, le pécule que vous ont transmis vos parents. Je... je... je m'inquiète.

– Pourquoi, mon Dieu ?

– Vos dépenses, Madame. Je me réfère à votre cassette personnelle, pas à ce que vous avez mis en commun avec votre mari.

– Eh bien ?

– Bien sûr, je n'ai pas à m'en mêler. Toutefois, sachant

que vous n'aimez pas calculer, j'inscris les soustractions à votre place...

– Très bien.

– Ainsi, vous noterez qu'à ce train-là, vous allez rapidement vider votre compte.

– Pardon ?

– Je vous ai mis cela sur un courrier. Au vu de vos dépenses, j'ai opéré une projection d'avenir. C'est... préoccupant.

Je m'emparai du papier, le parcourus, assez vite pour saisir que je n'y comprenais rien, assez lentement pour apercevoir la conclusion : ma ruine personnelle pointait le nez à l'horizon de deux ans.

Constatant que j'accusais le coup, il s'empressa de me rassurer :

– Naturellement, vous avez d'autres capitaux investis dans l'immobilier. Il ne s'agit ici que de vos liquidités. Or j'ai peur qu'à court terme vous ne soyez obligée de vendre vos immeubles si vous continuez à ce rythme...

Silencieuse un moment, j'essayais de rassembler mes idées mais j'avais du mal : de nombreuses portes s'ouvraient dans ma tête ; seulement elles ne me menaient nulle part.

– Peut-être voudriez-vous examiner ces dépenses ? Je pourrais vous aider à distinguer celles qui sont indispensables de celles...

Je me redressai, froide de rage, et je le renvoyai.

Bien qu'il protestât avec une élégance non dépourvue d'humilité, je demeurai intraitable :

– Je n'ai pas à me justifier, monsieur. Ne confondez pas les rôles : c'est vous, ma banque, qui me devez des comptes, pas l'inverse. Brisons là s'il vous plaît.

Il se retira. Je succombai à une crise de larmes dans le boudoir où je l'avais reçu. Je me sentais... comment dire.. violentée ; sa tentative d'intrusion dans mon existence me laissait déchirée, confuse, regrettant des éléments de mon passé, m'inquiétant pour l'avenir, agitée de pensées meurtrissantes.

Certes, des pistes se dessinaient pour répondre rationnellement aux questions de Schönderfer. Or c'était la rationalité que je refusais. Ma vie n'avait pas à se montrer sage, ni prudente ni raisonnable. Elle le restait suffisamment sur certains points. Pourquoi tout encadrer ?

Étaient-ce les pleurs, mon nez bouché ? Un instant, je crus étouffer.

Franz ne sut rien de cette visite. Pendant trois jours, je guettai sur ses traits la moindre altération, laquelle aurait découlé d'un entretien avec le banquier. Or aucune ombre ne vint ternir notre entente.

En revanche, le quatrième jour, tante Vivi se présenta a l'heure du thé.

– Ma chérie, pourquoi fréquentons-nous si peu les fournisseurs ensemble ? J'adore me rendre chez le bottier, le tailleur ou la modiste en compagnie d'une amie. La prochaine fois, emmenez-moi, soyons frivoles.

Sur son visage ovale se forma une irrésistible moue suppliante, celle qu'elle offrait à ses amants pour qu'ils la gratifient d'un joli présent.

Naïvement, je ne perçus pas son intention et je répliquai, pataude :

– Avec plaisir. Mais vous savez, tante Vivi, je ne suis pas

coquette. Il faut que Franz insiste pour que je commande de nouveaux articles de mode. C'est Madame von Waldberg que j'habille, pas moi, Hanna.

– J'avais cru le remarquer. Aussi ma douce, je ne comprends pas : Schönderfer, que j'ai rencontré par hasard, me disait que vous meniez grand train.

Je blêmis. Comment avait-il osé...

– Oh, je déteste ces banquiers, continua tante Vivi pour m'empêcher de m'indigner. Ils se révèlent pires que la plus indiscrète des cameristes, avec cette unique différence qu'on ne peut pas les congédier. Ils fouillent nos poches, nos tiroirs, nos coffres à bijoux, ils cherchent à percer notre véritable emploi du temps, sans mystère, sans obscurité, désireux de connaître l'origine et la destination de chaque thaler. Insupportable ! Beaucoup d'entre nous les laissent agir... Mieux : certains ont peur de leur banquier. Les bourgeois surtout. Le monde à l'envers.

Savait-elle, en se lançant dans cette diatribe, de quelle manière j'avais traité Schönderfer ? Tentait-elle de me flatter ?

Encore une fois, elle stoppa mes réflexions par une diversion :

– Faites-vous des cadeaux à Franz ?

– Non. Jamais.

Elle soupira, soulagée.

– Tant mieux. Cela signifie que vous ne le trompez pas.

J'observai cette femme étonnante, réputée multiplier les amants, qui se réjouissait que je n'en eusse pas. Possédait-elle deux morales, une pour elle, une pour les autres ? Ou bien privilégiait-elle toujours son neveu ? Sans doute ne constituais-je pas à ses yeux une femme complète, seulement

« la femme de Franz ». Et il ne fallait pas que celui-ci fût trompé.

Je me décidai à l'attaquer à mon tour :

– Les femmes adultères sont-elles généreuses avec leur mari ?

– Si elles ne veulent pas finir femmes divorcées, bien sûr.

– Calculent-elles tant que ça ?

– La mauvaise conscience... Quand la culpabilité torture un esprit, des gentillesses jaillissent spontanément, telle une pommade.

La diabolique Vivi venait, encore une fois, de me dérouter. Alors que j'entendais la titiller sur sa conduite scélérate, elle prenait les devants : elle se peignait en pécheresse lucide et repentante.

– Soyons perspicaces, précisa-t-elle, compenser ne procure pas la rédemption.

Je ne souhaitais pas la suivre sur ce terrain escarpé. Comme si elle l'avait deviné, elle bifurqua :

– Dites-moi, ma chérie, à quoi dépensez-vous votre argent ?

– Suis-je obligée de vous répondre, tante Vivi ?

– Non, vous pouvez vous taire. Il y en a un pourtant qui bientôt ne se taira plus, c'est cet horrible Schönderfer. Pour l'heure, il n'a pas informé Franz, il s'est contenté de me consulter. Cependant, si je ne lui apporte pas quelque réponse, il ne patientera plus.

Je me levai, marchai, nerveuse, dans la pièce. La scène que je redoutais allait arriver : Franz découvrirait quelle ratée il avait épousée. Déjà que j'étais incapable de tomber enceinte...

En quelques secondes, je me résolus à me confier à tante Vivi.

Au fur et à mesure que je lui expliquais, je m'allégeais. J'avouai que mon emballement pour les sulfures m'avait acculée à des dépenses abyssales : oui, j'avais accepté de payer les pièces de plus en plus cher, aussi les antiquaires en profitaient-ils, désormais, puisque je ne quittais pas Vienne, je mandatais plusieurs représentants à travers l'Europe, en France, en Angleterre, en Russie, en Italie, en Turquie, en vue d'étoffer ma collection ; j'entretenais donc mensuellement cinq ou six grands marchands, lesquels voyageaient à mes frais, logeaient à mes frais dans de grands hôtels, dînaient à mes frais avec les bibeloteurs pour les décider à me vendre leurs trésors, etc. Certes, je m'illusionnais sur leur honnêteté, je ne doutais pas qu'ils gonflassent les prix, mais quand, à leur retour, je m'apprêtais à désapprouver leurs dépenses, ils dévoilaient un mille-fleurs original qui me réduisait au silence.

Ensuite, je confessai le plus dur : consciente que je ne pouvais pas exposer ma collection ici, premièrement parce que cela aurait focalisé l'attention sur ma frénésie, secondement parce que je manquais de place, j'avais acheté une maison en secret. Rénover cette villa afin de la rendre digne de mes petites merveilles, la transformer en coffre-fort avec des portes blindées et des volets à verrous, engager des gardiens, ces obligations avaient encore grevé mon budget.

Après cette cascade d'aveux, j'étalai mes dernières acquisitions, espérant que tante Vivi comprendrait, voire légitimerait ma passion.

Or elle n'y jeta qu'un œil furtif, froid. Me happant les mains, elle m'obligea à la regarder en face.

— Ma petite Hanna, évaluez-vous bien ce que votre comportement a… d'exceptionnel ?

– Ma collection finira par être exceptionnelle.

– Non, non, mon enfant, je parle de vous. Dépenser sans compter pour des morceaux de verre.

– Des œuvres d'art, m'exclamai-je, indignée.

– Des ouvrages d'artisan, tenta-t-elle de corriger.

Furieuse, je me levai et commençai à l'insulter. Là, je ne puis te rapporter mes mots, d'abord parce que je brûle de les oublier, ensuite parce que ceux qui me reviennent m'enflamment les joues. En résumé, je hurlai que personne ne me comprenait, que je n'étais entourée que de brutes, de béotiens, de barbares. J'ajoutai à la fin que je serais déjà morte une centaine de fois si ma collection ne m'avait consolée.

Tante Vivi eut l'intelligence de me laisser cracher mon venin jusqu'au bout. Sans intervenir. À mon avis sans écouter non plus. Elle réfléchissait.

Nous sommes restées longtemps l'une en face de l'autre, moi reprenant mon souffle, elle songeant.

Enfin, elle se redressa, saisit ses affaires pour repartir.

– Quel dommage que vous ne vous soyez pas entendue avec le docteur Calgari. On m'a dit qu'il avait récemment soigné une femme qui amassait les pendules. Sa manie mettait sa famille en danger. Un peu comme vous : les dettes, l'incompréhension du mari, l'éloignement des proches qui ne comprennent pas...

– Nous n'en sommes pas là, tante Vivi.

– Pas encore. Mais c'est pour bientôt. Dommage...

– Je me demande comment le docteur Calgari me convaincrait que mes sulfures ne sont pas beaux et ne méritent pas tous mes soins.

– Oh, d'après ce que j'ai compris, il ne vous dirait pas ça.

Il vous montrerait que vos sulfures ne sont pas que des sulfures, qu'ils reflètent autre chose, quelque chose de si gênant que vous ne voulez pas en prendre conscience. C'est ce qu'il a fait avec les horloges de cette femme.

— Ah oui ? Que symbolisaient ces horloges ?

— Oh, une histoire compliquée. Le tic-tac soulignait le cycle menstruel. Cette femme redoutait tellement la ménopause qu'elle croyait prolonger sa fertilité en multipliant les marqueurs des heures. Paradoxalement, elle collectionnait les cadrans pour lutter contre le temps.

— Absurde, dis-je. Totalement irrationnel !

— Qui a dit que nos vies étaient rationnelles ? demanda tante Vivi.

En la raccompagnant, je lui demandai de présenter au banquier une version acceptable de ma folie.

— Ravie de vous voir enfin lucide, répliqua-t-elle avant de me quitter.

Les semaines suivantes, je tâchai de me réprimer. J'y arrivais quelques heures par jour mais je perdais aussitôt le bénéfice de mes efforts en parlant à un marchand ou un antiquaire. En réalité, je résistais à la tentation tant qu'elle n'était pas sous mes yeux. À ma grande déception, je retrouvais en moi les traits de tante Clémence, la sœur de Vivi, celle qui dépasse les cent kilos : elle se persuade entre les repas qu'elle s'est mise au régime puis se bâfre sans contrôle à table.

Calgari ? Devais-je retourner chez ce séducteur sans scrupules ? Si je commençais à juger que je ne parviendrais pas à

me soigner seule, je n'étais pas convaincue que la « psychanalyse » ou l'un de ses mages pût m'aider.

C'est alors que survint le deuxième incident, la symphonie de Monsieur Gustav Mahler.

Franz adore la musique. Ou plutôt adore sortir dans les
endroits où l'on joue de la musique. Je précise cela sans perfi-
die, juste par exactitude : dans sa famille, on possède une loge
à l'Opéra et l'on fréquente les concerts de la Philharmonie
ainsi qu'on entretient une maison avec une forte domesticité
– cela relève des rites héréditaires. Quand on naît Waldberg,
on naît mélomane, on danse de père en fils sur les valses de
Strauss, on analyse les qualités des cantatrices avec autant de
passion que celles des chevaux. Dès son jeune âge, les oreilles
de Franz ont été nourries par Mozart, Beethoven, Weber ; le
soir pour l'endormir, sa mère lui chantait des lieder de Schu-
bert ou de Schumann ; des pianistes de renom ont malaxé
l'Érard du palais, y compris Liszt. Donc, quel que soit le
programme ou l'interprète, Franz est disposé à lui prêter
l'oreille ; en même temps, il ressort de l'événement si tranquille, si peu changé, que je me demande parfois s'il a été
vigilant.

Moi, en revanche, je me donne tellement à la musique
– sans doute parce que j'en ai moins l'habitude – qu'elle peut
avoir des effets perturbants sur moi.

C'est ce qui se passa, un soir de mai dernier, à la Philharmonie. Le chef Gustav Mahler jouait une de ses œuvres.
Comme la plupart des spectateurs, je m'y rendais avec
méfiance car nous prétendions savoir ce qui nous attendait :
jeune, charismatique, directeur d'Opéra, grand interprète, ça
devait lui suffire, non ? Il n'allait pas en plus nous demander
de croire qu'il incarnait le nouveau Bach ou le prochain

Brahms ! Chef d'orchestre réputé la semaine, ce compositeur du dimanche profitait scandaleusement de son pouvoir pour nous infliger sa musique. À l'unisson de mes voisins, dans cet état d'esprit suspicieux, je m'assis à ma place pour écouter sa récente symphonie.

Or, aux premières notes, il happa mon attention. À l'appel des bois, je ne m'appartenais plus, je plongeais dans son univers ardent, sylvestre, douloureux, tiraillé de violences qui montent mais n'aboutissent pas, encombré de réminiscences qui s'évanouissent, un paysage mouvant, accidenté, où soudain un *adagio* fournit le baume de sa grâce, tel le soleil perçant les nuages pour dorer une vallée qui fut ombreuse.

Au fur et à mesure que l'œuvre avançait, je quittais ma respiration pour épouser la sienne ; soulevée par les violons, j'inspirais large avec les cordes, le *tutti* me maintenait en apnée, puis je soufflais sur un trait perlé de harpe. Ton Hanna ordinaire, celle qui ne se remet pas de sa grossesse nerveuse, celle que rongent des pensées mesquines, celle-là avait disparu. Une autre, libre, neuve, nageait sur les vagues musicales en se laissant flotter sur le courant, soumise, heureuse.

J'avais l'impression d'être rentrée dans mes sulfures. Que me proposent mes globes de cristal sinon ce que m'apportait cette musique ? Me débarrasser de moi, me retirer du monde où je souffre pour m'introduire dans celui où j'admire, fuir le temps que je subis afin de rejoindre le temps dont je jouis. Je m'émerveillais. J'avais abandonné la réalité pour la beauté.

Au dernier accord, j'applaudis à tout rompre et là se produisit l'invraisemblable : je perdis connaissance.

Telle une poupée de chiffon, je m'évanouis – on me le

245

raconta ensuite – en m'affaissant sur moi. Je finis en boule au sol.

L'avantage de ce coma fut que j'ignorai la réception froide de l'œuvre par le public viennois. Contrairement à moi, il avait détesté.

Si eux n'avaient pas supporté la symphonie, moi non plus, à ma manière, puisque mon enthousiasme avait provoqué mon malaise.

Quand je rouvris les yeux, j'aperçus deux visages : celui du docteur Teitelman, celui du docteur Calgari. Rude retour. L'un me considérait comme une simulatrice et je considérais l'autre comme un simulateur.

Au-dessus d'eux, celui de Franz me scrutait.

Aux dorures du plafond, je repérai qu'on m'avait allongée dans le foyer.

Teitelman prenait mon pouls. Calgari me tendit un verre d'eau sucrée. Avec les quelques forces que me fournit la boisson, je souris à mon mari.

– Vas-tu bien, mon ange ? s'inquiéta Franz.

Mon sourire s'agrandit, ce qui le rassura.

Aussitôt, il se pencha vers Teitelman.

– Alors, docteur, croyez-vous que cela soit ça ?

– Il y a des chances. Si Hanna n'a pas mal au ventre ou au foie, c'est ça.

Il m'ausculta sans que je réagisse. Il conclut :

– C'est donc ça.

– Ma chérie, tu es sûrement enceinte !

J'eus un rictus d'inquiétude. Teitelman le saisit – d'autant qu'il le guettait. C'est lui qui se chargea de modérer la fougue de Franz :

– Du calme. Du calme. Ne concluons pas trop vite.

— Comme vous voulez, docteur Teitelman, moi j'en suis sûr.

Et Franz fila en coup de vent pour approcher notre voiture de la sortie.

Une fois Franz éclipsé, Teitelman me toisa, sévère.

— Si les nausées se prolongent, Madame von Waldberg, venez à mon cabinet, que nous vérifiions la bonne nouvelle. Attendez-vous à ce que je fouille plus exhaustivement que la dernière fois. Nous nous comprenons, bien sûr ?

Sur ce il me salua, sec, et partit.

Calgari, assis non loin, m'observait avec intérêt. Je faillis tempêter contre lui, lui demander de s'écarter, de me laisser en paix. De quel droit restait-il à mes côtés ?

Mais je sentis une présence si saturée de compassion que je me tus. J'eus l'impression qu'il m'avait entendue penser devant mon mari ou mon médecin.

— C'est la musique, n'est-ce pas, qui vous a étouffée ?

J'approuvai de la tête.

Il enchaîna :

— J'étais placé à proximité de vous. Deux ou trois fois, pendant le concert, je me suis permis de lancer un œil dans votre direction : vous sembliez bouleversée.

Je trouvai quelques mots pour lui expliquer ce que j'avais éprouvé. Il hocha la tête.

— Vous êtes une âme d'élite, Madame von Waldberg, vous captez les messages avec plus d'excitabilité que quiconque. Sachez que, malgré l'équivoque de l'autre jour, je serai toujours prêt à vous recevoir. Je sais que vous m'avez pris pour un charlatan ; pourtant ce soir, il n'y a que ce charlatan qui distingue ce changement en vous. Le bonheur de plonger dans l'art. La peur de revenir dans votre chair. Et la plus grande peur : celle d'avoir – ou de ne pas avoir – une autre chair vivante dans la vôtre.

Je détournai la tête. Quel serin ! Jamais contente. Peinée que Franz ne me comprenne pas, contrariée que Calgari me comprenne.

Il s'effaça, puis les domestiques vinrent m'aider à me rendre jusqu'à la voiture.

Depuis, Franz m'accorde de nouveau les égards brûlants qu'il avait manifestés pendant mes neuf mois de conception fallacieuse. Ce regard-là, je l'appelle « les yeux du coq pour la poule pondeuse » tant ils m'agacent et me semblent briller d'un surcroît d'amour suspect.

J'en arrive maintenant, ma Gretchen, à l'ultime incident qui contribua à me faire revenir sur ma position antérieure. Il s'est passé ce soir.

Plus qu'un incident, c'est une altercation à laquelle j'ai assisté, querelle qui me choqua tellement qu'au fond de moi, de suprêmes résistances ont cédé.

Chez la comtesse Clam-Gallas se déclencha tout à l'heure une conversation houleuse sur l'état des arts à Vienne. À la suite du concert où Gustav Mahler avait tant déçu les mélomanes, les messieurs âgés autour de la table se mirent à déchirer les artistes d'aujourd'hui en diagnostiquant une décadence des arts.

Comme Franz, toujours optimiste, leur opposait quelques réussites et leur rappelait qu'il est difficile de mesurer la silhouette d'un bâtiment à l'horizon tant que l'on a le nez collé dessus, ils sortirent leurs arguments ainsi qu'on dégaine des armes. Ce fut le combat des vétérans contre la génération montante. Et puisque les jeunes – Franz, moi – étaient bien élevés, les barbons se déchaînèrent. Rien ne valait plus un clou à Vienne ! La volonté d'être original rendait les œuvres grimaçantes, le désir excessif de profondeur précipitait les artistes dans de glauques égouts où l'on n'apercevait plus de la nature humaine que ses laideurs, ses vices, ses morbidités, ses cruautés. En peinture, le mouvement de la Sécession ne constituait pas une avancée mais un recul : on retournait aux horreurs mythologiques, aux monstres, aux individus de sexe indifférencié, on n'utilisait plus la perspective. Gustav Klimt, ce décadent, on devait l'emprisonner pour nullité ou l'interner pour perversité. Les Joseph Hoffman et autre Koloman Moser méritaient autant. Un Mahler tentait de rivaliser en nervosité morbide avec eux ? Malheureusement, il y réussissait. Quant aux hommes de lettres, ils s'enfonçaient dans le bourbier. Comment voir autre chose en cet Arthur Schnitzler qu'un pornographe ? Aucune mère n'emmènerait jamais sa fille voir *La Ronde* au théâtre. Et Freud, le double sentencieux de Schnitzler, le pire d'entre eux, avec sa « psychanalyse » qui impressionnait les jeunes gens amateurs d'obscurité fumeuse ? D'ailleurs, Schnitzler et Freud, deux médecins se prétendant littérateurs, fouillaient dans les entrailles de l'esprit comme ils découpaient des viscères : ils écrivaient avec un scalpel. Conclusion ? Leurs œuvres ne bougeaient pas plus que des cadavres dans le formol, elles puaient, elles étaient atroces, elles étaient basses. Pourquoi ? Parce qu'elles venaient de juifs. Même ceux qui, par hasard, ne l'étaient pas, étaient « enjuivés », ce qui était pire. Wagner l'avait bien dit d'ailleurs, ce clairvoyant qui décelait dans les juifs les destructeurs de nos valeurs. Si ces messieurs laissaient les juifs devenir banquiers, propriétaires, pourquoi pas, ils raillaient leur irruption chez les artistes. *Vade retro, Satanas !* Si on ne réagissait pas prestement, ils détruiraient la civilisation.

Et là, soudain, tel un joueur jaillissant d'une mêlée, resurgit le mot «psychanalyse». Avec acharnement, ils pilonnèrent cette méthode ainsi que son créateur, Freud, à grands coups de sarcasmes. Quoi, il y aurait une pensée inconsciente sous la pensée consciente ? Comment Freud pouvait-il le savoir ? Si elle était inconsciente, cette pensée, on n'en prendrait jamais conscience ! Par définition ! Quel nigaud ! Ces messieurs le traitèrent ensuite d'obsédé sexuel, car Freud repérait sous beaucoup de comportements – sinon tous – l'expression d'un désir libidineux. On tète quand on fume... On rejoint sa mère quand on se baigne... Si ! Sa théorie de la censure les amusait particulièrement : cette gardienne de la probité qui tolère certaines envies et envoie les autres ricocher dans le corps ou les franges de l'âme ! Ce petit manège sans que nous le sachions ? Ah vraiment, cette instance de contrôle inconsciente et consciente à la fois, quelle pitrerie ! Une contradiction. Autant dire un poisson soluble !

Ils ricanèrent.

Je me passionnais pour ce dont ils se moquaient. La psychanalyse qu'ils écharpaient, je venais de la comprendre. J'en saisissais l'intérêt. Enfin, surtout l'intérêt pour moi et mes problèmes.

De surcroît, qu'ils jetassent tout ce qui était juif dans un même sac de résidus me pousse à considérer avec prévenance désormais tout ce qui est juif. Si j'apprécie Mahler, peut-être aimerai-je Freud ?

En moi, une sorte de révolution s'est opérée ce soir-là.

Certes, je n'irai pas chez le docteur Freud car si cela s'ébruitait, je perdrais la face dans mon milieu ; pourtant demain – je te l'annonce – je fixe un nouveau rendez-vous chez le docteur Calgari.

Ta cousine qui ira bientôt mieux à n'en pas douter.

Hanna.

21

– Qu'as-tu prévu, Anny ? Rester une star ou finir étoile filante ?

La voix de Johanna, froide, nasale, traversait le rideau de la cabine où Anny essayait des robes de soirée. Or la comédienne, essoufflée, en nage, appuyait son front contre la glace, espérant que les spasmes qui déchiraient son ventre allaient s'espacer.

Croyant à une approbation, Johanna continua à persifler :

– Obtenir le succès, c'est à la portée de n'importe qui, car cela relève du hasard. Répéter le succès, cela dépend de l'intelligence.

– Du talent aussi, peut-être ?

Anny s'efforçait d'éviter la diatribe que Johanna allait lui infliger.

– Le talent de quoi ? s'enquit le requin, agacé.

– Eh bien, pour un acteur, le talent de jouer. Excuse-moi, Johanna, si je t'outrage par une obscénité.

– Une obscénité, non. Une connerie, oui. Depuis quand faut-il du talent pour faire carrière au cinéma ? Un physique et un bon agent suffisent. Regarde Lassie, le chien fidèle ; nous avons tous gobé ses films sans jamais imaginer une seconde que ce clébard possédait du talent. D'ailleurs, pour jouer ce rôle, il n'y avait pas qu'un colley, mais plusieurs.

Anny plaqua ses mains sur son estomac. Elle craignait de vomir. Ou de s'évanouir. Dans le coin de son cerveau qui fonctionnait toujours, un coin lointain, peu accessible, encerclé de barrages, elle envoyait des répliques cinglantes à Johanna, genre « Désolée de ne pas être un chien », ou « Johanna, l'agent vétérinaire d'Hollywood », voire « Si tu m'agresses encore, je te mords ». Hélas, ses lèvres frissonnantes ne prononcèrent pas ces mots.

— À la place de Lassie, reprit Johanna, je pourrais te citer un grand nombre d'acteurs qui sont la bête désirée à un moment donné. Bien sûr, je ne te range pas dans cette catégorie animalière, Anny, tu sais à quel point ton sens dramatique me méduse. Cependant je dois veiller à tes intérêts et te parler comme à une brute. Annuler tes rendez-vous parce que tu n'as pas la pêche, je le comprends. Mais une fois. Pas deux. Ces dernières semaines, vu que tu n'as honoré aucun de tes engagements, je suis devenue l'agent le plus insulté d'Hollywood, un superlatif dont je me passerais volontiers, inutile de le préciser.

Anny se laissa glisser le long du miroir, s'accroupit sur le sol. La douleur virait à l'intolérable.

— Bref, tu dois te ressaisir. Nous avons besoin de toi pour la promotion de *La Fille aux lunettes rouges*. Tu ne me haïras pas si je te dis que, certains jours, tu es infilmable et inaudible.

Anny aurait souhaité répondre qu'elle s'en rendait tellement compte qu'elle annulait ses rencontres avec les médias pour le cacher. Or le dialogue avec son agent se déroulait dans une autre dimension du monde, celle où Anny aurait été capable d'énoncer à voix haute les phrases que son esprit élaborait.

À cet instant, Johanna se tut car le couturier maître des lieux revenait pour assister à l'habillage.

– Alorrrrrs ? demanda-t-il avec son accent italo-libanais.

À deux doigts de s'évanouir, encore protégée de ses juges par le lourd rideau de velours, Anny fixa la robe de lamé doré qu'elle devait enfiler, si légère, si fine, si étroite, qu'elle plaquerait sur la sienne une mirifique deuxième peau. Cette merveille, Orlando, la coqueluche d'Hollywood, prétendait l'avoir dessinée et conçue pour elle.

– Anny, ne me fais pas attendrrrrrre ! Qu'est-ce que tu donnes en sirrrrrène ?

La jeune femme avait envie de satisfaire ce créateur de génie, oui, elle brûlait d'impatience de ressembler à un poisson écaillé mais son ventre la torturait, des picotements troublaient sa vision. Elle risquait de perdre conscience.

– Veux-tu que Dorrra vienne t'aider à l'enfiler ?

Anny remua les lèvres pour balbutier « non » et ce fut le mouvement fatal : un puissant jet de vomi surgit de sa bouche.

En trois secondes, la robe de sirène qui avait requis cent heures de travail à trois brodeuses asiatiques spécialisées dans le maniement du fil d'or fut recouverte d'un mélange gluant de corn-flakes, de café, de fruits exotiques mal digérés auquel s'ajoutaient, intactes, immaculées, diverses pilules ingurgitées pendant le breakfast.

– Ouf, ça va mieux…, soupira Anny, la vue soudain plus claire, la tête dégagée de son étau.

Derrière le rideau, Orlando, interprétant cette déclaration comme un cri d'admiration, ne résista plus :

– On peut entrer ?

Sans patienter, il tira le panneau de velours et découvrit Anny en sous-vêtements, recroquevillée au-dessus d'un magma puant d'où s'échappaient quelques plis non souillés de la précieuse robe.

Johanna s'approcha à son tour.

Ils étaient consternés. Anny aussi.

Elle tenta de jouer de son charme pour mendier un pardon, esquissant un sourire.

– Excusez-moi… J'ai… un peu picolé, hier soir.

En parlant, elle se rendit compte avec horreur qu'elle avait une épouvantable voix enrouée et une haleine de W.-C. turcs.

Quelques heures plus tard, rapatriée énergiquement, Anny sirotait des décoctions de menthe en compagnie de Johanna.

Celle-ci avait géré la crise avec beaucoup d'efficacité. Sans l'accabler, elle avait organisé son transfert rapide, calmé Orlando, annulé le coiffeur et les maquilleuses avec lesquels Anny devait continuer.

Anny éprouvait du bien-être : Johanna lui semblait une mère idéale.

Remise, quoique faible, elle s'assit auprès de son agent.

– Merci.

Johanna sursauta. Visiblement, elle n'attendait que ce mot-là, tel un feu vert, pour reprendre la course :

– Tu vas me faire le plaisir de récupérer, ma petite, et de ne plus nous créer des situations pareilles. Figure-toi que ton dernier film jouit déjà d'un bouche-à-oreille très flatteur dans le métier ; certains pensent qu'un prix d'interprétation pourrait le couronner. Avec *La Fille aux lunettes rouges*, tu marches vers ta consécration, je le sens… et tu sais combien j'ai du nez ! Alors, s'il te plaît, ne me gâche pas ça. Pourquoi bois-tu ? Pourquoi te drogues-tu ?

Quoique la question fût brutalement posée, Anny réfléchit afin d'y répondre avec honnêteté.

Depuis toujours, à ses yeux, le trio alcool-drogue-sexe avait incarné les privilèges de l'adulte. Parce qu'elle s'était engagée gamine dans ce milieu, Anny s'était précipitée dès l'adolescence sur ces signes éclatants de la maturité. Il ne lui était jamais venu à l'idée que grandir consistât à se structurer, s'équilibrer, se recueillir ; tout au contraire, extrême liberté, défonce, audace sans limites lui avaient paru les modèles de la réussite. Elle s'était donc jetée sur les bouteilles, les stupéfiants et les hommes comme sur autant de trophées valorisants, lesquels avaient dû lui assurer, par leur grand nombre, une sorte d'excellence.

À cela s'était ajouté un penchant pour le risque. Flirter avec l'abîme, compromettre sa vie au volant, frôler l'overdose, enchaîner les amants jusqu'à ignorer auprès de qui elle se réveillait, voilà où avait résidé l'élégance. La prudence manquait d'attrait autant que de panache, la sécurité l'ennuyait ; seul le danger avait encadré son existence d'une dorure intense, seul le péril l'avait transformée en œuvre d'art.

Aujourd'hui, Anny devinait qu'elle avait posé un diagnostic erroné en abordant sa vie d'adulte. Ses voies de libération – surtout l'alcool et la drogue – s'étaient révélées des chemins sans issue. Alors qu'elle pensait en multipliant les expériences gagner en pouvoir et en intelligence, elle en avait perdu. Rarement lucide, toujours en quête d'une substance ou d'un liquide, elle vivait sur le mode du manque plutôt que dans la plénitude. Perpétuellement frustrée, sauf quand elle se saoulait ou qu'elle prenait une ligne de coke, elle ne supportait plus cette inquiétude douloureuse, exagérée, qui constituait la vraie trame de ses jours.

Alors qu'elle n'avait pas de problèmes à onze ans – juste des envies qui se fracassaient contre des obstacles –, elle se battait à présent contre ses démons, les nombreuses dépendances qu'elle s'était infligées.

– Tu vois, Johanna, j'ai fait fausse route...

– Je te défends de t'exprimer ainsi.

L'agent avait réagi avec force, comme si, dans la seconde, la pièce allait se remplir de journalistes ; elle martela rudement :

– Jamais ça. Tu es l'actrice de ton âge la mieux payée d'Hollywood. Rends-toi compte de ton statut, ne prête pas le flanc au doute. Je sais trop où cela mène dans les médias : une autocritique tolérable devient insultante sous forme de critique. Ne leur souffle pas les arguments qu'ils pourraient balancer à ton encontre.

– Johanna, je bavarde avec toi. Il n'y a pas de journalistes sous mon tapis, autant que je sache.

Johanna haussa les épaules.

– Quand on se laisse aller une fois, on se laisse aller toujours. « Qui a bu boira », ce n'est pas à toi que je vais l'apprendre.

– Johanna, je m'adresse à l'amie.

– Justement, une véritable amie ne peut autoriser ça.

– Johanna, je ne te parle pas d'Anny Lee, l'actrice, je te

parle de mon quotidien. J'ai réussi ma carrière, d'accord. Ai-je réussi ma vie ?

Johanna la toisa, un masque de mépris pétrifiant son visage.

– Quelle différence ?

Anny haussa les épaules. Autant expliquer les couleurs à un aveugle... Tout en estimant qu'elle devait interrompre cette conversation, elle ne s'y résolut pas :

– Contrairement à toi, Johanna, je n'accepte pas une vie privée complètement pourrie.

– Je ne te permets pas. Cindy et moi, nous...

– Cindy et toi, vous vous convenez puisque vous êtes associées. Votre point commun : l'ambition. Votre drogue : le travail. Votre but : l'argent.

Johanna s'agita sur son siège.

-- Ça n'a rien de grotesque. Et toi, Anny, quel est ton but ?

– Pas l'argent.

– Tu dis ça parce que tu en gagnes beaucoup.

– Si je n'en gagnais pas, tu prétendrais que je le dis par dépit.

– Très bien. Quel est ton but, alors ?

– Eh bien, justement, je n'en sais rien.

Johanna la fixa, se demandant si elle la provoquait ou si elle se moquait d'elle. Quand elle comprit qu'elle était sincère, elle soupira...

Anny savait qu'il ne s'agissait pas de compassion ; Johanna soupirait en songeant « Quel métier ! ». Cependant, c'était méconnaître le requin que de croire qu'elle abandonnerait le combat.

– Anny, tu vas devenir une loque. Pour le moment, ta

jeunesse empêche ton corps de refléter ta vie malsaine mais bientôt…

— Bientôt je serai morte.

— Ah bon ? C'est ton plan ? Tu aspires à jouer les comètes, genre James Dean ou Marilyn Monroe ? Illustrer le genre « Ils nous ont quittés en pleine gloire », te créer une légende ?

— Et pourquoi pas ? J'ai l'impression qu'ils étaient aussi paumés que moi, ces deux-là.

— Je te le confirme. Pourtant, avant de partir, figure-toi qu'ils avaient pris la peine de tourner suffisamment de films pour nourrir leur postérité. Sans deux ou trois chefs-d'œuvre, quatre ou cinq longs-métrages corrects et une vingtaine de navets, tu risques de mourir pour rien, ma cocotte. Ton bagage pour l'éternité s'avère encore léger.

Elle ricanait en assénant ces réflexions.

Pour Johanna, parler dur revenait à parler vrai. Pragmatique, pointue en affaires, elle craignait tant l'apitoiement, le faux amour, les grâces hypocrites, l'optimisme béat, qu'elle pratiquait l'insensibilité ainsi qu'une vertu. Sembler antipathique lui paraissait une manière authentique d'aborder les gens : par là, elle affirmait qu'elle ne mentait pas. À chaque instant, elle usait de la brutalité comme d'une preuve de franchise et du pessimisme comme d'un signe d'intelligence.

Ce soir-là, elle apportait à Anny le contraire de ce dont elle avait besoin.

D'autant qu'Anny ne désirait plus répondre : outre qu'elle détestait polémiquer, la bouche cynique de Johanna salissait les sujets lui tenant à cœur.

— Bon, Anny. Ne poussons pas plus loin, nous finirions par nous fâcher, ce qui est le dernier de mes souhaits. Restons-en au concret.

– D'accord.

– Me promets-tu d'arrêter l'alcool ?

– J'aimerais bien.

– La drogue ?

– Encore plus.

Johanna sourit.

– Eh bien voilà. Ce n'est pas plus compliqué. Maintenant que tu veux, tu le peux.

Pour son agent, les comportements d'Anny relevaient du caprice : sa cliente se droguait pour attirer l'attention, elle biberonnait pour qu'on la gronde. Une enfant...

– Je te propose de t'entraîner dès ce soir. Dans trois jours, nous aurons la première de *La Fille aux lunettes rouges*. J'ai réussi à convaincre Orlando de ne pas t'envoyer ses avocats mais la robe : pour ta toilette, donc, nous allons remonter la pente. Par contre, tu dois t'obliger à garder les idées claires. Dans trois jours, les journalistes de cinéma, les photographes, les critiques et les reporters seront là : il est très important que tu te montres éclatante, alerte, pertinente.

– Je te le jure.

Anny la raccompagna à la porte, l'embrassa, rabâcha que la plus grande chance de son existence avait été de la trouver, que son amitié avait chamboulé son destin et lui demanda de transmettre sa tendresse à Cindy.

Johanna manqua rougir sous ses deux millimètres de crème beige.

Quelques secondes après son départ, Anny se dirigea vers le salon. En ouvrant le bar, elle compta les bouteilles. Entre le bourbon, le whisky, l'armagnac, le gin, le sherry, il y en avait bien encore six pleines.

Parfait.

Elle les jeta dans le panier qui, d'ordinaire, servait à aligner les bûches l'hiver, le prit sous son bras, puis rejoignit sa chambre.

Là, elle posa ses réserves au pied de son lit et s'allongea.

Son but ?

Si elle ne le connaissait pas pour sa vie en général, elle le connaissait pour son proche avenir.

Trois jours…

Elle déboucha d'abord le bourbon.

En trois jours, elle avait le temps d'atteindre son objectif : le coma éthylique.

22

Anne commençait à apprécier ses entretiens avec Braindor.

Certes, dès leur rencontre, elle l'avait aimé, ce loup blond, ce moine famélique, elle avait deviné sous son manteau usé une âme aussi tendre que la mie du pain. Sous une apparence menaçante, taille hors norme, visage osseux, voix péremptoire, le pèlerin abritait, malgré sa force déterminée, un esprit étonné, curieux.

Si elle avait prévu que leurs moments d'échange consisteraient en longs silences, elle découvrait désormais l'inverse ; pour la première fois, un humain s'intéressait passionnément à elle, lui demandait de se raconter, de décrire ses impressions du monde. La taciturne devenait loquace, voire volubile, elle se sentait, sinon intelligente, du moins plus intéressante.

Ils se retrouvaient tous les jours pour des conversations à trois, le tiers étant le tilleul sous la protection duquel ils s'asseyaient. Inconcevable pour Anne de partager l'essentiel sans se fondre dans la nature. Quoiqu'elle goûtât sa petite maison au béguinage, elle dépérissait cernée de murs ; pour réfléchir, il lui fallait l'étreinte de l'air frais, la glaise sous ses orteils, l'herbe dans ses doigts, le ciel comme horizon sur lequel s'inscrivaient ses pensées, un bain de lumière, que ce fût celle du soleil ou de la lune. Si elle n'exposait pas son corps aux éléments, elle ne déroulait pas ses opinions.

Là, entre la mousse et les branchages, face à l'astre montant, elle expliquait au moine ses joies ou ses indignations.

— Je réprouve la hiérarchie, Braindor.

— Pourtant, tu obéis si facilement.

— Je ne vous parle pas de la hiérarchie humaine mais de celle séparant les hommes et les animaux. Nous nous croyons supérieurs.

— Nous le sommes.

— En quoi ? Les animaux se nourrissent mais ne déclenchent pas de guerres. Les animaux se battent mais ne se torturent pas. Les animaux respectent les forêts au lieu de les détruire pour y coucher des villes et des pavés. Ils n'enfument pas les nuages, ils demeurent discrets, à leur place.

— Tu les idéalises. Par exemple, ils se volent les uns les autres.

— Soit, mais un terrier ou une pomme leur appartiennent dans la mesure où ils s'en servent. As-tu jamais vu un oiseau posséder plusieurs nids ? Ou un renard repu surveiller une carcasse qu'il ne mangera pas ? Il n'y a pas de riches, chez les animaux, aucun n'entasse des biens surnuméraires, des fortunes dont il ne profite pas.

— Que veux-tu dire ?

— Que la seule justification de la propriété, c'est le besoin. Tout ce dont on n'a pas l'usage, on doit le donner. Du reste, ce n'est même pas donner, c'est rendre.

— Vraiment ?

– La charité ne constitue pas une vertu, elle rembourse une usurpation.

– Sais-tu que tu reproduis les mots du docteur angélique saint Thomas d'Aquin ?

– Ah oui ? murmura-t-elle, les yeux plissés. Il a dû suivre, lui aussi, l'enseignement des animaux.

Braindor avançait à petits pas, jamais insistant, sinon Anne la douce se braquait. Il avait entrepris cette tâche – assigner leur sens religieux aux inspirations d'Anne – sans le lui préciser, car la jeune fille continuait de cultiver une méfiance assidue envers le clergé ; pour elle, l'Église qu'elle connaissait servait un groupe d'hommes, pas Dieu. Elle dénonçait un appétit de pouvoir chez les prêtres ou les évêques :

– Regarde comme ils sont gras, Braindor. Et comme ils couvrent leur corps de soie, leurs doigts de bijoux ; ils occupent des palais, ils harassent une armée de domestiques. À part quelques marchands portugais, français ou espagnols, personne à Bruges ne vit dans une telle pompe.

– Je suis moine, pourtant.

– Moine mendiant, Braindor, le contraire d'eux. Et c'est également pour ça que je t'aime. De toute façon, tu as été bien inspiré de choisir cette voie, ailleurs ils ne t'auraient pas accepté.

Contrer n'est pas convaincre. Braindor démentait peu. Il comptait sur la durée.

Pourtant, la pression de l'archidiacre brugeois devenait chaque semaine plus forte. Le prélat ne ressemblait pas du tout à la caricature que brossait Anne de ses collègues. Sec, la chair aspirée à l'intérieur du corps par un ascétisme extrême, il n'offrait rien d'opulent ni de débonnaire. Deux explications couraient pour expliquer son apparence : les uns disaient qu'il était affecté d'une maladie des viscères qui empêchait son corps de jouir des aliments ; les autres affirmaient qu'il pratiquait la mortification. Peut-être la vérité consistait-elle en la somme des deux… De santé délicate, ce prêtre adjoignait des douleurs volontaires à celles subies ; portant le jour entier une haire sanglante, cette chemise de crin qui irritait la peau, il y ajoutait le cilice pendant deux heures, des chaînes de fer, ainsi que, régulièrement, des cailloux tranchants dans ses chaussures. Tout ce qui augmentait son inconfort l'attirait : il couchait à même le sol et interdisait qu'on chauffe la résidence, sauf quand le gel l'attaquait. L'évêque de Tournai avait nommé archidiacre cet homme austère parce qu'il luttait contre le fléau du temps, l'épidémie luthérienne. Depuis que la Réforme s'étendait, stigmatisant Rome et ses représentants, les protestants captaient l'attention du peuple en dénonçant le clergé corrompu, les prêtres gourmands, libertins ou avares. Le nouvel archidiacre de Bruges, cénobitique par nature, par maladie, par exercice spirituel, n'arborait aucun de ces défauts visibles, ce qui, en soi, s'avérait un facteur d'ordre pour la cité.

– Mon fils, je vais finir par craindre que vous la cachiez, cette vierge miraculeuse au cœur pur. Vous déçoit-elle ?

Le prélat fixait Braindor d'un œil bilieux où, çà et là, pointait la souffrance.

– Tout au contraire ! s'exclama Braindor avec force.

– Alors, cessez de la dissimuler.

– Monseigneur, elle a pour l'heure l'aspect d'un diamant brut. Autant dire un caillou. Il faut que je la forme, que je la polisse avant de la présenter.

– Me croyez-vous si rustaud, mon fils, ou si peu connaisseur de l'âme humaine ?

– Naturellement, je ne pensais pas à vous, Monseigneur, je songeais aux témoins de cette rencontre, à tous ceux qui, après vous, auront le désir de l'approcher. Ils ne doivent pas être déçus. La vierge de Bruges doit se montrer à la hauteur de l'attente qu'elle suscite. Je ne voudrais pas que Monseigneur gâche une chance pareille, une chance pour Bruges, une chance pour le rayonnement et l'autorité de son archidiaconé.

Les traits du vicaire épiscopal exprimèrent deux sentiments complémentaires, la fierté de gouverner et l'inquiétude d'échouer. Le prélat se racla la gorge, gratta sa joue râpeuse, puis poussa un soupir signifiant un acquiescement.

En le quittant, Braindor, à chaque fois ravi d'avoir décroché un délai, ne pouvait s'empêcher de songer que l'archidiacre avait raison quand il le soupçonnait de garder la jeune fille pour lui. Le moine avait l'impression d'assister à un événement rare et précieux : l'éclosion d'une sainte. De même qu'Anne contemplait des heures la pousse d'une jonquille, Braindor ne calculait plus le temps qu'en observant Anne mûrir, elle mettait enfin des mots sur tout ce qu'elle éprouvait, quoique ces mots ne fussent encore ni conformes ni appropriés à ce que comprenaient les oreilles de l'époque.

Cet après-midi, lorsqu'il rejoignit Anne sous le tilleul, le visage de la jeune fille était si clair, si lumineux, qu'on cherchait dans le ciel quel rayon de soleil avait réussi à traverser la poix de nuages. En constatant que plusieurs couches de grisaille bouchaient l'horizon, Braindor supposa que la force de sa pensée éclairait sa face de l'intérieur.

Rien ne bougeait en Anne lorsqu'il se posa à ses côtés, cependant, à un frémissement très subtil de ses joues, il sut qu'elle avait noté sa présence.

Braindor demeura immobile, tentant par contagion de percevoir ce qui se passait. De façon manifeste, elle captait des éléments dans l'air ou la terre, elle se nourrissait de quelque chose qui échappait au moine.

À se tenir si près d'elle, il remarqua que la respiration d'Anne suivait un autre rythme que d'ordinaire, lente, ramassée, profonde.

Combien de temps restèrent-ils ainsi ? Moine mendiant, Braindor n'avait pas à calculer le temps comme tant de gens. Quant à Anne…

Soudain, elle sortit de sa méditation en s'étirant…

– Raconte-moi, dit simplement Braindor.

Elle sourit, extatique.

– Il y a dans l'univers un amant invisible, un amant à qui je dois tout et que je ne remercierai jamais assez. Cet amant, il se trouve partout et nulle part. C'est la force de l'aube, c'est la tendresse du soir, c'est le repos de la nuit. C'est tout autant le printemps qui épanouit la terre que l'hiver qui l'économise. C'est une force infinie, plus grande que le plus grand d'entre nous.

Braindor sourit à son tour. Il murmura distinctement :

– C'est Dieu.

Anne vira vers lui.

– Tu lui donnes ce nom ?

– Il porte ce nom.

Elle secoua la tête, songeuse.

– Je voudrais en être sûre.

Braindor s'affola :

– Anne, promets-moi de ne jamais répéter cela à quelqu'un d'autre que moi ! Surtout pas à un homme d'Église.

Elle baissa la tête, lorgna ses pieds comme deux intrus
qui seraient venus lui rendre visite.

– J'ai l'habitude de me taire. Je ne suis pas amie avec les
mots, je ne les connais pas bien. Tu vois, je cherchais le nom
de cette force et toi, tu l'appelles Dieu.

Elle ne doutait pas que Braindor eût raison car elle
l'appréciait et l'estimait plus savant qu'elle ; cependant, elle
n'arrivait ni à s'en convaincre ni à s'approprier son vocabulaire.

– Les mots ne poussent pas dans les prés, Anne. Si tu
t'étonnes de ne pas cueillir les mots justes, ce n'est pas parce
que tu penses faux ou que tu ressens mal, c'est par ignorance.
Tu manques d'instruction. Surtout en théologie. Les mots
furent créés par les hommes pour s'adresser aux hommes ; ils
ne surgissent pas avec évidence. La qualité de tes pensées
importe plus que leur expression, crois-moi.

Anne semblait découragée. L'acquisition des verbes,
concepts, formules qui lui donneraient l'aisance rhétorique
lui semblait hors de portée.

Braindor réfléchit à une solution.

– As-tu déjà écrit des poèmes ?

Anne se tourna, violente, vers le moine et rougit.

– Comment le sais-tu ?

S'amusant de tant d'ardeur, Braindor se réjouit d'avoir
visé juste.

– Je n'en savais rien, je te posais une question.

Anne étendit ses jambes, frotta ses paumes contre une

racine rugueuse ; heureuse de pouvoir livrer cette confidence, elle se détendait.

– Oui, j'écris souvent des poèmes. Je plie et déplie les phrases dans ma tête.

– Puis tu les rédiges ?

– Non.

Elle balança sa réponse négative comme un truisme, ne soupçonnant pas la surprise de Braindor qui s'exclama :

– Tu les perds donc ? C'est dommage.

Elle s'étonna à son tour :

– Une fois qu'ils sont achevés, je les apprends par cœur.

Elle ajouta :

– C'est mieux, non ? Un papier, ça s'égare. Pas la mémoire.

– Si !

Inquiétée par le ton de Braindor, elle le fixa ; il s'expliqua :

– La mémoire, ça se perd, certes, moins facilement qu'un papier, mais ça se perd. Un jour, ton poème disparaîtra, soit quand les années t'auront brouillé l'esprit, soit à ta mort.

Rassurée, elle rit.

– Ce n'est pas grave : le poème aura fait son temps, lui aussi.

Il feignit l'approbation.

– Peux-tu m'en réciter un ?

Les yeux d'Anne roulèrent dans les orbites, elle s'empourpra : Braindor lui demandait de rendre public un élément intime, une sorte d'enfant qu'elle portait, formé patiemment par ses pensées, auquel elle prodiguait des soins exclusifs !

Très émue, elle se décida à accepter, mais il fallut plusieurs minutes pour que sa voix fruitée égrène les vers :

Il m'attire et jamais ne se retire,
Il a faim de moi et nourrit ma faim.
Je dois vivre selon ce qu'il m'inspire,
Respecter son appel jusqu'à la fin.
De moi, il fait ce que je suis,
Tendue, incomplète, assoiffée.
Cet effort, c'est moi, c'est lui.
J'ai promis de le mériter.

Braindor accueillit le poème par un silence chaleureux, lui faisant sentir, par son sourire, qu'il appréciait autant le texte que le courage de le lui déclamer.

Elle rougit encore.

– Merci, Anne. Ça sonne juste. Et de qui parles-tu ?

– De l'amant.

– L'amant ?

– La force qui m'envahit du soir au matin, la force qui m'améliore et me pousse à fuir le mal ou la médiocrité. Tout à l'heure, quand tu m'as rejointe, je me trouvais avec lui.

– Bien sûr.

Braindor demeura coi un moment.

– Puis-je le recopier ?

Anne accepta. Ils empruntèrent du papier et de l'encre à l'économat des béguines, Braindor transcrivit les phrases sous sa dictée.

Ce soir-là, Braindor, troublé, fit une entorse à son régime frugal : malgré son vœu de pauvreté et d'abstinence, il entra dans une auberge pour déguster un ragoût, boire un liquide remontant. Il avait besoin de rejoindre un univers d'hommes, l'univers d'avant sa vocation religieuse, un monde gorgé d'odeurs, de bruits, de fumées, de grasses boutades.

Par quoi était-il troublé ? Pas par ce qu'il comprenait, mais par ce qu'il ne comprenait pas : quelque chose lui échappait dans le texte d'Anne.

Accoudé sur la table collante, absorbant cette bière trouble au houblon qui commençait à supplanter la cervoise à l'orge, il lisait et relisait le poème. À force de le mâcher, il le sut par cœur.

– Eh bien, le moine, tu m'as l'air songeur ?

La patronne, une plantureuse Flamande, le sang aux joues, l'apostrophait, désireuse de bavarder.

– J'apprenais un poème.

– Lis-le-moi ! s'écria-t-elle. Je suis toquée de poésie. On n'a pas souvent l'occasion ici.

Braindor redressa la poitrine, faraud.

– Je ferai mieux que ça : je vais te le réciter.

– Il est de toi ?

– Non. Une femme l'a écrit.

La patronne s'assit en face de lui, jambes écartées autour du tabouret, et s'appuya sur la tablette, la tête entre les mains, déjà conquise.

Braindor prononça les vers avec douceur, en donnant à chaque mot son poids. Lorsqu'il eut achevé, la patronne lui adressa un clin d'œil.

– Tu es un polisson, toi !

– Pardon ?

Elle se leva, émoustillée et déçue à la fois.

– Tu me lis un poème de ton amoureuse.

– Pas du tout !

– Oui, oui, tu t'isoles, tu marmonnes les phrases comme une prière. T'aurais pu être plus franc dès le départ, non ? Je ne vais pas te juger, je sais bien qu'avant d'être un moine, tu as été un homme. Et que tu l'es toujours. Elle s'appelle comment, ta blonde ?

– Mais...

– Ce poème, c'est le ronronnement d'une amante qui parle de son amant. Et toi, c'est quoi, ton petit nom ?

– Braindor.

Avec les bribes de sa mémoire – elle ne savait pas lire –, elle mit Braindor dans le rôle de ce qu'Anne baptisait «l'aimant» :

> *Braindor,*
> *Il m'attire et jamais ne se retire,*
> *Il a faim de moi et nourrit ma faim.*
> *Ô! Braindor qui fais de moi ce que je suis...*
> *J'en ai soif...*

Elle conclut :

– Il est coquin, ton poème.

Braindor embrassa la commère, lui cria «merci» et déguerpit.

Le lendemain, après une nuit sans sommeil, il se présenta au chant du coq chez l'archidiacre. Celui-ci le reçut alors qu'il s'attaquait à un œuf dur – une montagne pour cet ascète.

– Monseigneur, s'exclama Braindor en se précipitant au-devant de lui, je viens étancher votre impatience envers Anne, la vierge de Bruges, ma «petite protégée».

– Très bien, mais pourquoi venir seul ?

– Je vous apporte un de ses poèmes par lequel vous situerez le niveau de son exigence spirituelle. On voudrait tant que nos chrétiens ordinaires lui arrivent ne serait-ce qu'à la cheville.

Braindor déplia le papier auquel, de sa calligraphie la plus élégante, il avait ajouté deux mots, au-dessus et en dessous des rimes. Il lut d'une voix claire et sonore :

Jésus.
Il m'attire et jamais ne se retire,
Il a faim de moi et nourrit ma faim.
Je dois vivre selon ce qu'Il m'inspire,
Respecter Son appel jusqu'à la fin.
De moi, Il fait ce que je suis,
Tendue, incomplète, assoiffée.
Cet effort, c'est moi, c'est Lui.
J'ai promis de Le mériter :
Jésus.

23

13 juillet 1906

Ma chère Gretchen,

Avant toute chose, je réponds à tes inquiétudes. À la lecture de ma lettre précédente, tu t'es alarmée. Quoique tes considérations enrobées de tendresse se révèlent compatissantes, j'ai senti ta réprobation : tu condamnes mes dépenses, tu tempères ma sévérité envers tante Vivi.

Sur le premier point, je te rappelle que j'en suis consciente ; non seulement je t'ai confessé mes défaillances, mais je reconnais ce que ma passion des sulfures recèle d'excessif. N'oublie pas que je cherche à m'en guérir.

Sur le deuxième point, je crois que tu idéalises tante Vivi. Tu voudrais corriger son portrait afin qu'il ressemble au tien. Hélas ! Malgré tes vœux, elle n'a pas pris ta place, elle s'avère incapable de jouer le rôle essentiel que tu as tenu auprès de moi pendant des années, celui de la grande sœur dévouée, prudente, généreuse. Quand tu la rencontreras, ton imagination se fracassera contre la tante Vivi réelle, laquelle se montre perversement indiscrète, modérément tolérante, pas du tout bienveillante. Certes, elle ne cumule pas que des vices mais je soupçonne ses qualités mêmes d'avoir des défauts pour origine : si elle s'occupe des autres, c'est par curiosité ; si elle discute longuement avec chacun, c'est pour répéter ; si elle propose son aide, c'est afin de mieux dominer. Elle n'aime pas les gens, elle aime qu'ils lui soient redevables.

Ces derniers temps, je suis parvenue à dresser un mur de protection entre elle et moi. Quand elle s'immisce trop dans mes pensées, je l'avertis : « Le docteur Calgari m'a interdit d'aborder ce sujet. » Puisqu'elle se félicite que je me rende à son cabinet et qu'elle se vante de m'y avoir conduite, elle se contraint donc à respecter le conseil du thérapeute.

Telle est la grande nouveauté que je compte te faire partager : j'ai entrepris une cure psychanalytique auprès du docteur Calgari. Tu ne peux te figurer à quel point c'est intéressant. Mieux : tu ne peux te figurer à quel point je suis intéressante.

Parfaitement, ma phrase résonne avec une ahurissante immodestie. Ne te choque pas. Il s'agit d'une étape de mon traitement.

Deux fois par semaine, je sonne chez le docteur Calgari, je m'allonge sur son divan, il s'assoit derrière moi à une distance respectueuse, puis je débite ce qui me vient en tête.

Parler de moi, ça ne m'était jamais arrivé – sauf dans les lettres que je t'envoie. Durant les séances initiales, je considérais à chaque fois, en redescendant l'escalier, que j'avais dévidé ma pelote et qu'à la prochaine je n'aurais plus rien à raconter. Or mes propos reprenaient, tout recommençait, et mes récits me surprenaient.

Il a beaucoup été question de toi, ma Gretchen ; le docteur Calgari évalue le rôle éminent que tu as joué pendant mon enfance et ma jeunesse – encore aujourd'hui, naturellement. Une enfant qui a perdu son père et sa mère à huit ans après un accident funeste a besoin de reporter son affection sur une personne de confiance. Au début, j'ignore pourquoi, j'ai menti sur nos liens réels : je t'ai décrite comme ma cousine, ainsi que j'en ai l'habitude. À cause de trois questions adroitement posées, je dus avouer que nous n'avions aucun sang commun.

– Quelle importance ? lui demandai-je.

– Vous le savez mieux que moi.

– Plaît-il ?

– Vous devez mieux que moi mesurer le profit de votre mensonge attendu que c'est vous qui mentez.

Voilà qui te donne l'ambiance de nos rapports : le docteur Calgari analyse tout, autant ce que je lui dis que ce que je lui tais.

Parfois, d'une phrase, il introduit une ombre dans mes certitudes. Ainsi récemment, alors que je concluais n'avoir pas souffert de l'absence de mes parents, il répliqua :

– C'est ce que vous souhaitez croire.

– Non, je connais mes opinions tout de même.

– Vos opinions, c'est la partie émergée de l'iceberg, Hanna, celle dont vous êtes consciente. Mais il y a d'autres pensées en dessous, celles qui ne vont pas s'exprimer en mots mais en lapsus, en actes, en comportements. Permettez-moi donc de douter que vous n'ayez pas souffert de l'absence de vos géniteurs quand tout montre que vous ne voulez pas devenir génitrice.

– Pardon ?

– Votre difficulté à tomber enceinte est psychologique

puisque les médecins confirment que vous n'avez pas d'obstacle physiologique.

— Certes, mais…

— Et votre grossesse nerveuse vous a permis de gagner du temps sans tomber enceinte pour autant. Par cette ruse, vous avez satisfait la pression de votre belle-famille, vous avez contenté de façon illusoire votre mari, vous avez feint d'être une mère normale. Or, mère, vous avez peur de le devenir, probablement parce que la vôtre vous a manqué, ou pour une raison que nous déterrerons ensemble…

Il a tendance à s'immiscer dans mon intimité. Là, je suis obligée de me fâcher. Ainsi, je refuse de livrer des détails sur nos ébats au lit, à Franz et moi. Il a beau insister, brandir son statut de thérapeute, rabâcher que lorsque je vais chez le docteur Teitelman, je n'hésite pas à le laisser examiner ce que, normalement, seul mon époux a le droit d'approcher, je reste ferme. Tout va bien entre Franz et moi, ce doit être un renseignement suffisant pour Calgari.

D'ailleurs, l'unique fois où j'ai failli interrompre le traitement, ce fut quand il revint là-dessus, franchissant les bornes de l'impudeur :

— Pourquoi prétendez-vous aimer faire l'amour avec votre mari alors que vous avez trouvé un moyen de l'éloigner neuf mois ?

Ce jour-là, j'ai quitté le cabinet sans piper mot, en claquant les portes derrière moi. À la maison, je me jurai de ne plus jamais retourner chez lui.

J'attendais du docteur Calgari un message d'excuse. Oh, trois phrases. Une simple marque d'égard. Une preuve d'éducation. Un remords de gentleman. Bref, quelques lignes jetées sur une carte, transpirant le regret de m'avoir offensée.

Pendant huit jours, j'ai espéré cette lettre.

Ostensiblement, je séchai deux entrevues, certaine que cela réveillerait sa mauvaise conscience, que son divan vide lui rappellerait sa conduite indigne.

En vain.

Le dixième jour, je rageais tellement que je surgis chez lui à l'heure de mon troisième rendez-vous pour l'insulter, lui cracher sa goujaterie à la face, lui expliquer les règles qu'on a coutume de suivre dans le monde, le vrai.

Il n'eut pas du tout l'air surpris de me voir débarquer – comme s'il l'avait prévu –, il ne chercha ni à me calmer ni à démentir ; bien au contraire il endura ma violente diatribe en silence, avec intérêt.

– Eh bien, cessez de m'écouter en ayant l'air de découper une grenouille. On croirait que vous n'êtes pas concerné !

– C'est très juste, Hanna. Ce que vous dites ne me concerne pas ; cela vous concerne. La séance d'aujourd'hui nous permet de bien progresser.

Je m'emportai de nouveau. Où avait-il pêché qu'il s'agissait d'une séance ? J'étais venue lui apprendre le savoir-vivre, il ne fallait pas tout confondre. Pour ce service, je n'allais pas le payer tout de même ? Quel culot hallucinant...

Comment s'y prit-il ? Je l'ignore. En tout cas, il réussit à me vider de ma colère : non seulement je finis allongée sur son divan mais une heure plus tard je lui réglai la consultation en le remerciant avec effusion.

Parfois je le presse d'aboutir à mes sulfures puisque c'est la principale raison pour laquelle je me soigne chez lui. Il s'opiniâtre dans le refus. « Plus tard », répète-t-il, comme si ça ne l'intéressait pas du tout. Parfois, je le soupçonne de différer pour me soutirer plus d'argent, mais aussitôt que je me surprends à penser une telle mesquinerie, je me gronde et lui réitère ma confiance.

Figure-toi qu'il y a des moments amusants pendant cette cure. Ainsi, je dois lui narrer les rêves dont je me souviens, ou bien répondre du tac au tac aux mots qu'il prononce. Tiens, voici un exemple :

– Fragment ?
– Passé.
– Thé ?
– Commère.
– Soucoupe ?
– Grinçante.
– Belle-mère ?
– Euh… respect.
– Fleur ?
– Vie.
– Printemps ?
– Insouciance.
– Lumière ?
– Attirance.
– Vienne ?
– Murailles.
– Valses ?
– Waldberg.
– Dîner ?
– Silence.
– Silence ?
– Cristal.
– Verre ?
– Pureté.
– Juif ?

– Perçant.

– Franz ?

– … euh…

– Franz ?

– …

Eh oui, curieusement, je ne rebondis pas sur certains mots. Soit je me bloque, soit j'hésite. Dans ces cas-là, j'entends la plume de Calgari gratter, frénétique, son bloc-notes derrière moi. Quand je le supplie de m'éclairer sur le sens de ces exercices, il m'explique que l'esprit se révèle par les associations qu'il opère. Chez moi, le verre représente un idéal de pureté morale – je suis bien d'accord, quoique cette remarque ne contribuera point à me guérir de ma fièvre des sulfures ! Parfois, l'esprit balance : cela indique que la censure, laquelle opère un tri, rejette une pulsion blessante, agressive ou charnelle. Enfin, lorsqu'il se produit un blanc dans la conscience, cela signifie que l'esprit tout entier éprouve une déroute, plus aucune instance ne tenant à répondre.

Si je trouve l'explication brillante, je me permets d'infirmer la constance de sa pertinence. Lorsque je ne réagis pas à « Franz », il ne me vient pas autre chose en tête que « Franz »… Je ne vais pas rétorquer ça ? Répéter le mot n'appartient pas aux règles du jeu. Pis, le visage ironique qu'affiche Calgari lorsque je me justifie m'ôte toute velléité d'insister.

Tu me juges frivole, ma Gretchen, tu te moques de mes occupations ? Fais-moi confiance cependant, ou plutôt fie-toi au docteur Calgari car souvent, au milieu de mes paroles incohérentes, il me désigne des éléments liés ensemble : ces révélations m'apportent un solide bien-être.

Ainsi, l'autre jour, nous sommes revenus sur les tapisseries qui ornent – si l'on peut dire – sa salle d'attente. Je te rappelle qu'il s'agit d'un diptyque, *L'Enlèvement des Sabines* et *Le Retour des Sabins*. Sur la première, les Romains, en manque de femmes dans leur cité, viennent voler celles de leurs voisins, les Sabins ; on voit très bien qu'elles repoussent leurs ravisseurs. Sur la seconde, on assiste au retour des Sabins, quelques années plus tard, lorsqu'ils ont pu se réarmer : ils tentent de reprendre leurs femmes mais cette fois-ci encore, paradoxalement, les Sabines résistent ; accrochées à leurs maris romains, brandissant les enfants nés de ces unions forcées, elles ne repartent plus. À chaque fois que je les regarde, la colère me gagne.

– Pourquoi ne les aimez-vous pas, Hanna ?

– Ces femmes n'ont rien fait, elles n'ont rien demandé, elles subissent. Quoi qu'il advienne, elles sont toujours victimes. Les hommes fabriquent leur destin en fonction de leurs besoins ou de leur revanche. Non seulement elles n'existent que pour les hommes, par les hommes, mais ceux-ci les malmènent. Si j'abomine *L'Enlèvement des Sabines*, je tolère encore moins *Le Retour des Sabins*. Ce qui me choque dans ce deuxième épisode, c'est que les femmes refusent leur délivrance, qu'elles s'agrippent à ceux qui les ont naguère capturées et possédées de force. Pis : elles désignent, en guise de justification, des bébés issus de viols. Elles acceptent la violence qui leur a été faite, elles sont devenues complices de leurs bourreaux.

– Vous leur en voulez ?

– Non, je les plains. C'est aux hommes que j'en veux.

– Vous vous sentez proches d'elles ?

– Pardon ?

– Vous m'avez très bien entendu.

– Je n'ai subi aucune violence de ce type, jamais.

– Pourtant, la façon dont vous racontez leur histoire s'avère très éclairante. Votre lecture du tableau fait jaillir des correspondances avec votre existence. D'après vos confidences, votre enfance fut très heureuse, vous viviez à la campagne, dans l'insouciance, jusqu'à ce qu'on vienne vous chercher pour vous marier. Ne vous considérez-vous pas comme une Sabine enlevée ?

– C'est… exagéré.

– Qu'auraient dû faire les Sabines, selon vous, une fois arrivées à Rome ?

– S'échapper.

– Avez-vous songé à vous échapper de votre mariage avec Franz von Waldberg.

Je me tus. Il continua :

– Comprenez-vous qu'elles se soient mises à aimer leurs ravisseurs ?

– Peut-être… s'ils n'étaient pas d'infects bougres.

– Bien sûr. Comme Franz.

– Voilà.

– Cependant, dans ce tableau, moi, chère Hanna, il y a une chose qui m'intrigue. Ces femmes n'ont pas eu d'enfants chez les Sabins, elles n'en ont eu qu'avec les Romains.

– Oui, on a l'impression qu'elles étaient vierges avant le rapt. À travers la violence des Romains, elles évoluent de l'état de jeunes filles à celui de femmes.

– Est-ce toujours une violence, cette transition, Hanna ?

De nouveau, je me tus.

Un long moment s'écoula. Il reprit :

– Devaient-elles suivre les Sabins ?

– C'était trop tard. Elles étaient devenues des épouses et

des mères. Si on revient sur ses pas, on ne rentre pas dans le passé.

– Vous avez raison, Hanna. On ne retourne pas en arrière, on ne redevient jamais ce que l'on a été. Les années nous modifient. Et cela, vous ne l'acceptez pas. Vous voudriez tout arrêter, tout figer, tout conserver à jamais, à l'instar de vos fleurs artificielles éternellement bloquées dans les sulfures.

C'est là, ma Gretchen, qu'une onde bienfaisante me traversa. Me connaître un peu me rendit euphorique.

Sur le pas de la porte, je demandai à Calgari :

– Acceptez-vous le temps qui file ?

– J'essaie.

– C'est dur.

– Il n'y a pas d'autre solution. J'accepte l'inéluctable, et mieux : je tente de l'apprécier.

Ma Gretchen, je te laisse méditer cette phrase car Franz s'impatiente. Il est déjà venu deux fois me rappeler que nous allions voir *Casse-Noisette* avec le ballet de l'Opéra. Il s'en fait une joie. Quelquefois, cet homme a des hâtes d'enfant ; je l'adore lorsqu'il se comporte ainsi.

À bientôt.

Ton Hanna.

24

Plus moyen de reculer.

La limousine s'approchait du cinéma où l'on allait projeter *La Fille aux lunettes rouges* pour la première fois au public.

Des milliers de gens s'écrasaient les pieds sur Hollywood Boulevard.

Trois cents mètres avant le Théâtre chinois, lieu de la fête, la circulation ralentissait. Les longues voitures noires, blanches, voire roses, se plaçaient à distance respectueuse les unes des autres, cheminant à la vitesse d'une tortue blessée : chaque chauffeur savait qu'il ne devait pas se coller à la roue du précédent afin que son client se pose sur le tapis rouge vide en attirant sur lui toute l'attention du public et des médias. Cette procession ressemblait à celle des avions qui se mettent en file afin d'avoir pour eux seuls la piste de décollage.

Dans la Lincoln louée par la production, Anny se tassait sur la banquette. Pour l'instant, protégée par les vitres fumées, elle ne craignait personne, mais tout à l'heure... Comment sortirait-elle du véhicule ? De sa maison à ce siège, elle était tombée deux fois. Ses chevilles lui semblaient montées sur des roulements à billes, elle vacillait, tournait, rien ne la soutenait. Elle n'avait pas réussi à tenir sa gageure : tomber dans le coma. Incroyable son endurance aux cocktails les plus scabreux ! Quel record débile... Aux mélanges de vodka, gin, bourbon, mandarine impériale, porto et champagne, son cerveau avait résisté : ce soir, Anny n'était pas inconsciente, elle était simplement très malade.

Durant les deux derniers jours, Johanna, sentant poindre le danger, avait tenté de négocier la présence d'un chevalier servant au bras d'Anny. Or, chaque fois que son agent proposait un nom, Anny l'écartait : soit elle avait déjà couché avec lui et le traitait de ringard, soit pas et le soupçonnait d'homosexualité.

– Pourquoi donnerais-je une chance pareille à un de ces toquards ? Parader à la soirée de mon film ! Qu'est-ce qu'ils ont fait pour mériter ça ?

– Écoute, je ne te colle pas un chaperon pour combler un acteur en quête de notoriété mais pour te sauver, toi. Tu es incapable d'avancer sans un appui. Mieux vaut un play-boy qu'un déambulateur, non ? Au moins, il ne te laissera pas trébucher et t'ouvrira ton sac à main lorsque tu voudras vomir.

Obstinée, Anny avait refusé. Cependant, trois heures plus tôt, lorsqu'elle s'était vue tanguer, elle avait supplié Johanna de demander l'intervention de Sac-Vuitton.

La doyenne d'Hollywood avait accepté sans scrupules car arriver au bras d'Anny lui garantissait des photos dans les journaux. En trois minutes, elle avait négocié un accord avec l'agent : oui, elle aiderait Anny à marcher droit depuis la voiture jusqu'à sa place ; oui, elle répondrait aux micros et aux caméras qui les intercepteraient en route, mais cela à la condition d'interdire aux journalistes la possibilité de photographier

Anny sans elle. Sinon, Sac-Vuitton, consciente qu'elle disparaî-trait des reportages, préférait rester chez elle.

Anny était donc passée prendre la vieille actrice, laquelle avait enfilé une robe qui créait de faux volumes sur son corps informe : un popotin et une brassière en mousse vert fluo se greffaient au fourreau en velours noir. Comme cela lui semblait trop sobre, elle avait ajouté des plumes, de sorte qu'elle ressemblait à un antique vautour déguisé en perro-quet.

Sur le pas de sa porte, au visage interloqué d'Anny, elle sut qu'elle avait réussi son effet.

– Pas mal, non ?

Anny, quoique saoule, chercha le terme le moins blessant et finit par trouver :

– Original...

Sac-Vuitton se hissa dans la voiture, enchantée.

– Sais-tu ma puce que j'ai trois robes de soirée, la laide, la moche, l'épouvantable ?

– Et celle-ci est...

– L'épouvantable. Ma favorite.

Elle jeta un coup d'œil à Anny, qui, malgré son hébétude, ses yeux morts, sa peau bouffie par l'alcool, se révélait ravis-sante dans sa robe en écailles dorées. Elle sourit.

– J'ai de la chance de me montrer avec toi, Anny. Le faire-valoir idéal. Tu es si vilaine qu'on ne verra que moi.

Elles rirent, Sac-Vuitton parce qu'elle aimait sa facétie, Anny parce qu'elle ne l'avait pas comprise. À cet instant, elle se promit de glousser à la moindre chose qu'on lui dirait.

Un choc retentit. Un fan venait de se cogner à la limou-sine.

– Tu n'as pas peur, toi ? demanda Anny.

– Peur de quoi, mon chinchilla ?

– Peur de rien de précis... peur...

– Quand une peur n'a pas d'objet, mon koala, cela s'appelle de l'angoisse.

Anny se versa un verre de whisky au-dessus du minibar.

– Alors, je suis très angoissée, conclut-elle.

Sac-Vuitton, fermée, s'abstint de commenter et ne retint pas son geste : l'autodestruction dont faisait preuve Anny progressait si vite qu'il était inutile d'intervenir ; cependant, songeant à la longue montée du tapis rouge qu'elles devaient accomplir ensemble, elle lui arracha soudain le verre des mains.

– Cocotte, je suis censée t'aider à marcher sans tomber. En revanche, je n'ai ni la force ni l'âge de te ramasser. Et ne compte pas sur moi pour te porter sur mon dos.

– OK, j'arrête, murmura Anny.

La portière s'ouvrit, les hurlements de la foule amassée devant le cinéma entrèrent violemment dans la voiture, l'aveuglante lumière des projecteurs leur procura la sensation d'être des taupes arrachées à leur trou.

Sac-Vuitton sortit la première. Des rires l'accueillirent, car le public, stimulé tel un chien de laboratoire, avait l'habitude de s'esclaffer quand elle apparaissait. Pour être certaine d'obtenir cet effet, Sac-Vuitton, en professionnelle, avait bien pris la peine de mettre la robe épouvantable.

Anny Lee s'accrocha à son bras. Sa magie habituelle fonctionna. L'ovation de la foule, le papillotement dû à la frénésie des flashs, la longueur du tapis qu'elle avait à parcourir, tout cela faillit l'inciter à se jeter, tête baissée, dans la limousine pour repartir, mais Sac-Vuitton, d'une griffe ferme, emprisonna son avant-bras, la força à sourire aux objectifs.

Elles se mirent à marcher.

Sac-Vuitton s'y prenait si bien que personne n'imaginait que l'ancêtre remorquait la jeune fille. Avec un naturel parfait, elles s'approchèrent des caméras. Les journalistes accrédités se précipitèrent sur elles.

Anny tremblait mais arrivait à garder des traits sereins. Au début, les journalistes reprochèrent au second rôle de jacasser plus que la star, mais Sac-Vuitton se montra si bouffonne, si spirituelle, qu'ils acceptèrent ce duo saugrenu.

À une animatrice des chaînes Disney qui s'étonnait qu'elle répondît avant Anny, Sac-Vuitton répliqua :

– De quoi vous plaignez-vous ? On vous joue gratis un extrait de *La Belle et la Bête*.

Bref, Sac-Vuitton donnait le change, Anny se sentait un peu mieux.

Alors elle aperçut Ethan.

Cette fois, c'était bien lui.

Plus haut que les autres, le visage paisible au milieu des spectateurs hystériques, il la fixait avec intensité. Sans réfléchir, elle leva le bras, cria :

– Ethan !

Les yeux de l'infirmier dévoilèrent une vraie tendresse.

Anny tira sur le bras de Sac-Vuitton qui comptait s'adresser à une autre caméra.

– Anny, je n'ai jamais eu de sœur siamoise, ne rue pas.

– Je voudrais aller parler à Ethan.

Elle désigna l'homme blond.

N'ayant pas la force physique de lui résister, Sac-Vuitton l'accompagna au bord de la barrière.

Là, Anny se précipita contre Ethan et lui murmura :

– Ethan, je t'en supplie, aide-moi.

– Je suis là pour ça.

Aucun doute ne faisait trembler sa voix. Il était l'incarnation de la droiture dévouée.

Anny enchaîna :

– Rejoins-moi à l'intérieur, au bar. Il y a un cocktail.

– Je n'ai pas d'invitation.

– Je vais t'en procurer une. Tu ne me laisses pas tomber, hein ?

– Jamais.

Cet aparté échappa à tout le monde, y compris à Sac-Vuitton qui se trouvait pourtant à quelques centimètres mais n'entendait plus bien.

Dix minutes plus tard, lorsqu'elles eurent rejoint le hall du cinéma, Anny demanda au directeur de laisser entrer Ethan qu'elle signala de loin.

– Ne vous en faites pas, mademoiselle Lee, rejoignez le bar, nous nous occupons de tout.

L'ascension des marches fut douloureuse à ce couple incongru : Sac-Vuitton souffrait des hanches, Anny Lee perdait l'équilibre. Fort heureusement, elles décidèrent de faire une attraction de leur gêne, poussèrent des cris, rigolèrent, chantèrent en esquissant des pas de danse, si bien que l'on crut qu'elles s'amusaient à saborder sciemment un extrait de comédie musicale.

Au foyer, elles s'effondrèrent sur les banquettes.

– On ne bouge plus. Toi, tu fais princesse, moi, je fais reine douairière.

Dans ce nouveau rôle, Anny parvint à faire bonne figure. Chaque seconde, elle épiait la venue d'Ethan. Il allait pénétrer dans la pièce, le voir l'apaiserait et il lui administrerait une injection pour la soulager.

On annonça le début de la projection.

Inquiète, Anny percevait la peur monter en elle, la pression de sa carrière lui apparaissant brusquement. Une rumeur flatteuse entourait le film de Zac, encore plus la prestation d'Anny Lee. Certains déclaraient qu'elle venait, par ce film, de quitter les rangs de l'école pour être intronisée dans la cour des grands. Elle paniqua : si l'attente se révélait trop importante, la déception serait proportionnelle ; dans deux heures, soit on l'applaudirait, soit on la complimenterait sur ses costumes.

Elle eut envie de fuir.

– Je voudrais aller aux toilettes. Pas toi ?

Sac-Vuitton dodelina, un peu agacée.

– Je dois te tenir la tête au-dessus de la cuvette, c'est dans mon contrat ?

– Je t'en prie, conduis-moi. Je rentrerai dans la salle lorsque l'obscurité sera faite.

Sac-Vuitton grogna mais obtempéra.

Anny s'enferma, s'écroula sur la cuvette close, sortit son téléphone portable. Péniblement, elle récupéra le numéro d'Ethan.

Il ne répondit pas.

Elle lui écrivit un message qui – si l'on rectifie les lettres tapées à côté – disait : « Rejoins-moi, je suis aux toilettes. »

Elle sentait que les couloirs se vidaient.

Les premières notes du générique résonnèrent.

Que faire ?

Elle regarda son téléphone, espérant un mot d'Ethan.

En vain.

Soudain, elle eut une illumination. Puisqu'elle avait mentionné les toilettes, Ethan devait s'être rendu à celles des hommes.

Heureuse d'avoir la solution, elle se redressa et, en s'accrochant aux supports – rouleaux de papier, poignées, rampes –, parvint à se faufiler des toilettes femmes à celles des hommes.

– Ethan ?

Sa voix rebondit sur les carreaux blancs du local.

– Ethan, tu es là ?

Elle entendit bouger dans un des box. Autant qu'elle en était capable, elle s'empressa, dérapa, s'affala contre le battant, ce qui fit sauter le verrou intérieur, et trouva un homme en train de s'injecter une substance dans les veines.

– Zac ?

Le réalisateur la regarda, sans honte.

– J'ai trop peur.

Du coup, elle ne songea plus à Ethan, ou plutôt, elle y songea de façon négative : pourquoi n'arrivait-il pas ? Il l'avait abandonnée, comme les autres ! Quoiqu'il jouât les preux chevaliers, il valait moins qu'une ordure de dealer, oui, moins encore puisqu'il ratait ses livraisons.

Furieuse, elle se laissa glisser au sol.

– Tu m'en donnes ?

Zac ricana.

– Tiens, on se fréquente ?

Elle réprima un hoquet et dit en grimaçant :

– J'ai aussi peur que toi, connard. On joue notre vie ce soir. Toi dans deux heures tu seras peut-être un génie, moi une grande actrice. Ce n'est pas flippant, ça ?

Ethan, son invitation tardant, parlementa avec les sbires de la sécurité – ils ne le prirent pas au sérieux –, avec les hôtesses – elles détestèrent son look –, avec les attachés de presse – elles ne l'identifiaient pas.

Une heure et demie plus tard, le directeur, traversant le hall par hasard, aperçut un échalas blond qui lui adressait des signes et se souvint qu'il avait oublié d'accéder à la demande de la star. Où était-elle d'ailleurs, cette Anny Lee ? Il ne l'avait pas vue sur son fauteuil.

En s'excusant, le directeur permit à Ethan d'entrer.

L'infirmier, rallumant par réflexe son téléphone, découvrit le message d'Anny.

Il se précipita vers les toilettes, d'où sortait un barbu à la démarche incertaine.

En se dirigeant vers les urinoirs, Ethan déboula devant le spectacle qu'il cherchait à éviter depuis des mois : allongée sur le sol, inerte, Anny respirait encore mais ne réagissait plus ni aux sons ni aux contacts.

À la suite d'une overdose, elle venait de perdre connaissance.

25

Sans doute n'avait-elle jamais été aussi heureuse…

Depuis qu'elle avait rejoint les béguines, Anne s'épanouissait. Habiter avec des femmes qui acceptaient – voire recherchaient – un destin d'exception l'encourageait à tracer son chemin. Oui, on pouvait se donner d'autres buts que balayer, subir la domination du mâle, pondre des enfants et les torcher ; celles qui l'entouraient, qu'elles vinssent de l'aristocratie ou des quartiers pauvres, l'entendaient ainsi. Formant une communauté ni fermée ni religieuse, elles préféraient habiter ensemble, travailler, approfondir leur foi en menant une vie d'austérité et de prière. Si elles obéissaient à des règles écrites, elles ne prononçaient pas de vœux, libres de rester autant que de partir.

Le béguinage de Bruges constituait une ville accotée à la ville. Encerclé d'eau, accessible aux canards et aux cygnes plus aisément qu'aux hommes, il s'érigeait telle une île au milieu des maisons. Dès qu'on passait l'arche du pont, on s'engageait dans un site calme où végétaux et constructions coexistaient en harmonie. Au centre des bâtiments, surplombant les façades, les arbres poussaient, colonnes d'une cathédrale naturelle filtrant la lumière dans leurs vitraux feuillus, amplifiant les chants des oiseaux, appelant à regarder le ciel, à se recueillir. Cette place que, partout ailleurs, on aurait pavée, avait été laissée en futaie ; du pas de leur porte, les béguines entrevoyaient leurs voisines à travers les troncs.

Quand Anne s'isolait au bord de la rivière ou sous son tilleul, personne ne venait la déranger. Du moment qu'on s'acquittait de ses devoirs, les pensionnaires admettaient des conduites variées : ici, donc, au lieu de souffrir d'être différente, Anne fouillait sa singularité. Sa pensée, trouvant enfin le loisir de se développer, prenait son envol.

Sous l'influence de Braindor et de la Grande Demoiselle, elle se mit à rédiger ses poèmes. À chaque fois qu'elle couchait un texte sur le papier, elle s'en déclarait insatisfaite.

– Il n'est pas juste.

– Si, répondait Braindor en découvrant les vers avec émotion.

– Non.

Sitôt qu'elle rentrait au cœur d'une méditation, en fixant l'azur, en observant les poissons, en suivant le voyage des oiseaux, ce n'était ni les uns ni les autres qu'elle voyait, mais l'énergie qui les sous-tendait, la joie qui amenait la vie, l'ivresse de la création. Sous le bienfaisant tilleul, elle quittait tout : elle d'abord, le monde matériel ensuite, puis, au pic brûlant de l'expérience, elle échappait aux mots, aux idées, aux concepts. Ne demeurait que ce qu'elle ressentait. Elle avait l'impression de se dissoudre dans la lumière infinie qui tramait la toile du cosmos.

– Braindor, les mots n'ont été inventés que pour refléter l'univers, ils inventorient les êtres, ils étiquettent les objets. Or moi, je m'évade, je pars en dessous, en dessus, derrière, je file dans l'invisible… Comment décrire ?

– Comme tu le fais.

– Il n'y a pas de mots racontant l'invisible.

– Si, ceux de la poésie.

– Mes phrases restent inexactes, imprécises. Mes images pèchent, lourdes, en plomb, puisqu'elles se rapportent au monde matériel.

– Non, Anne, une image féconde dépasse le monde matériel dès qu'elle indique un au-delà ; elle crée un jeu de comparaisons, telles les facettes d'un diamant taillé.

– Il n'empêche. Ma langue ne me permet qu'une grossière approximation. Est-ce dû au flamand ? Y parviendrais-je mieux si je pratiquais le latin ? le grec ?

Tout en continuant à écrire, Anne concluait que jamais elle ne capturerait sous sa plume les formulations appropriées.

Le soir, la Grande Demoiselle et Braindor lisaient ses pages avec délectation.

Le clair miroir où je pourrais te voir,
Ce miroir-là n'est ni de verre ni d'eau.
Au fond de moi je sais le percevoir,
En mon âme nue, par-delà ma peau,
Sans obstacles, bien loin des mots trompeurs,
Je me glisse et me fonds entre tes bras.
Je m'allonge à l'ombre de ton éclat :
C'est toi autant que moi, car c'est mon cœur.

Quand Anne s'éloignait, ils s'autorisaient à exprimer les compliments qu'elle n'aurait jamais tolérés.

– C'est une poétesse mystique ! s'exclamait la Grande Demoiselle.

– Qui a mieux évoqué le Dieu qu'on rencontre à l'intérieur de soi ?

– J'ai rarement coudoyé une foi si pure.

Désormais, Anne acceptait de reconnaître que ses poèmes parlaient de Dieu. Encore une fois, ce n'était qu'une question de mots, de ces mots gauches, imparfaits : si les gens qu'elle appréciait le plus, Braindor et la Grande Demoiselle, chérissaient ses textes parce qu'ils peignaient Dieu, alors va pour Dieu ! Un mot en valait un autre dans la mesure où aucun mot ne valait.

Anne allait pieusement à la messe le dimanche, priait, chantait avec les béguines ; portée par la foi ardente qui l'environnait, elle se réjouissait que ses textes appartiennent à ce cercle où elle se sentait si bien.

Lorsque, en vue de la préparer à s'entretenir avec l'archidiacre, la Grande Demoiselle l'interrogeait sur des points de dogme, telles la Trinité ou la damnation aux enfers, elle demeurait muette, car il s'agissait de questions qu'elle ne se posait pas. En revanche, le mystère de l'Eucharistie la passionnait : oui, elle recevait bien le divin avec l'hostie, n'ayant aucun mal à imaginer que ce pain fût distinct de ce qu'il était.

Tante Godelième et ses deux cousines venaient la voir régulièrement. Au début, Anne protesta, arguant qu'elle se déplacerait jusqu'à leur maison. Or, à travers leurs allusions, elle comprit qu'Ida n'admettrait pas cette intrusion ; de surcroît, ces visites dans l'enceinte paisible du béguinage pacifiaient sa tante et ses cousines.

Ida donnait de plus en plus de souci à Godelième. Ainsi

qu'elle l'avait annoncé, la jeune femme avait décidé de prouver qu'elle plaisait aux hommes. Si auparavant elle se jetait à leur tête pour engager la conversation, elle se jetait dorénavant dans leurs bras.

– Une traînée, ma petite Anne, une folle déchaînée. Un clin d'œil suffit : elle dit « oui ». Pas besoin de lui causer poliment, encore moins de le lui demander, elle se couche à la première sollicitation. Bien sûr, j'ai honte, car personne n'a jamais été ainsi dans la famille, mais j'ai surtout peur. Elle se conduit si furieusement que j'ai l'impression qu'elle cherche... le pire.

– Que serait le pire, tante Godelière ?

– Je ne sais pas. Elle, elle trouvera ! Ah, heureusement que mes chéries ne suivent pas cette voie.

Hadewijch et Bénédicte, coulées dans une autre chair qu'Ida, poussaient avec tranquillité, joie, sagesse. De leurs aînées, c'était Anne qu'elles admiraient.

– Prie pour elle, Anne, je t'en supplie. Prie pour elle.

Anne opinait du chef, confuse. Demander un service à Dieu, elle n'y réussissait pas. Bien sûr, elle avait parfois adressé des suppliques au Créateur, les soirs de révolte, les jours où elle souffrait trop, cependant elle savait que ces exigences-là ne représentaient qu'une étape, les marches basses de l'escalier ; au sommet de celles-ci, il y avait mieux : l'adoration. Le but de la prière n'est pas de demander mais d'accepter.

Avec maladresse, elle tenta de songer à sa cousine, de lui envoyer par la pensée la force de ne plus fauter ; assez vite, elle abandonna ; si elle ne doutait pas que Dieu écoutât, elle doutait qu'Il intervînt. Dieu brillait d'un éclat qu'on devait rejoindre, Il ne constituait pas une personne à implorer, séduire, convaincre.

Elle détestait le marchandage avec Dieu. Depuis son enfance, elle n'avait vu que cela, des pécheurs qui promettaient de s'amender en échange d'une grâce, des vicieux qui amorçaient leur rédemption à condition que Dieu les favorise. Plus impure que tout lui semblait la pratique des indulgences : les gens achetaient par des actes de piété – prières, messes, dons d'argent – la diminution de leur temps au Purgatoire. Qu'on puisse tarifer les péchés la choquait déjà ; que certains tinssent une comptabilité de l'au-delà la scandalisait. D'abord, elle ne croyait pas au Purgatoire, ce lieu intermédiaire entre l'Enfer et le Paradis où l'on attendait son départ – seuls les prêtres en parlaient... Au nom de quoi ? L'avaient-ils connu, fréquenté ? Quel explorateur en attestait ? Ensuite, elle décryptait dans ce monnayage une exploitation de la peur par l'avarice. Quel rapport entre une âme et un écu ? Le bruit de l'or tombant dans la caisse allait-il modifier les cieux ? À l'évidence, ces deniers-là finançaient la construction des églises et – plus grave – le luxe des prélats. Selon Anne, de même qu'on n'exigeait rien de Dieu, on ne composait pas avec Lui.

Une nuit, elle se réveilla en nage : quelque chose d'horrible se produisait. Bondissant de son lit, le souffle court, elle s'habilla à la hâte, sortit de chez elle en courant.

Le béguinage reposait dans les ténèbres. Pas le moindre brasillement de chandelle ne dorait une fenêtre. Les femmes sommeillaient en paix.

Une cloche sonna, rêveuse.

Avait-elle déliré ?

En levant la tête, elle devina, dans les hautes branches des arbres, à de multiples craquements, à des envols précipités, que les animaux avaient, eux aussi, perçu un danger.

Elle traversa la cour boisée, rejoignit les murs d'enceinte. En atteignant cette limite, elle constata que les oies s'agitaient.

Que se passait-il ?

Pas moyen de sortir car, à la nuit, on verrouillait les portes massives pour assurer la sécurité des femmes. Secouer les gardes ne lui semblait pas une bonne idée, car expliquer qu'elle pressentait un péril indistinct, de concert avec les oies, les écureuils ou les pies, allait la ridiculiser.

Elle décida donc d'escalader le mur de pierre.

Sitôt parvenue à son faîte, elle aperçut une lueur rouge au loin.

Un feu s'élevait à l'horizon, dont les flammes incendiaient le ciel.

Elle entendit des cris de femmes, les cloches sonnant l'alarme, les oh ! hisse ! des hommes qui transportaient des seaux d'eau.

Elle détermina le quartier où se déroulait le sinistre et comprit la situation en deux secondes : si une intuition l'avait tirée de sa couche, c'était parce qu'il s'agissait de la demeure de tante Godelière.

Prompte, elle sauta du mur hors du béguinage, entra dans l'eau froide, nagea, gagna la rive, puis, sans prendre le temps d'essorer ses vêtements, courut à travers les rues sombres. Au fur et à mesure qu'elle s'approchait de la fournaise, elle rencontrait des Brugeois quittant leur lit pour porter assistance. Un bâtiment qui brûlait dans une ville en consumait dix autres. Si on ne réagissait pas énergiquement, le quartier entier disparaîtrait.

Lorsqu'elle arriva au pied de la maison embrasée, Anne se donna malheureusement raison : la demeure de Godelième n'était plus qu'une torche vive. Elle s'empressa vers les voisins :

– Où est ma tante ? Où sont mes cousines ?

On la rassura :

– Elles séjournent chez Franciska, votre grand-mère, à Saint-André.

– En êtes-vous certains ?

– Ah oui… Godelière nous a promis des œufs frais à son retour.

Anne poussa un soupir de soulagement ; cependant, au fond d'elle-même, elle ne se tranquillisait pas. Pourquoi s'inquiétait-elle ?

Une voisine s'élança vers le groupe.

– En fait, je n'ai vu partir que Godelière et les deux petites. Pas vous ?

– Tiens, maintenant que vous le dites… Oui. Elles étaient seulement trois.

– Où est Ida ? s'exclama Anne.

À cet instant, à l'étage, une déflagration éclata : de la fenêtre sortit une figure hurlante, projetée à la vitesse d'une lave hors d'un volcan en fusion, une silhouette à forme vaguement humaine, laquelle fit une chute de deux toises puis s'écrasa sur le sol.

C'était Ida, les cheveux et les vêtements en flammes.

26

Vienne, 28 mars 1907.

Chère Gretchen,

Je t'envoie avec cette lettre une photographie du docteur Calgari, car je tenais à ce que tu saches à quoi il ressemble. Bel homme, non ? J'adore la noirceur de ses cheveux, de ses sourcils, leur lustre vigoureux, je trouve cela tellement plus intriguant, plus fort, en un mot plus viril, que la blondeur de Franz. Tu n'auras pas de mal à l'identifier sur ce cliché pris lors d'un congrès de psychanalystes, les autres ayant le double de son âge. Dans le groupe du fond, il se tient trois pas derrière Sigmund Freud, le fondateur, l'homme à la barbe sévère et aux lunettes d'écaille. Ouf, quel nez j'ai eu de ne pas aller chez celui-là ! Mon thérapeute a quand même une autre allure, non ?

Retourne-moi *subito* cette image car je dois la remettre à sa place. Pour t'avouer la vérité, je l'ai volée sur le bureau de Calgari à un moment où il s'était absenté ; s'il se repère dans ce capharnaüm de livres, lettres et dossiers, j'ai parié qu'il ne se rendrait pas trop vite compte de sa disparition.

De toute façon, je possède une copie exécutée par un photographe…

Donc, mon analyse avance. J'ai exploré mes dédales et je commence à me sentir mieux. Il faut ajouter que Calgari et moi, nous formons une belle équipe; le succès de cette cure vient de là. Avec un autre, je pataugerais encore dans la mare de mes souvenirs.

Par exemple, j'ai compris que, petite, je t'ai choisie pour mère symbolique. Si je t'ai toujours présentée comme «ma cousine», c'est parce que j'avais besoin d'inventer un lien de sang entre nous, un lien qui n'existait pas puisque ton père n'était que mon tuteur légal désigné par testament. Quand tu t'es mariée, j'ai cru à un abandon; je me suis alors conduite plus puérilement qu'avant, refusant la dimension charnelle de l'adolescence, proclamant que je n'épouserais personne : en réalité, en m'infantilisant, je voulais t'obliger à redevenir ma mère.

Calgari soutient que les liens du sang m'épouvantent, que je ne les supporte pas; je lui rétorque que je ne les connais pas, ces liens; j'avais huit ans quand mes parents ont disparu et cela me laisse peu de traces.

Pendant des mois, cette réponse ne le satisfit pas. À force de prétendre que je me crispais, Calgari eut recours à un procédé insolite : l'hypnose.

Oui, Gretchen, je ne te narre pas une attraction foraine à laquelle j'aurais assisté, je te rapporte un épisode on ne peut plus sérieux que j'ai vécu : à l'aide d'un pendule et de phrases incantatoires, Calgari m'a précipitée en un état hypnotique.

Imagines-tu ? Un bijou ridicule, des paroles lénifiantes, et tu cesses d'exercer le contrôle sur ton esprit… Je me rappelle mon état, il ne s'agissait ni de sommeil ni d'inconscience, mais d'une concentration différente, précise, de bonne volonté. J'avais l'impression d'être rentrée dans un entonnoir : mon champ de vision s'était réduit, mon espace d'audition également, et avec eux s'était abolie ma mauvaise foi, cette sorte de quant-à-soi sourcilleux qui me pousse à mentir afin de me protéger. Là, je cédais à l'obéissance, je ne dépendais plus que de Calgari, sa voix chaude, ses questions précises, je m'abandonnais à lui.

Alors je me suis entendue dire la vérité – avec le recul, je suis aussi surprise qu'il le fut pendant la séance –, oui, dans cet état bizarre, j'ai raconté le secret de mon origine.

J'avouai mon adoption : ceux que j'appelais mes parents ne l'étaient pas, s'ils m'avaient laissé de quoi subsister, ils ne m'avaient pas donné la vie.

Les détails sont remontés docilement de ma mémoire, tels des poissons que le pêcheur tire de l'eau, mes suspicions d'abord, ces questionnements qui m'assaillirent très tôt, le comportement de mes parents ensuite, leur regard qui semblait à la fois me chérir et me redouter, comme si j'étais une bombe qui allait exploser entre leurs mains.

Pourquoi occulté-je si souvent ma généalogie objective ? Est-ce par confort ou par indifférence ? Selon Calgari, puisque l'indifférence n'existe pas dans le traitement de la mémoire, cacher mes ascendants m'avantage.

– Maintenant, conclut Calgari, je comprends mieux votre attitude générale : vous ne vous sentez jamais légitime. En société ou face à votre mari, vous éprouvez la hantise de l'imposture, vous croyez devoir vous taire pour écouter les autres, vous estimez que Franz s'est trompé d'épouse et finira par s'en rendre compte. Ces frayeurs viennent de votre position initiale, celle d'une enfant adoptée qui reçoit une affection arbitraire, non justifiée par le sang.

Eh bien, ma Gretchen, n'est-il pas brillant, mon cher Calgari ? Personne n'avait pénétré si profondément en moi.

Désormais, après des mois de cure, quand je retourne à ma vie de Madame von Waldberg, je suis différente ; en apparence rien n'a changé, au fond tout.

J'ai mûri. Je ne m'accroche plus à Franz ainsi qu'une noyée à sa bouée. À divers moments, je ne sais plus si je l'aime ou si je le hais tant il me paraît fade.

Franz m'agace. Il me lasse par son calme, sa bonne humeur, l'égalité de son tempérament, son urbanité inaltérable. Même sa beauté m'ennuie. Comme le disent les chipies pisseuses de Vienne, il ressemble à un rêve, visage régulier, dents éclatantes, lèvres roses, le cou bien planté dans un corps souple et musclé ; il incarne le prince charmant que nous avons découvert dans nos livres de fées, le premier homme sur lequel nous avons fantasmé. Seulement, ces histoires-là ne nous ont jamais révélé ce que pensaient Blanche-Neige ou Cendrillon au bout de plusieurs années conjugales, les contes s'interrompent au seuil de la chambre à coucher, ils referment la porte quand les amants passent au lit. « Ils furent heureux et eurent beaucoup d'enfants. » Un peu laconique, non, pour décrire une vie entière… ?

Au rebours de la formule, moi, depuis que j'ai accédé à l'alcôve du prince charmant, je n'ai pas eu d'enfants et je ne suis pas persuadée d'être heureuse. Oui, je te le confie, ma Gretchen, c'est rasoir la vie avec l'homme idéal…

Franz est trop disposé à la satisfaction. La jouissance arrive très vite chez lui, après trois accords de piano, deux répliques de théâtre, dès qu'il mange, dès qu'il converse, dès qu'il s'endort, dès qu'il se couche, dès qu'il me touche. J'ai l'impression de vivre avec un bébé comblé qui ne soupçonne pas que les chemins du plaisir sont plus compliqués pour moi.

Content quoique aveugle.

Content parce que aveugle ?

J'ose effleurer mon intimité conjugale avec Calgari. Tante Vivi a vu juste : je n'ai pas encore connu « la minute éblouissante ». Nos étreintes, à Franz et moi, sont agréables mais laborieuses. Un rituel terne.

T'en ai-je fait part ? Mes rapports avec tante Vivi se sont modifiés : nous sommes devenues les meilleures amies du monde. Quelle femme ébouriffante ! Si gaie, si caracolante, si libre. Plusieurs fois par semaine, chez elle, chez moi, chez les couturiers, chez les pâtissiers, chez les glaciers, nous nous retrouvons pour rire et babiller à bâtons rompus. Sans vergogne, elle me raconte ses multiples liaisons, les anciennes autant que les actuelles ; je l'admire d'avoir transformé, par son culot et son indépendance, une vie empoisonnante en une aventure palpitante.

Nous allons souvent au café et j'observe sa technique pour déclencher l'intérêt de la gent masculine. Sa réussite tient dans un contraste rapide : elle affiche une indifférence totale puis, en un éclair, jette un regard intense à l'officier ou à l'artiste qui siège à quelques tables. Ce mélange de chaud et de froid affole tant les mâles qu'elle ne peut quitter les lieux sans avoir reçu un mot galant qu'un serveur empressé vient poser sur la table.

Par contagion, je reçois des déclarations, certains hommes me croyant aussi délurée que tante Vivi, particulièrement un étudiant brun aux yeux noirs qui sembleraient belliqueux s'ils n'étaient abrités par des cils longs et doux, des cils de princesse égyptienne.

Pourquoi écris-je cela ? Je ne le sais pas. Sans doute un effet du printemps qui envahit Vienne.

Le docteur Calgari – malgré son interdiction, je continue à l'appeler docteur – a décidé que nous devions travailler cette matière, « les choses du lit », et finalement j'ai consenti. Qu'un homme, autre que mon mari, veuille que les caresses me rendent heureuse reste troublant, non ?

Quand Calgari discourt sur ma frigidité, je rougis. Bien sûr, le terme me vexe ; or, qu'il l'évoque me réjouit ; sentir si fort son ardeur à m'aider me bouleverse ; cela ranime les émotions de notre première rencontre, celle où, stupidement, j'ai cru qu'il comptait m'embrasser sur son divan.

Aujourd'hui, je me demande si je n'avais pas raison. Peut-être n'étais-je pas si niaise... Certes, je ne connaissais rien alors à la psychanalyse, mais mon instinct de femme avait reconnu un homme qui me désirait. Et que je désirais.

Oui, Gretchen, je n'ai pas de gêne à te le livrer : j'ai parfois envie de lui. Outre qu'il me séduit avec sa taille étroite et ses mains agiles aux doigts interminables, je lui dois tant.

Grâce à lui, par exemple, j'ai compris pourquoi je collectionne les sulfures et les mille-fleurs. Toute collection exprime une frustration ; sans que nous en soyons conscients, elle compense nos manques. Puisque ma vie de femme adulte ne me satisfait pas, les boules de verre représentent mon désir d'arrêter le temps, de ne pas vieillir, de retourner dans le paradis immobile de l'enfance. Vu que j'ai grandi à la campagne – ce n'est pas toi, ma sœur de jeu, à qui je vais l'apprendre –, je raffole de la nature et je l'idéalise dans ces fleurs minérales figées dans le cristal.

Chaque fois que j'ajoute une pièce, je recueille une satisfaction mais incomplète : elle ne répond pas à mon désir fondamental. Je ne prise pas tant les sulfures que l'illusion qu'ils me permettent d'entretenir. M'enfonçant dans ma névrose, je dois recommencer.

En revanche, quand je brise une pièce – ainsi le soir où j'ai perdu les eaux –, j'ai le désir de reconquérir la réalité. Et de fait, dans les heures suivantes, j'avais découvert la vérité, ma fausse grossesse.

Faudra-t-il donc que je détruise ma collection pour guérir ? Le docteur Calgari me l'interdit.

– Anéantir un symbole ne vous soignera pas. Au contraire, cela risque de créer une insécurité néfaste, une angoisse diffuse. Vous arriverez un jour à apprécier vos sulfures de façon équilibrée, à les chérir pour ce qu'ils sont, plus pour ce qu'ils ne sont pas.

Ces derniers temps, depuis nos explications, j'ai réussi à cesser d'en acheter. Un énorme progrès, non ? J'en ai informé le banquier Schönderfer.

Voilà, ma Gretchen, les efforts qu'accomplit ta cousine pour rejoindre le monde des mortels. Sans Calgari, je serais devenue folle, on m'aurait enfermée dans un asile. Il me guérit de moi.

Je ne pourrai jamais assez remercier tante Vivi de m'avoir conduite chez lui. Hier, je le lui répétais encore. Elle a plissé ses paupières en amande sur ses yeux lavande, puis sa fine bouche a murmuré :

– Ma petite Hanna, n'en pinceriez-vous pas pour le docteur Calgari ?

Pour toute réponse, j'ai ri. Trop fort, trop longtemps. J'en avais le buste secoué. Des crampes au bas-ventre. À tante Vivi et à moi-même, ce rire confirmait ce que je n'osais formuler.

Si je ne peux prononcer les mots, je vais tâcher de les écrire.

J'aime le docteur Calgari.

Et cet amour, d'une puissance inouïe, soulève mon corps, mon cœur et mon âme.

Une seule question demeure : quand le lui dirai-je ?

Ton Hanna.

27

Un lit intermittent.

Pas plus.

Oui, de temps en temps, un lit. Avec des draps trop fins. Un unique oreiller.

Puis des aventures.

Une poursuite en ski nautique. Johanna devant. Comme elle enchaîne bien les figures, cette garce, dans son maillot de bain beige !

Le tournage d'une publicité où Anny joue un glaçon dans un verre de whisky de la taille d'une piscine. Évidemment, elle s'y noie. Trop comique. Le metteur en scène brandit son parlophone. Les assurances refusent de payer. Au fond de l'eau – enfin non, de l'alcool –, Anny, censée être morte, se bidonne. Ses parents adoptifs, assis au bord du pédiluve, applaudissent.

Tiens, le lit.

Sac-Vuitton s'approche d'elle, la prend par la main, l'emmène dans son dressing. À la place des robes, il y a des animaux empaillés. Un zèbre la fixe. Anny a beau savoir que le quadrupède est mort derrière ses doux yeux de verre, elle en doute. Il la scrute intensément. Elle est terrorisée, elle tremble. Elle finit par tâter le museau du zèbre. À son contact, il se transforme en David qui hennit. Une autruche, alors, assomme David. L'autruche est engageante ; elle a un toupet blond sur le sommet de la tête. Elle ne répond pas lorsqu'on lui pose des questions, bien qu'elle semble les comprendre.

Soudain, changement d'endroit. Anny marche dans une ville étrangère. Au centre de chaque rue : de l'eau. Pas une rigole, pas une flaque, non, une large rivière. Un ami d'enfance à l'accent guttural lui précise que ce sont des canaux. « Ah, nous sommes à Venise ? » Les gens la traitent de gourde. Ils sont nombreux, féroces. Anny s'avoue qu'une bière la consolerait. À cet instant, un gnome lui vole son sac. Elle lui court après. Il va la semer, il possède les tours et les détours du quartier. À un coin de rue, Anny perd ses vête-ments. « Quoi, encore ? » Curieux, elle a l'impression d'avoir déjà vécu ça. Dans son plus simple appareil, elle aborde une esplanade où pend une femme au bout d'un nœud coulant. Elle la connaît. Elle s'avance. Un coup à la nuque l'assomme.

Le lit de nouveau. Pas confortable.

Autour du sommier, une chambre en bois clair. Quel hôtel ?

Aspirée, Anny fonce sur ses skis. Elle godille le long d'un boyau de neige. Sa vitesse s'accélère, elle en perd le contrôle, repère derrière elle une voiture en forme de chenille où des hommes barbus crient « Pousse-toi ». Ils vont la rattraper. Elle se voit coincée au cœur d'une piste de bobsleigh. Ils filent sur elle. Que faire ?

Le lit.

Ouf...

Ça doit être là, l'endroit où elle se trouve pour de bon. La réalité, c'est le rêve qui revient le plus souvent, non ?

Elle mobilise ses forces pour demeurer là, dans le lit, pour ne pas s'échapper trop rapidement vers un autre espace.

De la main, elle explore le matelas. Des draps comme du papier à cigarettes. Tiens, je fumerais bien. Ah, cet oreiller ! En mousse ? Elle préfère les plumes d'oie. Pourquoi un seul ?

Elle ouvre les yeux. Autour d'elle, une chambre en bois clair, un peu jauni. Ah oui, c'est du bambou, le dernier cri en matière de décoration. Selon elle, ça sent l'arnaque, cette folie du bambou : comment parvient-on à produire de larges planches plates avec une tige ronde ? Faudra quand même qu'on m'explique. Et le dentifrice ? Comment s'arrange-t-on pour glisser des rayures rouges dans une pâte blanche ? Sans que le blanc et le rouge se mélangent jusqu'à la fin du tube… Le monde recèle tant de mystères.

Ethan arrive. Chouette, un rêve agréable. Il entre dans la pièce et lui sourit. Du lit où elle l'observe, il est aussi haut que l'autruche qu'elle a entrevue lors du délire précédent.

Il s'assoit au bord du sommier, lui effleure les joues puis lui propose un verre d'eau.

Il a raison. Elle meurt de soif.

En se redressant, elle s'aperçoit que ses articulations souffrent. Ses muscles se sont racornis.

Zut, là c'est évident, elle ne divague pas ! Adieu le ski nautique, le ski alpin. Son corps pèse, gourd, douloureux.

– Ethan, je ne rêve pas ?

– Non.

– Dans mon rêve, tu me répondrais pareil.

– Je ne suis pas responsable de ce que je te dis dans tes rêves.

Elle réfléchit, car cet énoncé lui paraît si profond qu'elle n'est pas sûre d'en saisir la teneur. Oh ! Voici qu'elle ne pige rien : bienvenue dans la vraie vie !

Ethan l'aide à boire, lui repose ensuite délicatement la tête sur l'oreiller. À peine a-t-elle touché le tissu qu'elle pénètre dans un labyrinthe. Une trappe se referme derrière elle. Des bouledogues campent aux virages, grondant, les canines agressives : de ce fait, elle n'empruntera pas le chemin intelligent. Oups, elle n'avait jamais remarqué que les chiens ressemblaient autant aux requins. Elle s'approche d'une petite fille qui danse, costumée en gitane, enivrée de tournoyer au milieu de sa large robe en dentelle rouge. Une musique disco pimpante rythme ses pas. Lorsque Anny se penche, la petite fille heureuse dirige vers elle deux yeux crevés. Oui, l'enfant énucléée ne voit pas. Anny se plie pour l'embrasser mais la gamine, surprise, s'élance en hurlant d'effroi. Une porte claque.

Le lit. La chambre.

Mieux vaut rester là. C'est moins animé que les songes.

Anny transpire. Un froid inaccoutumé l'assaille, un froid qui ne vient pas de l'extérieur, plutôt d'elle. Elle se pelotonne sous ce drap inconsistant.

À chaque mouvement, elle se sait surveillée. Instinct de comédienne. Des regards traînent sur elle, des yeux lui collent à la peau, des bouches commentent ses attitudes.

Elle examine les environs. Personne. Trois meubles. Une penderie. Un écran de télévision. Des rideaux de lin obstruent à moitié la fenêtre.

Personne incontestablement.

Pourquoi sent-elle une présence qui l'épie ?

Elle replonge dans un rêve ennuyeux qu'elle a déjà fait

cent fois : elle doit chanter le rôle de Carmen bien qu'elle n'ait pas étudié cet opéra. En coulisses, sans se démonter, pendant que l'orchestre et les chœurs commencent, elle enfile un fourreau écarlate, s'accroche un lotus dans les cheveux puis rejoint le ténor devant le public. Une incroyable voix lui sort de la poitrine, une voix qu'elle ne connaît pas, ample, dense, plantureuse, qui écrase celle de son partenaire d'une tessiture encore plus grave que la sienne. Une voix d'homme ? En agitant ses castagnettes, elle constate qu'elle a oublié de s'épiler les aisselles. Catastrophe.

Ah… encore ce lit.

Bon, les mouchards sont-ils partis ? Non. Quelque chose de gluant lui poisse la peau.

Qui l'espionne ?

Elle se redresse à la vue d'une caméra à l'angle gauche du plafond. Une lumière rouge signale que l'appareil enregistre.

– Je suis filmée !

De l'autre côté aussi. Et dans cet angle encore. Lentement, elle compte. Cinq caméras. Pas moins de cinq.

Johanna entre, euphorique.

– Comment va ma petite chérie ?

Anny trouve anormal que l'agent se réjouisse autant. Elle en conclut qu'elle rêve encore.

Johanna, d'ordinaire peu prodigue de gestes tendres, l'accole avec force.

– Oh, qu'on t'aime, toi ! Tu t'amuses régulièrement à nous effrayer. Tu veux qu'on sente bien à quel point on tient à toi ! Mais on t'adorerait même sans tes bêtises.

Le ton de Johanna sonne faux. Curieux. Dans les rêves classiques, les personnages jouent bien leur rôle.

Du coup, Anny reste en retrait, guettant la suite.

— Sais-tu pourquoi tu es ici ?

Anny secoue la tête.

— Tu ne te souviens pas ?

Anny se rappelle très bien le shoot d'héroïne dans les toilettes, ainsi que le moment où elle a perdu conscience ; à cet instant-là, elle a d'ailleurs cru qu'elle en mourrait. Cependant, pour apprendre ce qu'en dira Johanna dans son rêve, elle feint l'amnésie.

— Eh bien, tu as… exagéré. Le stress sans doute. La peur du jugement. Pauvre Anny… tu avais bien tort de craindre leurs réactions.

Soudain Johanna, virant d'attitude, se lève, s'écrie avec énergie :

— C'était un triomphe, ma chérie ! *La Fille aux lunettes rouges* a été reçue comme un film majeur. Tu as stupéfié le public et les médias. Bravo ! On parle déjà de nomination aux Golden Globes, aux Oscars… Le distributeur augmente le nombre de copies en salles.

Pour aboyer cela, Johanna avait ajouté une sorte d'énergie factice à son comportement, elle ne s'adressait pas à Anny mais à quelqu'un placé à une vingtaine de mètres.

Anny lança un œil alentour. Qui Johanna sollicitait-elle ? À qui destinait-elle ce show d'attachée de presse au pic de sa vie professionnelle ?

— Quel dommage que tu n'aies pas pu monter sur scène. Les gens t'attendaient en applaudissant debout. Seuls Zac et Tabata Kerr en ont profité.

Tabata Kerr ? Johanna la surnommait Sac-Vuitton. Il se produisait donc un phénomène étrange.

Anny surprit un regard de Johanna qui l'éclaira. Celle-ci venait de fixer la caméra toute proche d'elle, puis, confuse de cette erreur, avait baissé les paupières. Johanna savait donc qu'on les filmait et tâchait de jouer le naturel.

– Qu'est-ce qui se passe, Johanna ? Pourquoi y a-t-il des caméras ?

Johanna hésita, saisit son portable, composa un numéro. Rompant avec son onctuosité précédente, elle demanda d'un ton sec :

– Bon, alors, qu'est-ce que je fais ?

Un grésillement répondit.

Johanna reprit.

– Entendu.

À ce moment-là, Anny perçut un changement d'atmosphère. En regardant autour d'elle, elle remarqua que les lumières rouges au-dessus des caméras s'étaient éteintes.

Johanna s'assit et adopta une attitude moins forcée.

– Anny, tu es dans la merde, mais j'ai arrangé ça.

– Pardon ? Tu t'y connais aussi en merde ?

– Je transforme la merde en or. Autrefois, on appelait cela un alchimiste, aujourd'hui un bon agent. Écoute-moi, c'est tout simple : puisque, depuis l'incident de la « première », on ne peut plus cacher ta dépendance à l'alcool et aux stupéfiants, j'ai donc choisi de te convertir en modèle.

– Modèle de quoi, nom de Dieu ?

– Modèle de repentance. Tu vas guérir, Anny, tu vas te soigner, pas seulement pour toi, également pour les autres. Tu vas montrer le bon chemin, expliquer aux jeunes et à leurs parents effondrés que l'on s'en sort.

– Se sortir de quoi ?

– Des drogues. De l'alcool. Des addictions.

– Tu m'as l'air bien sûre de toi.

Johanna la contempla, hésita, se rétracta, s'exclama d'un ton brusque :

– J'ai signé.

– Tu ?

– J'ai signé. Tu es tombée publiquement, tu dois te relever publiquement. Si tu ne veux pas que ta carrière sombre, constituons un spectacle de ta renaissance. American-TV est d'accord.

Elle se pencha vers Anny, lui chuchota à l'oreille :

– Quatre millions de dollars. Et si tu calcules les retombées de presse, ça vaut le double.

Elle se redressa, fière d'elle, affichant un sourire de requin heureux, très différent des apitoiements pseudo affectueux qui avaient parasité son entrée.

Anny ne réagissait pas, d'autant qu'elle se demandait encore si cette scène se déroulait en veille ou en rêve. La monstruosité de la proposition ne permettait d'ailleurs pas d'opter, immorale comme un cauchemar, violente comme la réalité.

Appliquant le principe « Qui ne dit mot consent », Johanna empoigna son téléphone.

– OK, c'est bon. On reprend.

Quatre secondes après, la sentinelle rouge des caméras se ralluma.

Johanna emmiella de nouveau sa voix, trouva le moyen de prononcer trois fois d'affilée le titre du film *La Fille aux lunettes rouges*, puis s'éclipsa en pavoisant.

« Quelle mauvaise actrice », songea Anny en la voyant disparaître.

De ça, au moins, elle était sûre, le reste demeurant chaos.

Le docteur Sinead pénétra à son tour dans la pièce. Désireux de s'imposer à l'écran, il ne s'était pas encombré cette fois d'une nuée d'assistants ; seuls deux jeunes médecins le suivaient à distance respectueuse, tels des gardes du corps qui accentuent l'importance de l'individu escorté.

Aussitôt, Anny choisit l'attitude de l'abrutie choquée qui se soumet. À l'abri d'un air hébété, elle regarda Sinead exécuter un numéro de super-thérapeute à l'intention des caméras.

L'octogénaire au visage couturé pratiqua un sans-faute. Premièrement, il témoigna à la malade une courtoise mansuétude, reconnaissant que la jeunesse s'avérait une période difficile – là, un instant, on le sentit sincère tant dauber sur la jeunesse qu'il regrettait lui procurait satisfaction. Deuxièmement, il rouvrit la blessure, exagérant la souffrance d'Anny. Troisièmement, il cautérisa : invoquant son respect pour elle-même, il réveilla l'ancienne enfant, la future mère, mélangea tout ça, célébra la vie, l'amour de la vie, l'avenir de la vie, s'essayant à un pathos éloigné de son personnage sec, précis, coupant. Anny, consciente qu'il faisait un show, n'écoutait pas ; elle se borna à remarquer que son maquillage lui orangeait la peau, que la teinture de ses sourcils aurait gagné à offrir une densité identique à celle de ses mèches.

« Mieux vaut accepter de vieillir que de refuser l'âge. Y compris pour des raisons esthétiques. »

Voilà l'unique pensée qu'elle développa pendant cet entretien qui, lui semblait-t-il, ne la concernait pas.

– Sommes-nous d'accord, jeune fille ? Êtes-vous prête à vous confier à moi ?

À son insistance tonique, elle saisit qu'il s'agissait de la dernière réplique de la scène interprétée par Sinead. Récupérant les fugitives perceptions de son rêve – elle interprétait Carmen au débotté sans avoir ni appris ni répété le rôle –, elle bredouilla un acquiescement.

Satisfait, Sinead la salua.

En passant la porte, oubliant qu'il était toujours filmé, il sourit, fier de lui, acteur ravi d'avoir réussi sa prise. Or cette vanité tombait comme un cheveu sur la soupe après la scène qu'il avait si austèrement interprétée.

– Débutant…, soupira Anny.

Elle ferma les yeux et se rendormit.

À six heures et demie, Ethan apparut avec un plateau-repas. Lui ne jouait pas. Son unique souci – secourir Anny – transpirait dans chaque geste, dans chaque intonation.

Sitôt qu'il se tint près d'elle Anny se sentit bien. Ils parlèrent légèrement de sujets sérieux.

Une fois qu'elle eut achevé son dîner, il regarda sa montre.

– Sept heures, annonça-t-il.

Quelque chose altéra la consistance de l'air. Une nouvelle fois, les caméras s'arrêtèrent.

Sortant un pilulier de sa poche, Ethan administra ses médicaments à Anny.

– Plus de caméras à partir de sept heures ? demanda-t-elle.

– Non. Le tournage reprend dans trois minutes. L'émission a deux formats : vingt-quatre heures sur vingt-quatre en retransmission internet, une capsule quotidienne montée de vingt minutes pour American-TV. On ne peut donc risquer que des interruptions fugaces. Les producteurs et la clinique n'ont pas envie de filmer ton traitement chimique. D'abord, pour conserver le secret médical. Ensuite, parce que le reportage soulignera la force de ta volonté.

Anny médita cette phrase en engloutissant, docile, les gélules.

Les lumières rouges des caméras se rallumèrent au moment où Ethan enfouissait les emballages au fond de la poubelle.

– Je voudrais aller à la salle de bains, s'il te plaît.

Ethan l'aida à trouver une assise stable au bord du matelas, puis la soutint dans sa marche jusqu'au réduit carrelé.

À l'intérieur, des rampes courant le long des cloisons permirent à Anny de se traîner au lavabo.

Là, elle se contempla. Pâle, comme essorée, elle avait une tête de femme qui relève de couches. Ses cheveux pendaient, anémiés. Une coloration jaune affectait çà et là sa peau.

Elle s'approcha, massant ses paupières du bout des doigts.

Elle éprouvait une curieuse impression.

On la regardait encore ?

Non, quand même pas ?

Pivotant lentement la tête, elle examina les murs carrelés de la salle de bains, s'assurant que chaque côté demeurait vierge de caméra ou de micro.

D'où venait alors ce sentiment ?

Devenait-elle paranoïaque ?

Elle haussa les épaules : avoir peur des situations ne suffit pas à les faire exister ; elle devait se calmer.

Elle s'inclina pour s'étudier plus précisément.

Soudain, elle perçut un mouvement. Non, il ne s'était pas

produit ici, alentour, mais à l'intérieur de la glace. Ou plutôt derrière sa strate argentée.

Comment ?

Elle avança de nouveau et comprit, à l'inconsistance des reflets, à une translucidité suspecte, qu'elle se penchait sur un miroir sans tain, lequel cachait, derrière sa paroi, une batterie de caméras.

28

Lorsque Ida jaillit de la maison et s'écroula sur le sol, elle n'était pas encore morte cependant elle n'avait plus grand-chose d'humain : une chair carbonisée, furibonde, attaquée par les flammes, se débattant contre l'ennemi.

Sans hésiter, Anne avait arraché ses jupons pour les jeter sur la blessée, l'en couvrir, éteindre l'incendie qui la dévorait. Le corps embrasé, dément, criait, gigotait, bataillait, proférait des jurons, tapait Anne, l'insultait, mais Anne tint bon, parvint à maîtriser à la fois sa cousine et les braises.

Ensuite, alors que les hommes du quartier luttaient contre la propagation du feu à la rue entière, elle se redressa et, témoignant d'une autorité inconnue jusqu'à présent, ordonna qu'on emportât Ida à l'hôpital Saint-Jean. Le temps que des hommes allassent chercher des planches puis bricolassent une civière, elle tira de l'eau dans le canal, remouilla ses jupons, s'assura que plus une étincelle ne résidait dans la robe ou les cheveux.

Deux colosses au crin roux firent rouler Ida sur le brancard et, bien qu'elle continuât à tonitruer contre eux, ils la véhiculèrent en détalant.

– Elle a trop mal, dit le premier qui entendait Ida hurler

à chaque cahot. Arrêtons-nous au couvent des Cordeliers. Il y a un très bon médecin à l'hospice.

Quelques rues plus loin, ils frappèrent au carreau.

Sébastien Meus passa la tête.

– C'est le meilleur médecin de Bruges, murmura le costaud à Anne.

Sébastien Meus ne leur reprocha point ce réveil au milieu de la nuit, il comprit la situation, ouvrit la porte fortifiée, leur indiqua une place dans l'hospice Saint-Côme. Avec l'aide des colosses, il déposa une cuve au-dessus de l'agonisante, demanda à Anne de la remplir en courant au puits. Sitôt fait, il dégagea une plaque qui laissa couler l'eau en pluie sur de multiples points.

Pendant une heure, ils coururent ainsi, de la fontaine au bac, pour doucher Ida, laquelle finit, entre deux salves de grossièretés, par geindre moins.

Le médecin dégrafa alors, délicatement, ses vêtements trempés, les détacha de la peau en prenant garde à ne pas décoller celle-ci dans la manœuvre. Puis il apporta un pot d'une substance grasse et, le plus doucement possible, l'appliqua sur les brûlures.

Au comble du calvaire, Ida gueulait, fulminait ; ni le médecin ni Anne n'écoutaient ses obscénités, variations scabreuses de sa douleur.

À laudes, quand l'aube pointa, à bout de forces, Ida s'endormit. Anne la veilla comme si sa vigilance allait l'aider à guérir. Tenant sa main intacte, elle tentait de lui insuffler sa force, son énergie.

À sexte, prévenu par un assistant du médecin, un curé arriva avec l'intention d'administrer les derniers sacrements à Ida. Celle-ci sortit du sommeil à l'instant où l'homme de

Dieu se penchait vers elle : ses yeux le fixèrent avec épouvante. Aurait-elle aperçu le diable, elle n'aurait pas réagi différemment. Elle résista, essaya de fuir.

Le prêtre lui parla avec bonhomie. Comprenant qu'elle allait quitter ce monde, elle s'exclama soudain :

– Je veux me confesser !

Le prêtre demanda de demeurer seul avec Ida.

Le médecin, ses apprentis, ses infirmiers et Anne s'écartèrent. Sur le pas de la porte, Sébastien Meus retint la jeune fille.

– Reste ici.

– Pardon ?

– Reste dans cette salle. Cache-toi derrière un pilier. Si le mal reprend, tu dois la soulager avec de l'eau fraîche ou de l'onguent. Je te la confie.

Puis, son ordre devant être exécuté, il ferma la porte.

Anne s'assit dans une sorte de renfoncement pratiqué en la muraille afin que ni le prêtre ni Ida ne perçoivent sa présence.

Ida saisit le ministre de Dieu à la gorge et lui cria :

– C'est moi qui ai foutu le feu à la maison.

Anne se tapit. Quoi ? Allait-elle recueillir la confession d'Ida ? Elle tenta de se boucher les oreilles.

– Oui, j'ai cramé cette baraque pour me venger de ma ganache de mère. Je veux qu'elle souffre. Je veux qu'elle paie pour le mal qu'elle m'a infligé.

Anne entendait néanmoins. Elle se résolut à écouter sa cousine.

Bouillonnante de rancœur, Ida expliqua au prêtre que sa mère, ne l'estimant pas jolie, ne lui avait jamais proposé de prétendants. Du coup, elle avait été obligée de chercher un galant ; or – « vous connaissez les hommes, mon père » –, ceux-ci en avaient profité...

À ce moment de son aveu, Ida changea. Tandis que, jusqu'à présent, elle s'était comportée en victime, elle se transforma en furie grivoise, plus lubrique qu'un faune, détaillant au prêtre paniqué les fantasmes qu'elle avait accomplis avec les hommes, parfois avec plusieurs réunis.

Anne dut subir les récits d'Ida, laquelle avait franchi les limites de l'honneur pour démontrer qu'elle était séduisante et que sa mère avait tort.

Alors qu'Anne, la pure, aurait dû être choquée, l'inverse se produisit : la compassion l'envahit. Plus Ida déversait d'ordures – avec une certaine complaisance à les narrer –, plus Anne éprouvait de tendresse envers sa cousine. Sous l'Ida arrogante, excessive, débauchée, derrière la pyromane vengeresse, elle voyait une petite fille bourrée d'interrogations, doutant de plaire aux hommes, et d'abord à sa mère. Quel chemin vertigineux... Une affliction légitime de gamine l'avait transformée en harpie criminelle. Si Anne avait compris cela à temps, peut-être aurait-elle pu l'obliger à dépasser ce point de vue et à regagner confiance en elle. Anne culpabilisait : bien qu'elle eût passé des années à proximité d'Ida, elle n'avait jamais deviné ni ce qui agitait son cerveau, ni ce qui détruisait son cœur.

Enfin, Ida toucha au terme de sa confession : sa mère la traitait de prostituée – oh, elle ne prononçait pas le mot, mais son regard le disait. Le jour où Godelieve avait annoncé qu'elle emmenait Hadewijch et Bénédicte à la campagne – évident, elle désirait soustraire ses filles à l'horrible modèle de leur aînée –, elle avait répété sur le seuil que toutes trois prieraient pour elle.

– Prier pour moi ! Vous vous rendez compte ? Prier pour moi, pareil que si j'étais un monstre.

– Vous êtes une pécheresse, ma fille. Nous aussi.

– Non, dans sa bouche, cela signifiait que j'étais la dernière des dernières. Par conséquent, j'ai décidé de détruire ce qu'elle avait, tout ce qu'elle avait, cette maison et son contenu. J'ai répandu de l'huile sur le plancher, les meubles. Mais les flammes ont embrasé les pièces plus tôt que prévu – je comptais mettre le feu en partant –, j'avais oublié qu'au rez-de-chaussée le foyer était resté allumé : une braise a sauté. Comme j'avais aspergé le sol, l'incendie s'est déclenché pendant que je versais le reste à l'étage. J'étais coincée…

Sans aucun remords, elle regrettait seulement sa maladresse.

Horrifié par ce qu'il venait d'entendre, le curé se taisait, redoutant de nouvelles incongruités. Or, Ida garda le silence.

À quelques reniflements, Anne sut qu'elle pleurait. Sur quoi sanglotait-elle ? Sur son forfait raté ou sur la vie qu'elle allait perdre ?

Le prêtre commença le sacrement :

– Je vous confie, Ida, à la compassion du Christ médecin.

Il lui imposa les mains sur le visage pour faire descendre l'Esprit-Saint ; à l'insistance du geste, Anne eut le sentiment qu'il chassait surtout les démons. Puis il lui administra l'onction avec une huile bénite, d'abord sur le front, ensuite sur les mains. Était-ce parce que l'huile était consacrée ou parce qu'elle nourrissait de sa graisse ce corps desséché et calciné, Ida ne cria pas quand le prêtre l'effleura.

– Que le Seigneur, en Son immense bonté, te réconforte par la grâce de l'Esprit-Saint. Ainsi, t'ayant libérée de tes péchés, qu'Il te sauve et te relève.

Il attendit qu'Ida répondît « Amen » ; comme cela ne venait pas, il le fit à sa place.

Enfin, il communia sous l'espèce de l'hostie, lui offrant ce viatique pour l'accompagner dans son passage de la vie terrestre à la vie éternelle.

– « Celui qui mange ma chair et boit mon sang a la vie éternelle ; moi, je le ressusciterai au dernier jour », disait Notre-Seigneur.

Enfin, en chuchotant, car Ida ne l'écoutait plus, il cita encore saint Luc et saint Jacques, dans une bouillie de mots seulement audible de lui.

Dans les heures qui suivirent, Ida traversa divers états, de la prostration aux cris, des prières aux insultes, du désespoir à la résignation.

Anne se tenait auprès d'elle. Elle avait l'impression qu'Ida ne la voyait pas la plupart du temps ou, si ses yeux exorbités la toisaient, qu'elle ne la reconnaissait pas. À deux reprises uniquement, Ida l'identifia car la haine noircit ses prunelles tandis que sa bouche vomissait des injures.

Anne feignit de ne pas entendre. Elle prit la main valide, la serra avec beaucoup d'affection et tenta d'envoyer des ondes apaisantes dans ce corps souffrant.

Lorsque Godeliève, Hadewijch et Bénédicte, qu'une voisine était allée prévenir du désastre, débarquèrent à l'hospice, elles furent consternées par la condition critique d'Ida. La mère s'effondra dans les bras d'Anne, secouée de hoquets, lorsqu'elle apprit que sa fille avait reçu l'extrême-onction.

Tout en serrant sa tante contre elle, Anne prit ses précautions : ne pas révéler qu'Ida avait intentionnellement mis le feu à la maison, ne pas être surprise par la grabataire dans un moment de tendresse familiale.

Repoussant sa tante, Anne expliqua doucement à Godelière, Hadewijch et Bénédicte qu'elle leur cédait son poste auprès d'Ida, celle-ci ayant besoin de leur amour en ses ultimes instants.

Anne, de loin, observa la scène. Tante Godelière sanglotait, Hadewijch et Bénédicte marmonnaient des paroles fraternelles. Ida les avait très bien repérées quoiqu'elle prétendît ne pas les voir ; jouant l'inconscience, elle jouissait de ce spectacle ; à la tension de son front, à une forme de détente qu'elle remarqua au niveau des épaules, Anne perçut que sa cousine, même si elle le dissimulait, était heureuse du chagrin qu'elle déchaînait : elle redevenait le centre d'intérêt.

Épuisée, Anne quitta la salle où elle était demeurée si longtemps sans dormir, boire ni manger, s'arrêta dans la cour, aspira la lumière.

Le médecin la rejoignit.

– Merci de m'avoir aidé.

Anne sourit. La congratuler pour une attitude normale lui semblait inutile.

– Savez-vous que votre cousine a des chances de survivre ? reprit Sébastien Meus.

– Je croyais...

– Sur le moment, il n'est pas toujours possible de connaître la profondeur des brûlures. On la découvre dans les jours qui suivent. Maintenant, j'estime ses blessures superficielles. Vérifiez : elle se couvre de cloques, preuve que son corps réagit et tente de se réparer. La peau a été attaquée, pas percée ; ni les muscles ni les os ne sont atteints. Certes, une infection pourrait encore la tuer ; cependant, elle a des chances de se remettre.

– Oh, mon Dieu, si c'était vrai...

– N'anticipons pas, Anne. Et si elle récupère, elle sera défigurée – elle perdra un œil. Elle se maintiendra, certes, mais la regarder nous sera insoutenable.

Un infirmier appela le médecin pour un foulon qui s'était fait renverser par un char ; il laissa Anne méditer sur cette perspective.

Anne glissa le long du mur puis, assise sur le pavé, contempla le soleil.

Quel était le meilleur sort ? Qu'Ida rende l'âme en enfouissant dans la tombe le secret de ses fautes ? ou qu'elle survive avec le remords, fragile de chair autant que d'esprit, portant le poids de ses péchés dans un corps qu'elle détesterait désormais ? Enlaidie, borgne, creusée de cicatrices, parsemée de taches, percluse de souffrances, une vie de femme ainsi qu'elle l'entendait lui serait à jamais inaccessible...

– Oh, qu'elle trépasse... c'est la bonne solution.

Sitôt qu'elle eut prononcé cette phrase, Anne s'empourpra. Quoi ? Elle souhaitait la mort d'Ida ?

Honteuse, elle se jura que si Ida guérissait, elle s'occuperait d'elle jusqu'à la fin de ses jours.

29

Chère Gretchen,

Je t'écris avant de recevoir ta réponse car les événements se sont tragiquement accélérés ici.

Dans quel ordre te raconter cela ?

Ainsi que je te le disais en achevant mon dernier courrier, le docteur Calgari m'a bouleversée. Je l'aime – ou plutôt je l'aimais – avec une intensité inconnue. Naturellement, ma perspicace amie, tante Vivi, l'avait compris.

– Pourquoi ne suivez-vous pas votre penchant, ma petite Hanna ? me suggéra-t-elle l'autre jour.

– Tante Vivi, est-ce bien vous qui me conseillez cela ?

– D'où vient la surprise ? Je ne représente pas la vertu, que je sache…

Pinçant les narines, elle affichait une mine vexée.

– Vous êtes la tante de Franz.

– Ah oui, soupira-t-elle, comme s'il s'agissait d'un détail mineur.

Elle commanda de nouveau du thé et des canapés au concombre. Nous adorions nous retrouver dans ce cabinet exigu aux banquettes capitonnées, chez Wutzig, le rendez-vous des couples illégitimes.

– Ma chérie, je souhaite la longévité à votre mariage. Or, pour qu'un couple dure, les partenaires doivent éviter les frustrations. Tromper un peu votre mari ne ruinera pas votre union, cela la consolidera. Je sais de quoi je parle, croyez-moi.

– Je n'oserai pas.

– Quoi ? Oublier Franz un instant ou vous déclarer au docteur Calgari ?

– J'ai peur d'un échec.

Elle sourit.

– Ah, très bien, je vois que vous considérez déjà les aspects pratiques.

– Je n'ai jamais sollicité un homme.

– Malheureuse ! Une femme ne courtise pas, elle consent. Sinon, le mâle fuit. Elle doit lui donner l'impression que c'est lui qui a eu l'idée et qui ordonne.

Là, tante Vivi commença un cours copieux, sans doute très passionnant pour une plus rouée que moi. Pendant qu'elle me détaillait des stratégies subtiles, je n'écoutais guère, le rouge aux joues, les oreilles bourdonnantes, songeant à une éventuelle étreinte entre le brun Calgari et moi. Quoi ? Avais-je le droit de le désirer ? Pourrais-je tenter cette aventure dont la seule perspective m'amenait au bord de l'évanouisse-ment ?

Tante Vivi nota ma confusion :

– Hanna, vous ne m'avez pas suivie.

– J'en suis incapable, tante Vivi. Partager ce secret avec vous me trouble. Il faut que je m'y habitue.

Soudain silencieuse, elle me scruta. Au milieu de son visage gracieux que la poudre rend immaculé, ses yeux bleus

ont parfois des éclats métalliques qui durcissent sa physionomie. Pourtant, tante Vivi passe son temps à aider son entourage.

Elle fronça le front, conclut avec dépit :

– Que je vous envie d'être si jeune... Les sensations
s'émoussent tant avec l'âge.

Durant le voyage de retour à la maison, elle me réexpliqua
la meilleure façon d'avouer – de ne pas avouer – mon attachement à Calgari ; cette fois, je lui prêtai l'oreille.

– Qui vous a inculqué cela, tante Vivi ?

Elle s'étonna.

– Avez-vous eu, continuai-je, une tante Vivi qui, dans
votre jeunesse, vous a enseigné les commandements de la
féminité ?

Elle émit un rire perlé.

– Non, ma chérie. Un don, c'est exécuter spontanément
ce que les autres doivent apprendre. J'étais douée pour être
femme.

Cette réflexion me marqua par sa clairvoyance ; elle
m'attrista aussi ; je n'avais aucune facilité pour être femme.

Du moins « femme » ainsi que tante Vivi l'entendait...

Le lendemain, je rejoignis Calgari, bien décidée à relancer
notre relation.

Sur le seuil, la souffrance m'accabla. Tout ce qui s'avérait
simple auparavant se transformait maintenant en chemin de
croix. Le voir apparaître, svelte, racé, dans sa redingote qui
flattait son torse athlétique et sa taille fine, me provoqua une
bouffée de chaleur. Quitter mon manteau et mon chapeau
devant lui, m'allonger sur son sofa me sembla équivoque, une

telle conduite s'apparentant davantage à une confrontation amoureuse qu'à une visite médicale.

Appliquant les conseils de tante Vivi, j'alternai froideur et palpitations. Or je n'avais pas la certitude d'y parvenir : ma froideur tournait au gel, mes palpitations viraient au tic nerveux. Cela m'oppressait. Plus j'accentuais ma comédie, moins il la remarquait. Insinuait-il qu'il m'acceptait ? Ou bien m'estimait-il si ridicule qu'il n'en tenait pas compte ? La sueur coulait le long de mes cuisses.

À chaque seconde, une partie de moi montait au plafond et, du lustre, regardait le couple que nous formions : à l'évidence nous flirtions. Comment expliquer sinon qu'il portât des vêtements si attrayants, qu'il sentît si bon, qu'il me parlât d'une voix si charnelle, qu'il manifestât cette exquise courtoisie ? Pourquoi revenir toujours à mon corps ? à mes ébats avec Franz ? à mon insatisfaction sexuelle ? Il m'entraînait perpétuellement vers des sujets qui auraient été scabreux si son but n'avait pas été de créer une proximité sensuelle entre nous. Pourquoi m'interroger sur mes fantasmes sinon pour les pénétrer et les réaliser ? De séance en séance, nous supprimions des barrières. Quoique je n'eusse pas ôté mes habits, je m'étais déjà débarrassée de la pudeur.

Pendant cette séance, l'atmosphère me parut suffocante. Après lui avoir demandé d'ouvrir la fenêtre, puis de me servir à boire – instructions de tante Vivi –, j'agitai mon mouchoir au-dessus de ma poitrine en mimant le proche malaise. Comme il n'y prêtait aucune attention, j'oubliai les indications de Vivi et m'écriai soudain :

– Pourquoi tant d'hypocrisie ?

Calgari sursauta.

– Oui, pourquoi ne pouvons-nous pas nous comporter simplement ?

Malgré la violence de mon ton, il répondit, paisible :

– Que voulez-vous dire, Hanna ?

– Dire ? Rien. Faire, je voudrais.

– Faire quoi ?

Je gémis.

– Vous le savez bien.

– Je ne le saurai que lorsque vous me le direz.

– D'ordinaire, c'est l'homme qui propose !

Pourquoi enchaînai-je sur ce ton de reproche ? Alors que je brûlais de le séduire, je le mordais. Au lieu de l'ensorceler, je l'engueulais. Ah, tante Vivi, pourquoi n'écoutai-je pas tes judicieux conseils ?

Me ressaisissant, je repris avec un débit amène, le plus maîtrisé que je pus, quoique ma voix tremblât encore de colère :

– Notre relation a évolué depuis le début de la cure. Arrêtez de me considérer en patiente. Je suis guérie.

Son visage s'éclaira.

– Vraiment ? Avez-vous cette impression ?

Je souris en essayant de battre des cils, ainsi que j'avais vu tante Vivi le faire tant de fois. Mais si, chez elle, on avait l'illusion qu'un papillon allait prendre son envol, mes paupières à moi se crispaient comme si je chassais une poussière de mes orbites.

– Je vais cesser de voir le docteur en vous. Je ne verrai que l'homme.

Il tiqua.

Craignant d'avoir manqué de clarté, je jetai par-dessus les moulins les interdictions de tante Vivi et lui balançai :

– Je vous aime.

Il soupira, ennuyé.

J'insistai :

– Avez-vous entendu ? Je vous aime. Et vous m'aimez.

Il se leva, blême.

– Hanna, vous prenez une fausse route.

J'étais contente d'être parvenue à l'arracher à son attitude de docteur Je-sais-tout.

– Quoi, vous êtes marié ? m'exclamai-je. Et alors ? Moi aussi. Avant de nous connaître, nous étions condamnés à commettre des erreurs.

Il s'approcha vivement.

– Hanna, vous pensez être amoureuse de moi alors que vous ne l'êtes pas. C'est un effet de la cure psychanalytique : cela s'appelle le transfert. Vous reportez sur moi un attachement qui ne m'est pas destiné.

Il m'exposa alors une théorie fumeuse selon laquelle il était normal que je l'idolâtre ; j'aurais abouti au même point avec un autre thérapeute.

– Quoi ? Avec Freud ?

– Sans doute. Rapidement.

– Enfin, vous avez vu sa tête ! Eh bien, ce n'est plus de la modestie, votre attitude, c'est de l'aveuglement. Vous êtes beau, docteur Calgari.

– Je ne suis pas docteur !

– Vous êtes beau.

– Je ne suis pas beau non plus. Vous me trouvez beau parce que, en ce moment, vous en avez besoin.

– Faux ! Je vous ai trouvé beau la première fois.

– Vous reconstruisez vos souvenirs.

– Non, j'en ai la preuve : je l'avais écrit à Gretchen. Et moi, vous me trouvez belle ?

– Je n'ai pas à me prononcer là-dessus.

– Pourquoi ? Vous êtes en bois ? Vous n'appartenez pas à l'espèce humaine ?

De nouveau sans contrôle, je recommençai à l'invectiver. On aurait dit que je lui faisais grief d'être superbe, intelligent, sensible et de me plaire.

– Vous êtes très belle, Hanna, mais il est de mon devoir...

Je ne le laissai pas achever, je me ruai contre lui, je collai mes lèvres aux siennes.

Oh, Gretchen, la force de ce baiser ! J'avais l'impression que mon corps s'ouvrait sous sa langue, que j'allais totalement absorber cet homme pour qu'il demeure au fond de moi. Cela ne m'était jamais arrivé auparavant. Avec Franz, les baisers restent des caresses superficielles. Ici...

Calgari m'a pressée dans ses bras puissants, j'ai répondu à son étreinte, nous avons viré sur le canapé. Là, il montra encore plus de vigueur, tant même que je détachai ma bouche pour crier :

– Doucement...

– Lâchez-moi, nom de Dieu !

C'est alors que je compris qu'il ne m'enlaçait pas, il se débattait ; ce que je prenais pour une affection sauvage se résumait à sa résistance.

Brusquement, l'image m'apparut : j'étais en train de violer un homme.

Oh, Gretchen, la honte m'empoigna. Je me relevai, ramassai mes affaires, partis en courant sans me retourner. En enjambant le seuil, je me rappelai avoir omis de payer la séance. Je n'eus pas le courage de repartir en arrière. Rémunérer un homme pour l'avoir violenté…

L'horreur ne s'arrêta pas à cet épisode.

Toute rouge, le cœur battant aussi vite que celui d'un cheval au galop, je montai dans une voiture. Me rendant compte que je ne pouvais pas revenir dans cet état à la maison, j'indiquai l'adresse de Vivi.

Hélas, lorsque je me présentai à sa demeure, le majordome m'apprit qu'elle n'était pas là ; je me souvins qu'elle avait rejoint, cet après-midi, son amant de la cavalerie. Cela me fit l'effet d'une gifle. Quoi, cette femme de cinquante ans consumés s'amusait dans les bras d'un galant, tandis que moi, vingt-trois ans, je venais d'être repoussée par un homme de quarante-cinq ans !

Je pris un autre véhicule et communiquai sans réfléchir le nom du café où nous nous encanaillons, Vivi et moi.

À peine eus-je poussé la porte à tambour et commencé à traverser les volutes de fumée que je vis un client lever la tête du journal qu'il lisait.

C'était l'étudiant brun qui m'avait souvent envoyé des mots empressés à la table que je partageais avec Vivi.

Que se passa-t-il ? Était-ce moi ? Était-ce une autre ? Je me plantai devant lui et annonçai :

– C'est maintenant ou jamais.

Il se leva, m'arracha au serveur qui voulait me conduire à ma table habituelle, m'attrapa l'épaule et, sans un mot, nous sortîmes du café ensemble.

Est-il utile que je te raconte la suite, ma Gretchen ? L'escalier de service sordide. La chambre en soupente. Le lit encombré de livres. Les draps sans dentelles. Les coussins incommodes. Nos corps qui se découvraient. Je ne savais pas son nom, il ignorait le mien. Peut-être était-il benêt ? Peut-être m'aurait-il jugée insupportable ? Des animaux.

Tu me blâmes, ma Gretchen ?

Probablement le peux-tu… Mon acte tenait de la vengeance. Une revanche contre Calgari. Une revanche contre Franz. En cela, l'escapade était assez prévisible.

Par contre, l'imprévu, ce fut ce que j'éprouvai…

J'ai connu l'extase, Gretchen. Entre ses bras, j'ai enfin abouti à ce que promettent parfois les caresses. Cela possède un vilain nom, l'orgasme ; la chose, pourtant, reste si belle. Oh, davantage qu'une « minute éblouissante », j'ai vécu trois heures éblouissantes. Mon corps se découpait en morceaux, se multipliait dans le plaisir. Quel amant ! Disparaissant dans la jouissance à mesure que ses caresses me laminaient et que son sexe me démontait, j'avais l'impression de n'être plus moi, mais plusieurs, la nature elle-même, le cosmos. La force du monde me visitait.

Quand la nuit tomba, les étoiles m'apparurent à travers le vasistas poussiéreux. J'étais éparse comme elles.

Et tranquille.

Et heureuse.

Ton Hanna.

P.S. Rassure-toi, je suis ensuite rentrée à la maison. J'ai inventé pour Franz un mensonge qu'il a gobé. Depuis cet épisode, je déploie une grande gentillesse envers lui. « Du remords », dirait tante Vivi. De la pitié, plutôt.

30

– Anny, êtes-vous capable de mentir pour protéger votre vice ?

– Bien sûr.

– Fréquentez-vous les gens en fonction de l'aide qu'ils apportent à vos mauvaises habitudes ?

– Naturellement.

– Voleriez-vous afin d'assouvir ces besoins ?

– Je l'ai fait plus d'une fois.

– En avez-vous eu honte ?

– Toujours.

– La honte ne vous a-t-elle pas arrêtée ?

Anny réfléchit.

– Joli, la honte, comme le cadre d'un tableau : ça met le vice en valeur.

– Cynique, vous ?

– Le cynisme, c'est la rambarde à laquelle on s'accroche en cas de cataclysme universel.

– Vous avez réponse à tout !

– Non, uniquement aux questions sans intérêt.

Le docteur Sinead marqua un temps. Anny lui résistait davantage que prévu. Il se demanda comment les internautes, lesquels suivaient la cure en direct – en réalité un différé de deux minutes –, recevraient cet interrogatoire : n'allaient-ils pas encore se ranger du côté d'Anny ? Certes, la production se réjouissait que l'irrévérencieuse Anny enrichît l'émission de ses répliques à l'emporte-pièce – excellent pour le show –, cependant, le docteur Sinead, qui entendait vendre la clinique Linden et ses programmes de désintoxication, avait l'impression d'y perdre des plumes.

Il la regarda, nota une lueur d'amusement au fond de ses yeux. Comment pouvait-on se trouver dans cette situation et rire encore ?

– Vous ne prenez rien au sérieux, Anny ?

– Si. Mon jeu.

– Pardon ?

– Quand je tourne, je deviens sérieuse.

– En revanche, vous-même, vous ne vous prenez pas au sérieux ?

– C'est ce que je viens de vous dire : je ne me prends au sérieux que lorsque je m'oublie.

« Quelle drôle de fille, songea Sinead, elle parle en vieillarde et ressent en enfant. Si on l'écoute, on subit un baratin blasé, ironique, témoignant d'une grande usure vitale ; si on l'observe, on perçoit une réceptivité vibrante, un cœur intense, une versatilité émotionnelle qui permet au rire de succéder en une seconde aux larmes. »

Après les formules d'usage, il la laissa. Désormais, il quittait correctement la scène : sachant qu'une caméra l'attendait dans le couloir, il gardait son masque jusqu'à l'instant où il passait hors champ.

Ethan le remplaça.

Anny soupira d'aise. Pas seulement à cause d'Ethan. À midi pile, les caméras interrompaient leur espionnage pendant deux minutes, le temps qu'elle prenne une batterie de médicaments.

Les pilules rythmaient sa vie. Pilules pour lutter contre l'addiction. Pilules pour atténuer les conséquences des précédentes. Pilules pour s'endormir. Pilules pour se réveiller. Pilules pour se concentrer. Pilules pour se détendre. Pilules pour compléter l'alimentation. Pilules coupe-faim.

Ethan jonglait en virtuose avec cet arc-en-ciel de pastilles et de gélules, auquel il ajoutait des piqûres.

Anny constatait qu'Ethan, en dispensant des soins, ne bornait pas son travail à une routine, il haussait l'exercice au niveau d'un geste sacré. Lorsqu'il offrait un comprimé, il avait conscience de distribuer la guérison, il se comportait en consolateur, en pourvoyeur de bonheur. Jésus imposant sa main sur le front des malades afin de provoquer le miracle devait ressembler à Ethan en cet instant.

Pendant ces courtes pauses où personne ne les entendait, Anny et Ethan se racontaient leur vie. Anny avait ainsi appris qu'Ethan était un ancien drogué ; il avait connu beaucoup de rechutes avant d'abandonner l'alcool et diverses substances ; maintenant qu'il se sentait propre, il voulait épauler les êtres à la dérive ; c'est ainsi qu'il avait décroché un diplôme d'infirmier et obtenu un poste dans ce service de pointe.

Elle comprenait donc mieux l'émotion qui l'envahissait chaque fois qu'elle le voyait : Ethan était à la fois solide et fragile, sa force résultait d'une conquête, son calme d'aujourd'hui remportait une victoire sur l'angoisse d'hier.

À la différence de Sinead, de Johanna et de la plupart des gens qui l'entouraient, il avait fréquenté les abîmes. Il ne pérorait pas depuis une rive qu'il habitait avec une tranquille assurance, mais d'une berge d'où il était tombé, puis sur laquelle, après d'horribles tribulations, il était parvenu à remonter.

L'œil rouge des caméras se ralluma.

– En route ! À la gymnastique !

Anny grommela.

Elle détestait ce moment de la journée. Autant elle aimait danser, courir, conduire vite, autant exécuter des mouvements en les comptant l'ennuyait.

Ce cours de sport – dispensé par Debbie, une ancienne championne de natation synchronisée – lui semblait plus médical que ludique. À chaque instant, déployant une énergie intolérable, Debbie expliquait à ses élèves le but de l'exercice, les muscles mobilisés, les tendons sollicités. La séance tournait aux travaux pratiques d'anatomie, Anny se voyait comme un écorché en jogging. Quand Debbie l'approchait pour rectifier une position, elle avait l'impression d'être disséquée. De surcroît, le plaisir n'existait pas dans ce temple de la forme : l'effort demeurait l'unique façon de s'adresser au corps.

La leçon achevée, elle se doucha longuement – le syndicat de la clinique avait obtenu que le vestiaire collectif soit débarrassé des caméras.

Accompagnée d'Ethan, elle réintégra sa chambre. L'infirmier lui était devenu nécessaire. Parce qu'il croyait au traitement qu'il lui administrait, elle avait cessé de se méfier. Pourtant, elle avait relevé quelques détails troublants.

Un jour, pendant les deux minutes hors caméra, elle avait découvert des marques au creux de son bras.

– Tu te piques, Ethan ?

– Oui, mais ce sont des médicaments.

– Mmm...

– C'est contre la drogue.

– En résumé, tu te piques pour ne pas te piquer.

– Anny...

– Ou tu te drogues pour ne pas te droguer.

Ethan allait s'expliquer quand les caméras se rallumèrent.

Le lendemain, elle l'avait trouvé étrangement calme, presque absent.

– Ethan, tu ne te sens pas bien ?

– Si. Le problème, c'est que je me sens trop bien. J'ai dû abuser.

– Abuser de quoi ?

– D'un psychotrope que je prends.

Ces aveux rendaient Anny perplexe : d'un côté, ils l'inquiétaient car ils impliquaient qu'on ne pouvait jamais se passer de substances chimiques ; de l'autre, montrant que guérir n'équivalait pas à devenir parfait, ils auguraient d'agréables perspectives.

Cet après-midi-là, à l'issue d'une sieste, Anny eut droit à sa première promenade dans le parc. Naturellement, elle exigea qu'Ethan l'escortât.

Les ingénieurs du son les équipèrent de micros-cravates, leur accrochèrent des émetteurs à la ceinture. Des caméras furent disposées aux quatre coins du domaine, puisqu'on avait décidé de privilégier les plans généraux, lesquels flatteraient le paysage.

Anny déambula au bras d'Ethan.

La nature lui procurait l'effet d'une révélation. Quoi, cela pouvait être si fort, la lumière ? Et le ciel, on arrivait à le contempler longtemps ? Ce n'était pourtant qu'un écran bleu sur lequel rien ne se passait. Oui, mais quel bleu ! Quelle vibration au sein de l'azur...

Ébahie par l'horizon, elle ne baissait pas encore le regard pour admirer fleurs et buissons.

Tant pis, ce sera pour demain...

Ethan souriait, heureux.

Soudain, Anny s'écria :

– Oh, ça me gratte !

Elle faufila sa main sous son pull, débrancha le micro.

– Un insecte m'a sauté sur le ventre, pas toi ? reprit-elle en pivotant vers Ethan.

Et, mimant un taon qui bondit, elle plaqua sa main contre le flanc d'Ethan, saisit l'émetteur, tourna le bouton de relais.

– Voilà, maintenant on est tranquilles. On raconte ce qu'on souhaite, ils ne nous écoutent plus.

– Tu en es sûre ?

– Douze ans de métier, Ethan, le temps d'apprendre. À mes débuts, les preneurs du son se gondolaient en m'entendant aller aux toilettes.

Elle le dévisagea avec affection. Prenant le temps de retenir son attention, elle murmura :

– Merci.

Ethan s'empourpra. Elle rit.

– Ne rougis pas. Les blonds ne doivent pas rougir : on croit qu'ils ont attrapé un coup de soleil.

Elle avança de quelques pas puis demanda, suave :

– Pourquoi entreprends-tu ça ?

– C'est mon métier. Je reçois un salaire.

– On ne t'a pas payé, les semaines d'avant, pour me chercher partout ni pour m'assister.

– Je... je sentais que... tu en avais besoin...

– C'est de la pitié ?

Il s'arrêta, réfléchit, bafouilla :

– Peut-être. En tout cas, c'est la pitié la plus forte et la plus obsédante que j'aie jamais éprouvée dans ma vie.

Anny comprit qu'il venait de se déclarer. Elle répondit, délicate :

– Moi aussi, j'ai pitié de toi, Ethan. Je voudrais te protéger.

Ils se turent. Leur secret avait été échangé. Ils étaient liés.

Ils marchèrent une demi-heure, sans un mot, envahis par une plénitude nouvelle.

Quand ils rejoignirent la clinique, une escouade de techniciens s'abattit sur eux, leur expliquant qu'ils n'avaient plus reçu les dialogues ; bon, ce n'était pas une calamité, ils avaient mis de la musique sur les images.

– Un truc très romantique, précisa le réalisateur, trop d'ailleurs. Incroyable à quel point ça donnait une atmosphère amoureuse à votre promenade. Enfin, tant pis... C'était mieux que le silence, les cris d'oiseaux, l'autoroute au loin.

Anny et Ethan revinrent dans la chambre.

Anny s'allongea. Ethan la dévorait des yeux, intense.

Sans un mot, il alla chercher des serviettes en éponge à la salle de bains ; avec une prestesse inopinée, il les lança sur les cinq caméras pour occulter les objectifs.

En salle de régie, les techniciens se trouvèrent face à des écrans noirs.

Anny sourit.

Ethan poussa le loquet de la serrure.

Puis il vint s'étendre auprès d'elle, et posément, insensiblement, comme si le temps de l'attente devenait aussi précieux que le temps de l'étreinte, il approcha sa bouche de la sienne.

Ce fut doux.

Lenteur et silence.

Fièvre et délicatesse.

Les deux corps se découvrirent mais, à aucun moment, les regards ne se quittèrent.

Anny avait l'impression de faire l'amour pour la première fois. Avant, elle pratiquait le sexe ; ici, elle adressait des gestes d'affection à un homme qu'elle respectait, lequel répondait, fervent, étonné.

Chacun déshabilla l'autre avec un respect religieux, à la recherche d'un graal. Le trésor ne consistait pas dans le corps sans vêtement, mais dans l'âme nue qui acceptait de se donner. Jamais une peau, un ventre, une aisselle n'émurent autant Anny. Quant à Ethan, il tremblait chaque fois qu'il embrassait une nouvelle part d'Anny.

Ils se retinrent de jouir le plus longtemps possible, sentant que l'orgasme ne constituerait pas qu'un sommet, un terme également.

Après deux heures, cela se produisit.

Pourtant, ils demeurèrent enlacés, habités par une harmonie inouïe.

Toujours sans mot dire, Ethan aida Anny à se rhabiller, se vêtit, arrangea le lit puis arracha les serviettes masquant les caméras.

Anny s'était endormie.
Il déverrouilla la porte, sortit sur la pointe des pieds.

Sitôt qu'Ethan, abandonnant la chambre, eut rejoint le monde ordinaire, on l'attrapa brutalement par les épaules et on le conduisit au bureau directorial.

Parcourant la pièce, le réalisateur et le producteur de l'émission partageaient la fureur du professeur Sinead.

— Espèce de salaud, pour qui vous prenez-vous ?

— Où vous croyez-vous ?

— La clinique vous emploie comme infirmier. Pas pour...

— Pour...

Les trois n'arrivaient pas à mettre un nom sur la séquence censurée.

Ethan rétorqua, calme :

— Anny est mon amie.

Le docteur Sinead, décidant qu'il était inutile d'argumenter, lui annonça son licenciement immédiat.

— Anny ne sera pas d'accord, bredouilla Ethan, blême.

— Mademoiselle Anny Lee ne dirige pas cette clinique, autant que je sache.

— Elle refusera de continuer si je ne suis pas là.

— Elle a signé un contrat.

— Elle le dénoncera.

— Il faudrait qu'elle en soit capable. Avec des tranquillisants, on peut la ramener à la raison.

Ethan se révolta :

— Foutez-moi dehors si vous voulez, nous partirons ensemble.

Le docteur Sinead se redressa, ulcéré, sur son siège. La colère redonnait à l'octogénaire sa force perdue.

– Vous êtes viré ! Les vigiles vous empêcheront de l'approcher. Et si vous insistez, la police s'occupera de vous. Restituez-moi vos clés et vos badges. Adieu, monsieur.

Ethan comprit qu'il n'y avait pas moyen de remonter la pente. Plein d'une rage froide, il jeta son trousseau sur le bureau et sortit.

En fin de journée, à sept heures, on drogua Anny davantage.

Sage précaution : dès qu'elle se réveilla, elle appela Ethan.

Trente secondes plus tard, après avoir absorbé un verre d'eau assaisonnée d'un sédatif, elle sombra de nouveau.

À minuit, alors que la clinique sommeillait, les sirènes retentirent, déchirant les ténèbres par leurs cris d'hyènes.

Les gardiens foncèrent sur le lieu de l'effraction que signalait l'ordinateur.

Lorsqu'ils parvinrent à la pharmacie, ils trouvèrent la porte fracturée, les armoires ouvertes, des étagères dévastées.

– Là ! cria l'un d'eux.

Une ombre s'échappait en sautant par la fenêtre.

Ils se précipitèrent, mais aucun n'osa se lancer du premier étage.

L'homme courait, un fardeau sur le dos.

Les sirènes de police trillèrent. Trois voitures firent irruption et bloquèrent le chemin.

Cerné, l'homme s'arrêta, hésitant.

Les policiers bondirent, arme au poing.

– Rendez-vous !

Alors Ethan, lâchant son sac de médicaments, leva les mains en l'air.

31

– La Grande Demoiselle nous attend. Anne, es-tu prête ?
Braindor battait la semelle devant la porte de la minuscule maison.

À l'intérieur, Anne s'occupait de sa cousine, qu'elle avait installée auprès d'elle.

Quasi miraculeusement, Ida avait survécu aux flammes, triomphé des fièvres – aidée par les onguents du médecin et les soins permanents d'Anne. Pourtant, elle ne redeviendrait jamais la jeune fille aux traits réguliers qu'elle avait été. Borgne – le médecin avait été obligé de l'énucléer –, la paupière droite fermée sur une béance de chair écarlate et purulente, elle présentait un visage bouleversé, aux colorations suspectes – blanc, rouge-jaune, brun –, dont aucun élément n'était intact, complet, à sa place. Ses joues, ici diminuées par les brûlures, là gonflées de cloques, balafrées partout, semblaient des morceaux qu'un enfant maladroit aurait collés au hasard sur les os. Un air de méchanceté rustre affectait constamment sa face, un masque plutôt qu'une expression, ses muscles ne réagissaient ni aux émotions ni aux pensées.

Pendant que Braindor s'impatientait, Anne finissait d'appliquer du vinaigre sur les plaies afin de les désinfecter.

Bien qu'elle l'apposât délicatement, à l'aide d'un fin linge propre, en exerçant de menues pressions sur les lèvres de chaque cicatrice, Ida poussait des cris, ruait, l'injuriait. Imperturbable, Anne accomplissait son devoir.

– Ça te plaît, hein, de me voir comme ça ?

Quoique Ida fulminât du matin au soir, Anne refusait d'admettre que cette colère était devenue le socle de son caractère, elle la considérait comme provisoire.

Pour apaiser la peau et lutter contre le dessèchement, elle versa ensuite de l'eau de rose.

– Et voilà...

– Et voilà quoi, pauvre buse ? Tu crois que tu me guéris avec tes remèdes ? Tu aurais dû me laisser mourir.

Dans chaque phrase, Ida atteignait le sommet de la mauvaise foi : d'un côté, elle dénigrait l'efficacité des soins pratiqués par sa cousine, de l'autre elle lui reprochait sa survie. De surcroît, elle oubliait la rage avec laquelle elle-même avait lutté contre les maux qui auraient dû la détruire.

– Je suis contente que tu ailles mieux, murmura Anne.

– Mieux n'est pas bien, soupira Ida en détournant le regard.

Ida souffrait non seulement dans son corps, mais dans son cœur : elle n'avait jamais apprécié Anne. Or celle-ci continuait à lui manifester de l'amour. Du coup, Ida l'agressait chaque jour davantage, repoussant toute limite ; râler, pester, invectiver, déféquer ou uriner sous elle, arracher ses pansements, empêcher sa cousine de dormir, autant de moyens d'éprouver sa tendresse. Tiendrait-elle, son aberrante affection, devant tant de fureur, d'ingratitude, d'humiliations ? Ida ignorait quelle réponse elle souhaitait recevoir. Incontestablement, elle aurait préféré souscrire à cet attachement infini, l'accepter – seulement, le cas échéant, elle aurait culpabilisé de ne pas lui en rendre une seule miette ; le plus souvent, elle y détectait une pose, une attitude forcée, sa cousine tenant à passer pour une sainte. Si Ida parvenait, un jour, à dévoiler la fausseté de cette abnégation, elle se sentirait assurément mieux puisqu'elle cesserait d'être redevable à son ennemie ; elle se débarrasserait aussi du spectre de la bonté, vertu en laquelle elle ne croyait pas, faute d'en être capable.

– Repose-toi. Évite de sortir.

– Et pourquoi ne sortirais-je pas ?

– Tu n'es pas encore en mesure de le supporter.

Ida haussa les épaules.

– Mademoiselle joue les médecins, maintenant ?

– Fie-toi à moi, s'il te plaît.

Anne ne voulait pas s'étendre sur ce sujet : à l'idée qu'Ida pût s'éloigner de l'enceinte du béguinage, elle frémissait d'inquiétude car, pour l'heure, Ida se savait défigurée mais n'avait découvert son nouveau visage que sous ses doigts. Certes, elle avait tenté, çà et là, de l'apercevoir dans un verre d'eau ou une flaque ; cependant, Anne, qui l'observait, avait constaté qu'elle n'insistait pas, prudente, redoutant une image qui l'abattrait. Petit à petit, à son rythme, elle s'habituerait à la réalité... Ici, parmi les béguines, ces douces femmes au courant du drame, aucune expression horrifiée ni excessivement compatissante ne lui permettait de connaître l'effet terrible qu'elle produisait. En revanche, si elle retournait dans les rues de Bruges...

– Anne, nous ne pouvons plus tarder.

Dehors, Braindor s'agaçait :

– L'archidiacre sera fâché si nous l'impatientons.

– J'arrive !

Anne ajusta sa coiffe à la hâte.

Ida ne put se retenir de ricaner :

– Ah oui, c'est aujourd'hui que le pape auditionne la sainte.

Sans relever la moquerie, Anne lui envoya un baiser en soufflant sur ses doigts et s'en alla.

Sur le pont en dos-d'âne par lequel on quittait le béguinage, Braindor demanda à Anne :

– Te sens-tu prête pour cet entretien ?

En vérité, c'est à lui qu'il adressait cette question ; avec anxiété, il s'interrogeait sur la qualité de son enseignement, sur la réaction du prélat à certaines naïvetés que prononcerait Anne. Se doutant que l'archidiacre n'était pas doté d'une haute bienveillance, il s'effrayait que celui-ci passât à côté des qualités d'Anne.

Celle-ci rétorqua :

– Moi ? Je suis ce que je suis, je n'y peux rien changer. De quoi aurais-je peur ?

Aussitôt, la crainte de Braindor se formula mieux dans son esprit : c'était peut-être l'archidiacre qui n'était pas prêt à rencontrer Anne.

Au bout du pont, ils retrouvèrent la Grande Demoiselle qui les attendait, assise sur le mulet gris, lequel, d'ordinaire, livrait les ballots de laine au béguinage.

– Bonjour, Anne. Comment va ta cousine ?

À ses côtés, au rythme paisible de la monture qui soulageait la Grande Demoiselle d'un trajet que ses hanches usées lui interdisaient, Anne et Braindor arpentèrent les rues. La jeune fille raconta ses inquiétudes concernant Ida : son corps, quoique partiellement détruit, lui semblait plus vaillant que son âme.

– Prie-t-elle beaucoup ? Va-t-elle souvent aux offices ?

Anne s'empourpra ; elle ne connaissait personne d'aussi indifférent aux rites qu'Ida.

La Grande Demoiselle insista :

– Si elle se montre bonne chrétienne, nous pourrions peut-être intervenir auprès d'un couvent convenable.

Anne frémit. Ida religieuse ? Impossible, elle transformerait la communauté en enfer, sinon en bordel. Pour l'heure, elle n'imaginait pas de se séparer d'Ida ; elle devait la surveiller comme le lait sur le feu.

– Laissons-la traverser l'épreuve de la convalescence ; à sa guérison, nous verrons, conclut la Grande Demoiselle.

Ils parvinrent au siège de l'archidiaconé.

Dans la salle des audiences, sombre et sobre, dont les luxuriantes tapisseries d'Aubusson choisies par son prédécesseur avaient été enlevées, le prélat les regarda avancer avec affabilité. Il s'exclama à la vue d'Anne :

– Eh bien, voici cette merveille dont on me parle depuis des mois ! Approchez-vous, mon enfant.

En souriant, il fit signe à Anne de se tenir près de lui.

Braindor fut étonné, puis rassuré, par l'aménité qu'il décela en cet homme sec.

L'archidiacre posa quelques questions banales, auxquelles Anne répondit avec simplicité. Visiblement, l'archidiacre s'enchantait de la confrontation ; peut-être même cet homme sévère s'enivrait-il de sa propre amabilité.

Pendant qu'Anne relatait son face-à-face avec le loup et la mansuétude du féroce animal, la Grande Demoiselle s'amusait du tableau. « Décidément, songea-t-elle, Anne obtient le meilleur de chacun, que ce soit le loup ou l'archidiacre. Devant elle, les individus abandonnent leur part médiocre pour ne laisser affleurer que leurs qualités. »

La conversation aborda les poèmes. L'archidiacre en avait lu une dizaine ; il demanda à entendre les nouveaux.

Gênés, Braindor et la Grande Demoiselle s'excusèrent de ne pas avoir apporté les plus récents, mais Anne, joyeuse, déclara qu'elle les savait par cœur puisque c'était dans son cœur qu'elle les avait reçus.

— Reçus ? demanda l'archidiacre. Ou conçus ?

Anne réfléchit.

— Les sentiments, je les ai reçus. Les mots, je les ai cherchés.

— Il n'y pas de mots justes ?

— Jamais. Quand j'atteins la lumière au fond de moi, il n'y a pas de mots. Chaque fois que j'en reviens, j'espère avoir rapporté un rayon, une flamme. Or le caillou que j'ai entre les doigts ne s'apparente pas à la lumière dont il sort.

L'archidiacre tiqua un peu.

— Cette lumière que vous évoquez, c'est Dieu ?

— Oui.

— Donc, vous vous mettez directement en communication avec Dieu ? Vous décelez Dieu au fond de vous ?

— Oui.

— Êtes-vous certaine qu'il s'agit de Dieu ?

— Dieu n'est qu'un mot parmi d'autres.

Un silence consterné suivit cette assertion. L'archidiacre jeta un regard noir sur la jeune fille, Braindor crut qu'il allait s'évanouir, la Grande Demoiselle se mordit les lèvres.

Seule Anne continuait à briller de son éclat innocent.

L'archidiacre grimaça, transforma cette grimace en sourire : désormais, son amabilité devenait feinte.

– Peux-tu mieux m'expliquer ?

Alors que le tutoiement marquait le mépris qui envahissait le prélat, elle le reçut ainsi qu'une preuve d'affection et s'illumina. À la volée, la Grande Demoiselle s'interposa pour éviter qu'elle rétorquât encore une impertinence :

– Dieu est ineffable. Or Anne ne décrit que l'ineffable. Si elle sent toujours juste, elle formule parfois faux. Ne lui en veuillez pas, Monseigneur. À la différence de vous, docteur en théologie, éminent connaisseur des textes, elle ignore les habiletés et les ressources de la rhétorique.

Anne baissa les yeux, pudique.

– Vous avez raison. Je ne suis qu'une bourrique. Je n'ai pas étudié.

L'archidiacre, flatté par la Grande Demoiselle, ébranlé par l'humilité immédiate d'Anne, s'apaisa.

– Bien sûr... bien sûr...

Le calme revenait. Braindor reprit un souffle régulier.

Anne ajouta :

– Cependant, il y a des réalités qu'on touche bien mieux par l'absence de pensée que par la pensée.

Les trois adultes qui l'entouraient n'en croyaient pas leurs oreilles : elle recommençait avec ses propos provocants. Paisiblement, elle poursuivit :

– Dieu est incommensurable, Il dépasse nos mots et nos notions. Quand une personne considère le langage suffisant, c'est qu'elle n'a ni senti ni découvert grand-chose. Quelle terrifiante pauvreté, pouvoir parfaitement s'exprimer... Cela indique qu'il n'y a rien à l'intérieur de soi, cela révèle une âme qui n'a pas franchi ses étroites limites. S'enchanter de discourir, c'est se réjouir de répéter. J'espère bien que je ne serai jamais satisfaite de mes phrases ou de mes idées...

Devant un tel déni, l'archidiacre repartit à l'attaque :

– Estimes-tu normal que Dieu te choisisse ?

– Je ne sais pas ce qui est normal.

Le prêtre s'impatienta :

– Juges-tu légitime que Dieu te préfère à moi ?

– Non.

Anne fronça les sourcils, réfléchit, précisa :

– En vérité, Monseigneur, Il vous parle mais vous ne L'entendez pas.

– Quoi ?

De l'archidiacre, offusqué, s'échappa un cri qui résonna sous les plafonds de la salle. Anne, pourtant, persista :

– Oui, je présume qu'Il s'adresse à tout homme.

La Grande Demoiselle et Braindor échangèrent une grimace désespérée. Par le feu de ses prunelles sombres, l'archidiacre incendiait Anne.

– Tu m'as l'air d'oublier que je ne suis pas un mortel ordinaire.

– Vis-à-vis des hommes ?

– Vis-à-vis de Dieu, mon enfant. Je suis un de Ses ministres. Rappelle-toi que je suis archidiacre.

– Oh, ça, ça n'a pas d'importance.

Il déglutit avec difficulté. Anne souriait.

– Regardez-moi, Monseigneur, je ne suis ni prêtre, ni pape, ni archidiacre, et Dieu me trouve.

L'archidiacre bondit de sa chaise, tonitrua :

– Assez, c'en est trop.

Puis, comme atteint par une flèche, son visage se crispa de douleur, il gémit, posa la main sur son estomac, reprit sa respiration, tenta de chasser l'élancement qui contractait ses traits.

Braindor et la Grande Demoiselle craignirent une défaillance du cœur. Plus observatrice, Anne murmura :

– Vous saignez, Monseigneur.

Elle montra du doigt trois fines gouttes de sang qui se répandaient sur le carrelage, entre ses pieds ; puis elle désigna les taches brunes qui commençaient à percer au niveau de l'abdomen, traversant lentement le tissu.

L'archidiacre se rassit.

– Pourquoi faites-vous cela, Monseigneur ?

Elle évoquait le cilice qu'il portait, cette chaîne hérissée de fines pointes qu'il avait enroulée autour de sa taille. En se levant brusquement, il avait enfoncé les bouts de métal dans sa peau et entaillé son ventre.

– Je traîne ma croix, mon enfant, répondit-il avec lassitude. J'imite Notre-Seigneur qui mourut déchiré par les clous.

– Jésus n'a pas souffert volontairement, Il a subi la crucifixion. Mieux vaudrait l'imiter dans Sa bonté et dans Sa charité que dans une agonie qu'Il n'a pas choisie, non ?

Anne était très fière d'avoir, sur l'ordre de Braindor, lu récemment les Évangiles. Le moine et la Grande Demoiselle, eux, frissonnaient d'inquiétude.

Quoique absorbé à lutter contre ses violentes peines, l'archidiacre jeta quelques mots sourds :

– Taisez-vous, sotte. Je purifie ma foi. Il n'y a pas de piété honnête sans mortification.

Anne ne releva pas le mot « sotte ».

– Pourquoi vous mortifier avant de mourir ? Pourquoi ronger votre corps ?

– L'esprit ne triomphe que si la chair est humiliée.

– Absurde ! Saigner ne rend pas meilleur. Le tourment d'avoir péché suffit. Faut-il se mutiler pour Dieu ? Est-Il si méchant ? pervers ? Moi, lorsque je Le retrouve, je perçois le contraire. Il m'insuffle de la joie, Il me dit.

– Ça suffit.

La sentence avait sifflé, sèche. Un coup de fouet.

La Grande Demoiselle se précipita sur Anne, saisit sa main, bredouilla une demande de pardon, salua Monseigneur avec ostentation – Braindor également – et ils quittèrent le prêtre pâle, à la respiration coupée, qui se tordait dignement sur son siège.

Cependant, au seuil, Anne ne put s'empêcher de ralentir, lançant au prélat sur le ton d'une amie :

– Si vous voulez mon avis, Monseigneur, votre appel au supplice ne vient pas de Dieu, il vient de vous.

La Grande Demoiselle se retint de gifler Anne et elles sortirent du palais presque en courant.

Arrivée dans la rue, elle tourna vers Anne un visage jaune de colère.

– Pourquoi as-tu été si insolente ?

– Insolente ? Je lui ai parlé comme je vous parle, à vous et à Braindor. Si vous me comprenez, lui non.

La Grande Demoiselle et Braindor échangèrent un bref regard : Anne ne se fourvoyait pas, ils l'avaient habituée à s'exprimer avec liberté ; peu dogmatiques l'un et l'autre, ils décelaient plus la qualité de ses sentiments que l'âpreté choquante, voire hérétique, de ses formulations.

– Nous sommes partis à temps, conclut Braindor.

– Ne soyez pas naïf, Braindor. Nos corps sont partis, les

mots sont restés. L'archidiacre possède des raisons légitimes d'être choqué : Anne l'a offensé.

– Moi ? s'écria Anne.

– Tu l'as querellé sur sa mortification, ce dont il est si fier.

– Ah, je suis contente que vous soyez d'accord avec moi : il souffre pour lui, pas pour Dieu. C'est de l'orgueil, sinon de la vanité.

Braindor et la Grande Demoiselle soupirèrent : plus moyen de faire entendre raison à Anne, ou plutôt de lui faire entendre prudence. Ils préférèrent abandonner la chamaillerie.

Avec l'aide du moine, la Grande Demoiselle monta sur l'âne cendré, puis le singulier trio composé d'une vieille dame, d'un géant famélique et d'une jeune fille belle à ravir parcourut Bruges. Ils rentrèrent sans prononcer un mot.

Une fois parvenus au béguinage, ils s'éclipsèrent en silence.

Impatiente de poursuivre les soins à sa cousine, Anne rejoignit sa maison.

À peine la porte poussée, elle remarqua qu'une lumière anormale embrumait la pièce.

Elle leva la tête, perplexe.

Au-dessus d'elle flottait le corps d'Ida, laquelle s'était pendue.

32

Margaret,

Ta réponse, qui avait tant tardé, la poste aurait été plus inspirée de l'égarer définitivement.

Elle m'a scandalisée.

Non seulement tu n'as rien compris à ce que je te racontais, mais tu t'autorises à revisiter mon histoire en y infiltrant de grossières erreurs.

Tu ne mérites plus ma confiance. L'as-tu jamais méritée d'ailleurs ? Si j'ai cru pendant des années que tu m'aidais par ton amour, je me demande maintenant si tu n'accentuais pas plutôt mes difficultés.

Peu importe. Ce message est le dernier que je t'adresserai.

De toute façon, je quitte Vienne, je me sépare de Franz, je romps avec Calgari. Ma vie va recommencer ailleurs. Tu aurais été le seul élément de mon passé que j'aurais emmené avec moi dans cette nouvelle existence. Ton fiel me pousse à y renoncer.

Adieu, porte-toi bien.

Hanna

33

Les voitures noires s'engagèrent dans l'allée du Forest Lawn Memorial Park.

Elles passèrent un portail majestueux, digne du plus noble château.

Qui pouvait imaginer un cimetière derrière ses grilles ? Ici, la mort n'avait l'air ni sérieuse ni pathétique. On ne descendait pas au fond d'un trou ; par le jeu des pentes, on achevait une ascension.

Certes, il ne s'agissait pas seulement d'une ascension spirituelle, mais d'une ascension sociale, car on murmurait qu'il fallait payer un million de dollars pour reposer auprès des noms prestigieux du cinéma, tels Douglas Fairbanks, Buster Keaton, Bette Davis, Tex Avery, Michael Jackson, Elizabeth Taylor.

– N'empêche, ça les vaut, s'exclama Johanna en collant son visage à la vitre fumée de la limousine.

Le cortège avançait au milieu des pelouses immenses, d'un vert tonique, parfois coupées de bosquets d'où s'élançaient des arbres. Des statues et des fontaines montraient qu'on ne traversait pas une zone sauvage mais un parc entretenu. Çà et là se dressaient des mausolées en marbre, aussi prétentieux que dans les cimetières ordinaires ; la plupart des tombes pourtant se réduisaient à des dalles dissimulées sous le gazon fourni.

– Un lieu de rêve ! Regarde, on voit les grands studios, Universal, Disney, Warner Bros.

– Génial, comme ça, les cadavres ont encore l'impression de travailler !

Johanna se tourna vers Anny recroquevillée au fond du véhicule, pensa répliquer, se contenta de hausser les épaules. La jeune femme lui jeta un œil furibond.

– Économise, Johanna, et achète une concession. Si tu négocies bien, ils pourront même t'installer un téléphone dans le caveau.

– Tu deviens méchante, Anny.

– Parce que j'ai mal.

De tous les invités venant rendre un ultime hommage à Sac-Vuitton, Anny était sans doute la seule à avoir conscience d'aller à un enterrement, non à un événement mondain.

Lorsque la file des voitures s'immobilisa, Anny aperçut la troupe d'ouvriers armés de pelles, de pioches, de sécateurs, qui s'affairaient sur les hectares du domaine ; elle songea à la voix nasonnante de Sac-Vuitton lui avouant un jour : « Mon canard, je suis tellement snob que je me suis payé une tombe au Forest Lawn Memorial Park. Ça a englouti mes économies mais je n'ai pas hésité. Tu comprends, je n'ai pas eu les moyens de me payer un jardinier de mon vivant ; alors je m'en offre une équipe complète pour l'éternité. Bien calculé, non ? »

Anny avait répondu qu'il fallait surtout réaliser ses désirs. Sac-Vuitton avait corrigé : « Et démentir les lieux communs, ma mésange. "On n'emporte pas son argent dans la tombe", j'ai entendu cette déprimante sentence pendant quatre-vingts ans. Eh bien, je prouve l'inverse : j'emporterai mon argent dans ma tombe puisque, une fois que je l'aurai payée, il me restera zéro dollar. »

Elles avaient ri. Sachant sa réputation de radine – elle considérait la pingrerie comme une vertu –, Sac-Vuitton avait encouragé, voire nourri la rumeur.

« Seulement, ma biche, rassure-toi, je saurai rester à ma place. Je ne suis qu'un second rôle, je ne veux pas m'aliéner des collègues au cimetière, les stars demeurent sourcilleuses. Donc, j'ai négocié un endroit correct, discret. Puis j'ai exigé, par testament, d'arriver à mon enterrement avec une demi-heure d'avance.

– Pardon ?

– Second rôle, poupée, second rôle ! J'ai toujours été tellement anxieuse qu'on dénonce mes contrats que, ma vie durant, j'ai déboulé partout une demi-heure en avance. »

Les invités descendirent des voitures et se réunirent autour de la tombe où, de fait, le cercueil de Sac-Vuitton trônait depuis une demi-heure.

Le soleil, à son zénith, écrasait la scène. Des oiseaux, sourds au chagrin des hommes, se pourchassaient entre les arbres.

Le prêtre célébra la mémoire de Tabata Kerr. Qu'y avait-il à dire ? Ce qu'elle avait elle-même préparé puisqu'elle avait sculpté sa statue toute son existence.

Anny soupçonna que Tabata Kerr n'avait jamais été autre chose que le caractère qu'elle avait créé. Rien de plus. Rien de moins. L'héroïne récurrente de sa propre vie. Son personnage avait dévoré sa personne.

« Que nous étions différentes, songea-t-elle. Elle pleine, moi trouée. Sac-Vuitton affrontait l'univers en tant que Sac-Vuitton. Moi, je déborde, je m'absente, je fuis, je ne sais pas où j'en suis ni qui je suis. » Or, pour la première fois, Anny ne se désavouait pas ; elle se demandait si elle n'avait pas raison. Sa malléabilité l'angoissait, certes, mais rendait sa vie riche, intéressante, surprenante, inopinée.

On la dévisageait un peu trop pendant cette cérémonie. Chacun cherchait, derrière les lunettes et le foulard noirs, ce qu'elle ressentait. Sa cure de désintoxication ayant été un programme très suivi, sa brusque interruption avait été sur-commentée. Certains parlaient d'un échec thérapeutique que la clinique dissimulerait ; d'autres évoquaient l'ingérable tempérament d'Anny qui, dans une chambre d'hôpital ou sur un plateau de cinéma, s'illustrait par des caprices ; les internautes qui avaient suivi la retransmission en permanence avaient deviné une bluette entre elle et l'infirmier, une liaison qu'Anny protégerait.

La vérité se situait à égale distance de ces hypothèses. Ethan avait été arrêté en flagrant délit de vol à la pharmacie de l'hôpital ; une brève enquête avait montré qu'il subtilisait depuis longtemps divers produits pour son usage personnel ; le tribunal l'avait condamné à cinq mois de prison ferme. Dès qu'Anny, droguée, fut assez consciente pour obtenir les faits authentiques, elle exigea de quitter la clinique. À sa première récrimination, la régie envoya sur les écrans des images filmées les jours précédents. Les entretiens s'avérèrent houleux. Johanna découvrit une Anny nouvelle, combative, déterminée à ne plus se laisser manœuvrer. Quand Anny la menaça de dénoncer l'accord que Johanna avait signé avec la clinique et la chaîne télévisée en son absence, le requin, paniqué, négocia aussitôt le départ de sa cliente.

Rendue à la vie normale, Anny retourna chez elle. Quoiqu'elle acceptât qu'une assistance médicale l'aidât à se désintoxiquer, elle refusait tout autre contact.

La mort de Sac-Vuitton l'avait tirée de sa tanière.

En organisant cette sortie, Johanna tentait de recouvrer son rôle auprès d'Anny. Non seulement elle officiait en attachée de presse, mais on savait que c'était elle, malgré l'illustre agence d'imprésarios à laquelle appartenait la star, qui lui imposait les projets.

Le prêtre acheva son hommage.

Un homme se détacha de l'assemblée en costume noir et vint lire un texte. Anny n'en crut pas ses yeux : David, encore plus mignon que d'ordinaire, se tortillait d'émotion. Sous prétexte qu'il avait interprété son petit-fils dans *La Fille aux lunettes rouges*, il s'adressait à Sac-Vuitton comme s'il se fût agi de sa grand-mère réelle.

Or – Anny pouvait en témoigner –, Sac-Vuitton et lui n'avaient pas copiné sur le tournage.

– Le salaud, marmonna-t-elle.

Johanna répliqua à voix basse :

– Cette séquence de la cérémonie te revenait, chérie, or, à ton habitude, tu l'as déclinée.

– David ne la connaissait pas. Et elle le trouvait fade, sucré. Elle m'avait même dit : « Moi, avec mon diabète, je ne peux pas fréquenter ce garçon. »

– C'est Peter Murphy qui a écrit son texte, un des meilleurs auteurs d'Hollywood.

Anny prêta l'oreille. De fait, l'allocution ruisselait d'esprit, d'humour, de pathétique. Un petit chef-d'œuvre.

Cela finit de dégoûter Anny.

Sans chercher la discrétion, elle se détourna et partit à larges enjambées vers son véhicule. Tout Hollywood releva la tête, surpris. David, saisissant qu'il venait de perdre l'attention générale, quitta son texte des yeux, chercha ce qui se passait, aperçut Anny alors qu'elle claquait la portière de sa limousine, furieuse.

Jouant l'incompréhension, il plissa le front à l'instar de James Dean dans *À l'est d'Eden*, puis, gonflant sa bouche d'ange, reprit sa lecture.

La voiture roulait depuis quarante-cinq minutes sans que Johanna et Anny aient articulé un mot.

Anny avait donné au chauffeur un nom de rue que Johanna n'avait pas entendu.

L'agent se demandait comment renouer avec la jeune fille perdue au milieu de ses pensées. Sachant quel amour sincère elle portait à la défunte, elle se risqua sur ce terrain :

– Quel trajet ahurissant, cette Tabata Kerr. Tu te rends compte ? L'ensemble des médias a couvert son enterrement. Elle était devenue une institution d'Hollywood.

Quoiqu'elle ne réagît pas, Johanna sentit qu'Anny l'écoutait.

Elle continua donc :

– Dans ce métier, ce qui prime, c'est de tenir. Moi, tu ne m'aurais pas convaincue il y a vingt ans que Tabata Kerr recevrait autant d'hommages en disparaissant.

Anny sortit de son mutisme :

– Ce n'est pourtant pas précieux.

– Quoi ?

– La notoriété. On s'imagine aujourd'hui que la gloire constitue le meilleur des salaires.

– Quand tu es célèbre, tu obtiens d'autres contrats que lorsque tu pourris à l'ombre.

– À quel prix, Johanna ? Quel prix ? Ça se paie trop cher. On figure dans les miroirs mais on leur appartient. Sac-Vuitton a sacrifié Tabata Kerr à sa renommée. Tout faisait spectacle en elle : son visage couturé, ses répliques calculées, ses vêtements outrés, son cynisme de cow-boy buriné, son emploi du temps bouffé par sa carrière. Il ne lui restait plus rien. Même sa mort, elle l'a offerte à la postérité. Ridicule.

Johanna marqua un étonnement sincère :

– Je croyais que tu l'aimais.

Anny soupira.

– Moi aussi. Je l'admirais. Je l'enviais. Je croyais qu'elle avait trouvé la solution pour ne pas souffrir.

– C'était le cas !

– Ce que j'aimais en elle, c'était la gamine qui ne s'appréciait pas assez et qui avait fabriqué ce personnage amusant. De temps en temps, sous son masque, on l'apercevait, cette petite fille : elle riait du numéro. Pourtant, elle aurait volontiers pulvérisé les barreaux de sa prison. Tiens, à propos de prison...

La limousine venait de s'arrêter à Lancaster, devant le pénitencier où Ethan purgeait sa peine.

Au fond du parking, deux bus arrivaient, chargés d'enfants venant visiter leurs pères.

Anny descendit de la limousine. Quand elle mit le pied sur le bitume, les adolescents la reconnurent et, ravis, l'applaudirent : ils se sentaient moins anormaux de partager leur situation avec une star d'Hollywood.

Elle leur adressa un signe amical puis se pencha vers Johanna.

– Garde la voiture jusqu'à chez toi. Je commanderai un taxi.

– Merci… nous devons examiner tes projets, les scénarios que je t'ai apportés…

– Ethan s'impatiente.

Anny marcha à longues foulées, arracha son crêpe de deuil, gagna le portail bleu métallique.

Juste avant d'entrer, elle vida le contenu de son sac à main dans la poubelle. Des boîtes de pilules allèrent rejoindre les papiers gras. Ethan et elle s'étaient juré qu'ils profiteraient de ce « séjour » pour se sevrer, se débarrasser de toutes les substances, la drogue et les médicaments.

« En prison, d'accord, mais pas sous camisole chimique », avait décrété Anny.

Quinze minutes plus tard, quand elle vit Ethan se traîner derrière la vitre du parloir, pâle, tremblant, la paupière rougie, l'expression hagarde, vieilli de dix ans, Anny saisit qu'elle y réussissait mieux que lui.

34

Anne se précipita, posa une chaise sur le coffre et tenta de décrocher Ida.

En vain.

La corde résistait, d'autant que le poids du corps gênait la manœuvre. En appelant au secours, Anne soutint la suicidée entre ses bras pour relâcher la pression du chanvre sur le cou.

À ses cris, Braindor accourut. Grâce à sa taille gigantesque, il délivra Ida du nœud coulant.

Celle-ci suffoquait mais respirait encore.

Ils l'allongèrent sur le sol en maintenant sa tête dans l'axe du dos.

Une jeune béguine bondit chercher un médecin ; avant qu'elle ne quitte l'enceinte, Anne lui conseilla Sébastien Meus, l'homme de l'hospice Saint-Côme, plutôt que les paresseux docteurs de l'hôpital Saint-Jean.

Mal en point, au bord de l'inconscience, Ida, muette, considérait de son œil unique ses sauveteurs avec tristesse. «Pourquoi avez-vous fait cela ? disait le globe exorbité. Je suis si malheureuse que j'aurais aimé mourir.»

Face à ce désespoir, si loin des insultes, des rebuffades,

des vitupérations habituelles, Anne, bouleversée, débordant d'un amour impuissant, ne retenait pas ses larmes.
– Pourquoi, Ida, pourquoi?

Au soir, le médecin de l'hospice estima Ida hors de danger : elle s'en tirait avec des bleus, quelques égratignures dues au filin, des douleurs dans la trachée, des difficultés à déglutir et une voix éraillée. Habilement, avec du cuir qu'il humidifia afin que la peau de vache prenne la forme des épaules et du cou, il constitua une sorte de collier rigide qu'il sécha ensuite et consolida avec de l'osier ; elle devrait le porter durant les deux semaines à venir.

La nuit, Anne récupéra sa cousine dans leur maisonnette. À la lumière d'une unique bougie, Ida, abattue, dolente, calme comme jamais, vidée de son venin, raconta à sa cousine ce qui s'était passé :

– Ce matin, une fois que tu es partie avec Braindor et la Grande Demoiselle, je n'ai pas écouté ton conseil, j'ai décidé de me rendre à Bruges. Tu comprends, je n'avais pas marché depuis trop longtemps le nez en l'air dans ma ville. Oh, j'étais si contente. Il m'a semblé qu'en franchissant le pont, j'effaçais tout, j'annulais l'incendie, je cicatrisais mes blessures, je me retrouvais la même qu'avant. Hélas, sitôt sur le quai, j'ai remarqué les grimaces des badauds, certains me fixaient avec stupeur, d'autres déviaient leur tête ; au début, je me suis retournée pour voir quel spectacle, quel carême-prenant, provoquait ces réactions ; malheureusement, c'était moi, moi seule. J'ai aperçu alors Wilfried, un de mes fiancés. J'ai galopé vers lui en lançant son prénom, joyeuse de le voir. Non seulement il ne m'a pas remise mais il a pris ses jambes à son cou. Pire qu'une imbécile, j'ai insisté, je l'ai pisté à travers les rues : « Wilfried ! Wilfried ? » Sur la place Saint-Christophe, il a rejoint ses amis. Il y avait là Rubben, Mathys, Faber, Pieter, Babtiste et Aalbrecht. En vérité, j'avais couché avec la moitié, flirté avec le reste. Quand ils virent débouler leur compagnon poursuivi par une folle qui braillait, ils éclatèrent de rire ; lorsque je me plantai devant eux, que je les nommai, ils changèrent. Ce n'était pas que du dégoût, Anne, c'était de la haine que j'ai vue dans leurs yeux. Des regards impitoyables. Des regards qui criaient que j'étais hideuse, repoussante. « Dégage, sorcière, on ne te connaît pas. » J'ai redit : « Ida. » Ils m'ont rétorqué en ricanant qu'ils ne couchaient pas avec les goules ou les suc-cubes, ils m'ont conseillé de replonger en enfer. J'ai pleuré. J'imagine que je devais être encore plus épouvantable avec mon œil fermé qui laissait goutter des larmes. Ils se sont écartés en criant : « Dégage, sorcière ! » Ce mot-là, les gosses l'ont repris. « Sorcière ! » Comme j'étais trop choquée pour bouger, les six garçons se sont éclipsés et des dizaines de gamins se sont attroupés en scandant « Sorcière, sorcière, sorcière ! ». Ils formaient une farandole. Des nains démo-niaques. Au moment où j'ai eu la force d'avancer, ils m'ont suivie. J'ai accéléré. Ils ont continué. Du coup, je me suis mise à cavaler, rattrapée par les morveux de Bruges qui se vantaient de chasser la sorcière. Je me suis réfugiée chez les béguines et j'ai foncé dans la maison de la Grande Demoi-selle.

– Mais...

– Oui, je savais qu'elle n'était pas là. Je suis entrée chez elle parce que je me doutais qu'elle en avait un.

– Quoi ?

– Un miroir.

Ida se tut, Anne aussi : la suite paraissait évidente, inutile de la raconter.

En silence, les lèvres tremblantes, Ida resongeait à la découverte de son visage estropié. Ce qui l'avait bouleversée, c'était de déceler sur elle les « marques du diable », une patte de crapaud inscrite au blanc de son œil, des taches sur la peau, des zones du corps devenues insensibles, sa sidérante maigreur, bref, les signes qui, authentifiant la sorcière, justifiaient les réactions des gamins.

– Voilà. J'ai eu le temps de voler la corde dans la salle des outils puis…

– Que penses-tu faire, Ida ? Vas-tu recommencer ?

Ida gémit.

– Je ne suis pas bonne à mourir. À chaque fois, je survis. Les flammes, la corde, rien ne vient à bout de moi.

– Donc, tu vas vivre ?

– Comment ?…

– Je t'aiderai, je te le jure.

Droguée, sonnée par la révélation de sa disgrâce autant que par les conséquences de sa pendaison, Ida reçut avec bienveillance le dévouement de sa cousine. Elles s'embrassèrent comme jamais depuis leur tendre enfance.

Les deux jeunes filles, ce soir-là, pleurèrent longuement ensemble. Ces sanglots les pacifièrent, les rapprochèrent. Pour la première fois, Anne pressentit qu'elle pourrait bientôt couler des jours heureux en compagnie d'Ida.

De son côté, à cinquante toises de là, la Grande Demoiselle s'intéressait peu au destin d'Ida, celui d'Anne la préoccupait trop. Après l'entretien avec l'archidiacre, elle avait perçu un écueil : Anne était inaudible aux oreilles de Bruges. Son époque ne possédait pas une maturité suffisante ; pis même, les préjugés entendaient un discours différent de celui qu'Anne énonçait. « Ce n'est pas elle qui est loin de nous. C'est nous qui sommes loin d'elle. »

Si la Grande Demoiselle avait une conscience claire de ce hiatus, cela venait des nombreuses époques qu'elle avait parcourues en lisant et en étudiant. Par la chair, elle appartenait à son siècle ; par l'esprit, elle était de beaucoup d'autres. Les discordes de ce XVIe siècle agité ne constituaient pas son unique référence. Les Grecs Platon, Aristote, Plotin – surtout Plotin –, Origène ou les Latins – essentiellement saint Augustin – alimentaient sa réflexion, ainsi que les mystiques rhénans, Mathilde de Magdebourg, Maître Eckhart, voire les illuminés de Flandre, Jan Van Ruysbroeck, Jan Van Leeuwen. Mais elle préférait le cœur pur d'Anne aux traités savants. Parce qu'elle avait passé sa vie dans les livres, elle ne se forgeait plus d'illusions sur eux, elle savait que les livres mentent, crient, se contredisent ; ils ont la bouche sale, les livres, ils ont trop mangé, trop vomi, trop mâché, trop régurgité, trop baisé, trop étreint. Quand elle entrouvrait un volume, elle en trouvait désormais l'odeur nauséabonde.

Vingt ou trente ans plus tôt, elle n'aurait pas su déceler en Anne une âme d'exception, car elle n'attendait merveilles que des prosopopées, des raisonnements, des échafaudages rhétoriques, des syllogismes en labyrinthe. Aujourd'hui, elle accueillait cette ingénue avec un étonnement respectueux, approuvant sa défiance envers le langage :

« Les mots ont été inventés pour les usages ordinaires de la vie ; ils peinent à décrire l'extraordinaire. »

Elle aimait cette jeune fille qui combinait l'ignorance d'un enfant et la sagesse d'un vétéran revenu de tous les voyages.

Or l'époque se montrait querelleuse plus que mystique : la réforme dirigée par Luther ou Calvin n'avait pas pu s'opérer au sein de l'Église, elle avait amené la création d'une autre Église, le Temple. L'affrontement sur les points de foi ou de théologie ne se limitait pas au champ de la *disputatio* théorique, il nécessitait des armes, des sièges, du sang, et menait les hommes à la mort. Anne risquait d'être prise en otage de la tourmente.

Cette nuit-là, alors que les deux cousines pleuraient main dans la main, la Grande Demoiselle passa des heures en oraisons, priant sainte Elizabeth, la patronne du béguinage.

Au matin, craignant que la protection d'une sainte n'arrange pas ses affaires terrestres, elle envoya un coffret rempli de pièces d'or à l'archidiacre en y attachant le mot suivant :

« Monseigneur, veuillez recevoir ce présent avec mes excuses pour avoir dilapidé votre temps. Votre bonté saura, je l'espère, accorder l'indulgence à cette pauvre d'esprit et la laisser à sa place, c'est-à dire dans l'ombre. De mon côté, je m'engage à ce que vous n'entendiez plus jamais parler d'elle. Croyez, Monseigneur, à mon profond respect et à mon admiration pour votre piété ardente. »

En signant, elle estima, avec le cynisme souriant de l'aristocrate : « Des compliments, des écus... c'est usuellement une monnaie suffisante. »

Une fois le coffret parti, elle se rendit compte que dans son ventre enflé, ses entrailles brûlaient. Sans prévenir quiconque, elle s'alita.

Les semaines s'écoulèrent. Le prélat n'avait pas donné suite à la visite d'Anne, au soulagement de Braindor qui n'eut pas la possibilité d'en discuter avec la Grande Demoiselle puisque celle-ci gardait la chambre.

Anne passait quotidiennement lui réciter ses poèmes. À mesure que son abdomen gonflait, la vieille dame déclinait.

À l'inverse, Ida allait mieux. Avec les forces, sa méchanceté lui revenait. L'angélique douceur qu'elle avait témoignée à Anne le soir de sa pendaison n'avait été qu'éphémère, due au choc, à l'accablement, aux remèdes ; plus elle guérissait, plus elle redevenait l'Ida envieuse, révoltée, haineuse.

En revanche, Anne n'avait pas oublié cette nuit de tendresse, pas assez, car elle en projetait les bénéfices au-delà de leur expiration : elle refusait de voir qu'Ida redevenait revêche et recommençait à la détester.

En vérité, la fureur d'Ida avait été relancée par un détail. Pendant ces jours où elle prisait la dévotion d'Anne, elle l'avait trouvée un soir en train de sangloter.

– Que se passe-t-il, Anne ?

– Rien.

– Sur quoi pleures-tu ?

– Ne t'en préoccupe pas.

Avec une extrême difficulté, luttant contre sa fierté, Ida parvint à articuler :

– Qu'ai-je fait pour te chagriner ?

Anne sourit à travers ses larmes.

– Oh, tu n'es pas responsable. Je m'inquiète car la Grande Demoiselle s'éteint de jour en jour.

Cette phrase fit l'effet d'une étincelle dans une grange :

l'incendie courut sur la paille et, en un instant, ravagea l'ensemble. Ida ne pouvait accepter l'affection de sa cousine que si celle-ci s'avérait exclusive. Dès lors qu'Anne appréciait tout le monde, cela signifiait qu'elle la chérissait comme les autres, ni plus ni moins, qu'elle ne voyait en elle qu'un des nombreux humains en détresse à secourir. « Ah, tu l'aimes, ta Grande Demoiselle ? Eh bien, ce sera elle ou moi », décida-t-elle. Aussitôt, Ida rouvrit son cœur à la bile, aux rancœurs, aux colères antérieures.

Or, non seulement Anne s'abstenait de s'en apercevoir, mais, lorsqu'elle avait le nez sur l'évidence, elle soupirait en pensant : « Comme elle doit souffrir. » Aucune rebuffade n'entravait son affection ; pis, elle s'attachait davantage à Ida chaque fois que celle-ci devenait odieuse.

Anne progressait dans ses méditations. Elle approchait de l'essentiel, ce cœur vivant qui bat à l'intérieur du monde, dont le flux et le reflux nous rendent prospères, elle épousait cette pulsation occulte, ce par quoi nous sommes, ce vers quoi nous allons. Ce foyer fondamental, dans un poème, elle le nomma *L'Amour nu* :

En toi, je perds images et figures,
Je nage et je brasse. Oh toi, l'amour nu,
L'amour sans pourquoi, l'amour sans souillure,
Avec toi, moi-même je ne suis plus.

Entre ses extases, Anne s'occupait de la Grande Demoiselle.

Malgré son sommeil dense, Ida soupçonnait que, la nuit, Anne quittait leur maison. La première fois, elle crut s'être trompée. La deuxième, elle vit nettement la jeune fille s'enfuir au cœur des ténèbres et ne revenir qu'au matin, les vêtements trempés.

Ida en conclut qu'Anne avait un amant.

Cette idée la réjouit. Elle jubila. Elle s'émerveillait, non pas qu'Anne connût cette joie, mais de posséder un secret qui pourrait détruire la réputation de sa cousine, cette mijaurée que le peuple appelait toujours « la vierge de Bruges ».

– Vierge, tu parles ! Pas plus que moi, ricana Ida en se tournant sur sa couche. Cette hypocrite manipule la terre entière, pourtant je dévoilerai son jeu.

Malheureusement, encore trop faible pour la pister, risquant de se briser le cou au moindre faux mouvement, elle dut patienter douze semaines avant de réaliser son vœu.

Pendant cette attente, elle supposa que Braindor était l'amant qu'Anne rejoignait la nuit, traversant la rivière. Car les vêtements mouillés d'Anne au matin prouvaient qu'elle avait franchi le fossé d'eau ; elle ne restait donc pas dans le béguinage. D'ailleurs, il n'y avait aucun homme, la nuit, dans l'enceinte protégée.

Pour s'assurer qu'elle avait raison, elle interrogea – d'une façon qu'elle présumait subtile – sa cousine :

– Comment le trouves-tu, Braindor ?

– Pardon ?

- Le trouves-tu beau ?

Stupéfaite, Anne marqua un temps d'arrêt. Elle réfléchit puis prononça d'une voix moelleuse :

– Il est beau, sans doute. Très beau, même.

Selon Ida, cela constituait une confession. Elle insista néanmoins.

– Ne souffre-t-il pas de son état de moine ?

– Je ne crois pas.

– Non, tu ne me comprends pas. Un homme renonce difficilement à la chair.

– Ah oui ?

– Oui. Plus difficilement qu'une femme.

Ida commençait à dire n'importe quoi, en tout cas, le contraire de ce qu'elle sentait – la chasteté lui pesait furieusement depuis qu'elle était laide et malade.

Anne hocha la tête.

– Il faudrait lui demander.

– N'a-t-il jamais… avec toi… enfin, tu vois ce que…

Anne éclata de rire.

– Non, Ida. Il m'aime, je l'aime, mais pas de cette manière-là.

Ida se renfrogna. Était-ce un aveu ou non ? Oh, avec cette sainte, on ne savait jamais sur quel pied danser.

Plusieurs après-midi de suite, elle les scruta lorsqu'ils conversaient sous le tilleul. Malaisé d'en tirer une conclusion. Autant il était visible qu'ils raffolaient l'un de l'autre, autant cela manquait de gestes ou de regards révélant un commerce charnel. Enfin, Ida s'estima assez rétablie pour filer Anne si l'occasion se représentait. Elle disposait de deux indices afin de prévoir quand cette fugue aurait lieu : Anne s'enfuyait les nuits de pleine lune, à l'issue de journées éreintantes – il fallait qu'elle ait beaucoup travaillé, assisté les béguines, assuré la lecture à la Grande Demoiselle grabataire.

Justement, dans la période propice, une journée se déroula ainsi. La Grande Demoiselle donnant des signes de faiblesse accrue, Anne s'était fort activée. Comme les médecins attitrés des béguines et ceux de l'hôpital Saint-Jean se déclaraient impuissants, Anne décida de consulter Sébastien Meus, à l'hospice Saint-Côme, lequel avait toujours montré une efficacité supérieure.

Comme il n'était pas question qu'il vînt ausculter la malade – les docteurs habituels s'en seraient offensés –, Sébastien Meus se fit décrire les symptômes, réfléchit, puis demanda à la jeune fille de repasser. À vêpres, il confia une fiole verte à Anne et lui enjoignit d'en mettre dix gouttes dans un bol d'eau tiède.

Elle exécuta la prescription.

À la nuit, surmenée nerveusement autant que physiquement, elle annonça à Ida qu'elle se coucherait tôt.

Ida se frotta les mains.

De fait, après les vêpres, quand le béguinage s'endormit, Anne, à pas prudents, rasant le mur, prenant garde de ne pas tourmenter le bois des marches ou du parquet, s'échappa de la maison.

Ida sortit de son lit, habillée, et la suivit.

Anne avançait avec précaution car elle s'assurait qu'on ne la voyait pas ou qu'elle ne renversait pas un objet dont le bruit la dénoncerait. Elle descendit dans la rivière Reie en attrapant une des planches qui gisaient sur la berge. Là, appuyée sur le bois pour mieux nager, elle agita les pieds, se mit à fendre les eaux, quitta la ville.

Sans tergiverser, Ida, qui avait rivalisé dans les étangs avec Anne pendant son enfance, fit de même ; à demi couchée sur une autre planche, elle reproduisit avec ses jambes les mouvements d'une grenouille.

Évitant que des guetteurs ne la détectassent, Anne ralentit plusieurs fois, se cacha sous son flotteur, cessa de se propulser. À ce point d'obscurité, pour un garde qui aurait penché la tête vers l'affluent, il n'y avait qu'un bout de sapin à la dérive.

Ida l'imita, quoiqu'elle commençât à s'inquiéter, doutant d'avoir assez de forces si l'expédition durait.

«Pourquoi quitte-t-elle la ville ? Où donc a-t-elle rendez-vous avec Braindor ?»

Une fois qu'elle fut éloignée des dernières maisons, Anne se dirigea vers la rive, remonta sur la berge, se mit à marcher.

Soulagée de quitter l'onde froide, Ida aborda à son tour.

Anne déambula longtemps, d'abord sur le chemin, puis par les sentiers, enfin en coupant à travers les bois. À la sûreté de son allure, Ida conclut qu'elle connaissait bien la route.

À maintes reprises, Ida provoqua des craquements de branchages. Logiquement, Anne aurait dû les remarquer, or elle continua, indifférente.

Elle déboucha sur une clairière où la rivière venait s'amollir en un coude. Restant en arrière, Ida se hissa comme elle put sur la branche d'un arbre et observa.

Anne s'était déshabillée.

Nue sous la lumière douce de la lune, elle avançait, frémissante, vers la Reie.

Depuis qu'elle méditait mieux, elle avait besoin de fuir le monde des humains, ses bruits, ses repères, ses limitations, ses vêtements. Il lui fallait se donner à la nature, en épouser les éléments, l'air, la terre, le ciel, l'eau. Elle descendit lentement dans les flots noirs et s'y allongea. Désormais, ses oreilles envahies par le liquide entendaient les émois des truites, le frémissement des têtards, la respiration de la vase. Ses cheveux, en couronne autour d'elle, s'emmêlaient aux joncs. Au-dessus, les étoiles lui paraissaient faciles à cueillir, pas plus hautes que des cerises argentées ; non, elle ne les décrocherait pas, elle n'enlèverait rien au monde, les autres hommes s'en chargeaient assez.

Ida, de loin, ne soupçonnait pas ce qui se passait.

Elle comprit encore moins lorsque le loup surgit, un loup monumental, aux muscles puissants, qui s'approcha en sautillant, tel un chat qu'on va nourrir. Il s'assit sur la berge et contempla Anne.

Elle vint le rejoindre. Ils regardèrent la nuit ensemble.

Ida n'en croyait pas son unique œil. Plusieurs fois, elle se pinça, vérifia qu'elle ne cauchemardait pas. Quoi ? Anne quittait le couvent pour se baigner en compagnie d'un loup, le fameux loup qui avait fondé sa légende.

Et où était Braindor ?

Le voyage du retour s'avéra compliqué puisque Ida savait qu'une terrible bête rôdait. Du coup, elle talonna sa cousine, quitte à se faire repérer.

Un instant, elle aperçut une ombre démesurée qui fourrageait tout près dans les buissons ; deux yeux jaunes éclairèrent la nuit. Paniquée, elle soutint néanmoins son effort.

Elle rejoignit le béguinage une heure après Anne, car nager une deuxième fois dans la Reie l'avait exténuée. Juste avant que le soleil ne la rende visible à chacun, elle parvint au béguinage. Là, elle décida de s'attarder dehors, Anne se levant toujours pour chercher le lait et le pain du premier repas. Ida profita de cette courte absence pour remonter dans sa chambre, cacha ses vêtements trempés sur le rebord de la fenêtre, se jeta dans sa couche. Elle s'endormit, lourde.

Ce matin-là, la Grande Demoiselle se sentit mieux. Reprenant espoir, Anne lui administra encore le contenu de la fiole verte.

Progressivement, les jours suivants, la Grande Demoiselle revint des morts chez les vivants.

Anne, sitôt dans leur maisonnette, ne cachait pas sa joie à Ida. Elle riait, dansait, exhibait à sa cousine la potion miraculeuse. Devant tant de félicité, inutile de préciser qu'Ida remâchait son fiel.

Aussi, quand Anne annonça que le médecin lui préparait un nouveau remède en fin de matinée, Ida conçut-elle son plan.

Elle escorta Anne en tapinois jusqu'au couvent des Cordeliers. Là, elle attendit qu'Anne ressortît de l'hospice, sa fiole verte à la main, puis que les apprentis et les infirmiers s'éloignassent pour croquer des beignets place du Marché ; alors elle se précipita chez le médecin.

Sébastien Meus, qui venait d'attaquer une assiette de ragoût, s'interrompit, accueillit la jeune femme qu'il avait soignée deux fois, après l'incendie et après la pendaison.

Même si Ida lui annonça qu'elle ne venait pas dans ce dessein, elle le laissa examiner le résultat de son travail, le flatta en minimisant ses gênes ou ses douleurs. Ravi – sauf en ce qui concernait la peau de ses jambes, qui se desséchait trop –, le médecin s'enquit :

– Pourquoi viens-tu me voir ?

– Nous avons des rats chez les béguines. Énormes rats.

C'est moi qui suis chargée de veiller à la propreté des caves et des garde-manger. Or je ne sais plus quoi inventer. Boucher les trous, les poursuivre à coups de balai ne les convainc pas de décamper. D'ailleurs, je me suis blessée plusieurs fois car, avec un seul œil, je me cogne dès que j'accélère.

– N'avez-vous pas de chats ?

– Des chats à souris, pas des chats à rats. Vu leur taille, si la chasse s'engage, ce seront les rats qui pisteront les chats.

Il hocha la tête, hésita quelques instants, puis, jetant un œil à la pitoyable infirme, prit sa résolution :

– Je vais t'aider. Tu vas poser des gouttes de poison sur une croûte de fromage ou une pomme blette. Les rats crèveront rapidement. Attention, Ida : ce qui peut tuer des gros rats peut tuer des hommes. Ne touche jamais la solution avec tes doigts, lave-toi les mains sitôt après, n'approche pas tes narines. Tu me le jures ?

– Oh merci, je vous le jure.

Il disparut puis revint avec un pot qu'il lui confia. Ensuite, repensant aux mollets de la brûlée, il lui demanda de surseoir encore, le temps qu'il amalgame deux substances qu'elle devrait appliquer tous les jours.

Il repartit dans son laboratoire.

Pendant qu'elle l'entendait broyer des grains à l'aide d'un pilon, elle ouvrit le pot, déposa du poison dans l'assiette du médecin. Se souvenant qu'elle ne devait pas le manipuler, elle arracha une brindille aux provisions de bois jouxtant la cheminée, remua la nourriture jusqu'à effacer les traces de son intervention, balança la brindille dans les braises.

Le médecin revint avec un récipient en terre cuite recouvert d'un voile de coton.

– Scelle bien le produit

Ida le remercia aussi gracieusement qu'elle pouvait. Avant de quitter la pièce, elle se retourna, demandant tout à trac :

– Est-ce que vous me trouvez jolie ?

– Pardon ?

– Je me demande si vous êtes content de ce que vous avez réalisé sur moi.

Le médecin approuva lentement de la tête.

– Je m'en félicite, oui.

Ida songea : « Tu es donc heureux de m'avoir transformée en monstre que les enfants traitent de sorcière. Pour ta récompense, crève ! » Elle salua d'une courte génuflexion et s'éloigna, preste. Elle redoutait les cris d'agonie que le médecin allait bientôt pousser.

La tête baissée afin qu'on ne la dévisageât pas, le pas vif, dissimulant dans son châle les drogues qu'elle emportait, elle rentra au béguinage.

Quand elle aperçut Anne en méditation sous son tilleul, elle frémit de plaisir. Manifestement, le hasard l'aidait.

Une fois à la maison, elle crocheta l'écritoire de sa cousine, saisit la fiole verte, en vida la moitié sur un torchon usagé, mit à la place du poison à rats, renfonça le bouchon de liège, agita pour mélanger les liquides.

Le plus discrètement possible, elle se débarrassa du linge dans le canal et reprit ses tâches.

Ce jour-là, elle guetta chaque bruit, espérant apprendre qu'elle avait réussi.

À l'angélus, le béguinage boucla son accès. Ida languissait

Elle partagea un repas frugal avec Anne qui venait de visiter la vieille aristocrate.

Au milieu de la nuit, des cris retentirent. Anne et Ida se levèrent, coururent vers eux : la Grande Demoiselle venait de trépasser dans d'atroces souffrances.

Puisqu'elles savaient qu'aucune aide ne viendrait plus de l'extérieur, les béguines, réunies autour du cadavre, prièrent jusqu'au matin pour son salut et le repos de son âme.

À l'aube, lorsqu'on désenclava les portes, elles purent aller se coucher. Si Ida s'endormit, Anne resta agenouillée, pensant à cette honorable dame à qui elle devait son statut de béguine.

Quand Ida se réveilla, elle découvrit Anne dans la position où elle l'avait laissée. Seule différence : Anne avait beaucoup pleuré.

Cet amour sans pudeur pour une autre déclencha une nouvelle bouffée de rancune en Ida. Excédée, elle estima qu'Anne méritait une punition radicale.

Ida attrapa un manteau – car le ciel plombé coupait la terre du soleil –, se dissimula sous un capuchon et fonça à travers les rues de Bruges.

Rencontrant deux gardes communaux, elle les apostropha et leur raconta ce qu'elle avait sur le cœur.

Effrayés, ils la conduisirent auprès des autorités compétentes.

Quelque temps plus tard, alors que les cloches de Bruges sonnaient la mi-journée, des hommes frappèrent à la porte d'Anne.

Quand elle se présenta, ils la saisirent sans ménagement.

Le lieutenant chargé des poursuites lui annonça pourquoi on l'arrêtait. Le mandat d'amener contre elle comportait trois allégations : sorcellerie, impiété, meurtres par empoisonnement.

35

Gretchen,

Les années se sont écoulées.

Oh, mon amie d'enfance, je pense souvent à toi, je retourne dans notre passé, je m'y amuse, je t'y embrasse. Laisserons-nous la vie s'évaporer sans nous revoir ? Parfois, je rêve de recevoir de tes nouvelles, d'apprendre où travaille ton Werner, ce que deviennent vos fils.

Que s'est-il produit ?

Je me souviens que nous sommes officiellement fâchées.

Mais je ne me rappelle plus pourquoi.

Ma mémoire de cette époque demeure confuse ; l'époque elle-même l'était : j'achevais ma psychanalyse, je me séparais de Franz, je quittais Vienne. Peut-être ai-je alors éprouvé un besoin de table rase dont tu fis les frais ? Me suis-je montrée trop radicale ? Avec le recul, je me demande si je n'ai pas été injuste…

Car j'ai oublié ce que je t'ai reproché. Cela m'inquiète et instille une culpabilité amère dans mon cœur.

Oh, Gretchen, je veux t'écrire comme avant, je veux lire tes sages réponses, je veux que notre précieuse amitié perdure. Le veux-tu aussi ?

Depuis notre absurde rupture, ma vie a fort changé. Quoique y subsistent des points noirs, elle me plaît. Mieux que ça, elle m'enchante.

Par quoi entamer mon récit ?

À Vienne, je vivais tel un oiseau en cage, une jolie perruche au plumage chatoyant, que son mâle propriétaire se régalait d'exhiber. Je méconnaissais le bonheur même si je croyais le posséder ; du coup, je me plaignais constamment de ne pas l'apprécier.

La cure psychanalytique commença à me libérer. Calgari, dont j'étais – je l'ai su ensuite – une des premières patientes, avait bricolé une cure qui me donna conscience de ma névrose.

Mon mariage avec Franz n'avait que l'apparence d'une réussite. Quoiqu'il fût jeune, je considérais mon mari comme un père, un patriarche qui m'enseignait ma conduite, les usages du monde, les devoirs d'une épouse. Je ne l'aimais pas, je le révérais. Au lit ou en société, je lui obéissais.

Or la docilité ne m'épanouissait pas.

Grâce à Calgari, je pris conscience de mon intense frustration sexuelle. Un jour, j'eus la balourdise de tenter de l'abolir avec lui, ne me rendant pas compte qu'il s'agissait d'un transfert, une étape normale de la cure lorsqu'elle touche à son terme.

Je ne me souviens guère de ce que j'entrepris mais ça devait ressembler à un viol. Peu importe. Calgari ne m'en voulut pas puisque, dans les dernières semaines où je séjournai à Vienne, il reprit le travail analytique avec moi et le mena à son terme.

Dans le même temps, je vécus un moment exceptionnel, merveilleux, tragique.

Je doute de te l'avoir raconté, car j'étais très pudique. Aujourd'hui, étant donné que je n'ai plus peur d'aucun sujet, je te l'explique en quelques phrases.

Par une succession de hasards, je me retrouvai dans les bras d'un individu qui m'emmena chez lui. À ma grande surprise, ce garçon dont j'ignorais tout, qui ne savait rien de moi, me procura l'extase pendant que nous faisions l'amour.

Le croiras-tu ? Je n'avais ni soupçonné ni approché cet état auparavant. Mes promenades voluptueuses avec Franz s'étaient limitées au jardin de la maison, un parc bien cultivé, nous n'étions jamais arrivés dans la forêt, je n'en avais pas franchi la limite, je négligeais la puissance que la nature sauvage a déposée en nous.

Bouleversée par cette révélation sensuelle, je n'essayai pourtant pas de revoir l'inconnu. J'en cherchai un autre.

Puis un autre.

Et je ne sais combien encore.

À chaque fois, je grimpais au sommet du plaisir.

Es-tu choquée ?

Je le fus.

L'étrange découverte précisait ses contours : si mon amant apprenait mon nom, mon histoire, mes soucis, mes préoccupations, je ne me laissais plus aller, je ne m'abandonnais pas. Trop de mots, trop de pensées, trop d'idées dressaient un mur impossible à gravir.

Je compris mon pouvoir et ses limites : j'accède à l'orgasme, mais je n'y parviens que dans l'anonymat.

Pour le vérifier – parce que je ne l'acceptais pas –, j'ai tenté de renouveler ces transports charnels avec Franz. Me jetant sur lui, je me stimulais en reproduisant la fougue, l'impudeur, l'énergie que je déployais avec mes amants d'une journée. Inutile. Soit que ma volonté restât trop présente et m'empêchât de me quitter, soit que Franz continuât à se comporter en Franz von Waldberg, je ne décollais pas de ma couche. Rapidement, j'eus envie de rire tant je jugeais nos contorsions ridicules.

Je m'ouvris de cette particularité à Calgari. Si mon aveu ne le déconcerta pas, il tenta de me fournir une explication ; à son habitude, il scruta ce qui, dans mon passé, excluait qu'un homme que j'apprécie me satisfasse. En vain. Plutôt que de remettre sa méthode en question, il estima alors que je gardais des secrets d'enfance en réserve.

À cette époque, je ne savais pas ce que j'en pensais.

Je n'avais rien confié à tante Vivi. Alors que nous étions proches, voire complices, je craignais qu'elle ne puisse cerner la bizarrerie de mes mœurs. À la différence de moi, Vivi se donnait aux hommes qu'elle connaissait, qui l'avaient longuement courtisée, auxquels elle avait imposé d'interminables flâneries et de nombreux déjeuners. À l'évidence, tante Vivi restait elle-même, en compagnie choisie, lorsqu'elle aboutissait à « la minute éblouissante ». Aussi redoutais-je sa réprobation devant mon curieux cas.

Je menai, quelques mois, cette double vie.

Double ? Plus j'avançais, plus s'accentuait la disproportion entre les deux. L'une relevait d'un rituel hypocrite – l'exis tence de Madame von Waldberg –, l'autre me donnait l'occa sion d'explorer l'inépuisable munificence de la nature. Deux vies, oui, une fausse et une vraie. Le reflet et l'original.

Un soir, je vins au-devant de Franz qui lisait dans la bibliothèque.

– Franz, ne m'en veuille pas, je vais te quitter.

Il éclata de rire, croyant à une taquinerie. Sans broncher, j'attendis que son hilarité eût pris fin et repris :

– Je suis désolée de t'infliger cette peine car tu es un homme bon, tendre, intelligent.

Il saisit soudain que j'étais sérieuse.

– Hanna, qu'est-ce qui te pique ?

– Je ne peux pas t'expliquer. C'est de ma faute. Je n'aurais jamais dû accepter de t'épouser. Je présumais que le mariage n'était pas mon destin, mais, là encore, j'ai enterré mes scrupules. Maintenant, j'en suis sûre. Mon départ n'a rien à voir avec toi, ne te sens pas coupable, tu as été parfait. Tu es si remarquable que, justement, je conclus que je n'ai pas ma place dans ce type de vie.

Je te passe la description de la scène qui s'ensuivit. Franz a pleuré, argumenté, fulminé, hurlé, gémi de nouveau. Moi, je ne perdais pas ma contenance froide, maîtrisée, car, si je ne mentais pas, j'excluais de livrer des détails sur la vérité. Ma résolution, mon calme, mon silence achevèrent de l'exaspérer. Il quitta la maison en claquant la porte.

Une heure plus tard, il revenait avec Teitelman et Nikish, le médecin de famille et son confrère. Il les avait convaincus que je traversais une crise de démence. À eux, j'exposai facilement mon désir de partir car, à la différence de ce pauvre Franz, ils m'écoutèrent sans souffrir.

Quand ils lui rapportèrent que je n'étais pas une femme malade, plutôt une femme qui souhaitait divorcer, Franz poussa un cri terrible. C'était à la fois la douleur d'un animal blessé et la souffrance d'un enfant. Son hurlement me glaça de remords. Franz m'aimait-il donc tant ?

À cet instant, frissonnante, je décidai, puisque je ne pouvais pas le consoler, de lui offrir tout ce que je possédais.

Le lendemain, je me rendis chez les marchands d'art auprès desquels j'avais constitué ma collection de sulfures ; je leur suggérai de venir expertiser mes pièces pour les racheter.

Me croiras-tu ? Ces gougnafiers qui m'avaient fait claquer une fortune ne prirent même pas la peine de se déplacer, malgré mes relances. L'un d'eux, après moult supplications, daigna se montrer et me proposa une somme dérisoire, le millième de ce que m'avaient coûté les mille-fleurs.

Sur mon ordre, mes domestiques le chassèrent.

Cet épisode m'avait emplie d'aversion. Aversion pour ces escrocs, aversion pour moi qui m'étais révélée si naïve, aversion pour ces objets dont l'importance venait de se dégonfler.

Que fis-je ?

Dans le Danube, si tu descends sous le pont Radetzky et que, munie d'un équipement, tu parviens à nager au fond de l'eau, tu trouveras sur le sol, au milieu des truites et des brochets, la flore la plus baroque qu'on ait jamais vue : y ont poussé des fleurs de verre, des prairies de cristal, une végétation minérale et colorée qu'un dieu bijoutier, au goût italien, se serait amusé à jardiner.

Là, en effet, plusieurs soirs de suite, à minuit passé, j'ai déversé ce que j'appelais « mes trésors ».

Adieu Vienne. Je laissai mes biens à Franz, la misère qui restait de ma cassette personnelle, les millions que j'avais mis en commun dans notre couple. Sans lui demander son avis. Contre l'opinion de Schönderfer.

À l'époque, Franz refusa le divorce.

Il s'entêta ainsi des années. Son opiniâtreté m'a désolée et émue, tant je savais ce qu'elle signifiait : Franz niait notre séparation, il voulait que nous restions liés, il attendait mon retour, prêt à me pardonner.

Le mois dernier seulement, j'ai reçu des papiers à signer. Un notaire s'était chargé de la procédure. Qui se nichait derrière ? Franz avait-il enfin consenti – ce que je souhaite – ou sa famille, à force d'intrigues, l'avait-elle plié ? Je ne le saurai jamais.

Je partis pauvre de Vienne. Et cela me procura du bien-être. Ce portefeuille qui me venait de mes parents adoptifs m'avait créé un destin malgré moi, celui d'une héritière. Désargentée, j'allais réintégrer ma vraie vie. Ou la réinventer.

Je me suis d'abord installée à Zurich. Là, contre des cours de langue, j'ai loué une mansarde et commencé à lire les œuvres de Freud. Par la suite, j'ai entamé ma deuxième cure, théorique et non thérapeutique, démarche qui me permit de devenir psychanalyste à mon tour.

Oui, tu m'as entendue, Gretchen ! Je suis devenue médecin de l'âme. Je soigne les gens qui souffrent. Certes, pour l'instant, je peine à me constituer une clientèle ; je ne perds pourtant pas l'espoir d'y parvenir.

Entre-temps, pour m'occuper, j'écris un livre sur le mysticisme flamand, un essai que j'ai l'intention d'envoyer au professeur Freud lorsque je l'aurai achevé.

Comment en suis-je arrivée là ?

C'est à cause d'un arbre.

Cette fois, il ne s'agit pas d'un arbre de verre fabriqué à Murano ou à Baccarat, mais d'un tilleul auquel mes pas m'ont amenée.

Je visitais la Belgique avec Ulla, une amie de Zurich qui enseigne l'histoire à l'école secondaire de filles. Nous venions de parcourir la riche Wallonie et, par contraste, la Flandre nous semblait pauvre, sauf quand Anvers nous dévoila ses splendeurs et que, par la suite, ce bijou de Bruges nous accueillit le long de ses canaux.

Alors que nous n'avions plus guère de temps, Ulla tint à passer au béguinage. Pour que tu comprennes cette insistance, je dois te préciser qu'Ulla milite pour la libération des femmes, contestant le rôle accessoire que la société nous octroie depuis des siècles. Elle réclame le droit de vote pour nous, arguant que si nous obéissons aux lois, nous devons participer à leur création. Elle n'accepte pas l'idée que nous soyons inférieures en intelligence, et encore moins dans notre capacité de choisir. Faut-il attendre les guerres et la pénurie d'hommes pour redécouvrir, à chaque fois, que les femmes peuvent exercer des responsabilités, voire des métiers traditionnellement masculins ? Quoique je ne sois pas aussi engagée qu'Ulla, j'approuve son combat et j'espère que tu n'appartiens pas à ces bécasses qui s'en offusquent.

Selon Ulla, les béguines ont été les premières femmes émancipées du Moyen Âge puisqu'elles avaient conçu un modèle de vie autonome, sans faire couple, sans fonder famille. Elles échappaient aux modèles ordinaires – mariage, maternité, veuvage, galanterie – et rêvaient au-delà des couches et des draps souillés. Organisées en communauté non religieuse, elles offraient un modèle alternatif dans ces temps de domination masculine. D'ailleurs, très vite, les mâles s'en étaient pris à elles ; plus d'une fois ils attentèrent à leur mode de vie, voire le supprimèrent.

Ulla voulait rendre hommage à ces pionnières et comptait rédiger un article pour une revue de suffragettes helvétiques.

J'avoue que moi, ce jour-là, j'étais davantage préoccupée par mes ampoules aux pieds – je marche si peu – que par les élucubrations – certes passionnantes – d'Ulla

Une fois passé le pont courbé au-dessus de la Reie, pendant qu'Ulla courait d'une maison à une autre, visitait la chapelle, inspectait l'infirmerie, j'avisai un arbre, au tronc duquel je m'adossai.

Après m'être déchaussée, je me frottai les orteils puis commençai à rêver.

Sous ce tilleul, une lente paix m'envahissait. Par je ne sais quel miracle, le lieu me semblait familier. Sans doute le silence, coupé seulement par les appels des cygnes, des oies, me rappelait mon enfance ; peut-être que toucher la terre me renvoyait à mes longues stations, lorsque j'essayais d'embrasser le globe terrestre entre mes bras ouverts, face contre l'herbe. Remontaient en moi des sensations anciennes, lesquelles me bouleversaient, me réconfortaient.

J'eus subitement l'impression que la vie pouvait être simple. Qu'il suffisait de l'aspirer dans ses poumons, de regarder le ciel, d'admirer la lumière.

Un papillon se posa sur une primevère.

Ces deux êtres arboraient les mêmes teintes, vert tendre et jaune ensoleillé ; égaux en beauté comme en délicatesse, l'insecte et la fleur ne se distinguaient que par leur mode de vie, l'une plongeant ses racines en terre, l'autre élançant son corps dans les airs. Sous les branches odorantes, la sédentaire et le nomade se retrouvaient pour un conciliabule. Que se disaient-ils ?

Soudain, il me sembla que tout l'univers s'était concentré là. Les battements des ailes légères paraissaient la respiration de la plante. Le monde s'organisait en un décor panoramique qui enchâssait cette rencontre précieuse de l'animal et du végétal, me montrant l'essentiel, la continuité de la vie innocente, tenace.

Mon corps se libérait d'un poids ; des centaines de kilos fuyaient mon dos, mes épaules ; je m'allégeais.

– Eh bien, Hanna, tu deviens sourde ?

Ulla criait mon nom du bâtiment où elle avait croisé une collègue historienne. Elle tenait à me communiquer son enthousiasme.

Je quittai physiquement l'arbre mais une partie de moi y resta. Le calme régnait dans mon esprit. J'avais reçu un secret majeur. Le mettre en mots m'était impossible, quoique le sentiment subsistât.

Ulla discutait avec cette érudite flamande qui épousait ses convictions.

J'écoutais d'une oreille distraite leur débat, lequel roulait sur les béguines du passé. L'historienne locale finit par confier un manuscrit médiéval à Ulla.

De retour à l'hôtel, je m'assis devant la fenêtre afin de m'envoler, par la rêverie, auprès du tilleul, alors qu'Ulla, allongée sur un des lits, parcourait les précieuses pages qu'elle avait emportées avec tant d'enthousiasme.

Au moment de descendre dîner, son excitation était tombée.

– Du bla-bla de névrosée, ces vers. Des divagations de bourgeoise frustrée. Quelle pitié ! Ça ne sert pas la cause des femmes, loin de là. Quand je pense que ma collègue s'indigne qu'on n'ait jamais édité *Le Miroir de l'invisible* auparavant ! Moi, j'estime le contraire. Ça mérite l'oubli.

Elle jeta le paquet sur le fauteuil.

Le souper achevé, par désœuvrement, j'ouvris le dossier, le feuilletai.

Après quelques pages, j'étais bouleversée. L'arbre ! Je me retrempais dans l'atmosphère de l'arbre ! C'était le tilleul qui avait écrit ces poèmes…

Voilà comment je me suis passionnée pour Anne de Bruges, l'auteur de l'ouvrage, une femme dont on ne sait rien, sur laquelle j'ai décidé de me pencher. Ulla, surprise mais conciliante, a juré de m'aider dans mes recherches aux Archives.

Je t'en parlerai dans une prochaine lettre si tu m'y autorises. *Le Miroir de l'invisible*, n'est-ce pas un titre splendide ?

Tu noteras au revers de l'enveloppe mon adresse à Zurich, adresse qui devient chaque jour plus provisoire car, depuis que des relations psychanalytiques ont promis de m'offrir du travail en Belgique, j'ai prévu de quitter la Suisse. Enfin, nous verrons…

Réponds-moi, ma Gretchen. S'il te plaît. Quoi que j'aie fait, pardonne-le-moi. Et pardonne-moi aussi ce que je n'ai pas fait. Je guette ton message avec impatience.

Ta fidèle et aimante Hanna.

36

– Que vous a appris le succès ?

– Rien. Je l'ai reçu comme un cadeau, c'est tout.

– Que vous a appris l'échec ?

– Que j'aime mon métier davantage que la réussite.

– Que vous a appris le cinéma ?

La journaliste, stylo entre les lèvres, enregistreur à la main, contente d'avoir posé une question si définitive, attendait une réponse.

– Que j'avais les fesses rebondies.

Anny se releva, salua l'intervieweuse et quitta la pièce.

Johanna remercia sa collègue ; les deux se félicitèrent de ce face-à-face exclusif, se promirent un déjeuner en ville, s'embrassèrent bruyamment, se séparèrent.

Johanna rejoignit Anny, laquelle contemplait l'océan. Elle avait vendu son manoir de Beverley Hills et s'était installée ici, sur la côte, dans un long pavillon blanc au bord de l'eau, une maison destinée à un ingénieur, un médecin ou un couple de la classe moyenne, pas à une star multimillionnaire. Johanna avait tiqué ; puis, quand elle avait compris le profit que les photographes pouvaient en tirer, l'intérêt rédactionnel à décrire Anny en cette retraite provisoire, elle en avait pris son parti.

– Bravo. Tu lui as fourni la matière d'un chouette article.

Anny hocha la tête, sans lâcher des yeux les vagues qui moutonnaient.

– Ethan sort ce soir.

– Tu ne vas pas le chercher à la prison ?

– Non. Je lui ai envoyé une voiture. Je refuse que tu délègues devant le pénitencier un régiment de paparazzi qui m'immortaliseront dans ses bras.

Johanna ne chercha même pas à se défendre. Anny apprécia. Elle se tourna vers l'agent.

– Je vais bien maintenant.

À cette phrase insupportable, Johanna laissa exploser sa rancœur :

– Non. Depuis que tu vas « bien », tu vas très mal. Anny, tu exerces un des plus excitants métiers du monde, un des plus lucratifs, et tu te terres ici, indifférente. Je t'avais demandé d'étudier ce script, *Les Femmes de mon père*. Tout Hollywood intrigue pour recevoir ce texte, ce sera l'événement de l'année prochaine. Toi, tu bâilles, tu languis après Ethan !

– Je l'ai lu.

Johanna battit des mains. Enfin ! *Les Femmes de mon père* s'annonçaient comme la nouvelle comédie chorale importante. Les agents, sur les dents, se bagarraient afin de placer leurs clients et clientes dans l'aventure. Anny Lee, la première actrice contactée, n'avait pourtant pas, pendant deux mois, pris la peine de répondre.

– Les patrons du studio ne veulent que toi, t'en rends-tu compte ? – que toi ! Ils ont refusé d'être approchés par les plus grandes.

– Dommage, car je ne le ferai pas.

Johanna blêmit. Anny reprit sa contemplation du Pacifique.

– Chérie, c'est impossible. C'est LE film.

– Tu as raison : c'est LE FILM, LE FILM CON de l'année – Dieu sait qu'il y a de la concurrence. As-tu ri une seule fois en lisant le script ? Pas moi. As-tu vu des personnages ? J'ai à peine entrevu des silhouettes qui énoncent des vulgarités..

– C'est le goût d'aujourd'hui.

– Le mauvais goût.

– La pièce a triomphé à Broadway !

– Ce n'est pas parce que des milliers de gens encensent des débilités que je changerai d'avis.

– Anny, réveille-toi ! Nous sommes à Hollywood, chérie. Il y a des projets dont il faut être. Je crois que tu ne mesures pas tes privilèges. Tu appartiens au club restreint de celles à qui les scénarios parviennent en premier. Tu peux choisir.

– Justement, je choisis de refuser.

– C'est un suicide !

Anny se dirigea vers la table basse couverte de brochures.

– Johanna, tu présumes que j'abandonne le travail. C'est faux. Je souhaite interpréter un rôle très vite. Une belle histoire, dont je sois fière.

Elle désigna le monceau de fascicules.

– Regarde... je te promets de tous les lire cette semaine. Il y en aura bien là un bon, non ?

Johanna haussa les épaules, écœurée : elle aurait dû rester dans l'entreprise de son père, à Seattle, au lieu de se tracasser sa vie durant pour réussir à Hollywood. Construire exhaustivement la carrière d'une star et finir par entendre ça !

– Ça suffit. Joyeuses retrouvailles avec ton bagnard. J'ai assez perdu mon temps ici.

Johanna claqua le battant. Sur le chemin de sa voiture, elle s'attendit chaque seconde à ce qu'Anny la rappelât. Cent fois, elle avait vécu cette scène ; cent fois, elle avait tourné les talons en exagérant son chagrin ; cent fois, le brave cœur d'Anny n'avait pu supporter le conflit et elle lui avait couru après.

Arrivée à la portière, Johanna jeta un œil furtif vers la maison. Anny n'apparaissait pas.

Perplexe, elle s'installa au volant et occupa quelques minutes encore à se remaquiller.

En vain.

Anny était partie se promener au bord de l'eau.

Le soir, Ethan sonna à l'entrée. Anny ouvrit, ils s'embrassèrent puis, sans prononcer un mot, ils allèrent dans la chambre où respectueusement, presque timidement, ils se redécouvrirent.

Au dîner, Ethan raconta la prison, son humiliation d'habiter une cellule, les rapports avec ses codétenus, le culte du bodybuilding qui régnait là-bas. À la masse musculaire, on pouvait discerner si le prisonnier purgeait une longue peine ou non.

– Moi, je reste taillé dans une ficelle. Cinq mois de taule, ça n'allait pas me transformer en athlète.

Tout s'imposa naturellement entre eux. Ils passèrent leur première nuit ensemble comme si des milliers l'avaient précédée.

Leurs horaires s'accordaient, leurs humeurs aussi. Ils appréciaient chaque instant de leur vie.

Ethan se sentait revivre dans ce décor océanique.

Anny lisait les scripts. Au lieu de se mettre en colère, elle riait des âneries qu'on lui soumettait. Outre les films à effets spéciaux dont les personnages avaient l'épaisseur d'une allumette, elle parcourut vingt histoires « à se dandiner du cul » – elle entendait par là des récits exigeant juste qu'une bimbo traverse l'écran de temps en temps. Dans les scénarios plus élaborés, elle ne dégota pas davantage.

– Tu sais, Ethan, lorsqu'on a un physique de « jolie fille », on est condamnée aux niaises ou aux putains. Les demi-belles ont de la chance car on leur confie des rôles psychologiques. Quant aux moches, elles sont vraiment gâtées : distribuées en méchantes, elles reçoivent des fringues extravagantes et les meilleures répliques.

Elle remarqua un détail troublant dans l'attitude d'Ethan. Si la conversation abordait l'avenir, Ethan manifestait de l'inquiétude, une perle de sueur luisait sur son front. Dès qu'il se trouvait à plus de deux mètres d'elle et que la télévision déversait son lot de mauvaises nouvelles, elle constatait qu'Ethan, luttant contre ses émotions, s'efforçait de ne pas s'effondrer.

« Quelle sensibilité à fleur de peau, songea Anny. Il est pire que moi. »

Hélas, elle aurait dû suivre son raisonnement jusqu'au bout.

Un matin, en rangeant des lotions, elle bouscula la trousse de toilette appartenant à Ethan. Des médicaments roulèrent au sol : analgésiques, calmants, somnifères, stimulants, boosters d'énergie. Voilà pourquoi Ethan allait si souvent se laver les mains

Que faire ?

Elle cacha sa découverte durant la matinée, puis tenta le dialogue pendant l'excursion de l'après-midi :

— Ethan, que sommes-nous selon toi ?

— Des animaux. La vie est organique en nous. Je ne crois pas à l'existence de l'âme. Nous ne sommes que de la matière organisée. C'est ce que j'entends par « animal ».

— Connais-tu des animaux qui ont des vices ? des animaux qui boivent, qui se droguent ? ou simplement des animaux névrosés ?

— Non.

— Alors, nous ne sommes pas des animaux.

— Si. Nous sommes des animaux inquiets.

— Pourquoi ? Parce que nous avons une âme ?

— Non. Parce que chimiquement, nous sommes mal dosés.

— Tout relève de la chimie, selon toi ?

— C'est ce que nous sommes. Lorsque tu as peur, c'est de la chimie. Lorsque tu cesses d'avoir peur, c'est de la chimie aussi.

— Et quand je te regarde et que je me sens heureuse ?

— C'est de la chimie. Nous sommes deux formules chimiquement compatibles.

— Quel romantisme !

— Le romantisme découle d'un équilibre des molécules.

Anny n'insista pas. Elle subodorait que, si elle souhaitait faciliter la désintoxication d'Ethan, elle devait d'abord lui désintoxiquer le cerveau. Il pensait à l'unisson de son siècle, en pur matérialiste. La vie de l'esprit se réduisait à des composantes physico-chimiques. Sitôt qu'un phénomène étrange le touchait – une angoisse, une question sans réponse, une émotion inopinée –, il réagissait en avalant une pilule. S'il avait travaillé dans une unité psychiatrique, c'était bien pour médicaliser son existence.

Sans affolement ni impatience, Anny se jura de l'aider. Devenir responsable d'un être la rendait responsable d'elle-même. Quelle force lui donnait la compassion ! D'ailleurs, n'était-ce pas le mot « pitié » qui avait scellé, naguère, leurs rapports ? Anny et Ethan s'en amusaient, préférant chuchoter « J'ai pitié de toi » plutôt que « Je t'aime » : cela leur semblait exprimer un sentiment urgent, fort, plus profond.

Ils achevèrent la promenade en se tenant la taille, comme chaque jour. Les mouettes voletaient autour d'eux, telles des demoiselles d'honneur en robe blanche.

À la maison, Anny prépara un thé puis entama son trentième scénario. Les producteurs qui envoyaient un script à Anny Lee, star de première catégorie, devaient bloquer sur un compte une copieuse somme avant que l'agent ne donne son feu vert à la lecture. Cette brochure-là n'avait pas emprunté le chemin habituel. Le réalisateur, un Européen, l'avait confiée à un ami, lequel l'avait apportée à un autre ami, un technicien qu'appréciait Anny.

Malgré ce préjugé défavorable, Anny l'ouvrit.

Une heure plus tard elle le refermait, bouleversée.

Sans temporiser, elle forma le numéro gribouillé au stylo sur la couverture.

Une voix ensommeillée répondit :

– Oui ?

– Je suis Anny Lee, je viens de lire votre scénario et..

– Il est trois heures du matin...

– Excusez-moi, j'appelle de Los Angeles.

– Qui êtes-vous ?

– Anny Lee ! Je suis enthousiasmée par votre histoire.

– C'est un canular ?

– Non, c'est bien moi. Je veux devenir Anne de Bruges.

37

Anne gisait au fond d'une sombre cellule où régnait une odeur d'urine et de murs suintants. Des poils blanchâtres sortaient des pierres ; lorsqu'elle glissait les mains sur les parois, Anne accrochait sous ses ongles des bouts de salpêtre, lesquels ensuite lui irritaient les yeux, voire lui tordaient les tripes jusqu'au vomissement.

En trois jours, la vermine l'avait envahie ; cependant, après s'être grattée, elle avait songé aux vaches qui subissaient les mouches ou aux fauves qui entretenaient des parasites en leur fourrure, et donc décidé de n'y plus prêter attention. Dans la tempête qui dévastait sa vie, au milieu de ce cloaque qu'on appelait prison, elle travaillait à rester sereine. Si elle se relâchait, elle comparaîtrait avec une tête de coupable.

Son procès commençait aujourd'hui. L'enquête avait été rapidement expédiée, ce qui ne rendait pas optimistes les partisans d'Anne – Braindor, tante Godelième, des gens du peuple.

Les preuves s'avéraient accablantes. À cause des spectaculaires symptômes d'empoisonnement – contractions, spasmes, asphyxie –, le décès de la Grande Demoiselle fut diagnostiqué comme le résultat d'un meurtre ; à matines, lorsqu'on apprit que le médecin des Cordeliers avait trépassé selon des modalités identiques, on établit un lien entre les deux affaires. Dès lors, tout accusa Anne : on découvrit une fiole verte contenant un poison dans son écritoire, cette potion que les béguines veillant la Grande Demoiselle avaient vu Anne verser à la malade ; les apprentis de Saint-Côme témoignèrent que plusieurs fois Anne avait conversé avec leur maître et emporté des substances ; puisqu'elle était passée à l'hospice ce jour-là, un quart d'heure avant les cris d'agonie, ils échafaudèrent l'hypothèse qu'Anne avait éliminé Sébastien Meus pour s'assurer son silence.

Ces meurtres ne constituaient pas ses seuls crimes : Ida avait témoigné que sa cousine organisait, les nuits de pleine lune, des rites sataniques en compagnie des bêtes sauvages. Narrant l'étrange fuite, ajoutant moult détails au bain nocturne dans la clairière, elle soutint qu'Anne vouait un culte à l'astre gris, lançait de mystérieuses incantations aux étoiles et finissait, invariablement, par laisser le loup la posséder. Leurs étreintes sauvages l'avaient dégoûtée, les cris de volupté de sa cousine excédant en violence les grognements du fauve. Ce chef d'accusation fit rapidement le tour de la ville ; d'improbable, il devint populaire tant il échauffait les esprits ; préférant les explications basses aux arguments sublimes, hommes et femmes trouvaient vraisemblable qu'une sorcière copule avec un animal plutôt qu'une jeune vierge impose sa loi aux dangereux prédateurs.

Après cela, Ida n'eut aucun mal à décrire les méditations d'Anne comme des transes où elle ouvrait au diable les portes de son corps. En outre elle se prétendit victime d'un sort que lui aurait jeté sa cousine : comment interpréter autrement sa pharamineuse déchéance ? Exhibant son affreux visage, ses cicatrices, ses brûlures, elle accusait Anne de ses revers.

L'imagination de l'estropiée n'arrivait jamais à son terme ; chaque jour, elle ajoutait de nouvelles turpitudes infamantes. Heureusement que le lieutenant boucla vite l'investigation, sinon Ida aurait fini par imputer à Anne l'incendie qu'elle avait déclenché.

Puisqu'elle ne comprenait rien à ses poèmes – « des foutaises prétentieuses » –, Ida n'avait su s'en servir. L'archidiacre en revanche, apprenant le même jour l'arrestation de l'illuminée et la mort de sa protectrice, avait envoyé ses propres copies au greffe, joignant une note selon laquelle il repérait là l'expression d'un athéisme ou d'une foi opposée aux enseignements de l'Église. L'impiété avec soupçon d'hérésie s'additionna donc aux chefs d'accusation relevant du droit commun. Pour rassurer le procureur qui craignit alors que l'audience ne durât trop, l'archidiacre lui rendit visite, expliqua que requérir un instructeur de l'Inquisition serait inutile s'il se proposait, lui, en qualité de consultant théologique.

Lorsque Braindor avait eu vent de cela, il avait tenté de mobiliser ses relations. Or chacun tremblait ; sur les questions théologiques, en raison des anabaptistes, des münzeristes, des nombreux dissidents qui pourfendaient la foi romaine et dont les combats embrasaient la Flandre et l'Allemagne, il n'obtint que des attentions polies, des indignations vagues, des promesses molles. Aucun religieux ou savant ne viendrait contrebalancer l'explication hargneuse de l'archidiacre qui s'était invité au procès.

Un cliquetis retentit.

Les gonds rouillés gémirent.

Le gardien tira le battant de la cellule, exigea qu'Anne le suivît, déverrouilla puis referma de multiples grilles avec les énormes clés de son trousseau, la conduisit au greffe. De là, elle passa dans la salle du tribunal.

En la voyant paraître, les gens poussèrent un soupir d'étonnement. Belle, miraculeusement propre, les traits purs et tranquilles, elle ne correspondait pas à la sorcière dont on jacassait depuis trois jours.

Braindor, caché derrière un pilier, sourit : Anne n'était-elle pas son meilleur avocat, par sa grâce, sa lumière, sa douce sagacité ? Il se surprit à reprendre confiance.

Quant à Anne, lors des interrogatoires précédents, elle avait compris d'où venaient les coups – de l'archidiacre et de sa cousine. Deux solutions s'offraient donc à elle : soit les accepter, soit les retourner.

Comment aurait-elle pu charger Ida ? Elle ignorait que sa cousine pût être capable de tuer deux personnes de sang-froid puis d'en accuser sa guérisseuse. On ne prête aux autres que les desseins dont on est soi-même capable. Lorsqu'il s'agit de démêler des motifs, l'imagination manque d'imagination : elle s'aventure dans un pays étranger et le traverse, intacte. Anne, incapable de soupçonner la perversité d'Ida, comptait corriger son récit sur le loup. À propos de l'archidiacre, elle démontrerait si évidemment son erreur qu'elle emporterait l'intelligence des juges.

Ce qui lui manquait, c'était l'explication pour le poison dans la fiole... Elle espérait, néanmoins, qu'après trois jours d'investigations, le lieutenant enquêteur fournirait des pistes, sinon des réponses.

On lui lut les chefs d'accusation.

Au fur et à mesure qu'on la décrivait en sorcière, en

insensée, en assassin, elle quittait la pièce, songeant aux cygnes sur les canaux, aux fleurs derrière sa maison, au saule pleureur majestueux qui vivait son paisible deuil au bord de la rivière, bref, il lui semblait tant qu'on interpellait une autre qu'elle cessa d'écouter.

Le procureur dut lui répéter plusieurs fois la première question :

– Reconnaissez-vous le bien-fondé de ces accusations ?

– Il y a bien un fondement à chaque accusation, cependant aucune n'est juste.

– Clarifiez.

– Je me suis rendue dans une clairière pour me baigner au milieu des poissons et des grenouilles mais je n'accomplissais aucun rite satanique. J'ai écrit des poèmes mais ils célèbrent Dieu et Sa sollicitude. J'ai versé la fiole verte dans le verre de la Grande Demoiselle mais elle contenait un remède qui la guérissait depuis deux semaines, tout le monde peut en témoigner. Quant à Sébastien Meus, il m'avait confié cette médication de son invention. Je l'admirais ; il avait, par deux fois, sauvé ma cousine Ida. Et je vénérais la Grande Demoiselle. Les interprétations qu'on avance ici témoignent d'une mauvaise chimère.

– Vous démentez ?

– Je nie autant les actes que les intentions. Dans mon cœur, je n'ai voulu que du bien aux autres.

– Seule une sorcière parle avec les animaux.

– Non, tous ceux qui les fréquentent perçoivent leur langage et parviennent à communiquer avec eux.

– Même avec un loup ?

– Le loup est une créature de Dieu, comme nous.

– Donc on peut faire l'amour avec un loup ?

Elle se mordit les lèvres. Pourquoi ses mots n'atteignaient-ils pas ses accusateurs ? Ils filaient entre leurs oreilles sans être saisis, telle une truite entre les mains.

– Je n'ai pas fait l'amour avec un loup. Ni avec personne.

Un murmure parcourut l'audience : certains approuvaient, d'autres doutaient.

L'archidiacre attira alors l'attention sur lui en tapotant son siège.

– Pourtant, proclama-t-il paisiblement, lorsqu'on lit vos poèmes, on n'a pas l'impression d'écouter une innocente. Laissez-moi vous citer :

Toi mon amant, chevalier sans armure,
Tu me pétris de tes doigts lumineux.
Pourquoi notre baiser jamais ne dure ?
Un nous étions ; et nous revoilà deux.

Il souriait, estimant l'affaire tranchée.

– Vous évoquez des étreintes, des corps qui se fondent, vous multipliez les amants et les amantes. Est-ce le vocabulaire d'une vierge ?

– J'ai déjà précisé à Monseigneur que mes mots traduisent rarement ce que j'exprime. Je m'adressais à Dieu dans ce poème.

– Certes, les mots ne servent pas une médiocre poétesse de votre acabit, je vous le concède. Néanmoins, je relève dans quel registre vous pourchassez vos mots lorsque vous ne les trouvez pas : le registre de la luxure.

– Ce ne sont que des images.

– Lesquelles ! Des corps, des caresses, des pénétrations, de la sueur, des extases. Quelle luxure ! On se croirait chez Satan.

— Monseigneur n'a-t-il pas lu le Cantique des cantiques ?

L'archidiacre reçut la flèche, déstabilisé. Derrière son pilier, Braindor exultait : s'il n'était pas responsable de cette répartie cinglante, il en était à l'origine puisqu'il avait incité Anne à explorer la Bible.

Les magistrats continuèrent leur travail :

— Que cherchiez-vous dans la clairière ?

— La paix pour méditer.

— Qu'appelez-vous méditer ?

— Me quitter. Rejoindre l'essentiel.

— L'essentiel ?

— L'amour qui circule entre les éléments du monde. Dieu en quelque sorte.

L'archidiacre se leva, violent.

— « Dieu en quelque sorte » ! Peut-on supporter de telles expressions ! Comme si Dieu était approximatif.

— Monseigneur a raison. Dieu est tout. Cependant, « Dieu », ce n'est qu'une manière de dire.

— Et elle me reprend comme un mauvais élève, elle l'ignorante, moi l'érudit ! Quel culot !

— Peu importe, Monseigneur, on ne juge pas mon culot ici.

Le public demeura coi. La finesse et la joliesse d'Anne ne l'empêchaient nullement de montrer sa fermeté. Elle surprenait. Elle impressionnait chaque instant davantage.

— Pourquoi sortez-vous à la nuit ?

— Le jour, je travaille au béguinage.

— Pourquoi les soirs de pleine lune ?

– Pour me repérer dans les champs et les bois. Sinon, je ne vois pas les obstacles.

– Pourquoi abandonner Bruges ?

– J'ai besoin de la nature.

– Pourquoi ?

– Parce que... dans les villes, je ne perçois que l'empreinte des hommes. Dans la forêt, je sens Dieu.

– Et dans les églises, pourtant construites par les hommes, sentez-vous Dieu ?

– Oui, si je regarde la lumière.

Un silence profond tomba à la suite de sa réplique. Anne ne se rendit pas compte que sa réponse lui portait préjudice. Dans l'assemblée, chacun envisageait l'église comme un lieu où l'on devait s'acquitter de devoirs, s'agenouiller, se signer, réciter, écouter, prier, chanter, se confesser. Si l'on fixait un point, ce devait être le christ au-dessus de l'autel, pas la lumière... Anne ne parlait donc pas en chrétienne ordinaire, plutôt en sauvage. Son adéquation avec la femme sorcière, libre, altière, proche de la nature et du sexe, se précisait.

– Votre cousine Ida vous accuse de lui avoir jeté un sort.

– Pourquoi aurais-je fait cela ? Je prends soin de ma cousine depuis des mois. J'aime ma cousine.

– Vous aimez tout le monde ?

La remarque ironique avait jailli de la bouche du prélat. Anne rétorqua paisiblement :

– J'essaie.

Elle se tourna vers l'archidiacre avant d'ajouter :

– Même quand il m'est difficile de le faire. Jésus n'a-t-Il pas conseillé « Aime tes ennemis comme toi-même » ?

Le prélat haussa les épaules, jouant celui qui plane au-dessus des mortels.

413

Le procureur reprit, pointilleux, comme si la minutie pouvait remplacer l'intelligence :

– L'accumulation des fléaux sur votre cousine paraît suspecte : elle est piégée dans un incendie inexplicable, puis on la retrouve accrochée à une corde.

– La pauvre Ida a traversé beaucoup d'épreuves.

– Elle les explique par le sort que vous lui auriez jeté.

– Dans les épreuves qu'elle rencontre, certaines sont aussi morales. Ida souffre tellement que, souvent, sa douleur se transforme en haine, en rage, en divagations. Dans ces moments-là, elle a besoin de dénicher un coupable de ses malheurs, un responsable qui ne soit pas elle. À l'examen de conscience, elle préfère la désignation d'un ennemi.

– Vous niez lui avoir jeté un sort ?

– Des choses pareilles n'existent pas.

– Pardon ?

La salle partageait l'étonnement des juges.

– Vous ne croyez pas à la malédiction ?

– Non. Les histoires de sorts, de sortilèges, d'envoûtements qui précipitent des individus aux abîmes sont des contes pour enfants. Les mots n'ont pas cette aptitude.

– Donc, vous ne croyez pas à la bénédiction non plus ?

Anne se sentit défaillir. Elle n'avait pas vu venir le piège dans lequel l'archidiacre l'enfermait.

Bouche bée, elle bafouilla.

L'archidiacre enchaîna :

– Selon vous, nos offices sont des chansons puériles. Les paroles que l'on profère lors d'un baptême, d'un mariage, d'une ordination, se résument à un bourdonnement de guêpe. Vous n'imaginez pas que ces formules invoquent la bienveillance divine sur une personne ?

Anne s'emmura dans le silence.

– Logique, finalement. Si vous ne croyez pas que la malédiction appelle Satan, vous ne croyez pas non plus que la bénédiction sollicite Dieu. Vous vivez en dehors de l'Église.

Il souleva un livre qu'il exhiba devant la cour et le public.

– Si je m'en tiens au *Malleus Maleficarum*, ce traité de deux dominicains qui fait autorité depuis cinq décennies, l'accusée accumule les critères qui définissent la sorcière. glossolalie – la sorcière utilise un idiome inconnu de nous comme en a témoigné sa cousine, ainsi que le montre sa critique constante de notre langage –, trafic de simples – à l'évidence, elle ne soignait sa cousine qu'afin d'expérimenter de nouvelles recettes –, élaboration de poisons – destinés à la Grande Demoiselle et au médecin de Saint-Côme, lequel s'apprêtait probablement à la dénoncer –, usage de maléfices contre sa cousine qu'elle a rendue infirme – il suffit d'apercevoir celle-ci pour en vérifier l'effrayante efficacité. Cela prouve sa sorcellerie et, bien sûr, son hérésie, puisque, dans sa bulle *Super illius specula*, le pape Jean XXII a qualifié ainsi cette pratique !

Braindor voulut intervenir. Si l'archidiacre poursuivait la chasse aux sorcières qu'avait initiée Innocent VIII en 1484, par son ton ronflant et sa voix péremptoire, il occultait l'ambiguïté du *Malleus Maleficarum*, *Le Marteau contre les sorcières*, de Henri Institoris et Jacques Sprenger, un traité qui permettait la chasse, l'identification, la détention puis l'exécution des sorcières. Malgré son succès, malgré ses rééditions permanentes, Rome l'avait interdit dès 1490 en dénonçant ses contradictions avec la démonologie catholique.

Prévenant ces objections, l'archidiacre vira, théâtral, vers le tribunal.

– Cependant, je soupçonne qu'au-delà de cette hérésie, il s'en cache une autre. Aussi grave, voire plus grave. Puis-je, messieurs les juges, en tant que consultant théologique, poser une question ?

Soucieux de ne pas s'aliéner ce nouvel archidiacre qui s'apparentait de plus en plus à un inquisiteur, les juges donnèrent leur accord.

Il se tourna vers la jeune fille et, lui qui se montrait si sobre, si peu concupiscent, la contempla comme un pâté de volaille qu'il allait dévorer.

– Que pensez-vous, Anne, des indulgences ?

Instruite par Braindor, Anne saisit où le prélat l'amenait. Elle réfléchit vite et rétorqua :

– Vous l'avez deviné, Monseigneur.

– Ah oui ?

– Vous savez bien que je les réprouve.

– Ainsi que les luthériens ?

– Qu'importe ! On n'achète pas son salut avec de l'argent. On ne négocie pas avec Dieu. Les indulgences ne profitent ni à Dieu ni au pécheur.

– À qui, alors ?

– À ceux qui se trouvent entre eux.

La salle frémit.

Braindor se retint contre le pilier. À cet instant, il venait de comprendre qu'Anne ne plierait pas. Incapable de compromission, elle continuerait à énoncer, de façon droite, fatale, ce que lui dictait sa croyance.

– Notre opinion est formée, conclut le prélat, pourtant je vous offre une dernière occasion de vous amender. Cette foi dont vous vous glorifiez, pourriez-vous la nourrir sans les saints sacrements ?

– Oui.

Le public s'indigna, les juges se regardèrent en hochant la tête.

Quant à l'archidiacre, il exultait. Par un large geste de sa main ouverte, il semblait proclamer à l'assemblée : « Voilà ! La deuxième hérésie est certifiée. »

38

Ma chère Gretchen,

Lorsque j'ai reconnu ton écriture sur l'enveloppe, mon cœur a failli sortir de ma poitrine tant il a battu. Quel bonheur tu me donnes ! Sous tes mots, j'entends ta voix, ton timbre doux, légèrement cassé, qui voile les phrases d'une pudique réserve. En flairant le papier, j'ai retrouvé ton parfum, ce bouquet de muguet et de rose, une fragrance qui m'a rappelé le grain de ta peau. Quel voyage ! Tu m'es revenue presque tout entière dans ce pli fermé.

Certes, ta lettre a beaucoup erré avant de me rejoindre rue des Fossés, tant j'ai multiplié les adresses. Peu importe ! Elle ne s'est pas perdue. Nous non plus. Tu vas bien, ton Werner également, tu me racontes tes joies et tes soucis, nous correspondons de nouveau. Apprendre que tes garçons sont déjà militaires m'a coupé le souffle : je n'avais pas modifié mon image d'eux, des sauvageons en culottes courtes, à la hauteur de mes hanches, aux intonations flûtées, courant dans la vallée à se rompre le cou. D'ailleurs, même après avoir assimilé les détails sur leur réussite d'adultes, je me les représente toujours gamins, juste un peu plus longs, moins hirsutes, affublés d'un uniforme d'officier. Envoie-moi des photographies, s'il te plaît, sinon je n'arriverai pas à les prendre au sérieux.

J'habite Namur désormais. Grâce aux Sœurs de la Charité, j'ai décroché mes premiers patients. J'exerce enfin, Gretchen ! Je soigne des hommes et des femmes perdus ! Parfois, j'en éprouve une si grande gratitude que j'ai envie d'embrasser les passants, du fromager au nettoyeur de réverbères. Par l'exercice de ma vocation, je magnifie cette énergie qui est en moi, je la rends utile, prodigue, je tourne mes forces vitales vers les autres. Jamais je n'aurais espéré un tel accomplissement.

Comme ma clientèle reste congrue, je dispose de temps. En dehors de quelques cours de langue que je donne à des enfants namurois, je rédige un livre sur Anne de Bruges, tu sais, la mystique flamande dont je t'ai parlé.

Étrange condition que la nôtre... Plus j'étudie Anne, plus je m'en rapproche. « Mon amie », disais-je au début, puis « ma cousine », « ma sœur » ; maintenant, j'ai l'impression que c'est moi. Oui, plongée dans une autre époque j'aurais pu être elle. Anne se sentait différente ; moi aussi. Anne ne voulait pas que sa vie se réduisît à servir un homme ou à lui fournir des enfants ; moi non plus. Elle présumait qu'il y avait bien davantage, en son for intérieur, que ce qu'elle y voyait ; je le pense ainsi. Cet infini qu'elle découvrait en elle mais qui la dépassait, elle l'appelait Dieu ; moi, je le nommerais plutôt l'inconscient.

Question de vocabulaire ?

Pas sûr.

Les mots ne se réduisent pas aux mots, chacun n'ayant un sens que par rapport aux autres. Conclusion ? Les mots ne nous appartiennent pas, ils découlent d'une conception qu'ils expriment, ils en restent solidaires, tel le soldat à l'armée. Il n'y a pas de francs-tireurs chez les mots. Seule la troupe compte.

L'état-major de l'époque, c'était la théologie monothéiste. Anne utilisait les termes de son siècle pour décrire l'incommensurable richesse qu'elle explorait en elle. Pendant cette Renaissance exclusivement chrétienne – protestants et catholiques se disputaient la fidélité aux Évangiles mais ils n'en sortaient pas –, elle interpréta ses recherches intérieures avec le lexique de l'idéologie régnante.

Lorsque l'Amour sait prendre la parole,
Rien que l'Amour le perçoit et l'entend.
Sous les habits, les fardeaux qu'on lui colle,
Il reste nu, nouveau, fuyant, mouvant,
Entrant partout, prince des apparences,
Toujours présent et caché à la fois,
Dissimulant jusqu'à son abondance
Il est vraiment, en secret, notre roi

Pour ses contemporains, elle devise sur l'Amour infini de Dieu. Selon moi, elle désigne la libido – nom latin de l'amour –, cette énergie qui, tapie au fond de nous, s'avère à l'origine de nos actes, de nos pensées.

Comme le Dieu caché qu'Anne décrit, la pulsion sexuelle s'introduit sans qu'on la distingue. Tiens, considère mon activité par exemple : en traitant des patients, je dévie une pulsion sexuelle égoïste, la rends bénéfique en la dirigeant vers les autres, bref, je la « sublime », selon l'expression de Freud. C'est cela qu'indique Anne de Bruges avec son « amour nu » présent partout, caché de toutes parts.

J'ai commencé à rédiger des pages sur ses écarts mystiques. En se quittant, en larguant les notions ou les références ordinaires, Anne de Bruges plonge dans l'inconnu, rejoint une mer agitée, violente, intense, ce qui lui procure à la fois inconfort et bien-être. Cette vaste indétermination qu'elle atteint, qu'elle nomme Dieu, n'est-ce pas l'inconscient freudien ?

L'incroyable singularité d'Anne serait d'être capable de toucher l'inconscient, de visiter les soutes de l'esprit, lesquelles normalement demeurent inaccessibles. Ses extases, le miroir de son temps y voyait des expériences mystiques ; moi, j'y devine des expériences psychiques.

Oh, je t'ennuie avec mes recherches, ma pauvre Gretchen ; toi qui autrefois subissais mes paragraphes sur les sulfures, voici maintenant que je t'inflige Anne de Bruges.

Dans ton courrier, tu me demandes si je suis amoureuse.

La question paraît simple, pas la réponse.

J'ai toujours recours aux amants de passage ; or s'ils me contentent, ce mode de vie a cessé de me satisfaire.

Lorsque j'avais découvert la volupté, j'avais imaginé que s'ouvriraient devant moi des routes nouvelles, lesquelles me mèneraient loin, de surprise en surprise.

Or plus rien ne m'étonne. Et l'orgasme se réduit à l'orgasme. J'aimerais désormais avoir une sexualité à laquelle je ne demeurerais pas étrangère.

Pourquoi ne suis-je capable d'être heureuse que masquée – quoique nue –, protégée par un double anonymat, le mien et celui de mon partenaire ? Si, à Vienne, cela s'expliquait très bien car, sous le nom de Madame von Waldberg, je ne menais pas la vie que je désirais, aujourd'hui, ce besoin d'escapade ne se justifie plus. J'apprécie mon existence, je me reconnais avec agrément dans la glace, j'ai même développé une certaine estime de moi. Alors, pourquoi suis-je condamnée à m'évader de mon enveloppe sociale pour atteindre la félicité ?

Souvent, je songe à tante Vivi, tu te souviens, l'invraisemblable coquette aux yeux lavande. Cette femme, je lui aurais adressé toute la gamme des sentiments, depuis la méfiance jusqu'à la confiance, en traversant les nuances de l'admiration ou du désaveu ; à chaque instant, elle s'est érigée en repère ; en cette minute, elle m'obsède encore. L'autre dimanche, en lisant un fripon roman français, je songeai que tante Vivi représentait Ève, la femme-matrice, la femme-femme,
la femme plus femme que les femmes. Elle a inventé cet emploi.

Je ne peux m'y mesurer. Il me manque la rouerie, l'astuce, l'opportunisme triomphant, l'égoïsme souple qui s'abrite sous le charme. Un narcisse plie sans jamais rompre ; moi, je ne suis qu'une branche qui craque. Quand je me compare à elle, je me trouve péquenaude. Compacte, sommaire. Je réclame la vérité davantage que mon succès, je recherche une clarté qui me dessert.

Tante Vivi parvenait à s'épanouir sans reniements. Je la jalouse. Aussi loin qu'elle demeure, elle reste un phare dans ma nuit. J'envie sa consistance.

Mon dernier amant, j'ai tenté de le retenir. À Charleroi, Klaus ne demandait que cela. Acharnée à triompher, je me suis montrée parfaite : ménagère exemplaire, fine cuisinière, grande écouteuse, maîtresse hors pair. Il s'est rué dans la vie que je lui offrais. Pis, il y a pris ses aises. Après trois semaines, j'habitais avec un sultan qui escomptait un esclavage constant. J'étais tombée dans le piège de ma perfection. Et, parce que je me forçais, je n'ai plus accédé à la béatitude dans ses bras.

Te rends-tu compte ? Quand Klaus et Hanna ignoraient tout l'un de l'autre, jusqu'à leur âge ou leur prénom, Klaus et Hanna se donnaient du plaisir. Quand Klaus sut quoi attendre de Hanna et vice versa, Klaus et Hanna besognèrent paresseusement. La générosité qui se nourrissait du mystère s'était endormie, repue.

Comme Klaus, le colosse, avait un tempérament violent – caractéristique agréable au lit, pas en dehors –, j'ai profité de son absence un samedi pour déménager, en changeant non seulement d'appartement mais de ville.

À Namur, j'ai recommencé à me confier à des corps provisoires. Toutefois, je sais que je ne tiendrai pas longtemps ainsi.

Ulla, une amie suisse de Zurich – je crois l'avoir mentionnée dans ma précédente lettre –, allègue que je dois continuer, que ma réticence actuelle s'assimilerait au code bourgeois traditionnel, bref que je régresse.

– Tu te juges avec trop de sévérité, Hanna, tu utilises des catégories apprises pendant ton enfance. Alors que tu es une femme libre, une femme naturelle, une femme sauvage – comme l'étaient les prétendues sorcières dans le passé –, tu te critiques avec les yeux d'une femme aliénée, d'une épouse. Pourquoi un homme vaudrait-il mieux que plusieurs ? Qui a dit que l'amour était monogame ? Enfin, « moniandre » dans ton cas… Où a-t-on établi que la sexualité devait se réduire à un morne ressassement ? Comment justifier que l'ennui soit l'unique destin de l'accouplement ?

Lorsqu'elle me houspille ainsi, je reprends courage. Dernièrement cependant, je me suis permis de remarquer qu'elle ne se comportait pas selon ses principes puisqu'elle se contentait de son amie Octavia depuis vingt ans. Ulla s'empourpra – toujours quand on lui parle d'Octavia – et cessa de me haranguer sur un ton de sergent instructeur.

Elle ne comprend pas mon embarras. Je n'ai aucune objection aux engouements multiples ; je voudrais simplement que ce soit moi qui embrasse et qui jouisse, pas une femelle louve qui s'échappe de moi en me laissant sur la berge.

Je me demande si Anne de Bruges a connu cela. D'après les rares documents que j'ai réussi à compulser, on l'appelait la « vierge de Bruges », signe visible qu'elle se refusait aux hommes. Fit-elle l'amour cependant ? Moi, par exemple, si on les interrogeait mes voisins me décriraient comme une vieille fille ; ils ne soupçonnent pas ma double vie, ni la perfection de ma duplicité. Lorsque je lis *Le Miroir de l'invisible*, j'ai parfois l'impression qu'Anne retrace ce que j'éprouve pendant l'orgasme, cet arrachement à soi, cet oubli des repères, cette expansion du corps aux dimensions du monde, ce sentiment de participer à un mouvement cosmique.

Combien nous nous ressemblons par-delà les siècles... Abandonnée à la naissance, élevée par des parents d'adoption, elle a poussé sans référents ; moi aussi j'ai manqué de ces parangons protecteurs, moi aussi j'ai dû chercher ce qu'on ne m'avait pas donné, une conduite, une conception de la vie. Peut-être fûmes-nous bienheureuses d'avoir été dépourvues ?

Dans ses poèmes, je la vois chercher un père et un amant. Comme moi. La religion lui permit admirablement d'assumer cette quête : lorsqu'il s'agissait du père, elle invoquait Dieu, lorsqu'il s'agissait de l'amant, elle se tournait vers Jésus. Le premier commande, le second aime. On respecte la loi de l'un puis on jouit en adorant l'autre. Curieux que les chrétiens aient su ouvrir un éventail qui autorise le divin à prendre toutes les couleurs dont ont besoin les hommes, y compris la teinte féminine de la Vierge Marie ou celle, transparente, de l'Esprit-Saint...

Dans ma jeunesse, j'ai mêlé en Franz mon père et mon mari. Aujourd'hui, je me demande si la psychanalyse, avec la figure tutélaire de Freud et celle, séduisante, de Calgari, ne m'a pas, également, offert cette possibilité.

Peu importe...

Anne, ma sœur de labyrinthe, j'espère bientôt achever le livre qui te révélera au monde entier.

Quant à toi, ma chère Gretchen, je t'annonce que tu en seras la dédicataire. Acceptes-tu ?

Ton Hanna qui te chérit toujours, voire davantage

39

Quittant l'aéroport Charles-de-Gaulle, le taxi menait Anny et Ethan à Paris.

Après des heures dans les airs, retrouver le sol – où que ce soit, à Calcutta, à Tokyo ou à Dubrovnik – procure toujours un sentiment de familiarité. Même en pays inconnu, nous ne débarquons pas sur une terre étrangère, nous rejoignons la terre, notre terre, notre mère à tous.

Anny et Ethan avaient éprouvé cette émotion Grisés, ils adoptèrent immédiatement l'Europe.

Le taxi traversait la banlieue nord. Pour l'instant, rien ne ressemblait à ce qu'ils avaient imaginé de Paris. Des bâtiments plats, des bâtiments hauts, sommaires, sans raffinement architectural, comme dans toutes les périphéries des mégapoles, ces brouillons industriels des villes.

Puis se dressèrent les premiers immeubles haussmanniens. Les bouches de métro jaillirent tels des champignons. La circulation devint confuse. Les marronniers fleurissaient, insensibles à l'agitation. Des jeunes femmes ravissantes circulaient à vélo. Des cadres en costume gris roulaient en scooter Ethan et Anny s'amusèrent de constater une hiérarchie automobile ınverse à celle de Los Angeles : au volant des moins grosses voitures se tenaient souvent les gens les plus chics.

Le taxi s'enfonçait dans des rues étroites aux habitations élevées. Depuis l'aéroport, il était passé des larges routes à des voies encaissées, ce qui résumait la distance entre le Nouveau Monde et l'Ancien. À la différence des cités nord-américaines, l'horizon avait disparu de la capitale.

Le téléphone retentit. Anny soupira.

– Oui, Johanna ?

– Tu n'as pas répondu à mes messages.

– Normal, j'étais en avion. Nous venons d'atterrir à Paris.

– Ah... Tu joues donc cette histoire de sainte ?

– Comme je te l'ai annoncé.

– Enfin, Anny, tu ne vas pas tourner des films en Europe, tu n'es quand même pas tombée si bas ! On fait ça en fin de carrière, pas avant. Un film européen ou des publicités pour les crèmes anti-âge, ça reste le signe du déclin. Et puis du point de vue salaire, chérie...

– Le scénario me passionne.

– Bien sûr. Mais après, il faut que tu enchaînes avec un blockbuster. Sinon, tu vas virer vedette de festivals, pas star de cinéma.

– Johanna, je ne suis la propriété de personne. Ni celle d'Hollywood. Ni celle du succès.

– Tu craches sur quelque chose de rare, Anny. Tu as obtenu un statut dont tout le monde rêve.

– Moi, est-ce que j'en rêve ? D'accord, j'ai gagné une position qui vaut très cher, que beaucoup convoitent. Mais l'ai-je voulue ? Je veux inventer ma vie, pas la subir.

– Si je comprends bien, tu ne vas jouer que ce qui te plaît ?

– Oui.

– Ta carrière chutera. On ne te présentera pas les bons projets en premier.

– Tout dépend de ce qu'on entend par les « bons projets ».

Anny raccrocha.

Ethan l'embrassa.

– Bien envoyé.

– Elle a raison lorsqu'elle présage que mon chemin se complique. Cependant, qu'est-ce qui est le plus difficile ? Souffrir de faire ce qu'on n'aime pas ou souffrir pour faire ce qu'on aime ?

Ethan l'embrassa de nouveau, longuement, jusqu'à ce qu'elle se dégage.

La voiture s'arrêta devant le Ritz.

Des hommes en uniforme se précipitèrent, ouvrirent les portes, saisirent les bagages, s'assurèrent que le voyage avait été agréable.

Anny et Ethan prirent possession de la chambre, une suite qui donnait sur la place Vendôme. Ils contemplèrent ce bijou dessiné par Mansart dans lequel les joailliers de luxe avaient implanté leurs enseignes. L'équilibre harmonieux des façades, la surface paisible des pavés contrastaient avec la colonne victorieuse en bronze érigée en son centre. Sous leurs yeux, les siècles se chevauchaient, de la Rome antique qu'évoquait la statue monumentale aux lumières subtiles d'aujourd'hui en passant par le XVIIe siècle des bâtisses et le style Empire des vitrines.

Pendant le temps du tournage, Ethan prendrait des cours de cuisine. Ayant constaté qu'il avait tendance à l'addiction, Anny lui avait proposé de mettre ses pulsions obsessionnelles au service de sa passion, la gastronomie. « Je préfère te voir gros que drogué. » Ethan commencerait donc un stage chez un éminent chef le lendemain.

La réception appela : Grégoire Pitz, le metteur en scène, attendait Anny.

Anny se rua au salon.

Grégoire Pitz accueillit Anny avec émotion. Grand gaillard aux traits doux, il recevait la présence d'Anny dans son film comme un immense cadeau.

Ils s'installèrent et abordèrent le vif du sujet.

– Pourquoi moi ? demanda Anny.

– Parce que Anne est comme vous : elle est perdue et claire. Elle marche dans un monde ténébreux auquel elle apporte sa lumière. Elle attire l'attention de chacun car elle vibre, ressent plus intensément. Elle apparaît à la fois ouverte et retirée. Quoique fragile, elle résiste, elle ne plie pas.

Des larmes picotèrent les paupières d'Anny Grégoire Pitz continua :

– Quand on la regarde, on est ébloui mais on ne la perce pas. Le mystère demeure. Au fond, devant elle, on se trouve face au soleil : on ne voit jamais ce qui permet de voir.

Ils se turent.

Autour d'eux, les convives, le cou raide, feignaient d'être indifférents les uns aux autres et cependant s'épiaient. Tout constituait un spectacle : la harpiste qui jouait des standards d'aujourd'hui sur un instrument ancien, les chariots de desserts qui exhibaient des pâtisseries extravagantes, les faces reconstruites par la chirurgie esthétique puis repeintes par les cosmétiques. Était-ce l'endroit propice pour évoquer Anne de Bruges ?

Au moment où Anny s'interrogeait, la musicienne entama la mélodie de *La Fille aux lunettes rouges*. Aussitôt, les regards se tournèrent vers elle : les clients, qui depuis quelques minutes se demandaient qui était cette jeune femme, possédaient maintenant une piste. L'un d'eux avait même décroché son téléphone et semblait prévenir son interlocuteur de la présence d'Anny.

– Peut-on aller ailleurs ?

– Avec plaisir.

Grégoire Pitz, ravi d'émigrer, l'emmena au bistrot proche, lequel fleurait le café, la quiche lorraine réchauffée et le camembert, dont la patronne tartinait de longues baguettes coupées en deux.

Ils s'assirent autour d'une table en marbre à la propreté douteuse. Ils se sentaient mieux. Elle plongea son regard dans les yeux de Grégoire.

– Comment avez-vous découvert Anne ?

Il sourit.

– Un livre présentant sa vie et ses poèmes reposait sur les rayons de la bibliothèque familiale. Mon père l'avait reçu de sa grand-mère. Celle-ci, au début du siècle précédent, avait bien connu la femme qui l'a écrit, Hanna von Waldberg, une aristocrate viennoise extravagante, l'une des premières disciples de Freud.

Triste, il caressa sa tasse.

– Malheureusement, je n'ai pas eu l'occasion d'en discuter avec elle car j'avais trois ans quand a disparu grand-mère Gretchen.

40

Pourquoi dormir puisqu'elle allait mourir ?

Anne, jugée coupable de tous les chefs d'accusation, avait été condamnée au bûcher. Les autorités avaient décidé de ne pas traîner car le carême allait s'achever. Comme il était hors de question d'exécuter une prisonnière pendant Pâques et qu'on n'attendrait pas la fin de cette période, il fallait se précipiter : si, par principe, on excluait le dimanche des Rameaux, on devait exclure aussi le samedi de Lazare – tuer un jour de résurrection prêtait le flanc à la critique. Le procès se tenant le jeudi, il ne restait que le vendredi.

Le châtiment suivrait la sentence d'une journée.

La nuit avait passé. Un long instant. Une suspension davantage qu'un écoulement. Immobile, sereine, Anne l'avait habitée en méditant. Déjà l'aube pointait.

Deux ou trois heures à vivre.

Le supplice, Anne ne s'en préoccupait pas. Elle savourait le moment immédiat.

La meurtrière hérétique qui marcherait bientôt jusqu'à l'emplacement de sa punition, que la foule huerait, dont les flammes lécheraient les tibias et les cuisses avant de dévorer le corps, il lui semblait qu'il s'agissait d'un sosie, pas d'elle.

Sinon, elle aurait tremblé, elle aurait eu peur...

Au lieu de ça, elle éprouvait une paix dense, touffue.

Jamais elle n'avait autant eu l'impression de se dédoubler. Il y avait donc deux Anne. Elle et l'autre.

À l'autre, les malheurs arrivaient ; elle scandalisait quoi qu'elle fît, elle attisait les haines par des discours subversifs. Cette autre, les puissants avaient résolu de l'abattre. Cette lointaine, Anne ne la connaissait guère ; à peine ressentait-elle une once de compassion pour elle.

La véritable Anne, quoiqu'elle partageât une enveloppe de peau avec sa réplique, ne se trouvait pas dans la même situation. Quand l'autre Anne attaquait sciemment la foi catholique romaine de l'époque, la véritable Anne exprimait béatement son adoration de Dieu. Si l'autre Anne provoquait la jalousie vengeresse d'Ida, la véritable Anne aurait donné son sang pour sa cousine.

En réalité, l'autre Anne, c'était Anne selon les autres. Le peu qu'ils en comprenaient. L'image inexacte qu'ils s'en formaient. Ce que le miroir de leurs yeux étroits parvenait à réfléchir d'elle.

Puisqu'un reflet produit une image à l'envers, celui d'Anne présentait bien l'inverse de ce qu'elle était. Pour un Braindor qui distinguait une sainte, des centaines d'hommes voyaient en elle une sorcière.

Pendant cette dernière nuit sur terre, elle s'en était rendu compte. Discerner ce problème lui avait permis de s'en libérer. Ce matin, on allait assassiner l'autre Anne. Elle, elle serait ailleurs.

Le geôlier introduisit un prêtre.

Dans ses yeux effarés, elle constata que le ministre de Dieu paniquait à l'idée d'une mort proche.

Gentille, elle le laissa accomplir son travail, sentant qu'il en avait besoin ; elle répondit aux questions avec une lassitude bienveillante, puis répéta, docile, les formules qu'il lui proposait.

Un garde déposa une longue chemise, l'unique vêtement qu'elle porterait pendant le supplice. À l'odeur qui chatouilla ses narines, elle devina que le tissu était enduit de soufre. Elle sourit. Quelqu'un était intervenu en sa faveur pour obtenir ce privilège : on mourait plus vite si l'on était couvert d'un habit hautement inflammable, cela raccourcissait l'agonie. Qui ? Braindor ? Tante Godeliève ? Elle ignorait à quel point l'un et l'autre s'étaient agités depuis la veille pour tenter d'adoucir son départ. L'idée de la robe sulfurée venait d'Hadewijch, laquelle avait appris ce détail de son confesseur. Tante Godeliève avait remis l'objet au bourreau de Bruges et lui avait glissé une bourse afin qu'il étranglât Anne avec un lacet au moment où il l'attacherait au piquet. Ainsi, elle serait déjà morte quand les flammes crépiteraient. Le bourreau, craignant que le subterfuge apparût au public, promit d'essayer sans garantir le résultat.

Ce même bourreau avait été, le matin, visité aussi par Braindor, qui lui avait apporté des bottes de paille et de foin, ainsi que des fagots de brindilles vertes.

– Conservez vos bonnes bûches, elles coûtent trop cher, suggéra le moine.

Le bourreau opina du chef, un sourire au fond des yeux : il savait ce qu'un tel don signifiait. Si le bois était sec, Anne mourrait du feu, elle subirait une crémation lente, une agonie terriblement douloureuse, laquelle pouvait durer deux heures si le cœur ne lâchait pas. En revanche, avec du bois vert et du foin, Anne serait encerclée de fumée avant les flammes ; elle mourrait asphyxiée, solution rapide, moins propice aux hurlements.

Ravi d'épargner ses réserves, le bourreau approuva, sachant qu'ainsi il satisferait tout le monde, la justice qui exigeait une exécution, la foule qui désirait un spectacle.

Anne se changea devant le prêtre et le geôlier. Un garde ramassa ses vêtements : il était de tradition, s'ils n'avaient pas de valeur, de les ajouter au feu pour compléter la combustion, ainsi que les cadavres de chats ou de porcs dont on voulait se débarrasser.

Lorsqu'elle sortit de la prison qui empestait le salpêtre, Anne aspira l'air à pleins poumons. Il faisait un temps des Flandres. Le ciel laiteux distillait une lumière enveloppante, dépourvue d'ombres. Les oiseaux gazouillaient avec une joie presque furieuse. Des alouettes fusaient dans l'azur. Sur un carré d'herbe, pointaient les primevères du printemps. Depuis quelques semaines, la nature redevenait superbe, forte, généreuse.

L'indifférence des éléments à son sort rassura Anne. Le cours du monde ne se bornait ni à elle ni à son histoire ; une entité immense, majestueuse, marchait sans s'arrêter. Au milieu de cette profusion, elle ne représentait pas plus qu'une fleur écrasée par le sabot d'une vache ; si on l'anéantissait, une autre Anne la remplacerait ; elle comptait sur la prodigalité de la terre.

Elle avança vers le lieu du supplice.

Les badauds commençaient à accourir.

En passant sous un arbre, elle songea à son tilleul et murmura :

– À tout à l'heure.

Au souvenir de sa silhouette trapue, cette masse de feuilles pesant sur un tronc court, elle se réjouit d'aller bientôt le rejoindre. Le vent la conduirait. Nul doute que ses cendres viendraient se poser sur les tendres bourgeons, s'éparpiller sur l'écorce, s'enfoncer dans la mousse du sol pour toucher les racines. Oui, tout à l'heure, elle nourrirait son ami.

Elle hausse soudain les épaules. Un jour, l'arbre mourra aussi. C'est notre sort. Peut-être finira-t-il comme elle, abattu ? Non, sûrement pas. Il est trop noble, les hommes le respecteront.

La voilà qui s'alarme pour le destin de son arbre ; et puisqu'elle a ouvert en elle la porte de l'inquiétude, elle se soucie de ceux qui demeureront après son départ, Braindor, Hadewijch, Bénédicte, tante Godelière, Ida…

– Je vous précède. Je vous attends.

En prononçant ces mots, elle les trouve ridicules. Elle les précédera, mais elle ne les attendra pas au sens habituel du terme. Parce que sa conscience s'émietterait. Parce qu'elle aura fondu dans l'univers, bienheureuse, béate. Elle sera vivante, pourtant elle ne sera plus une personne. Plus la vierge de Bruges, la nièce de Godelière, l'amie du loup, de Braindor, celle qui aura connu la Grande Demoiselle ou soigné sa cousine estropiée .. Ses particularités s'effaceront, il ne subsistera que l'âme, l'essentielle, celle qui circule dans l'univers et en jouit.

Elle aimerait toutefois leur dire adieu.

Seront-ils là, sur la place, parmi les amateurs d'exécutions ? Pas sûr. Ida, peut-être, cachée derrière un auvent. Braindor très loin qui détournera les yeux. Pas Godelière. Ni Hadewijch ni Bénédicte. Elles doivent se terrer chez grand-mère Franciska, à Saint-André, le temps qu'on vienne leur annoncer que tout est fini.

Leur dire adieu ?

Elle l'a déjà fait plusieurs fois. Dans les actes quotidiens, nous glissons de multiples adieux car nous avons souvent le sentiment que quelque chose s'évanouit qui ne reviendra pas. Chaque jour recèle un accueil et un au revoir. L'éclair présente la première fois et son revers. Dans ce scintillement, on décèle l'éternité.

Maintenant, Anne va la rejoindre.

En avançant sur les pavés, elle se demande si ses extases n'étaient pas des prémonitions. Prémonitions de ce qui viendrait après, là où elle va désormais.

« Ah, si l'on choisissait un instant pour passer à l'éternité, ce serait cet instant-là. Je veux persister dans ce tableau : le ciel gris, l'air grelottant, les oiseaux qui s'enivrent du printemps naissant. »

Elle clôt ses paupières et se concentre sur cette sensation, jusqu'à l'agrandir, lui laisser tout l'espace en elle.

L'aumônier la soutient.

Les Brugeois, elle les entend, elle ne les voit pas. Pourtant, si elle les regardait, elle constaterait que beaucoup ne se réjouissent pas. Furieux, ils considèrent que la justice n'est pas juste · on va sacrifier une innocente aux délires d'une putain qui ne supporte pas sa disgrâce, à l'infatuation d'un archidiacre, au pouvoir souterrain de l'Inquisition, aux craintes d'une époque où s'affrontent dans le sang différentes façons de croire. Ils blâment les intérêts supérieurs qui nécessitent qu'on tue une jeune fille sur de si vagues présomptions. Certains présument qu'en instruisant contre elle, on instruit contre eux. Ils la vengeront. Oui, un jour ils foutront à la porte ce prêtre assassin, ce procureur vendu. Peut-être échoueront-ils, cependant, au fond de leur cœur, ils se le jurent.

En apercevant Anne trébucher, les jeunes filles tremblent. Voilà donc où cela mène, d'être aussi belle ?

Les jeunes hommes crachent. À qui est destinée cette femme magnifique ? Aux flammes…

Les vieillards appréhendent leur âge comme un poids indécent. Ah, certes, ils ont réussi à sauver leur carcasse jusqu'à aujourd'hui, or, à la vue de la prisonnière, ils estiment confusément que c'est un privilège de mourir si jeune. Eux, avec leurs rides, leurs rhumatismes, leur bouche gâtée, leur digestion difficile, ils ont prolongé l'ordinaire. À quoi bon ? Anne dure le temps d'une étincelle mais elle brille. À vie exceptionnelle, mort exceptionnelle.

Au coin de la place, Braindor se cache sous son capuchon noir. En apercevant Anne, il se souvient de son enfance à la campagne, lorsque, en mai, ses parents tuaient les agneaux. Anne lui rappelle l'un d'eux, celui auquel il n'a jamais cessé de penser, y compris pendant les offices religieux. Cet agneau-là, blanc, frais, ignorait la violence qui allait lui être infligée ; il frétillait, mignon, candide, innocent, laine immaculée, pattes solides quoique encore élastiques, regard joyeux. De ses yeux noirs, profonds et ronds, il souriait à son exécuteur ; il croyait que les mains qui l'avaient saisi allaient le caresser jusqu'à ce que le couteau lui tranchât la gorge. Quand il s'était effondré, surpris, sous la lame du père, Braindor avait pris le parti de l'agneau et considéré son géniteur comme un meurtrier. « Tuer qui que ce soit, c'est s'attaquer à la vie. Personne n'a le droit de le faire. »

Anne ne repère pas Braindor. Elle débouche devant le bûcher

Le cheval d'un sergent se cabre.

Elle contemple les oiseaux qui jouent à se poursuivre

Quel merveilleux cadeau que cette condamnation. Avant, elle aimait le monde par routine. Aujourd'hui, elle l'aime avec urgence, intensité. Elle accède au vrai amour. À l'amour nu.

– Incroyable. Jusqu'au bout, il y a encore du bonheur à cueillir.

Le bourreau l'attache.

– Ne m'étranglez pas, implore-t-elle. Je veux tout vivre.

L'homme hésite puis hausse les épaules. Ce qui le froisse dans l'intervention d'Anne, c'est la bourse qu'il vient de perdre.

Anne ferme les yeux. Pourvu que la souffrance ne l'entame pas. Elle assume son exécution, elle n'entreprend rien pour l'éviter. À l'intérieur d'elle-même, elle consent à la mort. Mieux, elle l'appelle de ses vœux.

– J'ai confiance. La nature a prévu. Je l'ai vu sur les animaux Lorsqu'un chien endure trop, il meurt. Seule la mort vient à bout d'une trop puissante douleur. La mort est bonne. La mort délivre. La mort appartient au miracle de l'être.

Elle se promet de ne pas se raidir. De ne pas s'accrocher à la vie non plus. Elle ne luttera pas.

Le bourreau met le feu aux bottes de paille et de foin.

La foule frémit d'anxiété, d'excitation, sans savoir ce qu'elle attend vraiment.

Anne lève les yeux au ciel.

Elle a le sentiment que l'éternité surgit. Le monde se fige à jamais. C'est cette image qu'elle emporte pour toujours. Le ciel est blanc comme la nacre d'une huître. Le vent est doux, telle une respiration, l'haleine de l'air tiède.

Elle abaisse ses paupières : elle habitera désormais dans le souvenir de cet instant.

– Au fond, je ne vais pas disparaître. Ils ne me tueront pas ; ils me feront vivre perpétuellement.

La fumée l'enlace, puis la pénètre, puis gonfle sa poitrine, puis se dépose dans ses poumons. Elle refuse de la chasser, elle tente de ne pas tousser.

Soudain, elle sent un choc sur ses jambes. Une morsure. Les premières flammes enfoncent leurs dents dans sa chair.

Alors Anne embrasse la mort comme elle a embrassé la vie, elle se donne à elle. Elle ouvre la bouche et meurt.

Quand le feu atteignit la jeune condamnée, la foule frissonna. Pendant des décennies, les témoins racontèrent que le cri de la vierge ressemblait autant à un cri de jouissance qu'à un cri de douleur.

41

Innsbruck, 20 septembre 1914

À l'attention du comte Franz von Waldberg,

Monsieur,

Je doute que vous vous souveniez de moi puisque vous ne m'avez aperçue que deux fois, à vos fiançailles et à votre somptueux mariage. Néanmoins, Hanna vous a parlé de moi en vous racontant ses jeunes années. Vraisemblablement, vous ne me connaissez pas sous mon patronyme réel, Margaret Pitz, devenue Margaret Bernstein, mais plutôt sous le sobriquet de Gretchen, vu que Hanna, si affective, ne m'a jamais nommée autrement. De dix ans son aînée, je la considère comme ma petite sœur, quoique aucune communauté de sang n'existe entre nous. Le hasard nous mit en présence lors de notre enfance ; l'affection élargit vite ce lien aux dimensions d'une vie.

Je ne sais comment votre cœur recevra mes mots tant Hanna s'est comportée étrangement avec vous. À sa décharge, elle a toujours tout fait avec intensité, chérir, détester, embrasser, rejeter, apprendre, oublier ; elle ignorait la modération, sa seule ligne de conduite étant l'enthousiasme. Aussi passait-elle par des états souvent contradictoires, telle son attitude à votre égard, vous qu'elle a idolâtré puis voué aux gémonies.

Quel homme ma lettre touchera-t-elle ? La lirez-vous jusqu'au bout ? La détruirez-vous avant que je n'arrive à l'essentiel ? Je ne l'imagine pas… Selon les courriers qu'elle m'envoya après vos noces, je me suis forgé de vous l'image d'un individu attentif, miséricordieux. Peut-être – à raison – la haïssez-vous sincèrement aujourd'hui, mais je suis consciente qu'autrefois vous l'avez sincèrement aimée.

Hanna a continué à m'écrire, sauf pendant la période où elle voulait isoler sa nouvelle vie de l'ancienne ; votre mariage en a souffert, notre relation également.

Si, pour se rompre, le couple recourt au divorce, l'amitié ne pratique que la trahison. Hanna me congédia un jour.

Quoique, lorsqu'elle revint vers moi, j'aie prétendu ne pas me rappeler les causes de cette brouille, j'en ai la mémoire détaillée.

Je l'avais accusée de mentir sur son origine. À Vienne, au cours de sa cure avec le docteur Calgari, elle avait soi-disant détecté sous hypnose le secret de sa naissance. Or ce qu'elle avait débité cet après-midi-là n'était qu'un récit inventé, une fable à laquelle elle s'accrochait.

Pour l'aider à guérir, il était utile que je lui remémorasse la réalité. Or, à la lecture de mon message, elle entra dans une telle colère qu'elle brisa notre entente, m'interdit de lui écrire, ce qu'elle obtint d'autant plus facilement qu'elle me cacha ses adresses.

Qu'avait-elle soutenu au docteur Calgari ?

Qu'elle avait été abandonnée à la naissance. Qu'elle n'avait jamais rencontré ses parents biologiques. Que ceux qui l'avaient élevée jusqu'à l'âge de huit ans n'avaient aucun sang commun avec elle.

Un tissu de mensonges.

Hanna a bien été élevée par ses géniteurs, Maximilien et Alma. Elle le savait, je peux en témoigner puisque, son aînée de dix ans, j'ai fréquenté Hanna au berceau.

Elle construisit cette fiction après l'accident qui coûta la vie à ses parents.

Maximilien et Alma morts, elle s'évertua à se détacher d'eux. Non seulement elle en parlait peu, mais elle effaça leurs traces, photographies, portraits, objets fétiches. Même la fortune qu'elle hérita d'eux – des millions que mon père, comptable chevronné, géra jusqu'à sa majorité –, elle n'y accorda aucune attention. Émanant d'eux, cet or lui brûlait les doigts. Vous êtes mieux informé que moi de l'usage désastreux qu'elle en fit avec sa ruineuse collection de sulfures ; enfin, elle tint à vous laisser ce qui lui restait lorsqu'elle s'échappa de Vienne. À travers ses récentes lettres, j'ai deviné qu'elle attribuait des vertus à la pauvreté, pas pour des motifs chrétiens, plutôt parce que dans son dénuement, elle voyait s'effacer les dernières traces de ses géniteurs.

Quel événement provoqua cette attitude ?

Pendant des années, je me suis appliquée à le comprendre, je crois maintenant avoir trouvé. Dans cette lettre que je lui expédiai à Vienne, outre les faits, je lui exposai ma théorie. Sa réaction disproportionnée, l'amnésie qui s'ensuivit m'indiquent que j'avais sûrement raison.

Ce jour de mai lorsqu'elle avait huit ans, elle venait de lire un livre sur Marie-Antoinette, la reine de France. Pourquoi éprouva-t-elle un tel emballement pour ce destin somme toute dramatique ? Je ne sais. La succession des royaumes – de l'Autriche à la France –, Versailles, Paris, Trianon, l'insouciance, le luxe, l'attrait du beau et du divertissement, l'ascension extraordinaire d'une jeune fille ordinaire, cela avait dû l'impressionner davantage que la décapitation. Captivée par cette enchanteresse figure féminine, Hanna rejoignit ses parents en annonçant qu'elle serait reine. Ceux-ci, attendris, sourirent d'abord, écartèrent le sujet, puis, devant son entêtement enivré, lui précisèrent qu'elle ne deviendrait pas reine si elle n'était pas princesse de naissance.

– Quoi ? Je ne suis pas princesse ? Pourquoi ?

– Parce que nous ne sommes pas de famille royale.

– Pourquoi ?

– Nous n'avons pas de sang bleu. Donc, toi non plus.

Au lieu de l'accepter, Hanna se déchaîna. Son rêve s'effondrait. Moi qui accompagnais mon père ce jour-là – il était le régisseur du domaine –, j'avoue que, ne mesurant pas les conséquences néfastes qu'aurait ce chagrin d'enfant, je souris en l'entendant taper du pied et refuser l'évidence.

Pour la calmer, Alma et Maximilien tentèrent de lui expliquer la logique des monarchies héréditaires.

En vain. Hanna tempêtait.

– Hanna, conclut Maximilien, tu as de la chance de ne pas appartenir à une famille royale. Ainsi, tu seras libre. Si tu étais princesse, tu aurais des devoirs et des privilèges, mais pas de droits, aucune autonomie.

– Je ne veux pas être libre. Je veux être reine.

Ses parents commencèrent à tancer sévèrement cette enfant qui se saoulait de sa colère.

Elle s'emporta d'une manière inouïe. À bout de nerfs, le

front plissé, la bouche écumante, pointant un doigt rageur, elle prétendit que de toute façon, elle savait parfaitement qu'elle n'était pas leur fille, qu'une erreur s'était produite à sa naissance, qu'on l'avait intervertie, elle qui était une véritable princesse, avec leur idiote de fille à eux, et que bientôt sa famille allait s'en rendre compte et interrompre son martyre. Après quoi, elle ajouta qu'elle les détestait, qu'elle n'avait jamais pu les supporter et qu'elle était vraiment très malheureuse.

Une scène intolérable, certes. Et banale. Hanna ne méritait qu'une paire de gifles. Cependant, Alma et Maximilien, lesquels avaient eu tant de mal à mettre cette enfant au monde, reçurent très mal ce délire puéril. Surtout, ils furent peinés qu'elle se dise malheureuse. Invités à une soirée, ils quittèrent la maison sans mot dire.

On sait ce qui arriva ensuite. En passant le long d'un chemin escarpé et rocheux, leur voiture reçut un énorme bloc de pierre qui déboulait des pentes supérieures. Il les écrasa net. Ils moururent sur le coup.

Au soir, quand mon père, premier averti de la catastrophe, dut l'annoncer à la petite Hanna, celle-ci n'avait toujours pas décoléré.

– Bien fait, murmura-t-elle en guise de commentaire.

Ce ne fut que le lendemain, en ne les voyant pas surgir au petit déjeuner, qu'elle comprit que sa mère et son père ne reviendraient plus.

Le jour de l'enterrement, elle se jeta dans la fosse pour s'accrocher au cercueil de ses parents. Jamais je n'oublierai ce moment déchirant.

Elle pleura sans discontinuer pendant trois semaines.

Excessive Hanna... Exagérée en tout...

Avec le recul, je pense qu'en sanglotant de désespoir, elle remâchait un sentiment de culpabilité. Avoir peiné et insulté ses parents la dernière fois qu'elle les avait vus devait l'engluer de honte. Peut-être même considérait-elle qu'ils auraient survécu si elle avait été gentille, si elle n'avait pas souhaité les voir disparaître...

Les années suivantes, elle modifia son comportement, cessant de cultiver le souvenir des défunts. Elle devint plus froide. Presque insensible. Enfin, elle manifesta de l'agacement lorsqu'on lui parlait d'eux.

À l'adolescence, elle débita pour la première fois à une amie la théorie selon laquelle elle avait été adoptée à la naissance.

Sur le coup, je n'interférai pas – je le regrette. Optimiste, je déchiffrai dans ce mensonge un élément positif : Hanna pleurait moins les siens, elle mettait ses parents et sa famille d'accueil – mon père et moi – sur un plan identique. Si par la suite cette fable me revint plusieurs fois aux oreilles, j'avoue que, lâche, je ne corrigeai jamais Hanna, ayant trop peur de raviver son chagrin

Puis je quittai la maison pour épouser mon mari, Werner Bernstein. Quelques années plus tard, Hanna convolait avec vous.

J'avais minimisé la force de son mensonge. Devenu constitutif, il se donnait pour la réalité. Avec le recul, il explique pourquoi Hanna ne s'accordait ni avec elle-même ni avec les autres. Elle s'estimait toujours en situation d'imposture. Elle se voyait à distance, se blâmait, se condamnait.

Dans ses lettres, elle me confia que pour être heureuse en amour, elle avait besoin de s'effacer, de tomber dans l'anonymat, de quitter totalement la personne qu'elle était. Or cette personne qu'elle fuyait, ce n'était pas elle, même si elle le croyait. Lorsqu'elle souffrait de son identité, elle souffrait d'une fausse identité. Dans son besoin de s'échapper, il y avait un malentendu dont elle était le germe mais qu'elle ignorait.

Pauvre Hanna... normal que toute sa vie se soit transformée en errance.

Pardonnez-moi ce long écart. Mon dessein n'était pas de vous raconter cela, plutôt de vous apprendre ce que vous ne connaissez sans doute pas : les derniers jours d'Hanna.

À l'issue de sept années zurichoises, elle s'était établie en Wallonie, région riche, prospère, bourgeoise, où elle soignait trois patients avec la méthode de Sigmund Freud et enseignait les langues afin de survivre.

Hélas, pourquoi n'est-elle pas rentrée en Autriche ? voire en Allemagne ? Après l'attentat de Sarajevo qui coûta la vie à notre doux archiduc François-Ferdinand, elle aurait dû rejoindre nos terres natales. Le cas échéant, je ne serais plus obligée de vous écrire.

Hanna s'était installée à Namur.

Quand, cet été, l'empereur a déclenché la guerre contre la Serbie pour venger son fils – je ne crois pas aux autres explications parce que je suis mère moi-même –, l'Europe s'est embrasée. Le jeu des alliances poussa les nations dans le combat. Bien sûr, ces affrontements ne dureront pas, tant notre évidente supériorité écrasera l'ennemi mais, en trois mois, ces agitations ont occasionné beaucoup de morts.

Comme vous vous en souvenez, nos armées ont voulu traverser lestement la Belgique, ce territoire neutre, pour atteindre la France. Cependant, d'une façon imprévue, les

Belges ont résisté. Sur la ligne de chemin de fer qui conduit à Bruxelles et à Paris, une ville, Liège, a refusé son accès, saigné nos alliés. Si la conclusion fut heureuse, grâce à l'artillerie, à la Grosse Bertha – le canon Krupp –, nous avons perdu quinze jours et cinq mille hommes. Les forces allemandes, surprises, vexées, humiliées, ont légitimement jugé les Belges violeurs de traités.

Nos soldats, considérant hors la loi cette opposition belge qui brisait le pacte de neutralité en servant la France, se sont livrés à quelques opérations d'assainissement. Certains appellent cela des massacres, d'autres des représailles. Pour ma part, impossible de me prononcer. En tant que patriote et mère de trois enfants partis au combat, j'estime l'opération fondée ; en tant que femme, je regrette cette violence.

Hanna fut tuée par nos bataillons. Dans le village de Gerpinnes où elle s'était rendue pour visiter une amie, elle tomba sous le feu d'une répression.

On me rapporta qu'elle n'avait même pas tenté de dire qu'elle était autrichienne, qu'elle n'avait pas proféré un mot d'allemand, qu'elle s'était contentée de s'agglutiner au groupe visé en criant en français.

Qu'a-t-elle songé ? Quelle cause avait-elle épousée ? C'était si peu son genre, intégrer une communauté…

Je vous envoie le manuscrit du livre qu'elle rédigeait. Vous y découvrirez sa dernière passion, Anne de Bruges, une béguine du XVIᵉ siècle qui mourut, elle aussi, dans des conditions abominables, assassinée par la violence de son temps.

Dans cette personnalité oubliée, connue d'elle et d'elle seule, Hanna avait rencontré l'âme sœur. Quand je lis ces poèmes – ou plutôt les traductions qu'en effectua Hanna –, je revois mon amie, pétillante, violente, généreuse, ardente, habitée d'un amour immense dont elle ignorait que faire. D'ailleurs, sur les feuillets où elle dessine cette femme, Hanna a exécuté son propre portrait. Ce point, je l'imagine, ne vous surprendra pas : chacun sait qu'une biographie est une auto-biographie sincère. En croyant parler d'un autre, on parle sans fard de soi.

À l'aide des instruments psychanalytiques, Hanna a tâché d'expliquer ce *Miroir de l'invisible*. Elle y a repéré le sexe, le dépassement du sexe dans les extases mystiques, la nostalgie de l'union, mais surtout une prémonition des théories modernes de la conscience. Tout cela, je ne pourrais vous l'expliquer ici car, si j'ai eu l'impression de le comprendre le temps de ma lecture, une fois le manuscrit fermé, ma tête s'est brouillée, les arguments se sont dissous, je me suis retrouvée incapable de les répéter. En gros, Hanna révèle qu'Anne de Bruges fut la prémonition de Freud parce qu'elle quêtait l'au-delà des pensées, l'au-delà des mots, la logique inconsciente.

Quoique mon rôle, ici, ne consiste pas à juger, je ne peux m'empêcher de me moquer un peu. Les élucubrations d'Hanna me rappellent « le jeu des ressemblances » auquel nous nous amusions chez ma grand-mère Pitz. Dans la salle des tableaux, nous, les vivants, cherchions nos traits sur les peintures de nos ancêtres. Il suffisait que l'un de nos nez divergeât vers la gauche pour qu'on déterrât, chez un ascendant du XVIIe siècle, cette caractéristique ; si le nez se dressait, une autre arrière-grand-tante était convoquée à la rescousse. Bref, chaque nouveau-né influençait son trisaïeul, tout bébé se créait un précurseur.

Hanna, selon moi, recourait à cette même illusion rétrospective en décelant en Anne de Bruges les prémices de Sigmund Freud.

Peu importe !

Je vous confie cet essai quasi achevé. Hanna m'ayant toujours vanté votre culture et votre intérêt pour les arts, je parie que vous en ferez bon usage.

Pour ma part, en ces mois troublés, je ne suis plus qu'une mère et une patriote. Mes trois fils se battant au front, je guette dans les quotidiens l'annonce de notre victoire. Elle ne saurait tarder. La guerre sera courte, les spécialistes sérieux sont d'accord sur ce point.

Avec mes sentiments respectueux.

Margaret Bernstein, née Pitz.

42

Elle marchait vers la place de Bruges où aurait lieu son exécution.

Précédée du bourreau, flanquée de gardes, elle trébuchait sur les pavés.

Le froid vert, piquant, du printemps la glaçait. Cette légère chemise de lin ne lui ôtait pas l'impression d'avancer nue.

Lorsqu'elle déboucha du coin de la rue, la foule se mit à l'invectiver.

Elle baissa le front. Les entendre, à la rigueur, mais pas les voir ! C'étaient eux, avec leurs préjugés, leurs certitudes obtuses, leurs idées simples, qui la conduisaient au supplice.

Arrivée devant le bûcher, elle releva la tête.

Voilà comment elle allait finir ? Une braise dans ces bûches... Des tremblements secouèrent ses membres. Elle urina sur elle.

Le bourreau la retint de tomber puis la traîna, quasi inerte, jusqu'au poteau où il devait la ligoter.

Elle ne voulait pas se laisser faire, or son corps, brusquement engourdi, ne répondait plus, ni à sa volonté, ni à sa peur. Déjà un cadavre.

Le bourreau l'attacha.

Elle ouvrit les yeux et reçut, tel un crachat, l'acrimonie de la foule.

Soudain, elle perçut un crépitement à ses pieds. Une fumée s'éleva, bientôt rattrapée par une longue flamme.

Elle hurla. L'angoisse de la mort lui transperçait la poitrine. Elle se débattit, sanglota, appela au secours, chercha une aide à travers le nuage opaque qui s'épaississait, tenta d'échapper au feu qui s'approchait.

En vain !

Alors, elle regarda le ciel et poussa un dernier cri déchirant.

– Coupez !

Un cascadeur saisit Anny dans ses bras pour l'arracher au brasier. Des pompiers surgirent, qui éteignirent le feu.

L'équipe de tournage reprit son souffle après cette scène insoutenable. Tous les figurants, quittant leur masque de persécuteurs, applaudirent la prestation de l'actrice. Cadreurs et pointeurs, lâchant leurs caméras, l'acclamèrent aussi.

En larmes, Anny enfila le peignoir que lui tendait l'habilleuse, passa ses chaussons fourrés, attrapa un café chaud ; elle alla s'asseoir ensuite sous la tente où, parmi les écrans de contrôle, s'abritaient le réalisateur, ses assistants, les producteurs et la scripte.

Là encore, des félicitations bruyantes l'accueillirent.

– C'était bouleversant !

– Le grand frisson.

– L'angoisse de ma vie, Anny. J'ai cru que c'était moi qui brûlais.

– Le meilleur des films d'horreur me paniquerait moins que toi dans cette scène, Anny.

– Un moment d'anthologie ! Je suis fier d'avoir été là.

Anny les remercia d'un sourire et s'assit auprès de Grégoire Pitz

– Je ne suis pas convaincue, murmura-t-elle.

– Si, tu as été sensationnelle.

– Je ne suis pas persuadée qu'Anne ait réagi ainsi. Pendant cette scène, j'avais l'impression d'être une autre, une fille banale aux réflexes ordinaires. Je l'ai trahie. Tiens, j'avais plutôt le sentiment d'être moi il y a six mois.

– Quoi ?

– Mesquine. Égoïste. Dans l'angoisse, il y a beaucoup de narcissisme. Je viens de mourir comme quelqu'un qui s'idolâtre. Anne de Bruges était différente.

Grégoire se gratta la tête en consultant le script.

– Concernant sa fin, les documents manquent. Aucun chroniqueur ne nous a décrit son attitude lors de l'exécution. On en est réduits aux hypothèses. On ne sait rien.

– Si, on sait.

– Pardon ?

– On sait par l'imagination.

Grégoire Pitz la contempla, pensif. Depuis plusieurs semaines, une permutation s'était produite entre eux : alors qu'il avait apporté Anne de Bruges à la star hollywoodienne, c'était elle désormais qui la lui offrait. Nul ne possédait mieux le personnage. Pertinentes, ses remarques avaient modifié, sinon le scénario, du moins la tonalité de nombreuses séquences. Lorsque les informations manquaient, Anny affirmait que l'empathie et l'imagination prenaient le relais de la science historique ; elles constituaient un mode de connaissance. En se représentant par la rêverie ce qu'on ignorait, Anny progressait dans l'exploration d'une réalité disparue.

Cette théorie, que Grégoire avait négligée la première fois qu'elle lui en avait parlé, lui semblait maintenant justifiée.

– Tu veux… ?

Il devinait qu'elle souhaitait ardemment recommencer la scène. Elle lui sauta au cou.

– Oui, s'il te plaît. Pour Anne. Pas pour moi. Pour elle.

Il s'essuya le front, perplexe.

– Ça va exiger du temps.

– Je suis patiente.

Le producteur délégué s'immisça :

– Grégoire sous-entendait que ça coûterait de l'argent.

Auparavant, Anny lui aurait cloué le bec avec morgue. Elle se contenta de supplier d'une voix faible :

– S'il vous plaît.

Les deux hommes échangèrent un regard.

– Très bien, conclut Grégoire. On réorganise le décor, le bûcher, tout ça. On filme la séquence entière à six caméras. On améliorera deux ou trois détails à la lumière. Ça prendra une bonne heure.

Anny les salua et prit la direction du pont en dos-d'âne.

Le blanc béguinage de Bruges avait été réquisitionné par la régie, non seulement pour y tourner certaines scènes, mais aussi pour l'infrastructure : vestiaire, salle de maquillage, réserve de costumes, cafétéria, cantine, bureau de comptabilité…

Au moment de rejoindre sa loge, Anny bifurqua, se dirigea vers un arbre qui l'intriguait. Un tilleul immense se dressait au milieu d'une pelouse, tilleul dont la légende prétendait qu'il datait d'avant la construction du béguinage.

Selon les estimations, ce robuste vieillard aux feuilles vert pâle et au parfum délicieux aurait déjà neuf siècles.

Anny s'adossa au tronc.

– Alors, vous l'avez connue, Anne, vous ? demanda-t-elle aux branches qui se faufilaient vers le ciel.

Elle resta assise, s'interrogeant sur la juste façon de jouer l'ultime séquence. Pour alimenter sa réflexion, elle sortit de la poche de son peignoir le livre d'Hanna von Waldberg.

Curieusement, Anny chérissait cet écrivain – auteur d'un seul ouvrage – parce qu'un souffle animait la moindre de ses phrases. Certes, cette aristocrate balançait souvent des extravagances datées – dues surtout à sa conversion à la jeune psychanalyse – mais elle cherchait la vérité de l'expérience vécue.

Telle Anne, telle Hanna, Anny aimait se quitter, s'abstraire d'elle-même, de son identité sociale, familiale, en vue d'approcher une réalité plus fondamentale. Cet « en dessous de tout », Anny l'obtenait, elle, par le jeu. Comédienne, elle s'éloignait d'elle pour devenir les autres ; cependant, avant d'arriver à un personnage précis, elle passait par un lieu indéterminé, à la croisée des chemins, un lieu en deçà des différences, ce lieu qu'avaient fréquenté Anne et Hanna.

Si Anne le rencontrait dans la nature et le nommait « Dieu », Hanna le détectait dans la sexualité et l'appelait « inconscient ». Quant à Anny, elle avait renoncé à le définir.

Il y a quelque temps, elle aurait diagnostiqué en cette extase une réaction chimique, celle que des substances – drogues ou médicaments – provoquaient dans un organisme ; pourtant, depuis qu'elle soignait Ethan, elle voyait qu'il ne s'agissait, encore une fois, que d'un discours d'époque. Son temps ne croyait qu'aux molécules.

Le divin, le psychique, le chimique, voilà les clés que divers siècles avaient proposées afin de de déverrouiller les portes du mystère. Anne, Hanna, Anny.

Or, si les clés fonctionnaient, le mystère demeurait.

Anny n'essayait plus de comprendre. Elle ne tenait qu'à éprouver. Puisqu'elle ne serait jamais assez initiée pour évaluer les causes et les missions d'une vie, elle était condamnée à l'ignorance ; mais ce deuil de la vérité, elle l'accomplirait joyeusement. Elle avait décidé d'habiter l'ignorance avec aplomb plutôt qu'avec angoisse. Sans savoir davantage, elle déambulait différemment dans l'inconnu de la condition humaine. Cette obscurité, il fallait bien y vivre. Une torche qui l'éclairerait ? Elle ne l'avait pas trouvée. En revanche, elle possédait un grigri qu'elle serrait au creux de sa paume : la confiance.

Tripotant la souche qui saillait de la terre, elle sourit.

– Ah, si les végétaux pouvaient parler… S'ils nous racontaient ce qu'ils ont vu ou entendu… Livrez-moi votre mémoire !

Haussant les épaules face à cet espoir impossible, elle examina les arbres alentour.

Ils étaient doubles, terrestres et aériens. Aussi larges sous le sol qu'au ciel, ils s'étendaient dans l'humus en même temps que dans l'azur : racines et branches couvraient un espace similaire, image inversée les unes des autres. Qui est le reflet ? Où est la réalité ? Le tronc tirait sa force de ses jambes écartées autant que de ses bras ouverts. Un fils de l'air ou un produit de la glaise ? Supérieurs aux hommes, les arbres gardaient l'équilibre sans exercer la moindre diligence ; ils ne

chutaient pas en s'endormant. Était-ce le secret de leur longévité ?

Anny enlaça l'écorce du tilleul.

Elle venait de saisir comment elle incarnerait les derniers
instants de son héroïne. Anne de Bruges était la sœur de
l'arbre. Debout, elle profitait de chaque élément, de la
pluie pour se rafraîchir, du vent pour se polliniser, des
pourritures et des décompositions pour se nourrir.

Tel l'arbre, Anne ne tombe pas d'elle-même ; elle ne
tombe que si on l'abat.

Anny rejoignit le tournage.

Dès que la scène reprit, acteurs et figurants jouèrent à
l'instar de la première fois.

Seule Anny avait changé. Marchant vers le bûcher, elle
semblait ignorer les violences du monde. Son beau visage
épanoui s'offrait à la lumière, savourant chaque seconde.

Lorsqu'on l'attacha au piquet, elle rayonnait. Son corps
paisible diffusait des pensées inouïes : il disait qu'elle aimait
la vie, qu'elle aimait la douleur autant que le plaisir, qu'elle
ne craignait pas la crainte, et qu'elle aimait aussi la mort.

DU MÊME AUTEUR

Aux Éditions Albin Michel

Romans

LA SECTE DES ÉGOÏSTES, 1994.

L'ÉVANGILE SELON PILATE, 2000, 2005.

LA PART DE L'AUTRE, 2001.

LORSQUE J'ÉTAIS UNE ŒUVRE D'ART, 2002.

ULYSSE FROM BAGDAD, 2008.

Nouvelles

ODETTE TOULEMONDE ET AUTRES HISTOIRES, 2006.

LA RÊVEUSE D'OSTENDE, 2007.

CONCERTO À LA MÉMOIRE D'UN ANGE, Goncourt de la nouvelle, 2010.

Le cycle de l'invisible

MILAREPA, 1997.

MONSIEUR IBRAHIM ET LES FLEURS DU CORAN, 2001.

OSCAR ET LA DAME ROSE, 2002.

L'ENFANT DE NOÉ, 2004.

LE SUMO QUI NE POUVAIT PAS GROSSIR, 2009.

« Le bruit qui pense »

MA VIE AVEC MOZART, 2005.

QUAND JE PENSE QUE BEETHOVEN EST MORT ALORS QUE TANT
DE CRÉTINS VIVENT, 2010.

Essai

DIDEROT OU LA PHILOSOPHIE DE LA SÉDUCTION, 1997

Théâtre

LA NUIT DE VALOGNES, 1991.

LE VISITEUR (Molière du meilleur auteur), 1993.

GOLDEN JOE, 1995.

VARIATIONS ÉNIGMATIQUES, 1996.

LE LIBERTIN, 1997.

FREDERICK OU LE BOULEVARD DU CRIME, 1998.

HÔTEL DES DEUX MONDES, 1999.

PETITS CRIMES CONJUGAUX, 2003.

MES ÉVANGILES (*La Nuit des Oliviers, L'Évangile selon Pilate*), 2004.

LA TECTONIQUE DES SENTIMENTS, 2008.

Le Grand Prix du Théâtre de l'Académie française 2001
a été décerné à Éric-Emmanuel Schmitt
pour l'ensemble de son œuvre

Site Internet : eric-emmanuel-schmitt.com

Composition IGS-CP
Impression CPI Bussière en octobre 2011
à Saint-Amand-Montrond (Cher)
Éditions Albin Michel
22, rue Huyghens, 75014 Paris
www.albin-michel.fr
ISBN broché : 978-2-226-22986-1
ISBN luxe : 978-2-226-18449-8
N° d'édition : 19913/07. – N° d'impression : 113394/4.
Dépôt légal : août 2011.
Imprimé en France.